DER Herzog, DER ZU VIEL WUSSTE

DETEKTIVE aus LEIDENSCHAFT

GRACE CALLAWAY

USA Today Bestseller Autorin

Aus dem Englischen von
Annika Mirwald

Bucheinbanddesign: EDH Graphics/ Erin Dameron-Hill

Fotonachweis: Period Images

PROLOG

ALS DIE KUTSCHE DIE MASSIVEN STEINTORE PASSIERTE, LEHNTE Alaric McLeod sich aus dem Fenster, um einen Blick auf sein neues Zuhause zu erhaschen. So aufgeregt sah man ihn sonst nie. Mit seinen neun Jahren hatte er bereits gelernt, wie wichtig Selbstdisziplin war, seine Reaktionen vor der Welt um ihn herum zu verbergen. Es war eine einfache Wahrheit: Was die Menschen nicht sehen konnten, konnten sie nicht verletzen.

Gestern hatte er nicht einmal mit der Wimper gezuckt, als sein Pa den einzigen, abgenutzten Reisekoffer, den die Familie McLeod besaß, auf die Kutsche geworfen und tonlos gesagt hatte: „Das wär's also. Sei ein braver Junge und bereite meinem Cousin keinen Ärger."

Auch als seine Stiefmutter sich kühl von ihm verabschiedete, zeigte er keine Gemütsregung.

Doch als sein jüngerer Halbbruder Will schrie: „Warum verlässt Alaric uns? Ich will mit ihm gehen!", brannte etwas Heißes und Unerwartetes hinter seinen Augen.

Er unterdrückte es und zwang die Hitze zurück.

„Leb wohl, William." Stolz bemerkte er, wie erwachsen er

klang. „Ich unterstehe nun der Erziehung eines Herzogs, daher werde ich nicht hierher zurückkehren." Er warf einen letzten Blick auf die gepflegte Hütte mit ihren blühenden Hecken und dem Gemüsegarten – und eine vertraute, alberne Welle der Sehnsucht überrollte ihn. Obwohl seine Selbstsicherheit ins Schwanken geriet, hob er das Kinn. „Mein neuer Vormund lebt in einem Schloss. Dort werde ich mein eigenes Schlafgemach haben, und Bedienstete, die mir jeden Wunsch von den Augen ablesen."

„Ich will mit dir gehen", sagte Will beharrlich.

Wills Mutter legte beschützend die Arme um ihren kleinen Sohn. So hatte sie Alaric nie umarmt. Der Knoten in Alarics Brust schnürte sich zu – aber auch das ignorierte er. Es war ihm egal, wie schön die neue, junge Frau seines Vaters mit ihrem kastanienbraunen Haar und den dunkelbraunen Augen auch sein mochte – seine Mama war *tausendmal* schöner gewesen. Außerdem war seine Stiefmutter lediglich die Tochter eines Hutmachers, während seine Mutter eine echte Lady gewesen war ... die jüngste Tochter eines Grafen.

Obwohl seine Mama starb, als er gerade einmal drei Jahre alt war, waren ihm noch bruchstückhafte Erinnerungen an sie geblieben. Der flüchtige Duft von Gardenien. Das Rascheln von Seide hinter geschlossenen Türen. Feuchte Spuren auf Wangen, so kühl und glatt wie Alabaster. *Wir gehören nicht hierher, Alaric. Wir haben etwas Besseres verdient ...*

„Du bleibst hier, Will", sagte die neue Mrs McLeod streng. „Wo du hingehörst."

Alaric verstand die Botschaft in den Worten seiner Stiefmutter. Die Wahrheit musste nicht laut ausgesprochen werden: Er wusste, wer hierhergehörte und wer nicht. Sein Pa stellte sich hinter die beiden, als wolle er dies dadurch noch bekräftigen. Der Anblick, den die drei boten, versetzte ihm einen Stich in die Brust. Braunhaarig und kräftig, eine stolze, liebevolle Schottenfamilie. Mit seinem schwarzen Haar, der schlaksigen, unbeholfenen Figur, der blassen Haut und den hellen Augen, die er von seiner englischen Mama geerbt hatte, ähnelte er ihnen in keinster Weise.

Deine Augen sehen aus wie die einer verflixten Katze, hatte seine Stiefmutter einmal gesagt.

In der Tat hatte er mehr gemeinsam mit dem räudigen Hauskater als mit der Bilderbuchfamilie der McLeods. Verbitterung stieg in ihm hoch. Sie wollten ihn nicht? Auch gut, er wollte sowieso nicht hier sein. Er hasste sie alle, einschließlich dieses hinterwäldlerischen Dorfes mit seinen Rüpeln und Schwachköpfen, Bauernsprösslinge, die eher eine Schlägerei anzetteln als sich mit Mathematik auseinandersetzen würden. Die einem Jungen die Nase blutig schlugen, nur weil er ein Köpfchen für Zahlen und Summen besaß.

Sein Pa räusperte sich. „Es wird Zeit, dass du aufbrichst. Immerhin solltest du deinen Vormund nicht warten lassen."

Kannst es kaum erwarten, mich loszuwerden, was? Der finstere Gedanke brach durch die Barriere seiner eisernen Kontrolle. Verwirrung und Zorn breiteten sich in ihm aus. Doch während er die Fäuste ballte, rettete ihn das Eis, das durch seine Adern floss und alles betäubte.

Nicht vor ihren Augen. Dann können sie dich nicht verletzen.

„Ja." Seine Stimme klang frostig. „Ich möchte Seine Gnaden nicht warten lassen."

„Du wirst mir fehlen, Alaric." Mit vor Tränen glänzenden Augen zog Will ihn am Ärmel. „Du wirst uns doch bald wieder besuchen kommen, oder?"

Wozu? Sie haben doch dich, ihren Sohn ... den einzigen, der zählt.

„Leb wohl, William", sagte er tonlos.

Ohne einen letzten Blick zurück war er in die Kutsche gestiegen. Was hätte es ihm auch genutzt? Er wusste, was hinter ihm lag ... viel wichtiger war die Zukunft, die er vor sich hatte. Mit kalten, klammen Händen klammerte er sich am Fensterrahmen der Kutsche fest. Das Brennen in seinen Augen musste von dem Staub kommen, den die ratternden Räder aufwirbelten.

Lass die Vergangenheit hinter dir. Es gibt kein Zurück – Die Zukunft ist das Einzige, auf das es jetzt ankommt.

Als der Staub sich gelegt hatte, bot sich ihm plötzlich ein magischer Anblick. Vor Staunen klappte ihm die Kinnlade herunter. Umgeben von saftigen, grünen Hügeln und einem wolkenlosen Himmel, erstreckte sich Strathmore Castle vor ihm mit der Anmut eines altehrwürdigen Ungetüms, das sich allen Zeichen der Zeit widersetzte. Goldenes Sonnenlicht fiel auf die Steinmauern und spiegelte sich in den Buntglasfenstern. Von den schroffen Türmen bis hin zu den weitläufigen Flügeln strahlte das Gebäude eine unglaubliche Macht aus. Es war ein Ort, der jedem Angriff standhalten konnte – und einigen wenigen Auserwählten Zuflucht bot.

Als die Kutsche die halbrunde Einfahrt hinauffuhr, traten zwei Personen aus dem gewölbten Eingangstor. Der große, schwarzhaarige Mann mit den falkenartigen Zügen war Henry McLeod, der Herzog von Strathaven, Alarics Onkel zweiten Grades und künftiger Vormund. Er war dem Herzog nur einmal zuvor begegnet, als dieser seine mittellosen Verwandten besucht hatte, um ihnen die Vormundschaft über einen ihrer Söhne anzubieten. In ihrer ärmlichen Hütte hatte er mit seinen feinen Gewändern und der makellosen Eleganz beinahe wie ein König gewirkt. Hier, umgeben vom Reichtum und der Macht des Anwesens seiner Vorfahren, erschien Seine Gnaden ihm nun wie ein Gott.

Neben Strathaven stand die Herzogin, dünn und zierlich wie ein Spatz, ein Spitzentuch an die bebende Brust gepresst. Alaric hatte sie noch nie zuvor gesehen. Er wusste nur, dass ihr eigener Sohn an einem Fieber gestorben war und sie keine weiteren Kinder gebären konnte.

Als sie zum Gruße mit dem Taschentuch winkte, schmolz das Eis in Alarics Adern, und eine Welle der Erleichterung durchflutete ihn.

Sie wollen mich hier haben. Ich werde zu ihnen gehören. Ich ... bin zu Hause.

Ein zögerliches Lächeln umspielte seine Lippen, als er mit dem hoffnungsvollen Eifer eines neunjährigen Jungen zurückwinkte.

＊ I ＊

SIEBENUNDZWANZIG JAHRE SPÄTER

ALS DAS ORCHESTER DIE ERSTEN TAKTE EINES WALZERS anspielte, verließ Miss Emma Kent die Seite ihrer Schwägerin Marianne, die an diesem Abend ihre Anstandsdame spielte, und bahnte sich einen Weg durch den verspiegelten Ballsaal. Sie war nicht hier, um einen Tanzpartner zu finden. Während sämtliche anwesenden Ladys sich wie eine Schar bunter Schmetterlinge auf der Tanzfläche vergnügten, witterte sie die Chance, die Toilette aufsuchen zu können, ohne ewig anstehen zu müssen.

Da sie vom Lande stammte, war sie von Natur aus praktisch veranlagt. Als sie sich zwischen den stark parfümierten Massen hindurchzwängte, kam ihr – nicht zum ersten Mal – der Gedanke, dass diese abendliche Veranstaltung ziemlich zwecklos war. Sie gehörte hier einfach nicht hin, umgeben von Champagnerfontänen und exklusiven Gästen. Es mangelte ihr an dem nötigen blauen Blut. Außerdem war sie zu alt, zu unabhängig und viel zu unscheinbar, um die Aufmerksamkeit eines zukünftigen Ehemannes zu erregen.

An diesen Tatsachen störte sie sich jedoch nicht sonderlich. Ihre Stärken waren ihr umso mehr bewusst: Da sie seit ihrem dreizehnten Lebensjahr den Haushalt in ihrem Landhaus geführt sowie auf ihre vier aufsässigen jüngeren Geschwister aufgepasst hatte, war sie einfallsreich, effizient und besaß vielerlei Kompetenzen und Fertigkeiten. Sie liebte ihre Familie über alles und hatte bisher keinen Mann getroffen, der in ihr den Wunsch geweckt hatte, ihren Platz zu verlassen – oder ihre hart erkämpfte Selbstständigkeit aufzugeben.

Daher stand eine Vermählung auf ihrer Prioritätenliste nicht an oberster Stelle.

Sie hatte größere, bessere Pläne.

Die Orchestermusik schwoll an und ihr Herz unter dem pfirsichfarbenen Seidenkorsett, das sie trug, wurde von einer Gefühlswelle erfasst. Vor über einem Jahr war ihr Vater gestorben, und sie vermisste ihn noch immer schmerzlich. Als Schulmeister ihres Dorfes hatte Samuel Kent es sich zur Lebensaufgabe gemacht, die jungen Geister von Chudleigh Crest zu formen, und er war der weiseste Mann gewesen, den sie je gekannt hatte.

Es ist nicht von Bedeutung, dass man lebt, hatte er ihr und ihren Geschwistern beigebracht, *sondern dass man auf die rechte Weise lebt. Folgt der Weisheit eures Herzens. Es wird euch zur Wahrheit führen.*

Die tanzenden Gäste und opulente Umgebung verblassten um sie herum, als Emma darüber nachdachte, wie sie die philosophische Moral ihres Vaters in die Tat umsetzen könnte.

Nach seinem Tod hatte ihr ältester Halbbruder Ambrose darauf bestanden, sie und ihre jüngeren Geschwister von Chudleigh Crest nach London zu holen. Emma wusste, dass er ihnen dadurch Möglichkeiten eröffnen wollte, die es auf dem Land nicht gab. Marianne, Ambroses geliebte Frau, war vor ihrer Vermählung mit einem Kent, Sohn aus einer Familie der Mittelschicht, eine reiche Baronentochter gewesen, und sie war mehr als gewillt, ihren sozialen Status zu nutzen, um den jüngeren Geschwistern ihres Mannes *entrée* in die *ton* zu verschaffen.

Marianne hatte sich ihrer angenommen und sie fein herausgeputzt. Sie hatte weder Kosten noch Mühen gescheut, weshalb Emma es nicht übers Herz brachte, die guten Absichten ihrer Schwägerin zu vereiteln oder die Begeisterung ihrer jüngeren Schwestern Dorothea, Violet und Polly zu unterbinden, die sich mit der größten Selbstverständlichkeit an das Stadtleben gewöhnt hatten. Dieser Abend war Emmas erster öffentlicher Auftritt in der *beau monde*, bei dem sie ihren Schwestern als gutes Vorbild dienen sollte, da deren Einführung in die Gesellschaft ebenfalls bald erfolgen würde.

Sie wollte ihre Familie nicht enttäuschen ... aber sie wollte auch nicht wirklich hier sein, denn ihre wahre Leidenschaft hatte sie bereits gefunden. Das Problem war nur, die Zustimmung ihres älteren Bruders für ihr Vorhaben zu erlangen. Während sie darüber nachgrübelnd durch den gewölbten Eingang ging, stolperte sie plötzlich und japste erschrocken nach Luft, als sie sich auf den Aufprall gefasst machte – doch stattdessen stieß sie gegen etwas Solides und Warmes ...

Blinzelnd starrte sie hinauf in das Antlitz eines gleichgültigen Gottes.

Sie war beileibe keine fantasiereiche Person, aber wie könnte man den Fremden mit dem dunklen, seidenen Haar und den perfekt gemeißelten Gesichtszügen sonst beschreiben? Er schien um die dreißig zu sein, seine Miene von Jahren des Schicksals gehärtet. Seine hohen Wangenknochen waren ebenso auffällig wie seine scharfe, gerade Nase, und sein Kinn war auf arrogante Weise nach vorn geschoben. Unter den dunklen, buschigen Brauen stachen seine Augen silbergrün hervor, umrandet von den dichtesten, längsten Wimpern, die sie je an einem Gentleman gesehen hatte. Fasziniert starrte sie ihn an.

Er kniff die fesselnden, jadegrünen Augen zusammen. Seine geschürzten Lippen verzogen sich zu einem zynischen Grinsen.

„Wenn Sie zu tanzen wünschen, Liebchen, brauchen Sie nur zu fragen."

Hinter dem tiefen, spöttischen Tonfall lag ein leichter Akzent, etwas nicht gänzlich Englisches. Dann erfasste ihr benommener Verstand den Sinn seiner Worte. Mit wachsendem Schrecken realisierte Emma, dass sie dem Fremden buchstäblich in die Arme gefallen war – und er dachte, sie hätte es *absichtlich* getan. Dass sie sich ihm vorsätzlich an den Hals geworfen hätte!

Beschämt versuchte sie sich aus seinem Griff zu befreien. „Lassen Sie mich los!"

„Immer mit der Ruhe", sagte er gedehnt.

Sein Duft durchdrang ihre Sinne, eine würzige, holzige Note gemischt mit Seife, die unbeschreiblich maskulin war. Er hielt sie in seinen muskulösen Armen so eng umschlossen, wie es noch nie zuvor ein Mann getan hatte. Vergeblich stemmte sie sich mit den Händen gegen seine silbergraue Weste. Selbst durch mehrere Lagen Stoff spürte sie, dass seine Brust so hart und unnachgiebig war wie eine Marmorplatte.

Wie gebannt spürte sie seinen starken Herzschlag unter ihrer Handfläche. Der dominante Puls durchfuhr sie, überschrieb den Rhythmus ihres eigenen, wilden Pochens, vereinnahmte sie völlig. Als ihr Blick zu seinem verführerischen Mund wanderte, verspürte sie ein merkwürdiges Flattern in der Magengrube. Eine Erkenntnis breitete sich wie flüssige Lava in ihr aus.

Mit wachsender Panik versuchte sie, von ihm loszukommen. „Nehmen Sie unverzüglich die Hände von mir!"

„Wie Sie wünschen."

Während sie sich mit aller Kraft gegen ihn stemmte, lockerte er seinen Griff, sodass sie in einer Kaskade aus Seide hintenüberfiel und auf dem Boden des Korridors landete. Beschämt rang sie nach Atem und dem verbliebenen Rest ihrer Würde.

„Brauchen Sie Hilfe?", erkundigte er sich, leicht über sie gebeugt.

Seine breiten Schultern gingen in einen schlanken Oberkörper und schmale Hüften über. Keine einzige Falte bildete sich auf seiner eleganten, schwarz-weißen Abendkleidung. Sein blütenreines Halstuch, in dessen Mitte ein großer Smaragd saß, war perfekt gebunden.

Verlegen strich sie sich eine lose, dunkle Locke aus der Stirn. „Gewiss nicht von jemandem wie Ihnen."

Er blickte sie verächtlich an. „Nur damit Sie es wissen: Diese alberne Masche können Sie sich sparen, das zieht bei mir schon lange nicht mehr. Ich spiele nicht mit Unschuldslämmchen. Die lose Schleife an Ihrem Schuh?" Er warf einen demonstrativen Blick auf ihren linken Fuß, wo sich tatsächlich das pfirsichfarbene Seidenband gelöst hatte. „Das ist doch der älteste Debütantinnentrick der Welt, Liebchen."

Angesichts seiner unverfrorenen Arroganz verschlug es ihr die Sprache. Noch bevor sie sich genug fangen konnte, um ihm gehörig die Meinung zu sagen, zog er spöttisch die Braue hoch und verschwand im Ballsaal.

Emma sah ihm nach. *Einfach ungeheuerlich.*

Er verkörperte alles, was ihr an der Oberschicht zuwider war: Aufgesetzte Erhabenheit und Kultiviertheit, Geringschätzung gegenüber denen, die ihrer Beachtung nicht würdig waren. Ein Mann wie dieser handelte nicht aus Moral- oder Pflichtbewusstsein, sondern nur zugunsten seines eigenen verkommenen Vergnügens und aus Selbstsüchtigkeit. Wütend erhob sie sich und klopfte sich den Staub von ihrem Kleid.

Dieser Schurke! Hoffentlich sehe ich ihn nie wieder.

Zumindest während der nächsten Stunde blieb Emma der Anblick des unhöflichen Fremden erspart. Mittlerweile herrschte jedoch solch ein Gedränge, dass sich der Ballsaal in einen brütenden Ofen verwandelt hatte. Als sie ihre Schwägerin von etlichen Bewunderern umringt sah, ergriff sie die Chance, etwas

Luft zu schnappen und entschwand durch die Flügeltüren, die in Lady Buckleys berühmten Irrgarten führten.

Draußen angekommen atmete sie tief ein. Durch die nach Jasminblüten duftende Nachtluft wieder ein wenig belebter, konnte sie nicht widerstehen, sich das verlassene, grüne Labyrinth etwas genauer anzusehen. Ihre Röcke raschelten über den gepflegten Rasen, als sie den sich windenden Heckenwegen folgte, wobei ihr perlenbesetzter Pompadour fröhlich von ihrem behandschuhten Arm baumelte.

In der vom Mondlicht erhellten Dunkelheit grübelte sie weiter über ihr Dilemma nach: Wie könnte sie ihren Bruder nur davon überzeugen, sie ins Familiengeschäft einsteigen zu lassen?

Ihr Schicksal hatte sich besiegelt, als Ambroses private Detektivkanzlei, Kent und Partner, vor einigen Monaten einem Brand zum Opfer gefallen war. Glücklicherweise wurde niemand verletzt, aber das Büro musste hinterher vollständig renoviert werden. Da sie sah, wie sehr ihr Bruder unter dem Stress der Situation litt, bot sie an, beim Säubern und Organisieren der neuen Räumlichkeiten zu helfen. Dankbar hatte er ihre Hilfe angenommen, froh, etwas von der Last der Verantwortung abgeben zu können. Mit ihrem üblichen Tatendrang brachte sie alles wieder auf Vordermann, und auch nachdem der Staub sich gelegt hatte, unterstützte sie den Sekretär Mr Hobson weiterhin bei den täglichen Aufgaben.

Es fühlte sich gut an zu helfen. Nur zu gerne unterstützte sie Ambrose und seine Geschäftspartner, Mr Lugo und Mr McLeod, bei ihren noblen Geschäften. Letzte Woche hatte sich schließlich etwas Unglaubliches ereignet, das ihr deutlich vor Augen geführt hatte, worin ihre Bestimmung lag.

Sie hatte Mrs Kendrick, einer besorgten Witwe, die den dritten Tag in Folge vorbeigekommen war, Tee serviert. Die Dame hatte ihr unter Tränen berichtet, jegliche Hoffnung aufgegeben zu haben, dass ihr verlorener Verlobungsring, ein Andenken an ihren geliebten Ehemann, je gefunden werden würde. Von

Mitleid ergriffen hatte Emma ihr einige Fragen über den Ring gestellt – was überraschend dazu führte, dass besagtes Schmuckstück wieder auftauchte! Mrs Kendricks überglückliche Dankbarkeit hatte Emma nicht nur ein Gefühl der Erfüllung beschert, sondern auch ein enormes Erfolgserlebnis. In diesem Augenblick waren ihr zwei Dinge klar geworden.

Erstens, dass Kent und Partner eine weibliche Ermittlerin brauchten.

Und zweitens, dass *sie* genau die Richtige für die Aufgabe war.

Ihrer Ansicht nach brächte sie eine einzigartige und wertvolle Sichtweise für die Detektivarbeit mit. In Mrs Kendricks Fall hatte sie sofort einen Verdächtigen ins Auge gefasst, der weder Ambrose noch seinen Kollegen in den Sinn gekommen war.

Außerdem pflegte Ambrose stets zu sagen, dass der Erfolg einer Ermittlung von Beobachtungsgabe, scharfsinnigen Schlussfolgerungen und kreativem Denkvermögen abhing. Emma hatte vier jüngere Geschwister erzogen, die sich oft darüber beschwerten, dass sie buchstäblich Augen am Hinterkopf hätte. Unzählige Male hatte sie verlorene Haarbänder oder Schnürsenkel aufgespürt oder ein verzwicktes Haushaltsproblem gelöst. In mageren Zeiten konnte sie sich zudem stets auf ihren Einfallsreichtum und ihre Entschlossenheit verlassen, um die Familie durchzubringen.

Emma wusste, dass sie alle nötigen Kompetenzen besaß, um eine erfolgreiche Ermittlerin zu werden.

Doch wie sollte sie ihren überfürsorglichen älteren Bruder von den Vorzügen ihres Vorhabens überzeugen? Dass Ambrose sie bei banalen Büroarbeiten aushelfen ließ, bedeutete nicht, dass er zustimmen würde, sie zur Ermittlerin auszubilden. Wie konnte sie ihn und seine Partner dazu bringen einzusehen, wie wertvoll sie für die Firma wäre? Wenn sie doch nur einen weiteren Fall lösen könnte, um ihre Entschlusskraft und ihren Einfallsreichtum unter Beweis zu stellen ...

Ein Geräusch riss sie aus ihren Gedanken. Überrascht stellte sie fest, dass sie tief ins Herz des Irrgartens hineingewandert war.

Hinter der nächsten Kurve vernahm sie Geflüster – dann gellte ein Schrei durch die Nacht. Mit pochendem Herzen drückte sie sich instinktiv gegen die nächste Hecke, deren Zweige die entblößte Haut zwischen ihren Schulterblättern piksten. Reglos und mit angehaltenem Atem verharrte sie im Schatten.

Auf der anderen Seite der blättrigen Barriere vernahm sie Stimmen.

„Wirst du mir wehtun?", fragte eine zitternde, weibliche Stimme.

„Ich werde tun, was immer ich will. Und es wird dir gefallen."

Der kühle, arrogante Befehl ließ Emma erschauern. Ihre Nackenhaare stellten sich auf und ihre Handflächen begannen, unter dem Stoff der Handschuhe zu schwitzen. Gute Güte, sie *kannte* diese tiefe, männliche Stimme mit dem leichten Akzent.

„Bitte ... ich flehe dich an", wimmerte die Frau.

„Du bettelst gerne, nicht wahr? Wenn ich später in der Stimmung bin, lasse ich dich so richtig betteln – und zwar auf allen Vieren."

Emmas Augen weiteten sich angesichts der sanften Drohung schockiert. Was hatte der Schurke nur vor? Mit zitternden Händen suchte sie nach einem Loch im Geäst, fand jedoch keines. Dunkle Blätter in dunkler Nacht – eine undurchdringliche Mauer, die von plötzlicher, angespannter Stille begleitet wurde. Sie lauschte angestrengt nach einem Zeichen, das ihr verriet, was auf der anderen Seite vor sich ging. Ihr Puls raste ebenso schnell wie ihre Gedanken.

Soll ich um Hilfe rufen – doch wer würde mich hier draußen hören? Vielleicht sollte ich zurücklaufen und Rettung holen?

Ein weibliches Flehen durchbrach die nächtliche Stille. „O Gott, Strathaven, bitte, ich ertrage es nicht ..."

Gute Güte, ich muss etwas unternehmen. Der Schuft vergreift sich an ihr!

Die Sorge um die andere Frau trieb Emma an. Sie eilte um die Hecke herum, wo ihr gehetzter Blick auf ein Paar fiel, das neben einem Pavillon stand. Im silbernen Mondlicht bot deren schattige Silhouette ein erschreckendes Bild. Eine große, schlanke Rothaarige stand mit über dem Kopf zusammengebundenen Händen an eine der Säulen gefesselt. Ihre Augen waren mit einem Seidentuch verbunden, dessen schwarze Farbe einen verruchten Kontrast zu der weißen Haut ihres Gesichts, ihres Halses, ihres bebenden Busens bildete. Vor ihr baute sich ein breitschultriger Mann auf, der die Hände in den Falten ihrer Röcke vergraben hatte.

„Sofort aufhören, Sie Schuft!", rief Emma und rannte auf ihn zu.

„Was zum Teufel …"

Er wirbelte herum und wurde just in diesem Augenblick von ihrem Pompadour am Kinn getroffen. Fluchend stolperte er zurück, als sein Kopf unter der Wucht des Aufpralls zur Seite zuckte.

Emma verlor keine Zeit. Umgehend stürmte sie auf die Frau zu und riss ihr die Augenbinde herunter. „Ich werde Sie in Sicherheit bringen!"

„Wer sind *Sie* denn? Was tun Sie hier?" Die blauen Augen der Dame suchten panisch die Umgebung ab. „Seien Sie still, bevor Sie noch jemand hört!"

Emma musste sich auf Zehenspitzen stellen, um die Hände der Frau zu erreichen. Schließlich gelang es ihr, das Seil zu lösen, das zu Boden fiel und sich wie eine Schlange im Gras einrollte. Eine hämische Stimme erklang hinter ihr.

„Sie schon wieder."

Emma fuhr herum, als der Fremde, der sich das Kinn rieb, auf sie zukam. Doch ganz so fremd war er nun nicht mehr. Die Lady hatte ihn Strathaven genannt … war er etwa eine Art Lord? Sie bereute es, bei Mariannes Unterricht über *Debretts Handbuch zur Aristokratie* nicht besser aufgepasst zu haben. Immerhin war es gut, seine Feinde zu kennen.

Unter Strathavens eisigem, eindringlichem Blick kribbelte ihre Haut. Ihr Herz flatterte nervös. Nie zuvor hatte sie jemand so angesehen, ihr das Gefühl gegeben, völlig entblößt und ungeschützt zu sein ... Energisch schüttelte sie die Empfindung ab, straffte die Schultern und richtete sich zu ihrer vollen Größe auf. Unglücklicherweise überragte er sie trotzdem noch um gut dreißig Zentimeter, sodass sie den Kopf in den Nacken legen musste, um seinen Blick zu erwidern.

„Wenn Sie es wagen, noch einen Schritt näherzukommen, schreie ich", warnte sie ihn.

Angesichts der Lautstärke des Orchesters und der Feierlichkeiten sowie ihrem abgelegenen Standort mitten im Irrgarten, war es unwahrscheinlich, dass ihre Hilferufe bemerkt würden. Sie hoffte nur, dass es dem Schurken nicht auffiel.

„Ach wirklich?" Er zog eine dunkle Braue hoch. „Und wer soll Sie hören?"

Verflixt. „Ich habe eine kräftige Lunge!", erwiderte sie.

„Das überrascht mich nicht." Seine Lippen zuckten leicht, wodurch ihre Aufmerksamkeit auf die harte Linie seines Mundes gelenkt wurde, und auf die kleinen Grübchen, die ihn umgaben. „Ich muss zugeben, dass Sie es nunmehr geschafft haben, mein Interesse zu wecken, Liebchen. Das hätte ich nicht für möglich gehalten."

Wie konnte dieser Mann es *wagen*. „Sie arroganter, unverschämter ..."

„*Bitte*, seien Sie doch still." Die andere Frau stellte sich zwischen sie. „Ich flehe Sie an, Miss ...?"

„Mein Name ist Emma Kent. Sie müssen keine Angst haben, denn ich habe alles gesehen." Emma hob herausfordernd das Kinn. „Ich werde mit dem größten Vergnügen eine Zeugenaussage vor der Gerichtsbarkeit machen."

„Vor der Gerichtsbarkeit? Das dürfen Sie nicht!", japste die Lady.

„Dieser Schurke hat Sie angegriffen. Natürlich ist es meine Pflicht, etwas zu sagen."

„Sie angegriffen? Warum sollte ich so etwas tun?" Zu ihrer

Überraschung lachte Strathaven schroff auf. „Ist Ihnen überhaupt bewusst, wer ich bin, Miss Kent?"

„Mir ist ganz egal, wer Sie sind. Ihr Titel befreit Sie nicht von den Anstandsregeln, Mylord", gab Emma hitzig zurück.

„Euer Gnaden."

„Wie bitte?"

„Einen Herzog spricht man mit *Euer Gnaden* an."

Angesichts seiner großspurigen Belehrung biss sie die Zähne zusammen. „Worauf es ankommt, *Euer Gnaden*, ist, dass ich gehört habe, wie Sie diese Dame angegriffen haben und –"

„Sie haben nicht die geringste Ahnung, was Sie gehört haben." Die Lippen des Herzogs umspielte ein humorloses Lächeln. „Also verziehen Sie sich, Liebchen, und lassen Sie uns allein."

Liebchen? Als wäre sie ein einfältiges Ding, das ihm Gehorsam zu leisten hatte? Noch bevor sie sich eine scharfe Antwort zurechtlegen konnte, ergriff die Lady sie am Arm.

„Strathaven hat recht", sagte sie flehentlich. „Es ist nichts geschehen."

„Aber er hat Sie gefesselt und stand im Begriff, Sie ... zu verletzen." Hatte der Schuft die Absicht gehabt, die Frau zu schlagen – zu vergewaltigen? Oder gar beides? Einen Schauer unterdrückend fuhr Emma fort: „Sie brauchen keine Angst zu haben. Mein Bruder ist ein ehemaliges Mitglied der Londoner Flusspolizei und kennt den obersten Richter der Bow Street persönlich –"

„*Nein*", flüsterte die Lady, ihr Gesicht bleich vor Schock. „Ich flehe Sie an, Miss Kent. Wenn irgendjemand hiervon erfährt, bin ich ruiniert. Lord Osgood, mein Gemahl ... er würde mir niemals verzeihen." Ein Schluchzer entfuhr ihr. „Es *darf* keinen Skandal geben."

„Wenn Sie es Ihrem Ehemann erklären würden –"

„Mein Ruf wäre ruiniert. Eher möchte ich *sterben*." Tränen strömten über Lady Osgoods hübsches Gesicht. Ihre Fingernägel krallten sich schmerzhaft in Emmas Haut. „Wenn Sie mir wirklich helfen möchten, dann schwören Sie auf alles, was Ihnen teuer ist, dass Sie kein Wort über diese Angelegenheit verlieren werden.“

Zögernd warf Emma einen flüchtigen Blick auf Strathaven. Er lehnte mit einer samtüberzogenen Schulter gegen eine der Pavillonsäulen und wirkte völlig unbeteiligt. Frustration wallte in ihr auf. Es war einfach nicht gerecht, dass Lady Osgood sich um ihren Ruf sorgen musste, während er keinerlei Verantwortung für seine Missetaten zu übernehmen brauchte. Warum sollte er mit diesem Übergriff davonkommen, nur weil er ein Mann – ein Herzog – war?

Es war eine *bodenlose* Ungerechtigkeit.

„*Schwören* Sie es, Miss Kent“, flehte Lady Osgood und fiel vor ihr auf die Knie.

Schockiert versuchte Emma, sie wieder auf die Beine zu ziehen. „Bitte, tun Sie das nicht ...“

„Ich verharre hier, bis Sie mir Ihr Wort geben.“ Unablässig strömten Tränen über ihre markanten Wangenknochen, ihre Lippen bebten. „Wenn Sie sich weigern, muss ich drastische Maßnahmen ergreifen. Lieber setze ich allem ein Ende, bevor ...“

„Ich werde es niemandem erzählen“, sagte Emma hastig. „*Bitte*, stehen Sie auf.“

„Wirklich?“, flüsterte Lady Osgood. „Schwören Sie es bei allem, was Ihnen heilig ist?“

Widerwillig nickte Emma.

Lady Osgood erhob sich und warf einen Blick auf Strathaven. Emma konnte den Ausdruck des Herzogs nicht deuten. Welche Gewalt hatte er über diese Frau? Würde er sie zukünftig abermals bedrohen oder verletzen?

„Halten Sie sich von ihr fern“, warnte Emma ihn. „Sonst *werde* ich dafür sorgen, dass Sie Ihre gerechte Strafe erhalten.“

Die Augen des Herzogs blitzten auf, wie die eines zornigen Gottes, der bereit war, in den Krieg zu ziehen. Aggressive Spannung lag in der Luft. Hastig packte Emma Lady Osgood am Arm und zog sie mit sich in Richtung des Anwesens. Als sie sich den

Weg zurück durch den verwinkelten Irrgarten bahnten, schlug ihr das Herz bis zum Halse. Der intime Bereich zwischen ihren Schenkeln war schweißdurchtränkt, doch sie marschierte schnell und entschlossen weiter.

Bei einem Gegner wie Strathaven war es besser, Abstand zu wahren und keinen Blick zurückzuwerfen.

❧ 2 ❧

„Du bist mir doch nicht böse, Darling?", fragte eine heisere, weibliche Stimme.

Alaric James Alexander McLeod, der achte Herzog von Strathaven, warf Lady Clara Osgood einen kühlen Blick zu. Sie waren allein in seinem Privatanwesen in St. John's Wood, wo die rothaarige Schönheit nackt auf Händen und Knien auf seinem schwarzen Satinlaken verharrte. Zu ihrer beider Lustgewinnung ließ er sie in dieser Position verweilen, während er sich langsam entkleidete. Er bemerkte, wie sie bei dem Geraschel der fallenden Kleidungsstücke bebte und ihren Hintern fast unmerklich und doch anzüglich nach oben reckte.

Clara übernahm mit Vorliebe eine unterwürfige Rolle bei ihren Bettspielchen. Da er von Natur aus zweifellos ein dominanter Liebhaber war, hatte dieses Arrangement für sie beide gut gepasst ... zumindest für eine Weile. Doch er war sich seiner Rastlosigkeit bewusst, eines gewissen *ennui*, das sich durch die Spielerei mit Clara nicht befriedigen ließ. Ihre *affaire* zog sich kaum einen Monat hin, da wurde er ihrer Gesellschaft bereits überdrüssig.

„Warum sollte ich böse sein?", fragte er sarkastisch.

„Wegen der Geschehnisse in Lady Buckleys Garten." Clara warf ihm über ihre entblößte Schulter einen schmollenden Blick zu. „Wie hätte ich denn ahnen können, dass unser Spiel durch ein einfältiges Landei unterbrochen werden würde? Und natürlich konnte ich vor ihr schwerlich zugeben, dass es nur ein Spiel *war* – ich habe schließlich einen Ruf zu verlieren."

„Nichts ist wichtiger, als den Schein zu wahren", erwiderte er höhnisch.

Er machte Clara keinen Vorwurf daraus, dass sie dem unerschrockenen Störenfried nicht die Wahrheit offenbart hatte. Seine erste Ehe hatte ihn gelehrt, keine Rechtschaffenheit vom schönen Geschlecht zu erwarten. Obwohl Laura vor über zwei Jahren gestorben war, schwebte das Bild ihres blonden Haars und schönen, doch gehässigen Gesichts noch immer vor seinem inneren Auge, bevor er es gewaltsam beiseiteschob. Die Vergangenheit lag hinter ihm. Er würde nie wieder dieselben Fehler begehen.

Es war töricht von ihm gewesen, sich aus Langeweile von Clara und ihrer kleinen „Überraschung" in den Garten locken zu lassen. Aus Neugierde hatte er sehen wollen, wie weit sie gehen würde, um seine Leidenschaft zu entfachen. Ehrlich gesagt hatten ihre Spielchen ihn jedoch nie übermäßig beeindruckt oder erregt. Fesseln und Augenbinden – nichts weiter als leere Symbole, ohne wirklichen Anreiz. Nicht, wenn die wahre Herausforderung fehlte.

Denn Claras Wesen war nicht von Natur aus unterwürfig ... anders als Emma Kent.

Von dem Augenblick an, als sie gegen ihn gestolpert war, hatte sie seine Aufmerksamkeit erregt. Nicht nur aufgrund ihrer äußeren Erscheinung, die frisch und lieblich war und weniger schön im klassischen Sinn. Ihre dunklen Locken bildeten einen hübschen Kontrast zu ihrer rosigen Haut und den anmutigen Gesichtszügen. Ihre großen, leicht mandelförmigen Augen waren von einem klaren, schimmernden Braun. Mit ihren zierlichen

Rundungen hatte sie sich zudem weich wie ein Kätzchen angefühlt.

Die Erinnerung brachte sein Blut in Wallung. Fürwahr, sie bot einen appetitlichen Anblick, aber vielmehr hatte ihn die Art betört, wie sie, wenn auch nur für einen Moment, in seinen Armen dahingeschmolzen war. Diese Sekunde der köstlichen, instinktiven Hingabe – und er würde seine Stallungen darauf verwetten, dass sie sich dessen überhaupt nicht bewusst gewesen war – hatte ungeahnte Tiefen weiblicher Leidenschaft erahnen lassen.

Er war augenblicklich hart geworden.

Doch er war kein Narr. Vor langer Zeit hatte er gelernt, sich von Jungfrauen wie ihr fernzuhalten.

Was nur vorteilhaft war. Denn wie es der Zufall wollte, wusste er um Miss Kents Bruder und dessen privates Ermittlungsunternehmen. Dem Hörensagen nach war Ambrose Kent ein ehrenhafter Mann und ein wahrer Gerechtigkeitskämpfer. Scheinbar fiel der Apfel nicht weit vom Stamm, denn auch Miss Kent strotzte förmlich vor Rechtschaffenheit, ihre „Rettung" Claras war sowohl tapfer wie auch waghalsig gewesen.

Sich an Clara *vergriffen*, sicher.

Einen Augenblick lang überlegte er, was wohl geschehen mochte, wenn Miss Kent ihre Drohung, ihn der Gerichtsbarkeit zu melden, wahr machen würde. Doch diesen Gedanken verwarf er schnell wieder. Keine Frau würde so weit gehen, sich selbst in einen Skandal zu verwickeln. Seiner Erfahrung nach pflegten Frauen Behauptungen aufzustellen, nur um dann völlig anders zu handeln. Sie würde es nicht wagen, ihn herauszufordern – er war ein Herzog.

Du bist ein Nichts. Ein unzulänglicher Schwächling. Wie ich es bereue, dich aufgenommen zu haben.

Mit eisern erlernter Gleichgültigkeit schüttelte Alaric den Gedanken an die Verachtung des alten Herzogs ab. Er konnte sich die Reaktion des Gerichts lebhaft vorstellen, falls Miss Kent diesem ihre unausgegorenen Anschuldigungen vorlegen sollte, und verzog spöttisch den Mund. Man würde sich krumm- und schieflachen über die sexuellen Spielereien, die sie als Verbrechen anzeigen wollte. Die Naivität dieses einfältigen Dings war lächerlich … und auf perverse Weise auch anziehend. Seine Erektion wippte zustimmend, als er sich die Hose herunterstreifte. Ein selbstironisches Lächeln umspielte seine Lippen.

War es nicht typisch für ihn, diese Art von Widerspenstigkeit erregend zu finden?

„Strathaven." Claras kehliges Flehen lenkte seine Aufmerksamkeit zurück auf die eigentliche Aufgabe, die anstand. „Wie lange willst du mich noch warten lassen? Ich verzehre mich nach dir, mein Liebster."

„Bist du es etwa, die hier die Vorschriften macht?", fragte er.

„Nein. Wirst du mich für meinen Ungehorsam … bestrafen?"

Ihm entging der hoffnungsvolle Ton ihrer Frage nicht, ebenso wenig wie das Zittern ihrer schlanken Schenkel, die sich noch weiter spreizten, um ihm einen Blick auf ihre geschwollenen Schamlippen zu gewähren. Gänzlich entkleidet trat er an das Bett heran. Er ließ einen Finger über ihr feuchtes Schamhaar gleiten und Clara wölbte sich ihm stöhnend entgegen.

„Woran hattest du gedacht?", wollte er wissen.

„Nun, ich *war* ein böses Mädchen." Sie warf ihre roten Locken über die Schulter und zwinkerte ihm verführerisch zu. „Wie wäre es, wenn du mir dafür den Hintern versohlst?"

Weil sie darum gebeten hatte, würde er ihrem Wunsch nicht nachkommen. Er hätte sich leicht eine eigene Bestrafung für Clara ausdenken können, um ihr erotisches Spiel weiterzutreiben, doch war er heute Abend nicht länger in der Stimmung, die Sache hinauszuzögern. Sie war feucht und bereit. Er packte sie an den schmalen Hüften, drückte ihre Knie weiter auseinander und drang mit seinem harten Glied in sie ein, was sie überrascht aufkeuchen ließ.

Er mäßigte absichtlich das Tempo, in dem er sie fickte, denn er wusste, was ihr gefiel. Sie machte keinen großen Hehl daraus und glich seine Stille während des Akts durch ihre Lautstärke aus. Obwohl sie in anflehte, es ihr *härter* und *tiefer* zu besorgen, blieben seine Stöße gemäßigt und seicht. Dadurch zögerte er ihren Orgasmus hinaus, baute ihn mit methodischer Präzision langsam auf. Während sein Körper den von Clara dominierte, wanderten seine Gedanken jedoch unaufhaltsam zurück zu Miss Kent.

Ihr schlichtes Kleid hatte sich mit subtiler Erotik an ihre Kurven geschmiegt, der zartrosa Stoff ein Vorgeschmack auf die Haut, die sich darunter verbarg. Sein Puls schnellte in die Höhe, als er sie sich unter ihm vorstellte, wie ihre verführerisch vollen Brüste bebten, während er sie vögelte. Ihre Brustwarzen hätten mit Sicherheit die gleiche altrosa Farbe wie ihre vorlauten Lippen. Er würde ihre lieblichen, runden Hüften packen und sie mit tiefen Stößen in ihre enge, feuchte Möse befriedigen und zähmen, bis sie ihre Unterwerfung hinausschrie ...

Der plötzliche Druck in seinen Hoden überraschte ihn. Ein warnendes Prickeln schoss durch seinen harten Schaft.

„Ja, ramm mich mit deinem mächtigen Schwanz!" Stöhnend presste Clara sich seinen Stößen entgegen. „Ich werde gleich ..."

Wie wäre wohl Miss Kent kurz vor dem Höhepunkt? Würde sie um Erlösung betteln? Vielmehr würde das widerspenstige kleine Biest wohl danach verlangen. Wenn sie ein braves Mädchen wäre, würde er ihr sogar geben, was sie wollte. Er sah ihre großen, braunen Augen vor sich, brennend vor Verlangen, hörte ihre atemlose Stimme, die seinen Namen keuchte, während er sich in ihre enge Scheide bohrte, tiefer und tiefer, sich nahm, was ihm gehörte, was sie nie zuvor einem anderen Mann gegeben hatte ...

Er biss die Zähne zusammen und wartete, bis seine Bettgespielin ihren Höhepunkt erreicht hatte. Erst dann ließ er ebenfalls los und ergoss sich zitternd in ihr, wobei er ein unwillkürliches Stöhnen zurückhielt. Kurz darauf zog er sich völlig ausgelaugt aus ihr zurück ... verwirrt von seiner Fantasie, von deren Inhalt und Intensität.

Emma Kent bedeutet Ärger. Schlag sie dir aus dem Kopf.

Er atmete aus und zwang sich, seinen eigenen Rat zu befolgen.

Nachdem er in seinen Morgenrock geschlüpft war, machte er sich daran, sich seinen üblichen Schlaftrunk einzuschenken. Das Schlückchen Tobermary-Whiskey vor dem Zubettgehen war eine kleine Schwelgerei seinerseits. Während seiner Jugend hatte er an Verdauungsbeschwerden gelitten, woraufhin die Ärzte ihn mit allem Möglichen, von feinfühligen Nerven bis hin zu Stimmungsschwankungen, diagnostiziert hatten. Ein Quacksalber hatte ihn sogar beschuldigt, seine Symptome nur vorzutäuschen.

Dieses Urteil hatte ihm unzählige Prügel von dem alten Herzog eingebracht. Anschließend hatte er ihn hungern lassen, um ihm die „Abartigkeit" auszutreiben.

Selbstverständlich war das für seine Gesundheit alles andere als förderlich gewesen.

Erst nach dem Tod seines Vormunds war es ihm gelungen, die Krankheit zu besiegen. Während seiner Studienzeit in Oxford hatte er einen Boxlehrer kennengelernt, der ihm nicht nur dabei half, seine körperliche Kraft wiederzuerlangen, sondern auch seine Ernährung auf die eines Kämpfers umstellte, um Muskeln und Ausdauer aufzubauen. Auch heute noch beinhaltete seine tägliche Routine Training und gesunde Mahlzeiten.

Er hatte sich geschworen, nie wieder die Kontrolle über seinen Körper – und sein Leben – zu verlieren.

Clara räkelte sich träge und katzenhaft am Kopfende des Bettes. „Nach einer derartigen Tollerei brauche ich etwas Stärkeres als Ratafia", säuselte sie mit sinnlicher Gefälligkeit. „Ich nehme ebenfalls ein Schlückchen von diesem ekelhaften Zeug, das du so magst."

Wortlos brachte er ihr ein Glas. Während Clara an ihrem Whiskey nippte, ließ er sich in dem ledernen Ohrensessel vor dem Kamin nieder. Der größte Nachteil an seinem Arrangement mit ihr war, dass sie nach Vollzug des Akts gerne verweilte.

„Welchen Eindruck hattest du von Miss Kent?", fragte sie plötzlich.

Obwohl seine Bauchmuskeln sich anspannten, warf er ihr einen gleichgültigen Blick zu. „Keinen besonderen."

„Ich fand sie ziemlich amüsant. Ein kleines Mäuschen vom Land, eingehüllt in den Mantel einer barmherzigen Samariterin." Claras Lächeln hatte etwas Beißendes an sich. „Wusstest du, dass sie mich auf dem Weg zum Haus weiterhin bedrängt hat, dich anzuzeigen?"

Das überraschte ihn nicht im Geringsten. Miss Kent hatte auf ihn sowohl einen tugendhaften wie auch entschlossenen Eindruck gemacht: die schlimmstmögliche Kombination überhaupt.

„Gewiss hast du es geschafft, sie davon abzubringen. Deine Darbietung der eingeschüchterten Ehefrau war ziemlich überzeugend. Vergleichbar mit der großartigen Mrs Siddons, um genau zu sein."

„Das war kein Schauspiel. Osgood hat fürchterliche Angst vor möglichen Skandalen", erwiderte Clara gereizt. „Ihm ist egal, was ich treibe − solange niemand davon erfährt. Er ist so eine Schlaftablette."

„Was er mit Juwelen und einem großzügigen Taschengeld wettmacht." Alarics Lippen verzogen sich zu einem spöttischen Lächeln. „Du hast aus freien Stücken in die Ehe eingewilligt, meine Liebe."

Sie zog einen Schmollmund, trank ihren Whiskey aus und stolzierte nackt hinüber zu der Anrichte, auf der die Spirituosen standen. Mit gerunzelter Stirn beobachtete er, wie sie sich ein weiteres Glas bis zum Anschlag eingoss und es in einem Zug hinunterkippte. Gute Güte, sie wollte sich doch hoffentlich keinen Schwips antrinken? In dem Fall würde er sie nie loswerden.

Erneut füllte sie ihr Glas mit der bernsteinfarbenen Flüssigkeit, wobei sie einige Tropfen verschüttete. „Da wir gerade von Ehe sprechen ... wie läuft es mit deiner Brautschau?"

„Gut", sagte er kurz angebunden.

„So viele Damen, die sich danach verzehren, die nächste Braut des teuflischen Herzogs zu werden." Clara gestikulierte angetrunken mit ihrem Glas durch die Gegend. „Sie sind sogar bereit, deine skandalösen Bedingungen zu akzeptieren."

Bei seinen Runden über den Heiratsmarkt hatte er seine Forderungen unmissverständlich klargemacht: keine Jungfrauen. Nichts war trügerischer als Unschuld. Er wollte keinesfalls die desaströsen Fehler seiner ersten Ehe wiederholen. Diesmal würde es kein Geschwätz über Liebe geben, ein Gefühl, das er weder empfinden wollte noch konnte. Seine nächste Herzogin wäre eine weltgewandte Frau, die ihm geben würde, was er forderte: einen Erben und vollkommenen Gehorsam – im Bett und außerhalb. Im Gegenzug würde es ihr an nichts mangeln, sie würde alles erhalten, was sein Reichtum und Status ihr zu bescheren vermochten.

Alles in allem ein gerechter Handel.

Alaric schnippte eine Fluse von seinem Ärmel. „Ich halte es für vorteilhaft, meine Absichten klar darzustellen."

Man wird mich nie wieder hintergehen.

„Du bist eine echte Herausforderung, weißt du. Reich, gut aussehend ... ganz zu schweigen von deinem legendären, kalten Herzen. Alle Ladys träumen davon, dich dazu zu bringen, dass du dich in sie verliebst."

„Ach, wirklich?", fragte er tonlos.

Clara grinste. „Sie kennen eben nicht den heißblütigen Mann, den ich kenne."

Eigentlich kannte sie ihn überhaupt nicht, doch er machte keine Anstalten, ihre fehlgeleitete Ansicht zu berichtigen.

„Ich bin dieses Thema leid." Seine Schläfen begannen zu pochen.

„Wäre ich doch nur nicht an Osgood gebunden", sagte Clara plötzlich. „Dann stünde es mir frei, dich zu heiraten."

Alaric erstarrte in seinem Sessel. Die Uhr aus Goldbronze tickte unangenehm laut in der abrupten Stille. Er wollte ihr gegenüber nicht respektlos sein, würde sie aber auch nicht anlügen. Der Gedanke, sie zu heiraten, war ihm noch nie in den Sinn gekommen.

Claras sprödes Lachen durchbrach das Schweigen. „Du musst nicht so entsetzt gucken, Strathaven – das war nur ein Scherz. Ich brauche doch gar keinen anderen Ehemann. Wo wir gerade davon sprechen", fuhr sie leicht lallend fort. „Es dauert noch ein paar Stunden, bis Osgood von seinen nächtlichen Frivolitäten zurückkehrt."

Alaric verspürte nicht das geringste Verlangen, erneut mit ihr zu schlafen. Plötzlich bemerkte er, dass ihn eine sonderbare Müdigkeit überkam. Er fühlte sich wie aus dem Gleichgewicht gerissen, seine Sinne waren benebelt. Mit einem Mal verkrampfte sich sein Magen und ein stechender, qualvoller Schmerz schnitt ihm die Luft ab. Erinnerungen überfielen ihn: verworrene Laken, durchnässt von seiner Schande, das stickige Krankenzimmer, abscheuliche Medizin, die ihm verabreicht wurde ...

Was zum Teufel? Das kann nicht sein. Ich war seit Jahren nicht mehr krank.

Er kämpfte gegen die aufsteigende Panik an und blickte auf sein Glas hinunter. Die kristallenen Facetten schimmerten schwindelerregend. Der Whiskey? Bisher hatte er ihn doch immer vertragen. Seine Stirn brannte, die Handflächen waren klamm.

„Strathaven, ich ... fühle mich nicht gut ..."

Er konnte Claras gestammelte Worte kaum ausmachen. Plötzlich teilte sich ihr Anblick in zwei Hälften, ein verschwommener Fleck aus roten Haaren und Lippen. Ihr Arm fuhr nach vorne und stieß die Whiskey-Karaffe mit einem Klirren zu Boden. Dann brach sie zusammen.

„Clara!" Alaric taumelte auf die Beine. Er machte einen Schritt auf sie zu, doch ein stechender Schmerz durchfuhr seine

Bauchgegend und die Welt um ihn drehte sich. Der Boden stürzte auf ihn zu und er fiel in einen tiefen, schwarzen Abgrund.

Der schrille Schrei einer Möwe weckte ihn.

Schläfrig vergrub Alaric sich tiefer in der sandigen Matratze. Er war in seiner Höhle, die geheime Grotte, die er am Ufer des Sees entdeckt hatte, sein sicherer Zufluchtsort. Hier schien die Krankheit, die seinen Magen qualvoll verknotete und seine Muskeln schwächte, was ihm die Verachtung des Herzogs einbrachte, für kurze Zeit zu verblassen.

Allein war es besser.

Aber die Herzogin ... sie würde sich Sorgen machen, würde wie ein Kanarienvogel im Käfig in ihrem vergoldeten und mit Samt verkleideten Wohngemach umherhuschen. Er spürte ihre zierlichen Hände über seine heiße Stirn und seine Wangen streichen und mit kaltem Wasser beträufeln. Sie machte alles besser. Sie machte alles schlimmer ...

Mama, warum hast du mich verlassen? Pa, warum hast du mich fortgeschickt?

Seevögel kreischten – oder war es Laura? Ihre Wutausbrüche verfolgten ihn bis in seine Höhle. Es gab kein Entkommen vor ihren wilden Anschuldigungen, ihren unberechenbaren Launen. Himmel, er wollte doch nur schlafen, aber ihre Schreie wurden immer lauter ...

Ruckartig erwachte er und blinzelte verwirrt. Keine Laura und kein See ... ein Zimmer? Sein Cottage – warum lag er auf dem Boden? Die vergoldete Uhr tickte eindringlich. Er fuhr sich mit den Händen übers Gesicht und stellte fest, dass er schweißüberströmt war. Wackelig setzte er sich auf und versuchte, sich zu orientieren. Er ließ den Blick durch den Raum schweifen – und erstarrte vor Schock.

„Clara?" Taumelnd kam er auf die Füße und schwankte zu ihr hinüber.

Sie lag wie eine gestrandete Meerjungfrau auf dem Boden, ihre roten Haare, gespickt mit den Scherben der Karaffe, umgaben ihr Gesicht wie ein steifer Fächer. Ihre weit geöffneten Augen starrten ihn reglos an. Sie antwortete nicht – und ihm wurde bewusst, dass sie es auch nie wieder tun würde.

❧ 3 ❧

ZWEI TAGE SPÄTER VERLIEẞ EMMA KURZ NACH TAGESANBRUCH ihr Schlafgemach. Das Stadtleben hatte nichts an ihrer Gewohnheit geändert, mit den ersten Sonnenstrahlen aufzustehen. Leider fühlte sie sich alles andere als ausgeruht, da ihr Schlaf in den vergangenen beiden Nächten von vagen, bedrohlichen Albträumen gestört worden war. Im Tageslicht nahmen diese schemenhaften Sorgen deutlichere Gestalt an.

War es richtig von mir, Strathaven nicht den zuständigen Behörden zu melden? Was, wenn Lady Osgood etwas zustößt? Trage ich durch mein Schweigen zu einer fürchterlichen Ungerechtigkeit bei?

Ihr Herz flatterte unruhig, doch im Moment konnte sie nichts weiter tun. Sie hatte Lady Osgood ihr Wort gegeben, und eine Kent brach niemals ein Versprechen. Ihr blieb nichts weiter übrig als zu beten, dass sie richtig gehandelt hatte.

Emma atmete tief aus und stieg die ausladende Treppe hinunter. Die friedliche Ruhe im Haus bedeutete, dass ihre drei jüngeren Schwestern noch schliefen. Dorothea, Violet und Polly hatten sich schnell an ihr neues Leben in Ambrose und Mariannes Residenz in Mayfair gewöhnt. Bei Emma sah es anders aus. Als sie an den unschätzbar teuren Gemälden und exotischen Möbelstücken vorbeiging, fühlte sie sich so fehl am Platze wie ein Zinnbecher neben einem kostbaren Limoges-Gedeck.

Im Erdgeschoss begrüßte sie die Dienstmädchen, die das makellose Atrium putzten und polierten. „Guten Morgen, Miss Kent", grüßten diese einstimmig und knicksten vor ihr. Nach ihrem Einzug hatte Emma den Fehler gemacht, sie bei der Hausarbeit unterstützen zu wollen. Schließlich war Müßiggang aller Laster Anfang, und sie war es gewohnt, das Heim ihrer Familie instand zu halten.

Erst Mariannes sanfte Ermahnungen hatten sie erkennen lassen, dass ihre gut gemeinten Intentionen die gegenteilige Wirkung hatten. Sie *verärgerte* vielmehr das Personal, da ihr Eingreifen den Anschein erweckte, es würde seine Pflichten nicht zufriedenstellend erfüllen.

Bestürzt gab Emma ihre lebenslange Gewohnheit auf, ihr Bett selbst zu machen. Sie ließ sich ohne Widerspruch ein Dienstmädchen zuteilen, das ihr beim Ankleiden und Frisieren half. Außerdem bot sie Chefkoch Arnaud keine Hilfe mehr bei der Zubereitung der Mahlzeiten an.

Doch Freizeit war ihr fremd und sie fand sich nur schwerlich damit zurecht. Sie fragte sich zunehmend, was die Damen der Oberschicht mit all der freien Zeit anfingen. Glücklicherweise gab es Kent und Partner. Sie würde verrückt werden, wenn sie keine bedeutsame Aufgabe und nichts zu *tun* hätte.

Als sie das Frühstückszimmer betrat, hob Ambrose, der an der Anrichte stand, den Kopf. Die Ehe schien ihrem großen Bruder gut zu bekommen. In seinem schlichten, aber eleganten dunkelgrauen Cutaway und der perfekt auf seine große, schlanke Figur zugeschnittenen Hose, sah sie den Einfluss seiner Frau. Sein widerspenstiges, dunkles Haar war zu einer adretten Frisur gezähmt worden. Aber noch viel wichtiger war, dass die feinen Fältchen, die ihn vor Sorge hatten älter wirken lassen, einem jüngeren, glücklicheren Ausdruck gewichen waren. Seine bernsteinfarbenen Augen strahlten eine zufriedene Wärme aus.

Das war Mariannes wahres Geschenk gewesen, dachte Emma voll Dankbarkeit.

„Guten Morgen, Em", sagte er. „Du bist ja früh auf den Beinen."

„Nicht viel früher als du." Sie gesellte sich zu ihm an das Buffet und betrachtete die verblüffende Auswahl an Frühstücksmöglichkeiten.

Die Kents hatten nicht immer ein luxuriöses Leben geführt. Bevor er Marianne kennengelernt hatte, war Ambrose als Polizist in London tätig gewesen und hatte die Familie mit seinem bescheidenen Lohn ernährt, während Emma sich um das Cottage in Chudleigh Crest kümmerte. Jahrelang waren sie und ihr Bruder ein eingespieltes Team gewesen, das gemeinsam den älteren Vater und die jüngeren Geschwister versorgte.

Ambrose lächelte sie reumütig an, als hinge er gerade denselben Gedanken nach. „Es ist immer noch ziemlich gewöhnungsbedürftig, nicht wahr?"

Sie wusste genau, was er meinte. „Ja, ist es." Sie nahm sich einen Teller und lud sich ein pochiertes Ei auf. Nachdenklich fuhr sie fort: „Die Mädchen haben sich allerdings gut an den neuen Komfort gewöhnt. Theas Gesundheit hat sich verbessert und Violet glänzt beim Reit- und Tanzunterricht. Selbst Polly blüht richtig auf." Der Gedanke an ihre sonst so schüchterne, sechzehnjährige Schwester versetzte ihr einen freudigen Stich in der Brust. Das Nesthäkchen der Familie traute sich mehr und mehr aus ihrem Schneckenhaus heraus. „Sie freut sich, wieder mit Rosie vereint zu sein. Ich denke, sie verleiht ihr Selbstbewusstsein."

Primrose – von ihren Liebsten Rosie genannt – war Mariannes Tochter aus einer früheren Affäre. Die Suche nach Rosie hatte Ambrose und Marianne vor acht Jahren zusammengebracht. Zwar sahen alle Kents Rosie als Familienmitglied an, aber sie und Polly hatten eine ganz besondere Bindung. Sie waren im gleichen Alter und einander von der ersten Begegnung an treu ergeben gewesen.

„Rosie hat gewiss genug Selbstbewusstsein für beide." Trotz

des trockenen Tonfalls verriet das Lächeln in Ambroses Augen, wie sehr er seine lebhafte Adoptivtochter liebte. „Aber hast du nicht jemanden vergessen?"

Emma ließ sich auf dem Stuhl nieder, den ein Bediensteter für sie herausgezogen hatte. „Ach, mit Harry darf sich jetzt das Cambridge-College herumschlagen. Es ist jedenfalls um einiges sicherer, ihn in den dortigen Laboren herumexperimentieren zu lassen als hier."

Im Jahr zuvor hatte ihr jüngerer Bruder mit dem Studium begonnen. Schnell hatte sich herausgestellt, dass in dem aufstrebenden Wissenschaftler ein wahres Genie schlummerte. Die Professoren lobten seinen Eifer, der allerdings oftmals zu gewaltigen Explosionen führte. Den Sommer verbrachte er an der Université de Paris, wo er bahnbrechende Methoden von einem berühmten französischen Wissenschaftler lernte.

„Der Gedanke an Harrys wachsendes Arsenal bereitet mir Sorge", sagte Ambrose und schnitt sich ein Stück Schinken ab. „Aber ihn meinte ich nicht."

Emma runzelte die Stirn. „Wen dann?"

„Dich, Em. Du hast bisher nicht viel über den Ball vor zwei Tagen erzählt."

Sie versuchte, unter dem prüfenden Blick ihres Bruders die Fassung zu wahren. Das war wieder einmal typisch für Ambrose: Ihm entging nie etwas. Er pflegte immer zu sagen, dass es seine Hauptaufgabe als Ermittler sei, alles zu beobachten und die Wahrheit ans Licht kommen zu lassen. Erinnerungen bedrängten Emma – von Lady Osgood, hilflos an den Pavillon gebunden, von Strathaven, herzoglich und bedrohlich –, doch sie schüttelte diese schnell ab.

Du hast Lady Osgood dein Wort gegeben. Eine Kent ist an ihr Versprechen gebunden.

Ambrose bat den Bediensteten um eine weitere Tasse Kaffee, woraufhin dieser den Raum mit der professionellen Diskretion verließ, die Mariannes gesamtes Personal auszeichnete.

„So schlimm?", fragte er, als sie allein waren.

Emma bemerkte das Mitgefühl in seinem Ton. Er verstand besser als jeder andere, was es bedeutete, in einer Welt zu leben, zu der man nicht wirklich gehörte. Ambrose nahm klaglos an den Veranstaltungen der *ton*, der britischen Adelsgesellschaft, teil, weil er seine Frau liebte. Das bedeutete jedoch nicht, dass er es gerne tat.

„Es war ein unvergesslicher Abend", sagte Emma wahrheitsgemäß.

Kurz war sie versucht, ihrem Bruder alles zu erzählen – doch Lady Osgoods hysterische Drohungen klangen ihr noch immer in den Ohren nach. Sie hatte ihr Wort gegeben und konnte nicht riskieren, dass die Lady eine drastische Dummheit beging.

Sie schluckte und fuhr fort: „In Wahrheit würde ich lieber mit dir zur Arbeit gehen, als einen Ball zu besuchen. Sollen wir uns beeilen? Es gibt viel zu tun und –"

„Darüber müssen wir uns unterhalten, Em." Ambrose räusperte sich und legte sein Besteck nieder.

„Du warst uns eine große Hilfe und die Partner sind äußerst dankbar für alles, was du nach dem Brand für uns getan hast. Aber eine junge Frau wie du sollte sich nicht in einem Büro verstecken. Du hattest mit dem Versorgen der Familie lang genug eine große Last zu tragen. Ich will mehr für dich. Jetzt ist es an der Zeit, dich zu vergnügen, dein Glück zu finden ..."

„Ich weiß, was ich brauche, um glücklich zu sein", unterbrach sie ihn.

„Ach, wirklich?"

Ihr Herz raste. Es war so weit. Sie musste ihm ihren Vorschlag unterbreiten.

Jetzt oder nie – folge der Weisheit deines Herzens.

„Ich will mit dir zusammenarbeiten. Als Ermittlerin, meine ich", sagte sie hastig.

Ambrose verschlug es nicht häufig die Sprache. „Das kann nicht dein Ernst sein."

„Es war mir noch nie so ernst mit etwas. Du brauchst Hilfe mit dem neuen Büro und der wachsenden Kundschaft. Und ich ...“ Sie warf ihrem Bruder einen flehenden Blick zu. „Ich brauche eine Aufgabe.“

„Du hast doch viel zu tun“, erwiderte er verwirrt. „Du kümmerst dich um die Mädchen.“

„Sie sind erwachsen und brauchen mich nicht mehr so wie früher.“ Die Wahrheit hinter diesen Worten versetzte ihr einen Stich. „Sie verbringen ihre Zeit jetzt mit Unterricht, der neusten Mode und Ausflügen. Was das Leben in der Oberschicht angeht, ist Marianne eine weitaus bessere Beraterin als ich.“

„Dann nutze die Zeit, um geeignete Gentlemen kennenzulernen. Wünschst du dir denn keinen Ehemann, Em? Einen, mit dem du eine eigene Familie gründen kannst?“

„Ich habe bisher keinen Mann getroffen, dessen Moralvorstellungen ich wirklich bewundere“, antwortete sie ehrlich. „Ich würde nur einen Mann heiraten, der meine Werte teilt und mich ebenbürtig behandelt.“

Ihr ganzes Leben lang hatte sie zu ihrem Vater und Bruder aufgesehen, Männer mit Prinzipien und Anstand, die ihrer Familie ergeben waren. Obwohl Ambrose eine reiche Frau geheiratet hatte, änderte sich nichts an seinem grundlegenden Wesen. Er ging weiter zur Arbeit, nicht aus Notwendigkeit, sondern weil er an das Streben nach Gerechtigkeit glaubte. Sein Stolz hatte es ihm nicht erlaubt, Mariannes Geld anzunehmen, um sein Geschäft nach dem Brand wiederaufzubauen. Stattdessen war er von einem Kreditgeber zum nächsten gegangen und hatte versucht, ein angemessenes Darlehen zu erhalten. Gerade, als alle Hoffnung verloren schien, hatte die Hilliard-Bank ihm doch noch ihre Unterstützung angeboten.

Für ihn war dies der Beweis gewesen, dass Durchhaltevermögen der Schlüssel zum Erfolg war.

„Du hast einfach noch nicht genügend Gentlemen kennengelernt“, lautete seine vorhersehbare Antwort. „Weil du so sehr damit beschäftigt warst, dich um alle anderen zu kümmern, hattest du keine Zeit, an dich selbst zu denken."

„Trotzdem bin ich wohl kaum eine wünschenswerte Braut." Nüchtern zählte sie alle Punkte, die gegen sie sprachen, an ihren Fingern auf. „Ich bin kontrollierend, unverblümt, gehöre praktisch zum alten Eisen –"

„Du bist gerade mal vierundzwanzig!"

„In der *ton* gilt das als alte Jungfer. Bitte, Ambrose", flehte sie. „Würdest du wenigstens darüber nachdenken, mich in das Familiengeschäft einsteigen zu lassen?"

Ambrose lehnte sich mit finsterer Miene in seinem Stuhl zurück. „Das Büro auf Vordermann zu bringen ist eine Sache, aber dir zu erlauben, meinen Beruf auszuüben, eine völlig andere. Ich bin ja kein Gemüsehändler, dem du beim Warenverkauf helfen würdest. Das Geschäft der Privatermittler steckt voller Gefahren. Ich werde dich keinen Risiken aussetzen, Em."

„Aber ich habe dir doch mit Mrs Kendrick geholfen, oder nicht?", fragte sie verzweifelt.

„Das war eine Ausnahme. Die meisten Fälle lassen sich nicht damit lösen, einer Ring-fressenden Katze ein Brechmittel zu verabreichen", antwortete ihr Bruder genervt.

Das mochte sein, aber immerhin war Emma die *Einzige* gewesen, die Schneeball, Mrs Kendricks langhaarigen Perserkater, verdächtigt hatte. Als Katzenbesitzerin kannte sie deren Vorliebe für das Verschlingen von glänzenden Gegenständen nur zu gut. Tabitha, ihre eigene Katze, hatte einmal eine ihrer Broschen verschluckt. Die Wiederbeschaffung des Schmuckstücks war für alle Beteiligten unschön gewesen, und noch Tage später hatte Tabitha ihr zutiefst gekränkte Blicke zugeworfen.

Plötzlich kam ihr ein Gedanke. „Was, wenn ich nur Fälle mit älteren Damen und Witwen übernehmen würde? Was könnte mir da schon groß zustoßen?"

Ihr Bruder warf ihr einen bekümmerten Blick zu. „Deine Frage verrät deine Unschuld."

„Du kannst sämtliche meiner Schritte überwachen, und ich werde alles tun –"

„Nein, Emma. Ich erlaube es nicht."

Sie öffnete den Mund, um weiter zu argumentieren, als die Tür aufschwang.

„Guten Morgen", grüßte Pitt, der Butler, mit einer Verbeugung. „Entschuldigen Sie die Störung, aber Sie haben Besuch, Sir."

Ambrose runzelte die Stirn. „Um diese Uhrzeit?"

„Es ist Mr McLeod. Er sagt, es sei dringend."

„Führen Sie ihn herein", erwiderte Ambrose.

Emma stellte frustriert fest, dass das Gespräch bisher so miserabel gelaufen war, wie sie befürchtet hatte. Vielleicht wäre die Anwesenheit William McLeods, einem der Geschäftspartner ihres Bruders, von Vorteil. Sie kannte Mr McLeod als gerechten und vernünftigen Mann. Mehr als einmal hatte er ihre Arbeit im Büro gelobt. Möglicherweise gelänge es ihr, ihn auf ihre Seite zu ziehen ...

Der geräumige Frühstücksraum schien unter der Präsenz des strammen Schotten zu schrumpfen, als dieser das Zimmer betrat. Mr McLeod war ebenso groß wie Ambrose und weitaus muskulöser. Trotz seines wilden, imposanten Erscheinungsbildes war der ehemalige Soldat ein wahrer Gentleman. Bei den Abendessen im Heim der McLeods hatten die Kents sich davon überzeugen können, was für ein ergebener Ehemann er seiner Frau Annabel war, und wie liebevoll er mit seinen beiden Kindern umging.

Heute war Mr McLeods attraktives, raues Gesicht jedoch von Sorgenfalten durchzogen. Er wirkte aufgewühlt. Sein dichtes, braunes Haar war zerzaust, in der einen Hand hielt er eine Zeitung. Emma wusste, das etwas vorgefallen sein musste, als der sonst so höfliche Schotte ihr nichts weiter als eine schnelle Verbeugung widmete, bevor er sich Ambrose zuwandte.

„Was gibt es, McLeod?", fragte ihr Bruder.

„Ich brauche Ihre Hilfe", sagte dieser hastig und drückte Ambrose die Zeitung in die Hand.

Dieser überflog mit zusammengekniffenen Augen die ersten Zeilen. „Meine Güte", murmelte er. Dann blickte er seinen Geschäftspartner alarmiert an. „Haben Sie mit Strathaven gesprochen?"

Emma zuckte auf ihrem Stuhl zusammen. *Strathaven? Was geht da vor sich?*

Mr McLeod fuhr sich mit der Hand durchs Haar, während er ruhelos auf und abging. „Nein. Er und ich ... wir hatten seit Monaten keinen Kontakt. Aber ich weiß, dass er es verdammt noch mal nicht getan hat."

Was getan hat? Emma überkam eine ungute Vorahnung. *In welcher Beziehung steht Mr McLeod zu dem Herzog?*

„Lassen Sie uns sofort zu ihm fahren." Ambrose warf die Zeitung auf den Tisch und legte seinem Partner eine Hand auf die Schulter. „Wir bieten ihm unsere Unterstützung an und helfen, wie auch immer wir können."

„Vielen Dank, mein Freund. Wenn das nur genügt", erwiderte dieser schwermütig.

Während die Männer die Kutsche vorbereiten ließen, umrundete Emma den Tisch und schnappte sich die Zeitung. Als sie die Schlagzeile erblickte, blieb ihr beinahe das Herz stehen:

TEUFLISCHER HERZOG MIT ERMORDETER FRAU AUFGEFUNDEN.

„O nein", flüsterte sie.

Mr McLeod kam zurück in das Zimmer. „Nichts weiter als Indizienbeweise und Mutmaßung, Miss Kent. Nur weil Lady Osgood in Strathavens Anwesenheit gefunden wurde, bedeutet das nicht, dass er –"

„Aber es ist wahr. Ich weiß es", presste sie hervor.

Sie fühlte sich schrecklich. *Das ist alles meine Schuld. Lady Osgood ist tot ... wegen mir. Weil ich nicht das Richtige getan habe ...*

„Wovon sprichst du, Em?" Ambroses Stimme durchbrach ihre Benommenheit. „Und warum bist du so todesbleich?"

Zitternd atmete sie ein und hielt sich an der Rücklehne eines

Stuhls fest. Ihr Versprechen Lady Osgood gegenüber war angesichts der Lage null und nichtig. Sie war tot ... es gab keinen Grund mehr, ihr Geheimnis zu wahren.

Ich habe sie einmal im Stich gelassen. Das wird kein zweites Mal geschehen.

„Ambrose, wir müssen das Gericht verständigen", sagte sie mit zitternder Stimme.

„Was? Warum?", fragte ihr Bruder mit gerunzelter Stirn.

„Ich kann beweisen", presste sie durch ihre zugeschnürte Kehle hervor, „dass Strathaven Lady Osgood tatsächlich ermordet hat."

„Was zum Teufel soll das heißen?"

Ihr Blick fiel auf Mr McLeod. Statt des sonst so gutmütigen Gentlemans stand nun ein wütender Schotte vor ihr, bereit zum Kampf.

Sie atmete aus. „Ich habe vor zwei Nächten einen Vorfall miterlebt. Zwischen Strathaven und dem Opfer."

„Lassen Sie Emma ausreden, McLeod." In Ambroses Ton lag eine unterschwellige Warnung.

William McLeod nickte, doch das Feuer in seinen Augen loderte weiter. „Dann lassen Sie mal hören, Miss Kent", sagte er grimmig. „Warum bezichtigen Sie meinen Bruder des Mordes?"

❧ 4 ❧

„SIE HABEN BESUCH, EUER GNADEN.“

Beim Klang von Jarvis' Stimme hoben Alarics Jagdhunde Phobos und Deimos, die vor dem Kamin dösten, die grauen Köpfe. Da jedoch weder die Aussicht auf Futter noch auf einen Spaziergang bestand, machten sie es sich wieder auf dem plüschigen Aubusson-Teppich bequem. Alaric, der an seinem Schreibtisch saß, ließ den Bergbaubericht sinken, den er zur Ablenkung vor düsteren Gedanken gelesen hatte, und bedachte seinen uralten Butler mit einem durchdringenden Blick. Der gebückte, faltige Mann erwiderte diesen gleichgültig.

„Ich habe dich doch angewiesen zu sagen, dass ich außer Haus bin“, zischte Alaric.

„In diesem Fall möchten Sie vielleicht eine Ausnahme machen.“ Wie üblich wirkte Jarvis unerschütterlich. „Es ist Mr McLeod. Ich ließ ihn im Hauptsalon warten.“

William. Na großartig. Als plagten mich nicht schon genug Sorgen.

Alaric knallte den Papierstapel, den er in Händen hielt, auf die Tischplatte und rückte gereizt von seinem Schreibtisch weg. „Zukünftig solltest du weniger denken und mehr Befehle befolgen“, knurrte er sauer.

Jarvis verzog keine Miene. „Ich kümmere mich um Erfrischungen für Ihre Gäste."

„Moment mal. Gäste ... mehrere? Wer zum Teufel ..."

Doch Jarvis war bereits verschwunden. Den Butler überkamen häufig Anfälle von Schwerhörigkeit, wenn er keine Lust hatte, Alarics Anordnungen Folge zu leisten. Die selektive Taubheit hätte ihm längst den Job kosten müssen, aber sowohl er als auch Alaric wussten, dass es nie dazu kommen würde. Jarvis hatte den Strathavens sein Leben lang gedient, seine Loyalität war so sturmfest wie die Felsen, auf denen Strathmore Castle erbaut worden war.

Während der Herrschaft des früheren Herzogs hatte der Butler nur in einem Fall die Regeln seines Herrn missachtet, soweit Alaric wusste: Er war nett zu einem kranken Jungen gewesen. Seine Verachtung gegenüber jeglicher Form von Schwäche hatte den alten Herzog dazu veranlasst, Alarics „Simulantentum" durch ein Verbot sämtlicher Vergnügungen in dessen Krankenzimmer zu bestrafen. Die Fenster wurden verriegelt, Ablenkungen entfernt. Die Mahlzeiten, bestehend aus Haferschleim und Wasser, wurden beim Licht einer einzelnen Kerze eingenommen.

Indem er gelegentlich Süßigkeiten auf dem Serviertablett hineinschmuggelte oder ein Buch unter Alarics Kissen versteckte, hatte sich Jarvis dessen Loyalität für immer zugesichert.

„Trotzdem ist und bleibt er ein nerviger Kauz, der sich überall einmischt", murmelte er vor sich hin.

Phobos schnaubte zustimmend und rollte sich auf den Rücken.

Alaric stieß einen gereizten Seufzer aus und marschierte in Richtung Salon. Seine Laune verschlechterte sich mit jedem Schritt. Die letzten beiden Tage hatten ihn an seine Grenzen gebracht. Bei dem Gedanken an Clara übermannte ihn eine wütende Hilflosigkeit. Sie war unter seinem Dach ermordet worden – seinetwegen.

Jemand hatte seinen Whiskey vergiftet. Da die Karaffe

zerschmettert worden und der Inhalt somit verloren war, fehlte ihm jeglicher Beweis, und doch war es die einzig mögliche Erklärung. Da er wie gewöhnlich nur einen Drink genommen hatte, war ihm übel geworden und er hatte das Bewusstsein verloren. Clara hatte drei Gläser getrunken und den ultimativen Preis dafür bezahlt.

Wer hatte Clara ermordet? Wer wollte ihn tot sehen?

Die Möglichkeiten schwirrten ihm durch den Kopf. Wie jeder einflussreiche Mann hatte auch er eine gewisse Anzahl an Feinden, allerdings hatte nur einer von diesen ihm je mit dem Tod gedroht: Silas Webb. Beim Gedanken an den korpulenten Mistkerl mit dem Schweinsgesicht, schütteren, schwarzen Haar und der Brille ballte er die Hände zu Fäusten.

Vor vier Monaten hatte Alaric ein erfolgloses Bergbauunternehmen übernommen. Er hatte ein Konsortium von Geldgebern gegründet und Aktien des Unternehmens verkauft, um zusätzliches Kapital zu erwirtschaften. Wenige Wochen später hatte United Mining sich erholt und war wieder auf Erfolgskurs. Im Zuge dieses Unterfangens hatte er den langjährigen Geschäftsführer, Silas Webb, entlassen. Webbs überwältigende Unfähigkeit – angefangen bei fehlerhafter Buchhaltung bis hin zu haarsträubenden Ausgaben – hatten das am Abgrund stehende Unternehmen noch weiter in den Ruin getrieben.

Webb war alles andere als erfreut gewesen über seine Kündigung. Während er gewaltsam vom Gelände geführt worden war, hatte er wüste Drohungen ausgestoßen. Eine Woche später hatte ein Stein das vordere Fenster des Büros zertrümmert.

In Alarics Augen war Silas Webb der Hauptverdächtige bei diesem Vergiftungsanschlag und daher hatte er dessen Namen umgehend den zuständigen Ermittlern genannt.

Das hätte ich mir auch sparen können, dachte er verächtlich.

Seit Claras Tod waren zwei Tage vergangen, aber bisher hatten die Beamten keinerlei Fortschritte bei der Ermittlung gemacht. Die Post-Mortem-Untersuchung hatte „uneindeutige" Befunde hinsichtlich der Todesursache ergeben. Außerdem schien Webb wie vom Erdboden verschluckt zu sein. Schließlich hatten die Beamten es auch noch versäumt, der zweiten heißen Spur nachzugehen: Lily Hutchins, eines der Dienstmädchen in Alarics Cottage, war seit dem Mord nicht mehr zur Arbeit erschienen und keiner der übrigen Angestellten wusste, wo sie sich aufhielt. Ihr plötzliches Verschwinden war ein zu großer Zufall, den man unmöglich außer Acht lassen konnte.

Alaric wusste, dass er sich selbst darum kümmern und seine eigenen Ermittler anheuern musste. Als ob die Jagd nach einem Mörder nicht schon genug wäre, hatte er jetzt auch noch seinen verflixten Halbbruder am Hals.

Mit angespannten Schultern betrat er das Wohnzimmer. Will stand am Fenster und betrachtete den Vorhof. Wie immer löste der Anblick seines Bruders ein Gefühlschaos in ihm aus, das ihm alles andere als lieb war. Noch weniger gefiel ihm allerdings der Anblick Emma Kents, die in einem narzissengelben Kleid auf seiner grünen Samtcouch saß.

Was zum Teufel hat sie hier zu suchen?

Sie schien in eine Unterhaltung mit dem Gentleman vertieft, der neben ihr saß. Die beiden hatten die dunkelhaarigen Köpfe zusammengesteckt, sodass Alaric ihr Gespräch nicht verstehen konnte. Worüber sie auch sprechen mochten, ihm gefiel die Intimität ihrer Haltung nicht.

„Was verschafft mir diese Ehre?", fragte er gedehnt.

Alle wandten sich ihm zu. Miss Kent und der Fremde erhoben sich von ihrem Platz.

„Hallo, Alaric." Wills verhaltener Ton verdeutlichte die unbehaglichen Umstände zwischen ihnen: Halbbrüder, die die meiste Zeit ihres Lebens getrennt voneinander verbracht hatten, die nichts verband außer einem Elternteil und einer feindseligen Vergangenheit.

„Du kannst dir sicher denken, warum ich hier bin", fuhr sein Bruder fort.

„In der Tat habe ich nicht die geringste Ahnung ... Peregrine.“

Als er seinen verhassten ersten Vornamen hörte, erstarrte Will.

Zugegebenermaßen verspürte Alaric eine kleinliche Genugtuung, aber warum sollte er auch nicht die wenigen Freuden des Lebens genießen, die ihm noch geblieben waren? Mit hochgezogener Braue fuhr er fort: „Und du hast Gäste zu deinem ungebetenen Besuch mitgebracht. Was für wahrlich außergewöhnliche Manieren, kleiner Bruder.“

„Verflixt, Alaric ...“, presste Will hervor.

„Bitte entschuldigen Sie die Störung, Euer Gnaden.“ Der Fremde war fast so groß wie Alaric. Er schien um die vierzig zu sein, und in seinen klaren, goldbraunen Augen lag ein beunruhigender Eifer.

„Ich bin Ambrose Kent, Mr McLeods Geschäftspartner in der Privatermittlung.“ Er verbeugte sich. „Dies ist meine Schwester, Miss Emma Kent.“

„Seine Gnaden und ich sind einander bereits begegnet“, erwiderte sie.

Die Feindseligkeit in ihrer Stimme und ihren großen, tiefbraunen Augen durchbohrte ihn. Plötzlich dämmerte ihm der Grund ihrer Anwesenheit. Ungläubigkeit ließ das Blut in seinen Adern gefrieren.

Das verflixte Gör würde es nicht wagen!

„Wenn ich mich recht erinnere, habe ich bei unserem letzten Treffen keine Einladung zu einem Besuch ausgesprochen“, sagte er eisig.

Miss Kent hob herausfordernd das Kinn. „Das hier ist kein Privatbesuch.“

„Ich habe die Kents gebeten, mich zu begleiten.“ Will kam wütend auf ihn zu. „Um dir zu helfen, du sturer Bastard!“

Es erstaunte ihn immer wieder, dass er und Will denselben Vater hatten, da sie sich weder äußerlich noch vom Temperament her glichen. Will war der goldene Sohn, den jeder vergöttert hatte. Aus dem strammen Jungen war ein imposanter Schotte geworden, der das passende Gemüt besaß.

Im Gegensatz zu ihm hatte Alaric gelernt, seine Regungen zu kontrollieren und stets einen kühlen Kopf zu bewahren. Niemand hatte ihn je verhätschelt. Wie den Gott Ares, der laut der griechischen Mythologie jahrelang in einem Bronzegefäß eingeschlossen war, ohne dass seine Eltern es bemerkten, hätte auch ihn niemand vermisst, wenn er verschwunden wäre. Er war immer das schwarze Schaf gewesen und wusste diese Rolle perfekt zu spielen.

Er ließ seine Stimme vor herablassender Belustigung triefen. „Warum sollte *ich* deren Hilfe benötigen?"

„Lady Osgood." Will spie den Namen aus und stemmte die Hände in die Hüften.

„Was ist mit ihr?"

„Du wurdest mit einer toten Frau aufgefunden, Alaric – verdammt, die Zeitungen sind voll davon!"

Die Presse war in seinen Augen der größte Mist. Ihre Halbwahrheiten waren schlimmer als Lügen. Es wurde eifrig über Claras Tod spekuliert, aber zu dem Mordversuch an ihm selbst wurde nichts gesagt. Da es keine Zeugen gab und der kleine Schluck des vergifteten Whiskeys, den er zu sich genommen hatte, keinen Schaden hinterlassen hatte, war die allgemeine Unkenntnis über diese Tatsache nicht weiter überraschend.

Die Gerichtsbarkeit hatte ihn angewiesen, kein Wort über seine Vergiftung zu verlieren, um kein Öl ins Feuer zu gießen, während sie der Sache nachgingen. Also hatte er geschwiegen, nicht, um die Regeln dieser nutzlosen Mistkerle zu befolgen, sondern weil er sich nicht auf das Niveau der Klatschmäuler herablassen wollte. Immerhin war er ein Edelmann, der es nicht nötig hatte, skandalösem Geschwätz Glaubwürdigkeit zu verleihen oder die ignorante Masse von seiner Unschuld zu überzeugen.

Nichtsdestotrotz verärgerten ihn die Gerüchte über seine

mögliche Beteiligung an Claras Tod. Die Vorstellung, dass Miss Kent die Missverständnisse noch weiter schürte, trieb ihn beinahe zur Weißglut.

Er kühlte seinen flammenden Zorn, ging hinüber zum Kamin und lehnte sich bewusst lässig gegen den Sims. „Du solltest nicht alles glauben, was du liest, kleiner Bruder."

„Gerade *weil* wir verwandt sind, glaube ich im Zweifelsfall an deine Unschuld", sagte Will finster. „Miss Kent hat mir erzählt, dass sie vor zwei Tagen Zeugin eines Vorfalls wurde. Auf mein Bitten hin hat sie eingewilligt, heute hierherzukommen, um dieses Missverständnis aufzuklären, anstatt direkt die Gerichtsbarkeit zu alarmieren."

„Es war kein Missverständnis, Mr McLeod", sagte Miss Kent.

Die Überzeugung in ihrer Stimme zehrte an seiner Selbstkontrolle. *Dämliche Tratschtante.*

„Warum sind Sie dann hier?", fragte er scharf.

„Um das zu sagen, was ich in jener Nacht hätte sagen sollen." Trotz der Blässe ihrer Wangen hob sie das Kinn. „Es war meine Schuld, nicht weiter darauf zu bestehen, dass Lady Osgood Sie anzeigt. Ich habe mich von ihrer Angst um ihren Ruf davon abbringen lassen ... und von meiner Befürchtung, dass sie hysterisch werden und sich etwas antun könnte. Aber damit lag ich falsch, und jetzt ist sie tot. Ich kann nichts mehr weiter tun, außer Gerechtigkeit walten zu lassen."

Sein Kiefermuskel zuckte. „Und wie genau wollen Sie das anstellen?"

„Indem ich ein unterzeichnetes Geständnis von Ihnen einfordere", sagte sie ruhig.

Bei Gott, das zanksüchtige Weib hatte ihn zu weit getrieben. Er stapfte auf sie zu. Kent stellte sich ihm in den Weg, doch sie hielt ihren Bruder zurück.

„Ich will, dass Seine Gnaden mir ins Gesicht sagt, was er zu sagen hat", erklärte sie.

„Sie wollen die Wahrheit, Miss Kent?", fragte Alaric mit

gefährlich sanfter Stimme. „Dann erzähle ich sie Ihnen jetzt zum letzten Mal. Ich habe Clara verdammt noch mal nichts angetan. Ich habe sie definitiv nicht umgebracht. Aber ich werde herausfinden, wer dafür verantwortlich ist, und Ihre Einmischung wird mich dabei nur behindern.“

„Ich habe Sie *gesehen*. Sie haben Lady Osgood gefesselt, sie *angegriffen*, und sie hat Sie angefleht, damit aufzuhören!“

Zur Hölle mit ihr und ihren Anschuldigungen. Zu allem Unglück konnte er nichts davon abstreiten, ohne Claras Ruf noch weiter zu beflecken. Schlimm genug, dass sie tot bei einem Mann aufgefunden wurde, der nicht ihr Ehemann war. Sollte er nun auch noch der Welt offenbaren, dass sie es *genossen* hatte, gefesselt und, jawohl, gelegentlich auch versohlt zu werden?

Seine Brust schnürte sich zusammen. Nein, er würde ihre Ehre beschützen.

So wie er auch ihr Leben hätte beschützen sollen.

„Ist das wahr, Alaric?“, presste Will hervor.

Hol's der Teufel! Warum war er sein Leben lang unter Beschuss? Warum wurde er nun in seinem eigenen Heim angegriffen, von seinem selbstgerechten Bruder, einer rechtschaffenen Jungfrau und einem verflixten Ermittler? Er war ein Herzog, verdammt noch mal, ein Peer des Königreichs. Er musste weder ihnen noch sonst jemandem gegenüber Rechenschaft ablegen.

„Miss Kent, wie ich Ihnen in jener Nacht bereits sagte: Sie haben keine Ahnung, wovon Sie sprechen. Lady Osgood hat Ihnen versichert, dass nichts vorgefallen ist. Und dabei werden Sie es belassen“, befahl er ihr mit eisiger Endgültigkeit.

„Sagen Sie mir nicht, was ich zu tun habe. Ich weiß, was ich gesehen habe, und wenn Sie es nicht zugeben, dann werde ich der Gerichtsbarkeit höchstpersönlich davon erzählen!“

Langsam verlor er die Beherrschung. „Versuchen Sie es nur, Liebchen- aber das Ergebnis wird Ihnen nicht gefallen, das schwöre ich.“

„Nennen Sie mich nicht so. Ich bin niemandes *Liebchen*.“

„Und genau darin liegt Ihr Problem."

Sie kniff die Augen zusammen. „Was soll das heißen?"

„Das heißt, Sie brauchen einen Mann, der Sie im Zaum hält. Der Sie mit Ihrem eigenen Leben beschäftigt hält, damit Sie weder Energie noch Zeit haben, sich in meines einzumischen", erwiderte er kurz angebunden.

„Wie können Sie es *wagen*?"

Rosa Flecken bildeten sich auf ihren Wangen, ihre Augen blitzten ihn rebellisch an und ihr Busen hob und senkte sich heftig unter der gelben Seide. Sie standen so nah voreinander, dass sich ihre Zehen beinahe berührten, doch keiner von beiden wich zurück. Ihr Trotz und ihr frischer, femininer Duft brachten ihn um den Verstand. Seine Finger zuckten. Er wollte sie schütteln, weil sie so stur war, so *falsch* lag. Wollte sie in seine Arme ziehen und küssen, bis sie ihren Irrtum einsah und sich ihm völlig hingab ...

„Es reicht, Euer Gnaden." Kents Warnung durchbrach den Schleier seiner wutentbrannten Lust.

Will packte ihn am Arm. „Alaric, reiß dich zusammen."

Er schüttelte seinen Bruder ab und trat einen Schritt zurück. In dem Versuch, sich zu beruhigen, strich er sich mehrmals übers Jackett. „Raus." Es bedurfte all seiner Selbstdisziplin, das Wort nicht zu brüllen.

„Emma, wir gehen", sagte Kent grimmig.

Erst schien es, als wolle sie sich weigern. Dann jedoch ergriff sie mit glühenden Wangen den Arm, den Kent ihr entgegenhielt. Wenn Blicke töten könnten, hätte der, den sie Alaric zum Abschied zuwarf, ihn zweifellos das Leben gekostet.

Alleingelassen mit seinem Bruder verschärfte sich die Anspannung im Raum noch mehr, eine kampflustige Atmosphäre aus Vergangenheit und Zukunft, die seine Sinne benebelte, ihn anstachelte, obwohl er um Selbstbeherrschung rang.

„Du bist unverbesserlich", sagte Will verächtlich. „Ich weiß nicht, warum ich mir überhaupt noch Mühe gebe."

„Ich kann mich nicht erinnern, dich um Hilfe gebeten zu haben."

„Ma hatte recht. Du wirst dich nie ändern", gab Will zurück.

Alarics Erwiderung kam wie aus der Pistole geschossen. „Dann ist deine Mutter wohl als hochnäsiges Miststück gestorben."

Im nächsten Augenblick hatte Will ihn am Kragen gepackt. „Nimm das zurück, du Dreckskerl! Meine Ma war die gütigste, liebevollste Frau der Welt."

Alaric schob seinen Bruder mit gleicher Kraft von sich. „Zu *dir* vielleicht. Wir sind zwar im selben Haushalt aufgewachsen, nicht aber in derselben Familie, kleiner Bruder."

„Was zur Hölle soll das denn heißen?"

Wills Ahnungslosigkeit gegenüber der Wahrheit erzürnte ihn noch mehr. Wie angenehm es sein musste, einen Heiligenschein zu tragen, der die unschönen Seiten des Lebens einfach ausblendete.

„Es bedeutet, dass einer von uns ein liebevolles Zuhause hatte und der andere nicht", entgegnete er knapp.

„Du hast dich doch für das Leben bei Strathaven entschieden!" Will streckte die Arme aus. „Es war *deine* Entscheidung. Du bist gegangen, weil Reichtum und Ansehen für dich wichtiger waren als eine richtige Familie."

Lieber gehasst als bemitleidet. Soll er doch denken, was er will.

„Kannst du es mir verdenken, ein Schloss einer Hütte vorzuziehen?", fragte er kaltblütig.

„Selbst das war dir nicht genug", sagte Will bitter. „Nach dem Tod unserer Eltern hättest du mich aufnehmen, die Dinge zwischen uns geradebiegen können. Gott weiß, es gab genügend Platz in dem verflixten Schloss für mich. Aber *du* hast es unserem Onkel ausgeredet, hast sichergestellt, dass ich nicht willkommen war. Dank dir hatte ich keine andere Wahl als mich dem Regiment anzuschließen!"

Du glaubst, die Armee war schlimm? Du glaubst, du hast auch nur die geringste Ahnung, was Gewalt und Brutalität bedeuten? Auf dem Schlachtfeld hast du die Bajonette und Kugeln wenigstens kommen sehen, kleiner Bruder …

„Bist du fertig mit deinem Geschimpfe?" Betont gelangweilt polierte er sich die Nägel am Ärmel. „Ich habe Termine wahrzunehmen. Die Pflichten eines Herzogs, du verstehst."

Will schien kurz davor, in die Luft zu gehen. „Oh, ich bin fertig. Fertig mit *dir*."

Alaric wartete, bis sein Bruder an der Tür war, bevor er noch einen draufsetzte. „Ach übrigens, grüß bitte deine entzückende Frau von mir. Ein Jammer, dass ich nicht mehr von Annabel sehe – mehr, als ich sowieso schon gesehen habe, versteht sich."

Die Anspielung hatte den gewünschten Effekt. Mit Genugtuung hörte er, wie Will laut fluchend den Gang hinunterstürmte. Im nächsten Moment knallte die Haustür zu. Alaric atmete scharf aus. Er fuhr sich mit beiden Händen durchs Haar und versuchte, das Pochen in seinen Schläfen zu unterbinden.

Ein klapperndes Tablett kündigte Jarvis mit den Getränken an. Sein rheumatischer Blick wanderte durch den leeren Raum und die Falten in seinem Gesicht vertieften sich. „Wo sind denn alle hin?"

„Zur Hölle gefahren, wenn es nach mir geht", schnappte Alaric zurück.

※ 5 ※

An diesem Abend fiel Emma gleich nach ihrem Bad erschöpft ins Bett. Es kam nicht oft vor, dass sie zu müde war, um irgendetwas zu tun. Tabitha kuschelte sich an sie, als könnte sie ihre Erschöpfung spüren. Während Emma über das weiche, graugestreifte Fell der Katze strich, starrte sie nach oben auf den rosafarbenen Baldachin aus Damast, dessen Wirbelmuster beinahe so schwindelerregend war wie die Gedanken, die in ihrem Kopf kreisten.

Am Nachmittag hatte sie in Begleitung von Ambrose vor dem Gericht ausgesagt.

Es war ihre moralische Pflicht gewesen, den Vorfall zu melden. Beim Gedanken an die arme Lady Osgood schnürte es ihr die Kehle zu. Obwohl sie erst einmal nichts weiter tun konnte, waren ihre Nerven dennoch bis zum Äußersten angespannt.

Wenn Strathaven glaubt, er könne mir durch seine Drohungen den Mund verbieten, nur weil er ein Herzog ist, dann hat er sich gehörig geschnitten, dachte sie grimmig.

Für sie kannte Gerechtigkeit keine Klassenunterschiede. Ein Mörder war ein Mörder, ob er nun ein Adliger war oder ein Straßenfeger. Und die *Frechheit*, die dieser Flegel besessen hatte zu behaupten, sie müsse im Zaum gehalten werden! Ihr Leben war äußerst erfüllt und sie brauchte keinen Mann – ganz besonders nicht *ihn* –, der ihr Vorschriften machte. Nie zuvor hatte eine Person sie dermaßen verärgert ... oder eine solch sonderbare Wirkung auf sie gehabt.

Allein der Gedanke an ihn erweckte ein prickelndes Bewusstsein in ihr. In seiner Gegenwart schienen all ihre Sinne geschärft. Sie musste an die elektrisierende Feindseligkeit zwischen ihnen denken, die sie in seinem Salon gespürt hatte. Wie er dort vor ihr aufgebaut gestanden hatte, war eine unterdrückte Kraft von seinem schlanken, muskulösen Körper ausgegangen. Seine hellen Augen hatten silbern aufgeblitzt und für den Bruchteil einer Sekunde den Gefühlssturm offenbart, der in seinem Inneren tobte und den er nur mit Mühe zurückhielt.

Was würde geschehen, wenn er die Kontrolle verlor?

Ein Klopfen an der Tür riss Emma aus ihren Gedanken zurück in die Realität. Ihr Atem ging flach, ihre Haut war von feinen Schweißperlen überzogen. Als sie sich aufsetzte, glitt der Stoff ihres Nachtgewands über ihre Brüste, deren Spitzen seltsam empfindlich kribbelten.

„Emma, bist du wach?", erklang die Stimme ihrer Schwester Dorothea hinter der Tür.

„Einen ... einen Moment!", antwortete sie.

Sie nahm sich einen Augenblick Zeit, um sich zu sammeln, da sie ihre Schwestern nicht beunruhigen wollte. Als sie die Tür aufschloss, drängten sich Thea, Violet, Polly und Primrose in den Raum. In ihren wallenden, weißen Nachtgewändern glichen sie einer Bande fröhlicher Gespenster.

„Solltet ihr nicht längst im Bett sein?", fragte Emma die beiden Jüngsten.

Während Polly betreten zu Boden blickte, funkelten Rosies smaragdgrüne Augen verschmitzt.

„Allerdings", erwiderte sie. „Also schließ schnell die Tür, bevor Mama uns erwischt!"

Mit ihrem flachsblonden Haar, dem makellosen Gesicht und der wohlgeformten Figur war Rosie Kent das bezaubernde Ebenbild ihrer Mutter Marianne. Obwohl sie erst sechzehn war, zog das lebhafte Mädchen bereits alle Blicke auf sich. Ambrose merkte oft scherzhaft an, dass er den Tag ihres gesellschaftlichen Debüts fürchtete, weil er ab dem Zeitpunkt gewiss sämtliche Verehrer mit einer Schrotflinte abwehren müsse.

Nachdem Emma die Tür geschlossen hatte, rief ihre mittlere Schwester Violet: „Wer als Letzte im Bett ist, ist ein faules Ei!" Unter gedämpftem Gekreische und Gekicher rannten die Mädchen um die Wette dem Ziel entgegen.

Dankbar für die Rückkehr zur Normalität zog Emma sich einen Stuhl neben ihr Bett. Kaum hatte sie sich niedergelassen, spürte sie auch schon vier Augenpaare auf sich gerichtet, die sie mit brennender Neugier musterten. Ihre Schwestern hatten es sich längs nebeneinander auf dem Bett bequem gemacht, Violet am Fußende, Polly und Rosie in der Mitte, und Thea am Kopfende.

Wie üblich sprach Violet zuerst. Sie saß im Schneidersitz, die kastanienbraunen Locken fielen ihr wild über die Schultern. Durch ihr lebhaftes, energetisches Wesen vermittelte sie den Eindruck, ständig in Bewegung zu sein.

„Fang ganz von vorne an, Em", sagte sie. „Und lass bloß nichts aus."

„Womit soll ich anfangen?"

Vi verdrehte die karamellfarbenen Augen. „Mit deinem Besuch beim Gericht heute, was denn sonst?"

Ambrose und Emma hatten fürs Erste beschlossen, Stillschweigen über Lady Osgoods Ermordung zu wahren. Sie wollten ihre jüngeren Geschwister so lange wie möglich vor den grauenhaften Details des Vorfalls schützen. Doch eine Kent vor ihrer eigenen Neugier zu beschützen, war kein einfaches Unterfangen.

„Woher wisst ihr davon?", fragte sie seufzend.

„Wir wollten nicht herumspionieren." In Theas haselnussbraunen Augen lag Reue. Sie lehnte sich gegen das Kopfteil des Bettes und streichelte mit anmutigen Bewegungen über Tabithas Bauch, die zufrieden schnurrend in ihrem Schoß lag. „Wir haben zufällig davon erfahren."

Dorothea war ein Jahr jünger als Emma und die sanftmütigste der Kent-Schwestern. Emma vermutete, dass es an ihrer anfälligen Gesundheit lag, mit der sie sich schon seit ihrer Kindheit herumgeplagt hatte. Obwohl sie mittlerweile weitaus kräftiger war, bevorzugte sie noch immer ruhige Betätigungen. Emma vertrat die stolze Ansicht, dass Theas musikalisches Talent am Klavier sich ohne Weiteres mit dem der übrigen Londoner Damen messen lassen konnte.

„Thea hat es zufällig erfahren, *ich* habe herumgeschnüffelt", sagte Vi unbekümmert. „Ich habe Millie, das Zimmermädchen, gebeten, John, den Stallburschen, zu fragen, wo Ambrose und du den ganzen Tag über wart. Da John in Millie verknallt ist, hat er es ihr sofort erzählt. Thea hat dann mitbekommen, wie ich es Polly und Primrose verraten habe."

„Du sollst keinen Tratsch unter den Bediensteten fördern, Violet", wies Emma sie zurecht.

„Papperlapapp. Lenk nicht vom Thema ab", erwiderte ihre unverbesserliche Schwester.

„Los, erzähl schon!" Mit ihrem Charme und betörenden Tonfall konnte Rosie regelrecht jeden um den Finger wickeln. „Du willst doch nicht, dass wir vor Neugier umkommen, oder?"

„Du solltest es uns sagen, Emma. Wenn nicht unseretwillen, dann tu es für dich", fügte Polly hinzu.

Emmas jüngste Schwester hatte die Arme um die Knie geschlungen. Die Weiblichkeit, mit der Rosie bereits so strahlend erblühte, hatte sich bei Polly noch nicht entfaltet. Mit sechzehn war sie noch immer ein kleines, zierliches Mädchen mit wallenden Locken, die weder blond noch braun waren, sondern viele Farbnuancen reflektierten. In Emmas Augen besaß das Nesthäkchen eine ihr eigene Schönheit: Pollys ernste Züge strahlten eine stille Würde aus. Eine Mischung aus Weisheit und Unschuld lag in ihren aquamarinblauen Augen.

Manchmal schienen diese außergewöhnlichen Augen zu sehr in die Tiefe zu blicken. In Chudleigh Crest hatte es Getuschel über Pollys „Seltsamkeit" gegeben, woraufhin das schüchterne Mädchen sich mehr und mehr in sich zurückgezogen hatte. Umso beschützerischer verhielten Emma und die übrigen Geschwister sich ihr gegenüber.

Die Familie hielt immer zusammen.

„Warum für mich, Liebes?", fragte sie.

„Weil dich etwas belastet", erwiderte Polly mit ihrem ruhigen Scharfsinn. „Du sagst immer, wir können uns mit allen Sorgen an dich wenden. Im Gegenzug kannst du mit uns über alles reden."

„Du bist nicht du selbst, Em. Das fällt sogar *mir* auf", fügte Vi hinzu.

„Wir wollen dir nur helfen", bekräftigte Rosie.

„Aber nur, wenn du es wünschst", sagte Thea.

„Also gut, ihr habt gewonnen!" Ebenso amüsiert wie gerührt schüttelte Emma den Kopf. „Was habe ich mir nur dabei gedacht, eine Bande von Kents abwehren zu wollen?"

„Und dabei ist Harry noch nicht mal hier." Violets wehmütiger Tonfall verriet, wie sehr sie ihren Bruder vermisste, ihren Lieblingsrivalen unter den Geschwistern. „Er hätte unserem Überfall noch die nötige Portion Logik hinzugefügt."

„Was ist geschehen, Emma?", fragte Rosie erneut.

Sie war sich unsicher, wie viel sie preisgeben sollte. Zu lügen kam nicht in Frage – das war den Kents zuwider –, aber sie wollte um jeden Preis die Unschuld der Mädchen wahren. Schließlich entschied sie sich dafür, ihnen von der Auseinandersetzung zwischen Strathaven und Lady Osgood zu erzählen, die sie beobachtet hatte, ohne jedoch explizite Einzelheiten zu schildern.

„Was für ein Schuft!", rief Vi nichtsdestotrotz. „Zum Glück hast du ihn mit deinem Pompadour erwischt. Wenn ich dort gewesen wäre, hätte ich ihm einen gehörigen Kinnhaken verpasst!" Sie ahmte einen Schlag mit der geballten Faust nach.

„Warum hat Mr McLeod nie erwähnt, dass der Herzog sein Bruder ist?", fragte Thea mit gerunzelter Stirn.

„Mr McLeod und Strathaven scheinen sich nicht sonderlich nahezustehen." Angesichts der Feindseligkeit, die Emma zwischen den beiden beobachtet hatte, war das die Untertreibung des Jahrhunderts. Was wohl einen derartigen Keil zwischen die beiden Brüder getrieben haben mochte? „Laut Ambrose will Mr McLeod sich seinen Erfolg selbst verdienen, ohne an die große Glocke zu hängen, dass er der rechtmäßige Erbe eines Herzogs ist."

„Außerdem ist Strathaven nicht irgendein Herzog, er ist der *teuflische Herzog*", warf Rosie ein, die eine Expertin in Sachen feine Gesellschaft war. „Wenn man den Klatschblättern Glauben schenken darf, ist er einer von der schlimmsten Sorte. Ich meine, in *Debrett's* gelesen zu haben, dass er in der Erbfolge des Herzogtums überhaupt nicht an nächster Stelle stand ... er hat den Titel erst geerbt, nachdem zwei entfernte Verwandte, die vor ihm an der Reihe gewesen wären, auf mysteriöse Weise verstorben sind."

„Donner und Doria", hauchte Violet.

„Das war noch nicht alles." Rosie senkte die Stimme zu einem verschwörerischen Flüstern. „Gerüchten zufolge war seine erste Ehe von Gewalt geprägt. Noch heute munkelt man, dass die Herzogin auf der Flucht vor ihm war, als ihr Schiff unterging."

Alle schnappten kollektiv nach Luft.

Emma stellten sich die Nackenhaare auf. „Warum wird ein Mann wie er weiterhin in der Gesellschaft geduldet?"

„Er wird mehr als nur geduldet ... die *ton* biedert sich regelrecht bei ihm an", sagte Rosie. „Auch wenn man hinter seinem Rücken über ihn herzieht, würde niemand es wagen, ihn direkt auszuschließen. Er ist zu wohlhabend und einflussreich. Aktuell versucht er, seine Dynastie durch einen Erben zu sichern, und

Gerüchten zufolge sind die Forderungen, die er an eine potenzielle Ehefrau stellt, äußerst absonderlich."

Emma runzelte die Stirn. „Inwiefern?"

„Er hat deutlich gemacht, dass er völligen Gehorsam erwartet. Er will einen Erben, aber keinen Ärger. Man munkelt, der Ehevertrag diktiere konkrete *Konsequenzen* für Missachtung der Regeln", berichtete Rosie mit kreisrunden Augen.

„Konsequenzen?", fragte Violet verwirrt. „Will er sie etwa ohne Mahlzeit ins Bett schicken? Ihr das Ausreiten verbieten?"

„Ich habe keine Ahnung. Uns Mädchen werden die interessanten Details vorenthalten", seufzte Rosie.

Emmas Blick verfinsterte sich. „Und was ist mit ihm? Beabsichtigt er im Gegenzug, ein Vorbild an ehelichem Anstand zu sein?"

„Der *teuflische Herzog*?" Rosie verdrehte die Augen. „Wer's glaubt. Er ist berüchtigt für seine Liebschaften."

Emma schüttelte den Kopf. „Warum sollte auch nur *irgendeine* Frau bei klarem Verstand diese Bedingungen akzeptieren?"

Für sie war die Ehe ein Bund zwischen Ebenbürtigen, eine Vereinigung der Seelen und Herzen. Sie hatte miterlebt, wie stark die Verbundenheit zwischen ihren Eltern gewesen war, ebenso wie die zwischen Ambrose und Marianne. Obwohl sie selbst bisher nie eine solche Verbindung zu einem Mann hatte, würde sie sich, sollte sie je heiraten, mit weniger nicht zufriedengeben.

„Äh, wegen der Juwelen? Den ungeahnten Reichtümern und Privilegien?" Rosie zuckte mit den Schultern, sodass ihre Locken im Mondlicht hüpften. „Vor dem Osgood-Skandal standen die Frauen scharenweise bei ihm Schlange."

„Immerhin spricht der Herzog seine Erwartungen offen aus." Die gutherzige Thea versuchte wieder einmal, das Beste im Menschen zu sehen. „Für seine Ehrlichkeit kann man ihn wohl kaum verurteilen."

„Aber dafür, dass er ein *Mörder* ist", schnaubte Vi.

„Wenn der Herzog so gefährlich ist, wie man sagt, und du ihn verärgert hast, schwebst du dann ebenfalls in Gefahr, Emma?", fragte Polly ängstlich.

Sie lächelte ihrer jüngsten Schwester beruhigend zu. „Kein Grund zur Sorge, Liebes. Ich habe bereits Anzeige erstattet, also liegt die Angelegenheit nun in den Händen der Gerichtsbarkeit. Höchstwahrscheinlich werde ich den Herzog nie wiedersehen."

Einen Schauer unterdrückend hoffte sie, dass sie recht behalten sollte.

❦ 6 ❦

„DAS HABEN WIR DOCH BEREITS MEHRMALS DURCHGEKAUT“, sagte Alaric kühl.

Vor seinem Schreibtisch rutschten zwei Richter nervös auf ihren Sesseln herum.

„Gewiss, Euer Gnaden.“ Der Mann, der rechts saß, hieß Dixon, ein dicker, leicht schwitzender Mann. Er tupfte sich mit einem Taschentuch über das glänzende Gesicht. „Angesichts jüngster Informationen würden wir Ihnen jedoch gerne noch ein paar Fragen stellen, wenn es Ihnen recht ist.“

Jüngste Informationen ... zweifellos von Emma Kent berichtet.

Sein Kiefermuskel zuckte. Das verflixte Weib hatte ihre Drohung, ohne mit der Wimper zu zucken, wahr gemacht. Dank ihrer Aussage verhörte die Gerichtsbarkeit nun *ihn*, anstatt gegen Silas Webb oder andere Verdächtige zu ermitteln. Bisher waren die Behörden einfach nur unfähig gewesen, jetzt vergeudeten sie aktiv seine Zeit.

Alarics Schläfen pochten, Wut und Frustration nagten an seiner Selbstbeherrschung. Dass er in den letzten drei Nächten kaum geschlafen hatte, machte die Sache auch nicht besser. Erinnerungen an Clara, reglos auf dem Teppich liegend, ließen ihn sich im Bett herumwälzen. Eines wusste er genau: Er würde nicht eher ruhen, bis ihr Gerechtigkeit widerfahren war.

Allerdings verstand er nicht, warum auch *Emma Kent* ihn in seinen Träumen heimsuchte. Er war schweißgebadet aufgewacht, die Hände in das Laken gekrallt. Sein Herz hatte wütend gepocht, doch gleichzeitig hatte sich seine Erektion prominent unter der Bettdecke abgezeichnet. In seinem konfusen Dämmerzustand hatte er nicht ausmachen können, wonach er sich mehr sehnte: ihr den Hals umzudrehen oder sie bis zur Besinnungslosigkeit zu vögeln.

Was zum Teufel ist nur lost mit mir? Warum verzehre ich mich nach einem Weibsbild, das mir nichts als Ärger beschert hat?

Seine Besessenheit mit ihr war zum Verrücktwerden.

„Dann fragen Sie schon", befahl er knapp.

„Vielen Dank, Euer Gnaden." Dobbs, der andere Richter, war groß und dürr. Seine papierene Haut spannte sich über das knochige Gesicht. Er hielt ein Notizbuch sowie einen Stift in Händen. „Wie würden Sie Ihre Beziehung zu Lady Osgood beschreiben?"

„Drücken Sie sich deutlicher aus."

„Würden Sie sagen, dass Sie sich mit dem Opfer gut verstanden haben?", umschrieb Dobbs seine Frage.

Verflixt und zugenäht. Ich habe mit ihr gevögelt. Klingt das nach einem guten Verhältnis für Sie? „Ja."

„Es gab keine Streitigkeiten zwischen Ihnen?"

„Nein."

„Und Sie hatten keine Auseinandersetzung mit Lady Osgood während ..." Dobbs blickte fragend auf sein Notizbuch. „Lady Buckleys Ball, früher an jenem Abend?"

Gottverdammte Emma Kent! Das ist allein ihre Schuld.

Unter dem Schreibtisch ballte Alaric die Hände zu Fäusten. „Nein, hatte ich nicht. Jegliche Gerüchte, die das Gegenteil behaupten, erachte ich als beleidigend … und ich werde gegen jeden Klage erheben, der diese Verleumdungen verbreitet."

„Selbstverständlich, Euer Gnaden." Dixon räusperte sich und fuhr fort: „Es gab keine Zeugen während der Zeit, die Sie und Lady Osgood, äh, gemeinsam in Ihrem Cottage verbracht haben? Keine Bediensteten, die etwas bemerkt haben könnten?"

„Wie ich bereits erwähnte: Das Anwesen dient meiner Privatsphäre. Das Personal verschwindet bei Abenddämmerung und kommt erst am Tag darauf mittags zurück."

„Verzeihen Sie, Euer Gnaden. Wir wollen nur sichergehen, dass es keine Zeugen für die Vergiftung des Opfers gab – oder, äh, Ihre", fügte Dobbs hinzu.

Erzürnt über die zweifelnden Blicke, die sich die beiden Ermittler zuwarfen, zischte Alaric: „Sie brauchen keine Zeugen. Ich gebe Ihnen mein Wort als Peer des Königreichs. Haben Sie mittlerweile endlich etwas über das verschwundene Dienstmädchen oder Silas Webb herausgefunden?"

„Nein, Euer Gnaden", sagte Dixon und wischte sich den Schweiß von der Stirn. „Was Miss Hutchins angeht, haben wir nichts Neues erfahren. Allerdings haben wir Mr Webbs Büro durchsucht."

„Und?"

„Augenscheinlich hat er das Gebäude geräumt – und zwar in größter Eile. Er hat nicht viel mitgenommen, und seinem Vermieter zufolge hat er auch keine Nachsendeadresse hinterlassen."

„Selbstverständlich fahnden wir weiterhin nach ihm", murmelte Dobbs.

Großartig. Dann kann ich ja beruhigt schlafen. Alaric erhob sich mit verächtlichem Blick, um zu signalisieren, dass er das Verhör als beendet betrachtete.

Die beiden Schwachköpfe standen hastig auf.

„Vielen Dank für Ihre Zeit, Euer Gnaden –", begann Dixon.

„Verschwenden Sie nicht noch mehr davon", unterbrach er ihn beißend.

Nachdem die Ermittler sich verabschiedet hatten, stand Alaric mit den Händen in den Taschen vor dem Fenster und blickte hinaus auf den makellosen, grünen Platz, umgeben von Stadthäusern. Normalerweise besänftigte ihn der Anblick, erinnerte ihn daran, wie weit er es gebracht hatte. Früher hatte er von solchen Privilegien nur träumen können, jetzt besaß er, dank des Zusammenspiels von Schicksal und harter Arbeit, einen hohen Titel, Ländereien in England und Schottland sowie Macht und Reichtum, um tun und lassen zu können, was immer er wollte.

Doch warum konnte er einfach keinen Frieden finden?

Warum versuchte jeder – seine Familie, Laura, die *ton*, sogar diese Dummköpfe von den Behörden – ihn zu Fall zu bringen? Was war so verabscheuenswert an ihm, dass man ihn ständig attackierte?

Verbittert fragte er sich, ob ihm einfach keine Zufriedenheit und Erfüllung vergönnt waren. Vielleicht war Glück nichts weiter als eine Illusion, so wie auch Strathmore Castle nur wie ein Zufluchtsort gewirkt hatte ... und Laura wie die wahre Liebe. Während er hinaus auf die leere Grünfläche starrte, traten zwei wohlgekleidete Kinder in sein Blickfeld, ein dunkelhaariger Junge und ein Mädchen. Sie hüpften vor ihrem Kindermädchen herum und rannten lachend durch das Eingangstor des Parks. Zwei glückliche Racker mit rosigen Wangen.

Der Anblick versetzte seinem Herzen einen Stich. Manche alten Wunden würden nie heilen.

Es war eine törichte Sehnsucht, die nicht versiegen wollte.

Fluchend rieb er sich mit der Hand über das Gesicht. *Reiß dich zusammen.* Eine Mordanklage war kein Grund, sich in einen jämmerlichen Idioten zu verwandeln. Zum Teufel mit dem Rest der Welt: Er würde die Sache selbst in die Hand nehmen, so wie er es immer getan hatte. Wenn er eines gelernt hatte, dann, dass er sich allein auf sich selbst verlassen konnte.

Die Kontrolle übernehmen und handeln, das war sein Motto.

Er hatte bereits Schergen angeheuert, die nach Silas Webb und dem verschwundenen Dienstmädchen suchten. Zu seiner eigenen Sicherheit hatte er zudem weitere Fußtruppen eingestellt. Im Moment blieb ihm nichts anderes übrig, als so weiterzumachen wie bisher. Er würde sich von einer Morddrohung gewiss nicht einschüchtern lassen.

Gerade als er erwog, dem Gentleman Jackson's oder der neueren Apollo's Academy einen Besuch für eine Runde im Boxring abzustatten, hielt eine von zwei Schimmeln gezogene Kutsche vor seiner Tür. Ein großer, gut gebauter Mann stieg aus, bieder gekleidet in ein dunkles Jackett, dunkle Hosen und eine schlichte Weste. Einzig sein rötliches, lockiges Haar, das unter seiner schmucklosen Hutkrempe hervorspitzte, brachte etwas Farbe in seine Erscheinung.

Wenige Minuten später empfing Alaric seinen Gast im Arbeitszimmer.

Er hatte Gabriel Ridgley, den Marquis von Tremont, in Oxford kennengelernt, und die beiden hatten sich schnell angefreundet. Damals hatte Tremont in der Erbfolge auf den Titel an zweiter Stelle gestanden, weswegen er sein Studium mittendrin abgebrochen hatte, um zu einem reichen Verwandten ins Ausland zu ziehen. Sie hatten sich aus den Augen verloren, erst im letzten Jahr wurde der Kontakt wiederhergestellt. Überrascht hatte Alaric festgestellt, wie betrübt sein einst so schelmischer Freund geworden war.

Mittlerweile trank und spielte Tremont kaum noch und widmete sich ganz der Instandsetzung seiner Ländereien. Obwohl seine Frau schon vor einiger Zeit gestorben war, gab es keine Gerüchte über Geliebte oder Affären. Entweder war er zum Mönch geworden – was Alaric stark bezweifelte – oder einfach nur äußerst diskret. Diesem vorbildlichen Verhalten verdankte Termont den in der *ton* verbreiteten Spitznamen *der himmlische Marquis*.

Trotz der verstrichenen Zeit gab es immer noch Gemeinsamkeiten zwischen ihnen. Sie teilten das Interesse am Geschäftlichen. Anders als die übrigen Peers, die sich die Hände nicht mit derartigen Angelegenheiten beschmutzen wollten, verbrachten die beiden Freunde viele Nächte in ihrem Klub, wo sie die Vorzüge diverser Finanzpläne besprachen. In Bezug auf Geld waren sie einer Meinung: je mehr, desto besser.

Nach der Begrüßung ließen die Männer sich in den Ohrensesseln vor dem Kamin nieder.

„Wie geht es dir, Strathaven?", fragte Tremont.

„Gut", erwiderte dieser kurz angebunden. „Wie sollte es mir sonst gehen?"

„Angesichts des Skandals?" Tremonts graue Augen musterten ihn eindringlich. „Gerüchten zufolge hat jemand Beweise dafür geliefert, dass du an Lady Osgoods Tod beteiligt warst."

Diese verfluchte Emma Kent. Ich werde ihr den Hals umdrehen.

„Die Aussage ist völliger Schwachsinn."

„Das bezweifle ich nicht." Tremont legte die Fingerspitzen aneinander. „Leider wirkt sich die Sache jedoch negativ auf unser Vorhaben aus."

Verdammt noch mal. Diese Offenbarung traf ihn wie ein Schlag in die Magengrube. Tremont war einer der ersten Investoren gewesen, den er für sein United-Mining-Unternehmen ins Boot geholt hatte, und ihre Partnerschaft hatte sich als äußerst fruchtbar erwiesen. Sie hatten vor, in etwa einem Monat eine Generalversammlung abzuhalten, um einen Expansionsplan vorzulegen, durch den sie einige wichtige Mienen in Schottland erwerben würden. Wenn die Abstimmung zu ihren Gunsten ausfiele, würden die Aktienpreise in die Höhe schnellen.

Alles war genau nach Plan verlaufen ... bis jetzt.

„Wie schlimm ist es?", fragte er grimmig.

„Wir haben ein halbes Dutzend Investoren verloren, einschließlich Surrey und Burrowes."

„Verdammt!" Bei der Erwähnung der Namen ihrer beiden

größten Geldgeber krallte Alaric die Finger in die Armlehnen seines Sessels.

„Das ist vermutlich erst der Anfang. Sobald Adlige auch nur den Hauch eines Skandals wittern, sind sie über alle Berge. Niemand will in flagranti ertappt werden." Tremont hielt kurz inne, bevor er unverblümt hinzufügte: „Außerdem solltest du wissen, dass dieses Debakel erneut Fragen über deine erste Ehe aufgeworfen hat."

Lauras hinterlistige Schönheit verspottete ihn selbst noch aus dem Grab.

Du liebst mich nicht – dazu bist du überhaupt nicht fähig! Du bist selbstsüchtig, grausam und besitzt ein schwarzes Herz. Die Erinnerung an ihre kornblumenblauen Augen, die vor Zorn blitzten, und ihre roten, gehässig verzogenen Lippen, übermannte ihn. *Ich werde dafür sorgen, dass jeder erfährt, was für ein elender Schuft du bist.*

Kalte, blanke Wut packte ihn. Er schaffte es kaum, angesichts des Tumults um ihn herum die Selbstbeherrschung zu wahren. Clara war tot, der Mörder auf freiem Fuß. Seine Geschäftspläne gingen den Bach hinunter. Und nun drohte auch noch seine Vergangenheit, ihn wie eine riesige, dunkle Welle mit sich fortzureißen ...

Alles nur wegen Emma Kent – wegen der Lügen, die sie über ihn verbreitet hatte.

„Ich werde dafür sorgen, dass mein Ruf wiederhergestellt wird", schwor er. „Wer auch immer Clara und mich vergiftet hat, wird zur Rechenschaft gezogen."

Der Marquis runzelte die Stirn. „Auch auf *dein* Leben wurde ein Anschlag verübt?"

Alaric zögerte kurz, bevor er antwortete. „Ja."

Sowohl er als auch Tremont waren äußerst reservierte Männer, die für gewöhnlich nichts außer Geschäftsangelegenheiten besprachen. Angesichts der Auswirkungen des Skandals auf ihr gemeinsames Unterfangen entschied er sich jedoch dazu, Tremont knapp über die Geschehnisse zu unterrichten.

Als Alaric Silas Webb erwähnte, verfinsterte sich die Miene seines Freundes noch mehr. „Ich erinnere mich, wie wütend Webb war, als du ihn entlassen hast. Aber würde er wirklich einen Mord begehen?"

„Genau das will ich herausfinden."

„Sei bitte vorsichtig. Das ist eine äußerst gefährliche Angelegenheit."

„Ebenso wie ein Skandal. Versuche, die Investoren bei Laune zu halten, während ich den Gerüchten über meine Verwicklung in Claras Mord Einhalt gebiete."

Jetzt zog Tremont die Brauen hoch. „Wie willst du das anstellen?"

Indem ich mich der Verursacherin dieses Fiaskos höchstpersönlich annehme.

Mit angespanntem Kiefer erwiderte Alaric: „Ich habe da so meine Methoden, belassen wir es einfach dabei."

„Wie du willst. Mir jedenfalls tut es leid, dass dir so ein Unglück widerfahren ist."

Mehr als alles andere auf der Welt hasste Alaric Mitleid.

„Was weißt du schon von Unglück", erwiderte er kühl.

Tremont erhob sich mit finsterem Blick und verbeugte sich knapp. „Guten Tag, Euer Gnaden."

Nachdem der Marquis gegangen war, fiel Alaric wieder ein, dass sie außer ihrem Geschäftssinn noch eine Gemeinsamkeit hatten: Sie waren beide verwitwet. Das war es dann aber auch schon. Im Gegensatz zu Laura war Tremonts Lady großzügig und liebenswürdig gewesen, und die Ehe der beiden schien glücklich, was der Erbe, den sie hervorgebracht hatte, bezeugte.

Alarics Herzogin hingegen war ein verlogenes Miststück gewesen, deren Bemühungen, ihn zu manipulieren, nicht nur ihr zum Verhängnis wurden, sondern auch ihrem einzigen Kind. Sein Sohn, Charlie ...

Ein warnendes Knacken durchfuhr ihn, wie das Rauschen dunklen Wassers unter einer berstenden Eisschicht. Die Strömung zerrte an ihm, zog ihn tiefer in den Strudel. Er konnte sich kaum halten, kämpfte um die Kontrolle gegen das wütende Chaos.

Nein ... die Vergangenheit liegt hinter mir. Sieh nach vorne. Kümmere dich um die Probleme im Hier und Jetzt.

Er ballte die Fäuste. Genau das würde er tun.

Seine Probleme beheben.

Dazu musste er nur die Verursacherin finden.

$$\approx \quad 7 \quad \approx$$

„Hast du eine Minute Zeit, Liebes?", fragte eine heisere, weibliche Stimme.

Emma, die lesend an ihrem Sekretär saß, hob den Kopf, als ihre Schwägerin das Wohnzimmer betrat. Wie üblich war Marianne die Eleganz in Person. Ihre silberblonden Locken waren zu einem glamourösen Knoten zusammengefasst und betonten ihre anmutigen Züge. Ihr smaragdgrünes Promenadenkleid – das perfekt zu ihren ausdrucksvollen Augen passte – schmeichelte ihrer schlanken Figur.

„Ich habe alle Zeit der Welt", sagte Emma und unterdrückte ein Seufzen.

Warum gibt mir Ambrose nicht einmal die Chance, mich als Ermittlerin zu beweisen?

Die Angelegenheit mit Strathaven hatte ihr auch nicht weitergeholfen. Seit sie den Herzog bei der Gerichtsbarkeit angezeigt hatte, war ihr Bruder *noch* beschützender geworden. Obwohl die Zuständigen Emma versichert hatten, ihre Identität geheim zu halten, war ihre Aussage dennoch teilweise an die Öffentlichkeit gelangt. Gerüchte über die Verwicklung des Herzogs in Lady Osgoods Ermordung breiteten sich wie ein Lauffeuer aus und

Ambrose bestand darauf, dass sie zu Hause blieb, bis der Sturm sich legte.

Scharfsinnig wie immer sagte Marianne: „Ambrose will doch nur dein Bestes."

„Ich weiß." Jetzt fühlte sie sich zu allem Überfluss auch noch treulos.

Den ganzen Morgen über war es ihr schwer gefallen still zu sitzen. Sie wusste, sie hatte in Bezug auf Strathaven richtig gehandelt, doch der Gedanke an ihn erfüllte sie mit einer beunruhigenden, nervösen Energie. Wenn sie doch nur Aufgaben im Büro zu erledigen hätte ... sie brauchte etwas zu *tun*, eine Ablenkung. Aus Verzweiflung hatte sie sogar ihr Buch über Hausmittel wieder ausgegraben.

Sie deutete auf die aufgeschlagene Seite vor ihr. „Ich habe gerade nach einer Salbe für Mr Pitts Gelenke und den Rücken des zweiten Dieners gesucht. Es ist doch in Ordnung, dass ich deinen Schreibtisch benutze ..."

„Selbstverständlich ist es in Ordnung", erwiderte Marianne stirnrunzelnd. „Wie oft habe ich dir schon gesagt, dass mein Zuhause auch deines ist?"

Marianne hatte es in der Tat schon öfters erwähnt, aber Emma fühlte sich einfach nicht ganz Wohl bei dem Gedanken, das Haus einer anderen Frau zu bewohnen. Sie war zu sehr daran gewöhnt, ihren eigenen Haushalt zu führen. Die Hütte in Chudleigh Crest war ihr Königreich gewesen. Dort hatte sie alles nach ihrem Geschmack gestaltet, war gekommen und gegangen, wie sie wollte.

„Ich hatte gehofft, dich in einem seltenen, privaten Moment zu erwischen." Marianne ließ sich auf der schneeweißen Chaiselongue nieder, wobei ihre Röcke sich anmutig um sie bauschten. „Die Mädchen haben Tanzunterricht und Edward schläft noch."

Emma nahm auf der Sitzbank neben ihr Platz und fragte mitfühlend: „Hatte er wieder eine schlimme Nacht?"

Marianne und Ambroses siebenjähriger Sohn, Edward, litt in

letzter Zeit unter nächtlichen Angstzuständen. Während der Anfälle war der Kleine kaum zu beruhigen und wach zu bekommen.

„Der Arme war ganz außer sich. Ich blieb bis zum Morgengrauen bei ihm", sagte Marianne betrübt.

„Ich erinnere mich noch daran, als Polly einmal ähnliche Albträume hatte. Da half nur ein Glas warme Milch und ein Plätzchen."

„Gut zu wissen." Marianne räusperte sich und fuhr fort: „Eigentlich wollte ich jedoch mit dir über den Herzog von Strathaven sprechen. Ambrose hat mir gestern Abend alles erzählt. Ich wünschte, ihr beide hättet mich vor eurem Besuch bei der Gerichtsbarkeit in das Thema eingeweiht."

Emmas Schultern versteiften sich. Nicht, weil ihr Bruder seine Frau über die Angelegenheit in Kenntnis gesetzt hatte – sie wusste, die beiden hatten keine Geheimnisse voreinander –, sondern wegen des vorwurfsvollen Tons in Mariannes Stimme.

Sie schob ihr Kinn nach vorne. „Ich habe lediglich ein Verbrechen gemeldet, das ich gesehen habe."

„Ich weiß, du hattest die besten Absichten, Liebes. Die hast du immer. Aber wir sind hier in London, wo die Dinge etwas anders laufen als in Chudleigh Crest."

„Dessen bin ich mir bewusst."

„Wirklich?" Mariannes Bedenken waren äußerst untypisch für sie und alarmierten Emma. „Vielleicht hast du doch etwas zu voreilig gehandelt. Sieh mich bitte nicht so entrüstet an, Liebes. Ich wollte dich nicht kränken. Ambrose natürlich auch nicht. Ich weiß, ihr beide wart überzeugt davon, die Bow Street aufzusuchen sei der richtige Weg gewesen. Allerdings habe ich Informationen, die eure Entscheidung hätten beeinflussen können."

„Was könnte die Wahrheit beeinflussen? Ich weiß, was ich gesehen habe", erwiderte Emma stur.

Ein flüchtiges Lächeln umspielte Mariannes Lippen. „Ach, wie ähnlich du doch Ambrose bist, meine Liebe."

„Das fasse ich als Kompliment auf.“

„So war es auch gemeint. Die Rechtschaffenheit im Blut der Kents ist eine bewundernswerte Eigenschaft.“ Ihre Schwägerin zuckte anmutig mit den Schultern. „Bevor ich Ambrose kennenlernte, machte ich mir keine großen Gedanken über Sittlichkeit und lebte nur nach meinen eigenen Regeln.“

„Du bist eine wundervolle Ehefrau und Mutter. Außerdem warst du uns allen gegenüber stets die Güte in Person“, sagte Emma.

„Es freut mich, das zu hören.“

Mariannes Aufrichtigkeit erweckte Schuldgefühle in ihr. Seit ihrem Umzug nach London hatte sie ihrer Schwägerin gegenüber eine gewisse Spannung empfunden. Es lag nicht an Marianne, sie hatte die Kents immerhin unter ihre Fittiche genommen und ihnen nichts als Luxus gewährt. Doch dabei hatte sie unbeabsichtigt erreicht, dass Emma sich nutzlos fühlte. Marianne war eine fabelhafte Mentorin, was das Leben in der feinen Gesellschaft anging ... Emma hingegen war plötzlich das fünfte Rad am Wagen.

Mit einem Mal schämte sie sich. Es lag ihr fern, undankbar zu sein. Sie liebte ihre Schwägerin doch.

„Ich weiß, dass du nur das Beste für uns willst“, sagte sie daher errötend.

„So ist es“, stimmte Marianne zu. „Deshalb muss ich auch mit dir über Strathaven sprechen.“

„Was ist mit ihm?“, fragte Emma argwöhnisch.

„Obwohl ich bei Weitem nicht so ehrenhaft bin wie Ambrose und du, besitze ich doch meine Fachgebiete, und eines davon ist die *ton*. Kurz gesagt, ich habe meine Augen und Ohren überall. In diesem Fall weiß ich so einige Dinge über den Herzog, die dir nicht bekannt sein dürften.“

„Und welche wären das?“, fragte Emma nervös.

„Zunächst einmal war sein angebliches Opfer ihm nicht ... fremd.“

„Ich weiß, dass sie miteinander bekannt waren. Tatsächlich

glaube ich, dass Strathaven etwas gegen sie in der Hand hatte. Bestimmt hat er sie zu seinem Cottage gezwungen und –"

„Sie waren ein Liebespaar, Emma."

Ein eisiger Schauer lief ihr den Rücken hinunter. „Ein Liebespaar?"

Marianne nickte. „Meines Wissens war ihre Affäre noch recht frisch. Da Lady Osgood verheiratet war, hielten sie sich äußerst bedeckt."

Emmas Gedanken wirbelten durcheinander. Gute Güte, Lady Osgood und Strathaven hatten eine Affäre? „Aber das ändert nichts an dem, was ich gesehen habe. Er hat ihr wehgetan", platzte es aus ihr heraus. „Der Herzog hatte Lady Osgood gefesselt und ihr angedroht, sie *betteln* zu lassen."

Einen Moment lang herrschte Stille.

„Dafür könnte es noch eine andere Erklärung geben", fuhr Marianne schließlich fort.

„Die da wäre?" Emma konnte es sich beim besten Willen nicht vorstellen.

„Es gab da einige Gerüchte über Strathavens ... Neigungen." Ein zarter Pfirsichton überzog Mariannes Wangen. „Weißt du, Liebes, manchmal nimmt die Beziehung zwischen Mann und Frau ... ungewöhnliche Formen an."

„Das verstehe ich nicht."

„Nein, das hätte ich auch nicht erwartet", seufzte ihre Schwägerin. „Nichts liegt mir ferner, als deine Unschuld zu verderben. Sagen wir einfach, dass Strathavens scheinbare Gewalt seiner Geliebten nicht unbedingt missfallen haben muss. Verstehst du, was ich damit sagen will?"

„Nein." Diese Erklärung war so undurchsichtig wie der Schlamm auf den Londoner Straßen.

„Himmel hilf, das ist wesentlich schwieriger, als ich dachte", murmelte Marianne.

Ein Klopfen an der Tür unterbrach ihr Gespräch. Mr Pitt trat ein. „Guten Morgen, Madam", sagte er mit einer Verbeugung.

„Mrs McLeod lässt fragen, ob Sie und Miss Emma derzeit Gäste empfangen?"

Emma wurde immer unbehaglicher zumute. Mrs McLeod wollte sie sehen? Das konnte nichts Gutes verheißen.

Marianne winkte ihm zu. „Bitten Sie sie herein. Und bringen Sie uns Tee – der Ceylon wäre vortrefflich." Nachdem der Butler sich zurückgezogen hatte, wandte sie sich wieder an Emma: „Wir führen unser Gespräch später fort."

Während Marianne sich erhob, um ihren Gast zu begrüßen, hielt sich Emma verlegen im Hintergrund. In Gegenwart der älteren Damen fühlte sie sich wie ein unbeholfenes Mädchen. Ihre Schwägerin war eine gefeierte Schönheit und Annabel McLeod, mit ihren feurigen Locken und glühenden, veilchenblauen Augen, verströmte eine Aura femininer Sinnlichkeit.

Wie es wohl wäre, einen solchen Zauber zu besitzen?

Sich selbst sah sie lediglich in der Rolle einer Schwester, Tochter, ja in gewisser Weise sogar einer Mutter ... aber als Frau? Als Ehefrau? So nüchtern und unverblümt, wie sie war, hatte sie nie die Aufmerksamkeit der Männer auf sich gezogen, nie die Leidenschaft eines Gentlemans entfacht, außer gelegentlich durch ihre Kochkünste (der einzige Heiratsantrag, den sie je erhalten hatte, kam von ihrem Dorfpastor, und auch nur wegen dessen Begeisterung für ihren Sonntagsbraten). In Chudleigh Crest hatte sie ansonsten als äußerst zanksüchtig gegolten, was ihr nicht unbedingt Anziehungskraft verlieh.

Aber hätte sie schweigen sollen, als der Metzger ihr ein überteuertes Stück Fleisch anzudrehen versuchte? Hätte sie ohne Widerspruch die fadenscheinige Ausrede des Dachdeckers hinnehmen sollen, der ihr weismachen wollte, dass das erbärmliche Dach über ihrem Kopf den Naturgewalten standhalten würde? Ihr fester Wille war das Resultat vieler Jahre, in denen sie für ihre Familie gesorgt hatte, ihre Entschlossenheit eine Tugend, die ihr geholfen hatte, mit Armut, Krankheit und Trauer fertig zu werden.

Nichtsdestotrotz vermutete sie mehr und mehr, dass ihre bestimmende Persönlichkeit sie daran hindern würde, sich zu verlieben. Wie sie Ambrose erzählt hatte, war ihr bis jetzt noch kein Mann begegnet, für den sie ihre Unabhängigkeit, die Kontrolle über ihre Zukunft aufzugeben bereit war.

Wie aus dem Nichts erschien Strathavens Gesicht vor ihrem geistigen Auge, seine markanten Wangenknochen und der jadegrüne, funkelnde Blick. Bei der Erinnerung an seinen schlanken, kräftigen Körper, der ihrem so nahe gewesen war, dass sie seine Wärme gespürt, seinen würzigen, männlichen Duft gerochen hatte, flatterte es in ihrem Magen ...

Ihr Herz raste. *Das ist nur ... die Angst. Du fürchtest dich vor ihm, und das zu Recht.*

„Wem oder was verdanken wir die Ehre Ihres Besuchs, Annabel?", fragte Marianne, nachdem sie sich alle wieder gesetzt hatten.

Mrs McLeods Blick ruhte auf Emma. „Ich will ganz direkt sein: Es geht um Strathaven."

Obwohl es keine große Überraschung war, erstarrte Emma und ballte die Hände in ihrem Schoß.

„Mr McLeod weiß nicht, dass ich hier bin", fuhr seine Gattin fort und strich ihre rostroten Röcke glatt. „Er ist momentan äußerst wütend auf seinen Bruder."

„Das kann ich ihm nicht verdenken. Laut Ambrose lief die Begegnung zwischen den beiden nicht sehr gut", murmelte Marianne.

Mrs McLeod seufzte und schüttelte den Kopf. „Männer können so unglaublich töricht sein."

„Da bin ich ganz Ihrer Meinung."

Die beiden Frauen lächelten einander zu, bevor Mrs McLeod sich an Emma wandte. „So war es schon immer zwischen McLeod und seinem älteren Bruder", erklärte sie. „Seit ich die beiden kenne, haben sie es nie mehr als ein paar Minuten im selben Zimmer ausgehalten, bevor sie sich an die Gurgel gingen."

„Strathaven hat angefangen“, erwiderte Emma. „Er war äußerst unhöflich. Mr McLeod wollte doch nur helfen.“

„Ja, und genau deswegen bin ich hier. Sobald er sich abregt, wird er es bestimmt bereuen, nicht mehr für seinen Bruder getan zu haben. Immerhin sind sie eine Familie, obwohl sie getrennt voneinander aufgewachsen sind. Für einen Schotten ist Blut dicker als Wasser.“

„Warum sind sie getrennt voneinander aufgewachsen?“ Emma konnte sich die Frage nicht verkneifen.

„Das ist eine lange Geschichte, deren Offenbarung mir nicht zusteht. Sagen wir einfach, die beiden verbindet eine lange, komplizierte Brüderlichkeit – was aber nicht bedeutet, dass sie sich nicht umeinander sorgen. Und trotz Strathavens ...“ Mrs McLeod wedelte mit der Hand in der Luft, als wolle sie die passende Beschreibung herbeiwinken.

„Arroganz? Selbstgefälligkeit? Hochnäsigkeit?“, schlug Emma bereitwillig vor.

Mrs McLeods Lippen zuckten belustigt. „Sie scheinen ihn ja gut zu kennen, obwohl Sie ihm erst vor Kurzem begegnet sind.“

„Man muss Seine Gnaden nicht lange kennen, um diese Wesenszüge zu bemerken.“

„Wie dem auch sei, Arroganz lässt einen Mann nicht zum Mörder werden. Strathaven ist McLeods Bruder und ich weigere mich zu glauben, dass ein Mann vom gleichen Blut meines Gatten etwas so Furchtbares tun könnte.“ Mrs McLeods Blick verfinsterte sich. „Außerdem hat mir der Herzog einmal einen riesigen Gefallen erwiesen, den ich niemals wiedergutmachen kann. Ich spreche nicht gern über jene Zeit ...“ Ein Schatten legte sich über ihre veilchenblauen Augen. „Aber tatsächlich verdanken McLeod und ich ihm unser ganzes Glück. Strathaven hat ein großes Herz – er ist nicht so bösartig, wie er andere gerne glauben macht.“

Diese Informationen musste Emma erst einmal verdauen. Konnte das *wirklich* sein? Unbehaglich grübelte sie über die

Fakten nach, erinnerte sich daran, wie der Herzog sein Opfer im Garten überwältigt, wie Lady Osgood um Gnade gefleht hatte ...

„Manchmal sind die Dinge nicht so, wie sie auf den ersten Blick erscheinen", sagte Mrs McLeod mit einem Hüsteln. „Geliebte könnten beispielsweise ein Verhalten an den Tag legen, das ... seltsam wirkt. Zumindest für Außenstehende."

Emma war verwirrt. „Genau das versuchte Marianne mir eben zu erklären."

„Es gelang mir auch nicht besser als Ihnen, Annabel", sagte diese und fuhr dann entschlossen fort: „Geradeheraus gesagt, Emma: Manche Männer haben ein stärkeres Bedürfnis nach Kontrolle als andere. Der Herzog soll ein solcher Mann sein."

Strathavens Stimme hallte in ihrem Kopf wider. *Ich werde tun, was immer ich will. Und es wird dir gefallen.* Sie erschauderte. Ganz zweifellos war der Herzog ein dominanter Wüstling.

„Deswegen muss ihm Einhalt geboten werden", sagte sie grimmig. „Damit er nie wieder jemanden verletzten kann."

„Aber manchen Frauen, ähm, missfällt ein solches Verhalten nicht, verstehen Sie?", fragte Mrs McLeod errötend. „Vielmehr begrüßen sie es."

Mittlerweile war Emma völlig verwirrt. Nichts von all dem ergab noch Sinn. „Das ist doch lächerlich. Lady Osgood hat um Gnade *gefleht*. Ich habe es selbst gehört."

„Sind Sie sicher, dass es nicht nur Teil eines Liebesspiels war? Vielleicht haben Sie etwas missverstanden ...“

„Das habe ich nicht." Sie mochte nicht so gebildet oder attraktiv sein wie die beiden anderen Damen, aber ihr Verstand war messerscharf. „Ich weiß, was ich gesehen habe. Die Fakten sind eindeutig, und ich werde die Wahrheit nicht zurücknehmen."

Die beiden Frauen wechselten einen Blick.

Seufzend erwiderte Mrs McLeod: „Mein Schwager ist ein eigenartiger, hochmütiger Gentleman, der stets nur nach seinen eigenen Regeln handelt, aber ich muss Sie trotzdem bitten, das Geschehene noch einmal zu überdenken und sich zu fragen, ob der Herzog Lady Osgood *wirklich* auf irgendeine Weise verletzt hat.“

Stirnrunzelnd ließ Emma den besagten Abend abermals in Gedanken Revue passieren. Lady Osgood hatte Strathaven *angefleht* aufzuhören. Er hatte sie gefesselt und ihr die Augen verbunden ... doch hatte es tatsächlich Anzeichen einer ernsthaften Verletzung gegeben? Hatte sie gesehen, wie der Herzog tatsächlich die Hand gegen sie erhoben hatte?

Nein, aber doch nur, weil ich es verhindert habe ... oder nicht?

Mrs McLeod lehnte sich nach vorne und ergriff eine von Emmas klammen Händen. „Das Leben eines Mannes steht auf dem Spiel. Trotz seiner Fehler und Leichtfertigkeit hat er viel durchgemacht. Vor etwa zwei Jahren hat er seine Frau und seinen Sohn bei einem furchtbaren Unfall verloren.“

Emmas Herz setzte einen Schlag lang aus. Er hatte einen *Sohn* gehabt? „Aber es heißt, er habe seine Frau schlecht behandelt“, platzte es aus ihr heraus. „Sie sei auf der Flucht vor ihm gestorben.“

„Wo hast du das gehört?“, fragte Marianne scharf.

„Von Rosie“, gab sie zu.

Marianne verdrehte die Augen. „Meine Tochter mag glauben, eine Expertin in Sachen *ton* zu sein, aber sie ist erst sechzehn. In diesem Alter sind sie und ihre Freundinnen leicht beeinflussbar. Glaub mir, sie weiß viel weniger, als sie denkt.“

„Also sind die Gerüchte nicht wahr?“

„Vor einigen Jahren lernte ich die Herzogin von Strathaven persönlich kennen. Ohne Zweifel war sie wunderschön: ein blonder, blauäugiger Engel. Die *ton* – vor allem die Gentlemen – verehrte sie.“ Marianne kniff die Augen zusammen. „Jedoch erkannte ich hinter Lady Lauras charmanter Fassade ein manipulatives Wesen. Ich weiß nicht, ob die schlimmen Dinge, die sie über den Herzog erzählte, Hand und Fuß hatten, aber sie selbst war definitiv nicht unschuldig.“

Mrs McLeod lehnte sich nach vorne und fügte hinzu: „Kaum

jemand weiß – und so sollte es auch bleiben –, dass die Herzogin ursprünglich mit Mr McLeod verlobt gewesen war."

Emma klappte die Kinnlade herunter. „Wie bitte?"

„Sie lernte Strathaven auf ihrer eigenen Verlobungsfeier kennen und verließ prompt den einen Bruder für den anderen. Selbstverständlich hat der Herzog seinen Teil der Schuld daran zu tragen, aber welche Art von Frau stellt sich denn derart zwischen zwei Brüder?", fragte Mrs McLeod voll Abscheu.

Emmas Verstand konnte diese neuen Fakten kaum mehr aufnehmen. Dann fiel ihr noch etwas anderes ein, das Rosie erwähnt hatte. „Was ist mit den beiden Erbfolgern, die vor Strathaven an der Reihe gewesen wären, aber auf mysteriöse Weise verstorben sind?"

„Hast du das auch von meiner Tochter gehört?", fragte Marianne trocken.

Emma nickte.

„Mord und Intrige mögen einem Roman die gewisse Spannung verleihen, doch im wahren Leben geht es weitaus banaler zu. Menschen sterben ständig." Ihre Schwägerin zuckte mit den Achseln. „Selbst reiche Erben."

Konnte es wirklich sein? Waren die Gerüchte über den Herzog nichts weiter als Hörensagen?

Hinter der Tür des Salons ertönten aufgeregte Stimmen und Schritte.

„Die Tanzstunde ist wohl vorüber", stellte Marianne fest.

„Und ich muss mich auf den Weg machen, bevor mein Gatte misstrauisch wird." Mrs McLeod erhob sich unter dem Geraschel ihrer seidenen Röcke und drückte Emma die Hand zum Abschied. „Bitte geben Sie mir Ihr Wort, dass Sie über das nachdenken, was wir besprochen haben."

Nachdem Mrs McLeod gegangen war und Marianne sämtliche Familienmitglieder zu ihren jeweiligen nachmittäglichen Aktivitäten animiert hatte, beschloss Emma, einen Spaziergang zu machen. Da sie allein sein wollte, lehnte sie es ab, von einem der Dienstmädchen begleitet zu werden. Während sie unter der brütenden Sonne die Alleen von Mayfair entlangschlenderte, wirbelten ihr die Gedanken nur so durch den Kopf.

Wovon um alles in der Welt hatten Mrs McLeod und Marianne gesprochen?

Wie konnte es ein *Spiel* sein, wenn Strathaven Lady Osgood verletzte? Wie konnte sein kontrollierendes Wesen denn nicht gefährlich sein? Und wieso sollte sich irgendeine Frau willens einem Mann unterwerfen? Es klang absurd, und doch ...

Verwirrt überlegte sie, ob ihre Beobachtung dessen, was sich in Lady Buckleys Garten zugetragen hatte, irgendwie verzerrt gewesen sein könnte. Hatte ihre Abneigung gegen Strathavens arrogante Art sie vorschnell urteilen, sie die Situation falsch einschätzen lassen? Nein, sie *wusste*, was sie gesehen hatte. Seit dem Tod ihrer Mutter, als sie gerade einmal dreizehn Jahre alt gewesen war, hatte sie sich stets auf ihr eigenes Urteilsvermögen verlassen, um sich und ihre Familie zu versorgen. Die Fähigkeit, vernünftige Entscheidungen zu treffen, war eine ihrer wenigen Tugenden.

Wissen ist das einzig Gute, Ignoranz das einzig Böse. Das hatte ihr Vater stets gesagt.

Bisher war es ihr nie schwergefallen, Recht von Unrecht zu unterscheiden oder Fakten von Unwahrheiten. Sie hatte die Welt in schwarz und weiß betrachtet, aber alles, was mit Strathaven zusammenhing, war irgendwie ... grau. Ein stürmisches, aufgewühltes Grau, in dem alles nur schwerlich einzuordnen war.

War er ein niederträchtiger Wüstling oder ein trauernder Vater? Ein kaltblütiger Aristokrat oder ein fürsorglicher Bruder, dem die McLeods scheinbar ihr Glück verdankten? Ein arroganter

Grobian, der sich an Frauen vergriff – oder ein Liebhaber, der sich auf ein seltsames Spiel eingelassen hatte?

Gedankenverloren nagte Emma an ihrer Lippe und bog in eine ruhige Straße ein, gesäumt von verschlafenen Villen. Was, wenn Mrs McLeod und Marianne doch richtig lagen und sie die Situation missverstanden hatte? Herr im Himmel, sie könnte es sich niemals verzeihen, wenn sie einen unschuldigen Mann fälschlicherweise des Mordes bezichtigt hätte ...

Das Hufgetrappel herannahender Pferde ließ sie aufblicken. Eine schwarzlackierte Kutsche, deren schwere, marineblaue Vorhänge zugezogen waren, hielt neben ihr an. Noch bevor sie das goldene Wappen auf der Tür genauer betrachten konnte, wurde diese aufgestoßen. Ein kräftiger Arm schnellte heraus und umklammerte ihre Taille. Behandschuhte Finger legten sich über ihren Mund, um ihren Aufschrei zu dämpfen, als sie mit einem Ruck in die Kutsche gezerrt wurde.

❧ 8 ☙

ALARIC BETRACHTETE SEINE GEFANGENE GELASSEN. TROTZ ihrer fahlen Wangen und schweren Atmung, sprühte Miss Emma Kents Blick Funken. Zweifellos würde sie die ganze Nachbarschaft zusammenbrüllen und ihm die Augen auskratzen, wenn er ihr die Seidenfesseln um Mund und Handgelenke abnähme.

Genau deswegen hatte er diese Vorsichtsmaßnahmen ergriffen. Sie ließ ihm keine Wahl.

„Hören Sie gut zu, Miss Kent", sagte er. „Ich werde Ihnen nicht wehtun. Darauf gebe ich Ihnen mein Wort."

„*Mmf mpf mff gm.*"

„Ich werde Sie gehen lassen ...", versicherte er ihr, „aber erst schenken Sie mir eine Stunde Ihrer Zeit."

Sie murmelte grimmig vor sich hin.

„An Ihrer Lage sind Sie selbst schuld. Ich habe Ihnen befohlen, sich aus meinen Angelegenheiten rauszuhalten, aber Sie wollten ja nicht hören. Obwohl ich Ihnen sagte, dass ich nichts mit Claras Tod zu tun hatte, posaunten Sie wilde Anschuldigungen gegen mich hinaus und steckten Ihre Nase in Dinge, die Sie nichts angehen. Kurz gesagt", schlussfolgerte er mit angespanntem Kiefer, „ist es Ihnen gelungen, mir das Leben zur Hölle zu machen."

„*Gut.*"

Er kniff die Augen zusammen. „Im Gegenteil, Miss Kent. Das ist ganz und gar nicht *gut*. Weder für Sie noch für mich. Daher bleibt mir wohl nichts anderes übrig."

Die Kutsche hielt an.

„Da Sie nicht auf mich hören wollten, muss ich Ihnen die Wahrheit eben vor Augen führen."

<hr>

Eigentlich hätte Emma Todesangst haben müssen. Zumindest ihr Zartgefühl hätte Schaden erleiden sollen. Immerhin stand sie gefesselt und geknebelt in einem Raum, der höchstwahrscheinlich zu einem Freudenhaus gehörte. Sie war sich zwar nicht sicher, da sie noch nie ein solches Etablissement betreten hatte, aber so ziemlich alles deutete darauf hin.

Zunächst waren sie durch einen umzäunten Hintereingang hereingekommen, der von zwei Aufsehern bewacht wurde. Mit „hereingekommen" meinte sie, dass Strathaven sie wie ein Höhlenmensch über seine Schulter geworfen und hineingetragen hatte, da sie sich weigerte, ihm zu folgen. Selbst kopfüber war ihr aufgefallen, dass es sich bei dem prunkvoll dekorierten, ruhigen Korridor um einen exklusiven, geheimnisvollen Ort handeln musste.

Außerdem hatte ein weiterer Aufseher sie zu dem Gemach geführt, in dem sie sich gerade befanden, einem Albtraum aus bedrohlichen Scharlachrot- und Goldtönen. An einer Wand hing das riesige Freskogemälde einer nackten Frau, deren Brustwarzen in einem reißerischen Rot hervorstachen und die an einen Fels gekettet war, der das Meer überblickte. Der röhrenartige (und äußerst phallisch aussehende) Kopf eines Seeungeheuers ragte unheilvoll aus den schäumenden Wellen.

Und schließlich erweckte die Inhaberin des Etablissements, die sie gerade begrüßte, einen eindeutig unehrenhaften Eindruck. Mrs Roddy, wie sie sich vorstellte, war eine attraktive, vollbusige Blondine, die mehr Rouge als Kleidung trug und anzüglich grinste, als Strathaven die gefesselte und vor Wut bebende Emma vor ihr absetzte.

„Willkommen bei Andromeda's", sagte sie. „Die Spiele haben wohl bereits begonnen?"

Spiele? Welche Spiele? Was meint diese teuflische Frau damit?

„Ich wurde entführt!", rief Emma ungehalten.

Leider kam durch den Knebel nur heraus: *„Mmf mpf mpffm!"*

Eigentlich war sie vielmehr wütend als verängstigt. Nie zuvor hatte man sie derart grob behandelt. Sie war es nicht gewohnt, Befehle entgegenzunehmen, und schon gar nicht, gegen ihren Willen an fremde Orte gezwungen zu werden. Strathaven war der reinste Barbar!

Als sie versuchte, sich aus seinem Griff zu lösen, legte er seinen Arm eisern um ihre Taille und zog sie fest gegen seine Seite. Sie wehrte sich, schaffte es aber nur, sich gegen seine harten Muskeln zu reiben. Wieder einmal wirkte sich die Nähe dieses Ekels sonderbar auf ihre Sinne aus: in ihrem Magen kribbelte es, zwischen ihren Schenkeln glühte es wie heiße Lava und ihr Atem ging flach und stockend.

Die hohen Wangen des Herzogs färbten sich rot.

„Hören Sie mit dem Gezappel auf!", wies er sie an.

Sie warf ihm einen wütenden Blick zu. *Dann lassen Sie mich los, Sie Schuft!*

Er ignorierte sie jedoch und wandte sich an die Inhaberin. „Ist alles vorbereitet, Mrs Roddy?"

„Gewiss, Euer Gnaden. Und falls Sie noch *irgendetwas* benötigen ..."

Mit einem anzüglichen Zwinkern verbeugte sich diese so tief, dass sie den beiden ungewollt freizügige Einblicke gewährte. Ihr voller Busen quoll beinahe gänzlich aus dem nicht vorhandenen

Mieder heraus. *Warum hat sie sich überhaupt ein Kleid angezogen?* Als Emma sich bei diesem gehässigen Gedanken ertappte, schüttelte sie beschämt den Kopf. Nichtsdestotrotz warf sie Strathaven einen flüchtigen Blick zu, doch der wirkte gänzlich unbeeindruckt.

Was ihr natürlich vollkommen egal war!

„Sorgen Sie dafür, dass wir die nächste halbe Stunde nicht gestört werden", befahl er.

Mit einem süffisanten Lächeln verließ die Inhaberin das Zimmer.

Alleingelassen mit Strathaven, war Emma hin- und hergerissen zwischen Wut und … unbändiger Neugierde.

Warum hat er mich hierhergebracht? Was will er damit bezwecken?

Instinktiv wusste sie, dass er ihr nichts tun würde. Wenn das seine Absicht gewesen wäre, hätte er bereits in der Kutsche handgreiflich werden können. Er hatte geschworen, ihr kein Leid zuzufügen, und sie hoffte, dass Annabels Aussage, hinter seiner vermeintlichen Verruchtheit stecke ein ehrenhafter Charakter, der Wahrheit entsprach.

Wobei ehrenhaft eine eindeutige Übertreibung ist, dachte Emma grimmig. *Was will dieser Wüstling von mir?*

Er ging zu einem scharlachroten Vorhang hinüber und zog ihn energisch auseinander. Überraschenderweise verbarg sich dahinter eine Tür. Als er sie öffnete, konnte sie sich ihrer Neugier nicht erwehren und reckte den Hals, um einen Blick zu erhaschen. Die flackernde Dunkelheit im Inneren ließ ihren Puls in die Höhe schnellen.

„Sie haben die Wahl, Miss Kent", sagte Strathaven. „Entweder Sie betreten diesen Gang auf eigenen Füßen oder wir wiederholen unser kleines Schauspiel von eben."

Tolle Wahl, dachte sie abfällig.

Kurz beurteilte sie die Lage. In seinem makellosen, dunkelgrauen Cutaway und den passenden Hosen wirkte Strathaven machtvoll, herzoglich, unerbittlich. Wie ein Mann, der keine leeren Drohungen aussprach. Zweifellos würde er sie einfach wieder über seine Schulter werfen, wenn sie nicht innerhalb der nächsten Sekunden eine Entscheidung traf.

„Sie haben doch nicht etwa Angst?" In seiner Stimme lag herausfordernder Spott.

Wollte er sie einschüchtern? Sie war gewiss kein Mauerblümchen, das beim Anblick eines dämmrigen Zimmers die Besinnung verlor. Mit gestrafften Schultern schritt sie durch die Tür.

Kaum hindurch, war sie von Dunkelheit umgeben und hörte die Tür hinter sich ins Schloss fallen. Nun waren sie allein in der Finsternis. Die Luft war zum Schneiden dick und sie konnte kaum atmen. Als sich ihre Augen an das Dämmerlicht gewöhnt hatten, erkannte sie, dass sie sich in einem schmalen, türlosen Gang befanden. Flackernde Wandleuchten erhellten eine Reihe von Holzlatten auf Augenhöhe an beiden Wänden. Merkwürdige, gedämpfte Geräusche verursachten ihr eine Gänsehaut und ließen ihr Herz wild pochen.

„Ich nehme Ihnen jetzt die Fesseln ab", flüsterte Strathaven. „Verhalten Sie sich still, wenn Sie nicht entdeckt werden wollen – und das wollen Sie nicht, glauben Sie mir."

Kaum hatte er sie befreit, fauchte sie: „Was soll das? Warum sind wir hier?"

„Um Ihnen die Unschuld zu nehmen."

Seine Antwort ließ ein Prickeln über ihre Haut wandern, doch bevor sie erwidern konnte, dass sie kein einfältiges Ding war – dass sie ihren eigenen Haushalt geführt, eine Familie großgezogen hatte –, legte er ihr die Hand auf den Rücken, führte sie zu einer der Holzlamellen an der Wand und schob diese zur Seite. Eine leuchtende Öffnung tat sich auf und Emma stockte der Atem, als die gedämpften Geräusche eindeutig menschliche Züge annahmen.

„Sie wollten die Wahrheit erfahren, Miss Kent. Sehen Sie selbst ..., wenn Sie sich trauen."

Da sie sich jeder Herausforderung stellte, beugte sie sich nach vorne.

Schock und Unglaube übermannten sie.

Der Raum hinter der Wand war zellenartig und spärlich möbliert, lediglich eine Holzbank und ein Tisch befanden sich darin. Auf der Bank saß ein vollständig bekleideter, blonder Mann, über dessen Schoß bäuchlings eine brünette Dame lag … und zwar splitterfasernackt! Emma schluckte hart, als der Gentleman eine gebräunte Hand über die blassen Rundungen der Kehrseite der Frau gleiten ließ.

„Warst du ein böses Mädchen?", fragte er.

„Ja, Herr", hauchte die Dame mit heiserer, vornehmer Stimme.

„Hast du eine Bestrafung verdient?"

„Wenn es Ihnen beliebt, Herr."

Seelenruhig streckte der Mann die Hand nach dem Tisch aus. Emma konnte einige sonderbare Gerätschaften darauf ausmachen. Er wählte einen Gegenstand aus … eine Art Paddel? Mit einer ausladenden Bewegung schlug er es gegen den Hintern der Frau. Das laute *Klatschen* ließ Emma erschrocken zurückweichen.

Sie taumelte gegen Strathaven, und die Berührung brachte ihren Puls zum Rasen. Mit geschärften Sinnen registrierte sie seinen muskulösen Körper und würzigen Duft. Das Geräusch des Paddels, das auf nackte Haut klatschte, erfüllte die Luft. Verzweifelt vergrub sie die Fingernägel in ihren Handflächen.

Atme. Bleib ganz ruhig.

„Immer schön hinsehen", murmelte er.

Emma erschauderte, als sein Atem über ihr Ohr strich und beobachtete, wie sich die Frau auf dem Schoß des Mannes wandte. Ihr Gesicht war jedoch nicht vor Schmerz verzerrt, sondern vor … Lust? Wie konnte das sein? Sie wurde doch gerade misshandelt, oder etwa nicht?

„O ja, schlagen Sie fester zu, Herr!", schrie die Lady. „Nicht aufhören. Ich komme gleich!"

Sie möchte *geschlagen werden?*

Während die Schreie der Brünetten immer lauter und flehender wurden, wurde sich Emma mehr und mehr ihres eigenen körperlichen Zustands bewusst. Ihre Gliedmaßen bebten, Schweiß rann unter ihrem Mieder zwischen ihren Brüsten entlang, deren Spitzen sich versteift hatten und pulsierten wie flüssige Lava. Sie fühlte sich benommen, schwindelig – kein bisschen wie sie selbst.

Als Strathavens Hände sich um ihre Oberarme schlossen, erschauderte sie. Wie im Traum ließ sie sich von ihm zum nächsten Guckloch führen und spähte hindurch. Ein Keuchen entwich ihr, als sie versuchte, der unwiderlegbaren Wahrheit vor ihren Augen einen Sinn abzugewinnen.

Fakt war: Sie betrachtete ein Verlies.

Ebenso unleugbar war: Die Personen darin nahmen an einem Bacchanal teil.

Die Kammer hatte Eisengitter anstelle von Wänden und die spärlich bekleideten Insassen gaben sich vergnügt ihren sündhaften Frivolitäten hin. Eigentlich hatte Emma immer gedacht, das Landleben und die Nähe zu Tieren hätten ihr einen ziemlich deutlichen Eindruck über den Sexualakt verschafft, aber da hatte sie sich *gewaltig* geirrt. Wie ein Schleier wurde ihr die Unschuld von den Augen gerissen, als sie die sich windenden Körper anstarrte. Bei dem Anblick, der sich ihr in dieser Zelle bot, hämmerte ihr das Herz bis zum Halse ...

Ach. Du. Meine. Güte.

Ihre Wangen erröteten aufs Dunkelste, als sie zum ersten Mal in ihrem Leben einen Phallus aus Fleisch und Blut betrachtete. Ein Mann ohne Hemd saß auf einem Holzstuhl, sein steifes Glied ragte wie ein purpurner *Fahnenmast* aus der geöffneten Wildlederhose hervor. Als wäre das nicht schon schockierend genug, hielt er zudem einen schwarzen Lederriemen in Händen, der am Halsband einer nackten Blondine befestigt war, die zwischen seinen muskulösen Schenkeln kniete.

Als er an dem Riemen zog, zwinkerte die Frau ihm anzüglich zu und kroch auf Knien näher an ihn heran. Gebannt sah Emma zu, wie sie den Kopf senkte und langsam mit der Zunge an dem geschwollenen Schaft entlangfuhr, bevor sie die Lippen über die pilzförmige Kuppe stülpte.

„Lutsch ihn", befahl der Mann. „Nimm meinen Schwanz in den Mund."

Gehorsam öffnete die Blondine ihren Mund weiter und ließ sein Glied zwischen ihren Lippen verschwinden ...

Mit rasendem Herzen riss Emma den Blick von ihnen los, doch dieser landete sogleich auf drei – gute Güte, *vier?* – ineinander verschlungenen Körpern. Je zwei Männer befanden sich vor und hinter einer Frau, die auf Händen und Knien verharrte. Der Mann hinter ihr, ebenfalls kniend, pumpte seine Erektion lustvoll in sie hinein. Der Mann vor ihr lag auf dem Rücken, während ihr Kopf sich über seiner Leistengegend auf und ab bewegte. Sein Gesicht war nicht zu sehen, da eine andere Frau darauf saß und ihre Hüften kreisen ließ, während sie an ihren Brustwarzen spielte ...

Schweißtropfen bildeten sich auf Emmas Stirn, als ihr Blick zu einer Frau mit kastanienbraunem Haar wanderte. Diese war mit den Handgelenken über ihrem Kopf an die Eisenstangen gefesselt. Mit bebenden Brüsten und einer schwarzen Seidenbinde über den Augen stand sie abwartend da. Ein weiterer Mann, dessen erregtes Glied wie eine Lanze auf sie zeigte, näherte sich ihr. Kurzerhand packte er einen ihrer Schenkel und legte ihr Bein um seine Hüfte. Mit angespannten Pomuskeln drang er tief in sie ein, und sie stöhnte: „O *ja*, nimm mich härter. Lass mich um Gnade winseln ..."

Eine Erinnerung legte sich über das Schauspiel und verschmolz mit dem Bild vor ihren Augen: Lady Osgood, an den Pavillon gefesselt, ihre Stimme deutlich durch die Hecke zu vernehmen. *Wirst du mir wehtun? Oh, Strathaven, bitte, ich flehe dich an ...*

„Verträgst du noch mehr von meinem Schwanz?", fragte der Mann.

„Ja, Herr, rammen Sie ihn tiefer hinein. Tun Sie mit mir, was immer Sie wollen!", rief die Rothaarige.

Plötzlich durchfuhr die unumstößliche Wahrheit Emma wie eine scharfe Klinge.

Ein perverses, sexuelles Spiel – das war es, was ich gesehen habe.

Lady Osgood hat freiwillig daran teilgenommen und Strathaven ist unschuldig ... so gesehen.

Das Guckloch schloss sich und die Szene vor ihr verschwand. Sie wurde gepackt, herumgewirbelt und gegen die Wand gedrückt. Strathaven stützte sich mit den Händen an der Wand neben ihren Schultern ab und hielt sie zwischen seinen Armen gefangen.

Im flackernden Halbdunkel bemerkte sie ein wildes, silbernes Feuer, das in seinen Augen loderte. Nur mit Mühe schaffte er es, sein Verlangen unter seiner glatten, äußeren Fassade zu verbergen. Elektrisierende Anspannung ging von seinem kraftvollen Körper aus, und sie sprach mit jeder Faser ihres Seins darauf an. Ihre glühende Haut war schweißüberzogen, ihre Lippen bebten.

„Haben Sie es jetzt begriffen?", fragte er.

Sie konnte den Blick nicht von seinem lösen, der eisigen Glut, die sich dahinter verbarg. Wie Magneten wurden sie voneinander angezogen. Ihr Herz raste wild und unkontrolliert. Ein wortloses Verlangen bemächtigte sich ihrer. Nervös fuhr sie sich mit der Zunge über die Lippen.

Mit bebenden Nasenflügeln verfolgte er die Bewegung. Ein Geräusch – halb Stöhnen, halb Fluch – entwich seiner Kehle, und im nächsten Moment presste er seinen Mund auf den ihren.

Sie konnte nicht atmen, nicht denken. Strathavens feste, heiße Lippen glitten mit meisterhafter Intensität gegen ihre und eine Welle der Lust überrollte sie mit solcher Wucht, dass es ihr die Sinne raubte. Verzweifelt versuchte sie, seinen Kuss zu erwidern, woraufhin dieser nur noch intensiver und fordernder wurde. Sein verführerisch männlicher Duft ließ ihre Knie weich werden, doch er hielt sie fest und sicher gegen die Wand gedrückt. Als seine Zunge über ihre Unterlippe fuhr, erschauderte sie.

„Aufmachen", flüsterte er. „Lassen Sie mich rein."

Benommen folgte sie seinem Befehl und seine Zunge tauchte schamlos in sie hinein. Irgendwo im hintersten Winkel ihres Gehirns registrierte sie, dass sie sich ihren ersten Kuss selbst in den wildesten Träumen nicht so vorgestellt hatte. Er kostete sie, als würde sie ihm gehören. Seine dreiste, besitzergreifende Art brachte ihr Blut in Wallung. Sie konnte sich nur noch auf ihn konzentrieren. Instinktiv passte sie sich ihm an, ließ ihn tiefer eindringen, umspielte seine Zunge mit der eigenen.

Er stieß ein kehliges Geräusch aus und vertiefte den leidenschaftlichen Kuss. Die Macht, mit der er ihren Mund eroberte, verursachte eine kribbelnde Hitze zwischen ihren Schenkeln. Ihre Haut prickelte elektrisierend und ihre Brustwarzen pulsierten, sehnten sich nach Kontakt. Sie presste sich gegen seinen harten Körper und stöhnte, wollte mehr von diesem unvergleichlichen Gefühl ...

Als er endlich die Hände auf ihre Brüste legte, keuchte sie gegen seine Lippen, während er die empfindlichen Nippel reizte, bis sie sich steif gegen den Stoff ihres Kleides abhoben. Plötzlich kniff er in eine Brustwarze und die feuchte, lustvolle Hitze zwischen ihren Schenkeln strömte wie glühende Lava durch ihren ganzen Körper. Er schien genau zu wissen, wonach sie sich verzehrte, denn er drückte ein Bein zwischen ihre Rockfalten, woraufhin sie sich stöhnend gegen seinen muskulösen Schenkel rieb, um die süße Erlösung zu erlangen, nach der sie sich so sehr sehnte ...

„Zeit ist um, meine Lieben."

Die Worte fuhren wie das Schneidwerk der Guillotine durch sie hindurch und rissen sie aus dem Moment. Es dauerte einige Sekunden, bis sie Mrs Roddys Stimme erkannte, doch bevor sie sich sammeln konnte, trat Strathaven schützend vor sie und wandte sich der herannahenden Bordellwirtin zu.

„Ah, da sind Sie ja." Ein wissendes Funkeln trat in Mrs Roddys Augen. „Hat Ihnen die Vorstellung gefall'n?"

„Wir sind hier fertig", erwiderte Strathaven.

Immer noch benommen sah Emma, wie er einen kleinen Stoffbeutel, in dem es verräterisch klimperte, in die ausgestreckte Hand der Madame fallen ließ.

„*Schönen Dank* auch, Euer Gnaden", säuselte Mrs Roddy mit einem Zwinkern. „Wenn ich sonst noch was für Sie tun kann ..."

„Das ist alles", unterbrach er sie gebieterisch.

Zum Abschied versank sie in einen tiefen Knicks.

Als er sich zu Emma umdrehte, schnürte der Ausdruck auf seinem Gesicht ihr die Kehle zu. Eine düstere, eisige Maske schien sich über seine Züge gelegt zu haben, der jadegrüne Blick war frostig. Er packte sie fest am Arm, und sie zuckte zusammen.

„Wir gehen", stieß er hervor. „Und zwar auf der Stelle."

❦ 9 ❦

AM NÄCHSTEN ABEND FRAGTE EMMA SICH ZUM HUNDERTSTEN Mal, was in Gottes Namen sie da tat. Nach allem, was am Tag zuvor geschehen war, sollte die Eingangshalle in Strathavens prunkvollem Stadthaus eigentlich der *letzte* Ort sein, an dem sie sich aufhielt. Bei ihrem letzten Besuch hatte die Nachricht von Lady Osgoods Tod und Strathavens mögliche Verwicklung sie so sehr beschäftigt, dass sie die Einrichtung gar nicht beachtet hatte. Jetzt erst bemerkte sie den glänzenden, schachbrettartigen Marmorboden unter ihren Stiefeln, den mehrstufigen Kristallleuchter über ihrem Kopf sowie die ausladende, flügelförmige Mahagonitreppe vor sich, die bis zur vertäfelten Decke emporzusteigen schien.

Umgeben von den überdeutlichen Beweisen des Reichtums und der Macht ihres Gastgebers, fühlte sie sich zunehmend unbehaglicher. Aber ihre Ehre hatte ihr geboten zu kommen. Ambrose und Marianne hatten den Rest der Familie zu einer Vorstellung im Astley's mitgenommen, doch sie war unter dem Vorwand von Kopfschmerzen – was angesichts ihres erneuten Besuchs vor dem Amtsgericht allerdings plausibel klang – zu Hause geblieben.

Nachdem die Luft rein war, hatte sie sich von einer Droschke zu Strathavens Anwesen fahren lassen.

So ungern sie ihre Familie auch anlog, blieb ihr keine andere Wahl. Sie musste eine Schuld begleichen, und zwar so schnell wie möglich. Der fatale Fehler, den sie begangen hatte – leichtsinnig den Ruf eines Mannes zerstört –, zermürbte sie innerlich.

Ebenso wie die Erinnerung an die gestrigen Geschehnisse im Etablissement Andromeda's.

Bei dem Gedanken an den Kuss überrollte sie erneut eine Welle der Erregung und Bestürzung. Ihre sexuelle Leidenschaft hätte doch jederzeit und überall erwachen können ... warum musste es von allen Männern ausgerechnet mit *Strathaven* geschehen sein?

Der Butler, der sie begrüßt hatte, kehrte zurück. Ihr fiel auf, wie schlurfend und schmerzhaft sein Gang wirkte.

„Seine Gnaden empfängt Sie nun in der Bibliothek, Miss Kent", nuschelte er in seinem starken, schottischen Akzent.

Kurz war sie versucht, auf dem Absatz kehrt zu machen – aber sie hatte sich noch nie der Verantwortung entzogen, egal, wie unangenehm sie auch sein mochte. Dieses ganze Chaos war ihre Schuld, also würde sie es auch beseitigen.

Sie straffte die Schultern. „Vielen Dank, Sir."

„Bitte nennen Sie mich Jarvis, Miss", erwiderte er freundlich.

Emma schenkte ihm ein flüchtiges Lächeln und folgte ihm einen langen Gang hinunter, der mit unzähligen, in Gold gerahmten Gemälden behangen war. Wie Strathaven wohl auf ihre Anwesenheit reagieren würde? Die gestrige Kutschfahrt nach Hause war wortlos verlaufen. Er hatte verbissen und vor sich hinbrütend geschwiegen, sie war zu benommen gewesen, um etwas zu sagen. An der Ecke zu ihrer Straße hatte er sie aussteigen lassen und war davongerauscht, sobald sie das Haus betreten hatte.

Jarvis hielt ihr eine Tür auf. „Hier wären wir, Miss."

„Vielen Dank." Emma hörte das untypische Zittern in ihrer Stimme.

Kopf hoch! Eine Kent übernimmt stets die Verantwortung für ihre Taten.

Sie holte tief Luft und betrat das große, hohe Zimmer. Es war spärlich beleuchtet. In dem Dämmerlicht konnte sie die von Bücherregalen gesäumten Wände sowie die Ledermöbel ausmachen, die sich um einen flackernden Kamin in der Mitte des Raumes gruppierten. Am anderen Ende befand sich ein Schreibtisch zwischen zwei hohen Erkerfenstern. Dort stand Strathaven und starrte gedankenverloren hinaus in den dunklen Garten.

Der Anblick seiner reglosen, einsamen Silhouette versetzte ihrem Herzen einen Stich. Vor dem endlosen, sternenklaren Nachthimmel wirkte er so ... allein, als lastete das Gewicht des finsteren Firmaments auf seinen breiten Schultern.

Plötzlich flitzten zwei Gestalten aus dem Schatten auf sie zu und Emma keuchte erschrocken auf, als sich große Tatzen gegen ihre Oberschenkel stemmten. Sie blickte in die struppigen, freudig hechelnden Gesichter zweier schottischer Jagdhunde. Die begeisterte Begrüßung war ansteckend.

Enthusiastisch kraulte sie die beiden hinter den Ohren. „Ihr seid brave Jungs, nicht wahr?"

„Phobos, Deimos ... *aus*!"

Die Hunde leisteten dem scharfen Befehl ihres Herrchens umgehend Folge und trotteten zurück zu ihrem Platz vor dem Kamin. Als Emma aufblickte, erlosch ihr Lächeln. Bisher hatte sie Strathaven stets nur in makellosem Aufzug erlebt. Jetzt, so ganz ohne Jackett, wirkte er noch um einiges männlicher und machtvoller. Der dünne Stoff seines Batisthemdes spannte über seinen breiten Schultern und fiel lose um seine schmalen Hüften. Die obersten Knöpfe standen offen und gewährten einen flüchtigen Blick auf seinen sehnigen Hals und den Ansatz seiner muskulösen Brust ...

„Warum sind Sie hier?", fragte er ungehalten.

Hastig lenkte sie den Blick wieder nach oben. Strathavens Hunde verdienten wahrlich die Namen der beiden Gefährten des Sagengottes Ares. Mit seinem angespannten Gesicht und den kalten, funkelnden Augen wirkte der Herzog ebenso skrupellos wie der Gott des Krieges.

Sie straffte die Schultern und erwiderte: „Es gibt noch einiges zu klären zwischen uns."

„Ach, tatsächlich?" Lässig nippte er an dem Glas in seiner Hand.

Obwohl seine Geringschätzung sie verärgerte, ermahnte sie sich, dass sie ihn immerhin fälschlicherweise des Mordes bezichtigt und somit vermutlich keinen wärmeren Empfang verdient hatte ... auch wenn sie sich geküsst hatten. Einem Wüstling wie Strathaven bedeutete solch eine intime Geste gewiss nicht viel. Wahrscheinlich küsste er Frauen ständig auf diese Weise. Außerdem war ihr bewusst, dass er ihr damit nur seine Überlegenheit – und gleichzeitig ihre eigene Unerfahrenheit – in Bezug auf sexuelle Belange hatte demonstrieren wollen.

Was ihm auch durchschlagend gelungen war.

Sie presste die Lippen zusammen. *Wer zweimal auf den gleichen Trick hereinfällt ...*

Nein, sie hatte ihre Lektion gelernt. Zwar hatte sie erkannt, dass sie sich auf sinnliche Weise zu ihm hingezogen fühlte, aber sie wusste auch, dass sie kein schamloses Luder war. Die Erkenntnisse über Angelegenheiten der Fleischeslust waren eigentlich ein Segen. Wissen war Macht. Und sie wusste nun, wovor sie sich hüten musste.

Immerhin war körperliche Anziehung auch nur eine Form von Appetit. Verlangen zu zügeln war ihr schon immer leichtgefallen. Während der Jahre, in denen ihre Familie in Armut leben musste, hatte sie oftmals strenge Sparmaßnahmen ergriffen und statt verschwenderischen Möglichkeiten eher pragmatische gewählt.

Nur weil man ein Stück vom Kuchen will, bedeutet das nicht, dass man es sich auch gönnt.

Entschlossen fuhr sie fort: „Sie sollten wissen, dass ich meine Aussage bei der Gerichtsbarkeit heute zurückgezogen habe. Ich habe den Richtern gesagt, dass ich die Geschehnisse zwischen Ihnen und Lady Osgood in dem Garten falsch gedeutet habe.“

Seine dunklen Wimpern verschleierten seinen Blick. „Warum?“

„Weil ich falsch lag“, gab sie zu. „Mit dem, was ich zu sehen glaubte. Ich möchte mich hier und jetzt in aller Form entschuldigen für den Ärger, den ich Ihnen bereitet habe.“

„Sie wollen also, dass ich Ihnen vergebe?“, fragte er mit vor Sarkasmus triefender Stimme.

Eigentlich war das nicht der einzige Grund für ihren Besuch. Sie wollte ihm ebenfalls einen Vorschlag unterbreiten.

Angesichts der Möglichkeit, zwei Fliegen mit einer Klappe schlagen zu können, war sie voll gespannter Erwartung. Sie würde nicht nur die Sache mit Strathaven wieder ins Lot bringen, sondern gleichzeitig ihre eigene Zukunft sichern. Ihre Idee war perfekt und würde allen Beteiligten zugutekommen. Gestern hatte sie den ganzen Tag lang überlegt, wie sie das Thema zur Sprache bringen könnte. Einen weiteren Fehlschlag wie das Gespräch mit Ambrose wollte sie um jeden Preis vermeiden.

„Um ehrlich zu sein, dient mein Besuch noch einem anderen Zweck“, begann sie vorsichtig.

„Dachte ich es mir doch.“ Um Strathavens Mund bildeten sich harte, zynische Falten. Er kippte den Rest seines Getränks in einem Zug hinunter und stellte das Glas klirrend auf dem Schreibtisch ab, bevor er sich ihr näherte.

Obwohl ihr Herz vor Aufregung wie verrückt hämmerte, ließ sie sich nicht einschüchtern. Er trat dicht an sie heran und stemmte angriffslustig die Hände in die Hüften. Sein frischer, würziger Duft stieg ihr in die Nase und ihr Körper reagierte automatisch darauf. Ihr Atem wurde flacher, und bei der Erinnerung an sein dunkles, männliches Aroma lief ihr das Wasser im Mund zusammen.

Er zog eine buschige Braue hoch. „Nun, Miss Kent? Wenn Sie hier sind, um den Preis des Teufels einzufordern, dann nur zu."

Den Preis des Teufels? Wovon spricht er da?

Sie ordnete ihre Gedanken. „Ich möchte Ihnen einen Vorschlag unterbreiten, der uns beiden von Nutzen sein wird, Euer Gnaden."

„Sparen Sie sich die Mühe. Ich werde Ihnen kein Angebot machen."

Verwirrt blickte sie ihn an. „Ein Angebot ... wofür?"

„Nun, es gibt doch *andere* Arten von Angeboten, nicht wahr?" Er ließ den Blick schamlos über ihren Körper wandern. „Ich hätte nicht gedacht, dass Sie an so etwas interessiert wären, Miss Kent."

Langsam dämmerte ihr, worauf er hinauswollte.

„Sie sind entweder zu Scherzen aufgelegt oder verrückt", sagte sie erzürnt. „Ich würde Sie niemals heiraten wollen – ganz zu schweigen von dem anderen ... nicht einmal, wenn wir die letzten beiden Menschen auf Erden wären! Der Gedanke allein ist völlig absurd ..."

„Dann sind wir uns ja einig", unterbrach er sie kühl. „Also, worum geht es bei Ihrem *Vorschlag*?"

Angesichts seiner unglaublichen Arroganz ballte sie die Hände zu Fäusten. „Ich wollte Ihnen anbieten, Ihnen bei der Suche nach dem Mörder behilflich zu sein, Sie eingebildeter Narr!"

„Wie bitte?", presste er wütend hervor.

„Sie haben mich schon verstanden." Herausfordernd reckte sie das Kinn nach vorne. „Da ich diejenige bin, die Sie in diesen Schlamassel hineingezogen hat, werde ich Ihnen auch wieder heraushelfen. Und zwar, indem ich eine Ermittlung darüber führe, wer Lady Osgood ermordet hat."

Zum ersten Mal im Leben fehlten ihm die Worte.

Dieses Weibsbild machte ihn wirklich sprachlos.

Er war bereits wütend auf sich, weil er bei Andromeda's dermaßen die Kontrolle verloren hatte. Ursprünglich hatte er Miss Kent dorthin gebracht, um ihr eine Lektion zu erteilen, ihr die eigene Unwissenheit vor Augen zu führen. Verflucht, er hatte erwartet, dass sie nach wenigen Minuten die Besinnung verlieren würde ... oder ihm eine Ohrfeige verpasste.

Stattdessen hatte sie ihn in Versuchung geführt, war in seinen Armen *dahingeschmolzen*.

Er konnte immer noch nicht fassen, dass er sie geküsst hatte, wie nah er daran gewesen war, noch viel weiter zu gehen. Wenn die Bordellwirtin sie nicht unterbrochen hätte, wäre er vermutlich in eine furchtbare Zwickmühle geraten, denn selbst sein verkümmertes Ehrgefühl hätte es ihm nicht gestattet, eine Jungfrau zu deflorieren, ohne die Verantwortung zu übernehmen.

Eigentlich hatte er angenommen, sie sei heute Abend hergekommen, um ihm das Eheversprechen abzuluchsen. Der Gedanke, auf ihre weibliche List hereingefallen zu sein, hatte ihn erzürnt. Wutentbrannt hatte er sich daran erinnert, wie Laura ihn mit ihren unschuldigen Blicken und dem scheuen Lächeln um den Finger gewickelt hatte. O ja, er hatte bitter dafür bezahlt, auf einen angeblichen Unschuldsengel hereingefallen zu sein, und es würde ihm gewiss nicht noch einmal passieren.

Doch anscheinend war Miss Kent überhaupt nicht daran interessiert, ihn zu heiraten.

Bei dieser Offenbarung hätte sich seine Laune schlagartig bessern müssen, aber stattdessen wurde er *noch* wütender.

Was hat dieses Weibsbild in der Hinterhand?

Es war immer besser, seine Feinde gut zu kennen. Mit einer ausladenden Geste deutete er zu dem Diwan vor dem Kamin und sagte bissig: „Na dann teilen Sie mir Ihre Weisheiten doch bitte unbedingt mit."

Schnaubend ließ sie sich auf dem Polster nieder. Er folgte ihr und setzte sich in den Ohrensessel ihr gegenüber. Trotz seines Argwohns kam er nicht umhin zu bemerken, wie ihr Samtmantel ihre blasse, weiche Haut und die rosigen Lippen betonte – Lippen, von denen er gekostet hatte. Ihr Aroma war ebenso köstlich gewesen wie ihr Duft, vollmundig und süß wie ein Apfelkuchen ...

„Ich habe einen Plan", verkündete sie, woraufhin er ihr einen argwöhnischen Blick zuwarf. „Während der letzten Monate habe ich bei Kent und Partner gearbeitet und dabei einiges über das Metier gelernt."

Was zum Teufel?

Er starrte sie an. „Sie waren dort angestellt als ... *Ermittlerin?*"

Sie räusperte sich. „Na ja, nicht direkt. Ich habe meinen Bruder eher im, äh, organisatorischen Bereich unterstützt. Allerdings habe ich dabei sämtliche Facetten der Detektivarbeit kennengelernt und sogar im Alleingang einen Fall gelöst."

Dieses Weibsbild war doch einfach unglaublich. Verrückt. Nicht bei vollem Verstand!

„Als weibliche Ermittlerin", fuhr sie entschlossen fort, „befinde ich mich in einer einmaligen Position, Ihnen zu helfen."

Oh, ihm fielen da so einige Positionen ein, in denen sie ihm *behilflich* sein könnte.

„So etwas Albernes habe ich ja noch nie gehört", antwortete er stirnrunzelnd. „Welche speziellen, weiblichen Talente haben Sie denn vorzuweisen, Miss Kent? Den Einsatz eines Pompadours als Waffe? Oder vielleicht Ihre bemerkenswerte Begabung, voreilige Schlüsse zu ziehen?"

„Ich habe mich doch bereits für meinen Fehler entschuldigt und die Sache mit der Gerichtsbarkeit geklärt", erwiderte sie mit zusammengekniffenen Augen. „Stellen Sie sich immer so an, wenn Ihnen jemand Hilfe anbietet?"

„Keine Ahnung, ist bisher noch nicht vorgekommen", erwiderte er kurz angebunden.

Außerdem hätte er jedem misstraut, der es versuchte. Die Einzige, die je Anstalten gemacht hatte, etwas für ihn zu tun, war die Herzoginwitwe gewesen. Er wusste nicht, was schlimmer gewesen war: seine Krankheit oder Tante Patrices erdrückende Fürsorge.

„Das glaube ich Ihnen nicht", sagte Miss Kent stirnrunzelnd. „Jeder hat sich in seinem Leben schon einmal auf andere verlassen. Was ist mit Ihrer Mutter?"

„Sie starb, als ich noch klein war", antwortete er knapp.

„Und Ihr Vater ..."

„Über meine Familie spreche ich nicht."

Sie öffnete den Mund, als wolle sie widersprechen, entschied sich jedoch dagegen. „Na schön, aber *ich* versuche nun, Ihnen zu helfen und habe mir Folgendes überlegt: Laut den Zeitungen wurde Lady Clara vergiftet. Gift gilt oftmals als die Waffe einer Frau. Und da das Opfer ebenfalls weiblich war, scheint eine weibliche Sichtweise in diesem Fall doch nur von Vorteil zu sein, oder nicht?"

Mit offensichtlicher Genugtuung ließ er ihre Seifenblase zerplatzen. „Das Gift war nicht für Clara bestimmt. Es war in meinem Whiskey. Sie hat nur leider ebenfalls davon getrunken."

Emma blinzelte verwirrt. „*Sie* wurden ebenfalls vergiftet? Aber ... Sie sind nicht tot!"

„Enttäuscht?", fragte er spitz.

„Davon stand nichts in den Zeitungsberichten ..."

„Je weniger Menschen davon wissen, desto besser. Die Integrität der Ermittlung soll keinen Schaden nehmen."

Miss Kents Augen weiteten sich und das flackernde Kaminfeuer spiegelte sich in deren dunklen Tiefen. Früher hatte er braune Augen immer für undurchdringlich gehalten, doch ihre waren es nicht. Vielmehr waren sie so klar und warm wie erstklassiger Tee und reflektierten jede Gemütsregung.

„Das ändert *alles*", sagte sie.

„Es ändert *nichts*, was Sie betrifft", erwiderte er nachdrücklich. „Sie werden sich nicht einmischen. Tatsächlich wünsche ich, dass Sie sich so weit wie nur irgend möglich von mir fernhalten."

Sie aus seinem Leben herauszuhalten, war die einzige Möglichkeit, den Verstand zu wahren. Emma Kent besaß die frappierende Fähigkeit, ihn an seine Grenzen zu treiben. Ihr Eigensinn war nervtötend – und gleichzeitig äußerst erregend. Er wollte sie schütteln, bis sie zur Vernunft kam, wollte sie in seine Arme ziehen und ihre honigsüße Unterwerfung kosten ...

Als sie hastig auf die Füße sprang, erhob er sich ebenfalls und unterdrückte eine Grimasse, da sein erhärtendes Glied gegen den Saum seiner Hose rieb. Glücklicherweise bedeckte sein loses Hemd die Wölbung.

„Aber Sie könnten noch immer in Gefahr schweben!" Grübelnd nagte sie an ihrer Unterlippe und lief vor dem Diwan auf und ab. „Das ist meine Schuld. Ich habe die Aufmerksamkeit der Behörden auf Sie gelenkt und somit von dem wahren Mörder abgebracht."

Ihre Besorgnis war ... irgendwie rührend. Trotz seiner zahlreichen Erfahrungen mit dem schönen Geschlecht konnte er sich nicht besinnen, dass eine Frau je die Verantwortung für ihre Taten übernommen, Ehre und Anstand bewiesen hatte. Bei der Erinnerung an Lauras Tränen und Verleugnungen, an ihre haltlosen Anschuldigungen, verspannte sich sein Kiefer.

„Es wurden Maßnahmen ergriffen", sagte er abrupt. „Ich habe Ermittler angeheuert."

„Sie haben mit Mr McLeod und meinem Bruder gesprochen?"

In Wills Schuld zu stehen war nun wirklich das Letzte, was er wollte. „Es gibt auch noch andere Detekteien in dieser Stadt."

„Aber keine ist so kompetent wie Kent und Partner. Sie sind die Besten." Verwundert legte sie den Kopf schief. „Warum vertrauen Sie Ihrem eigenen Bruder nicht?"

Weil ich es nicht verdiene.

„Das geht Sie nichts an", entgegnete er gereizt.

„Können wir die Vergangenheit nicht endlich hinter uns lassen? Wenn Ihr Leben in Gefahr schwebt, müssen wir zusammenarbeiten ..."

„Es gibt kein *wir*, Miss Kent."

„Mein Fehlverhalten tut mir aufrichtig leid." Sie warf ihm einen flehentlichen Blick zu. Kaum fing das Eis in seinem Herzen jedoch an, ein wenig zu tauen, fuhr sie fort: „Außerdem sind Sie auch nicht gerade unschuldig. Immerhin haben Sie mich entführt und in ein fragwürdiges Etablissement verschleppt."

„Aber doch nur, weil Sie zu stur waren, um die Wahrheit zu akzeptieren", knurrte er.

„Und ich habe nur deshalb ausgesagt, weil Sie zu arrogant waren, mir die Wahrheit zu erklären." Sie besaß die Unverschämtheit, ihr Kinn zu heben. „Es läuft doch alles darauf hinaus, dass wir beide gleichermaßen im Unrecht waren, finden Sie nicht auch?"

So langsam aber sicher verlor er die Beherrschung. „Von wegen! Sie haben mir nachspioniert und mich fälschlicherweise des Mordes bezichtigt. Dann haben Sie mich auch noch geküsst ..."

„Wie bitte?", fragte sie entrüstet. „Sie haben mit dem Küssen angefangen!"

„Als hätten Sie sich nicht einladend über die Lippen geleckt!"

„Wenn dem so wäre, dann nur, weil ich nervös war. Im Gegensatz zu Ihnen führe ich kein liederliches Leben."

Ihre prüde, tugendhafte Antwort versetzte sein Blut in Wallung. Der Muskel unter seinem linken Auge zuckte leicht. „Nervös ... dass ich nicht lache! Sie besitzen doch ganz eindeutig Nerven aus Stahl. In Wahrheit haben Sie sich geradezu nach einem Kuss von mir *verzehrt*."

Unsicherheit flackerte in ihren Augen auf – das hatte er bei dem sturen Weibsbild bisher noch nicht erlebt.

Sie fing sich jedoch schnell wieder. „In Anbetracht der Umstände ist es verständlich, dass wir beide etwas überreizt waren. Was geschehen ist, ist nun mal geschehen. Es ist sinnlos, jetzt darüber zu streiten", sagte sie in einem irritierend sachlichen Tonfall. „Sollte Ihr Widerwille gegen meine Hilfe daher rühren, dass Sie Angst haben, wir könnten erneut in eine verfängliche Situation geraten, dann seien Sie versichert, dass das *nie* wieder vorkommen wird."

Ihre naive Zuversicht, die leichtfertige Art, mit der sie die Anziehung zwischen ihnen abtat, trieb ihn dazu, ihr das Gegenteil beweisen zu wollen. Das zanksüchtige Ding verdiente eine Lektion, mit der er sie sich ein für alle Mal vom Hals schaffen würde. Glücklicherweise wusste er genau, wie das zu bewerkstelligen war.

„Sie glauben also, Sie könnten sich in meiner Gegenwart beherrschen?", fragte er mit bedrohlich leiser Stimme.

„Gewiss. Es gibt rein gar nichts, was meine Beherrschung in Gefahr brächte."

Das leichte Zittern in ihrer Stimme verriet ihm, dass sie bluffte.

„Wenn ich mich nun also in diesen Sessel setzen würde", sagte er, und sein Blick wanderte zu dem besagten Möbelstück hinter ihr, „Sie auf meinen Schoß zöge und küsste ... das würde Sie nicht interessieren?"

„Lassen Sie die Albernheiten."

Er näherte sich ihr, woraufhin sie zurückwich. Als ihre Kniekehlen gegen den Sessel stießen, verlor sie das Gleichgewicht und plumpste sanft auf den Ledersitz hinab. Er stützte die Hände gegen die Lehne, wodurch er sie zwischen seinen Armen einschloss, jedoch nicht berührte.

Während er sich zu ihr hinunterbeugte, flüsterte er spöttisch: „Lügen Sie gefälligst nicht so dreist. Sie sagten, Sie könnten sich in meiner Gegenwart ohne Weiteres beherrschen."

„Kann ich auch. In dem von Ihnen beschriebenen, hypothetischen Szenario würde ich versuchen, von Ihnen loszukommen", erwiderte sie stur.

„Wenn ich Sie nun aber festhielte, noch inniger küsste, mit der Zunge über Ihre Lippen führe, bis Sie mir Einlass gewährten?"

Sie errötete. „Ich ... ich würde Ihnen auf die Zunge beißen!"

„Ah, aber dann müsste ich Sie bestrafen." Er ließ die Worte einsinken, beobachtete, wie ihre Pupillen sich weiteten – nicht aus Angst, sondern vor ... *Erregung*. Verflixt und zugenäht! Augenblicklich spannte seine Hose in seinem Schritt.

„Das würden Sie nicht wagen." Mittlerweile klang sie nicht mehr so selbstsicher.

„Ganz im Gegenteil, Liebchen, ich wage so Einiges", säuselte er. „Sie haben ja nun allerlei Arten von Bestrafungen bei Andromeda's miterlebt, und ich frage mich, welche davon Ihnen am besten gefallen würde. Vielleicht würden Sie es genießen, gefesselt und hilflos zu sein, während ich Sie küsste und liebkoste, wo immer und wie immer ich es wünsche?"

Ihr stockte der Atem und ihre harten Brustwarzen zeichneten sich deutlich unter dem Stoff ihres Gewands ab.

„Vielleicht würden Sie es aber auch vorziehen, mich zu befriedigen", fuhr er nachdenklich fort. „Vor mir auf den Knien, brav alles annehmend, was ich Ihnen gebe." Bei dem Gedanken schwoll seine erwachende Erektion noch weiter an – vor allem, als sie sich auf die Unterlippe biss. Schweiß sammelte sich unter seinem Kragen, doch er musste vollenden, was er begonnen hatte. „Aber am meisten würde es Ihnen wohl gefallen, wenn ich Sie über mein Knie legte und Sie mir Ihren hübschen Hintern entgegenreckten."

Die herrliche Vorstellung erblühte vor seinem inneren Auge: ihre zarte, blasse Haut unter seiner Handfläche, ihre ganze Schönheit zwischen seinen Fingern. Er wusste, Emma Kent machte keine halben Sachen. Wenn sie sich unterwarf, dann mit Leib und Seele. Gleißende Lava floss durch seine Adern und er brannte darauf zu erfahren, wie großzügig sie in ihrer Hingabe sein konnte. Wie gern würde er ihr eine nie zuvor gekannte Ekstase bereiten!

Heiser fügte er hinzu: „Sie könnten sich jeglicher Angst und Sorge entledigen, Emma, sich ganz in meine Obhut begeben." Er legte eine Hand gegen ihre samtige Wange und stellte erregt fest, wie sehr sie bebte. „Sie könnten darauf vertrauen, dass Sie alles von mir bekämen, was Ihr Herz begehrt."

Sie stieß einen erstickten Laut aus, und das dunkle Verlangen in seinem Inneren spiegelte sich in ihren Augen wider. Ihre Wangen glühten eher vor Erregung als vor Abscheu. Sie neigte sich ihm zu. Ihr Atem ging stoßweise und ihre Leidenschaft glich einem Samen, der in einem Garten der jungfräulichen Zurückhaltung zu sprießen begann ...

Jungfrau – das ist eine Falle!

Durch den Nebel der Lust vernahm er den schrillen Alarm seines Verstands. *Auch Laura wirkte erst lieblich und heißblütig, doch dann hielt sie dich zum Narren.* Bei der Erinnerung an ihre Vertrauensbrüche verkrampfte sich sein Magen. Seine Demütigung, sein Verlust ...

Nein, nie wieder.

Kontrolle ist alles.

Irgendwie gelang es ihm, die Selbstbeherrschung zurückzuerlangen. Er richtete sich auf, trat einen Schritt von dem Sessel zurück und zog eine Augenbraue hoch. „Na, Liebchen, wie steht es jetzt mit Ihrer Beherrschung? Haben Sie noch immer alles im Griff?"

Miss Kent blinzelte verwirrt und erblasste, als sie seine Worte registrierte. „Sie sind ein elender Schuft", flüsterte sie.

„Ich bin nur ehrlich", erwiderte er kühl. „So etwas geschieht nun mal, wenn Sie Spielchen mit mir spielen. Lassen Sie es sich zum letzten Mal gesagt sein: Halten Sie sich aus meinen Angelegenheiten raus oder tragen Sie die Konsequenzen."

Ungehalten erhob sie sich. „*Schön*. Dann lassen Sie sich eben umbringen, ist mir doch egal!"

Phobos und Deimos sprangen auf, um ihr aus dem Zimmer zu folgen.

„Bleibt!", befahl Alaric.

Enttäuscht über den Abschied der Besucherin trotteten sie winselnd zu ihm hinüber.

„Glaubt mir Jungs, so ist es am besten", knurrte er.

Trotz seiner erfolgreichen Zähmung des widerspenstigen Weibsbilds war Alaric rastlos. Die finsteren Fantasien, die er Miss Kent zur Abschreckung unterbreitet hatte, plagten weiterhin seine lüsterne Vorstellung: wie sie unterwürfig vor ihm kniete und gehorsam die süßen Lippen öffnete, während er seinen pulsierenden Schaft Zentimeter um Zentimeter hineinschob ...

Wie ein Gefangener in seinem eigenen Haus schritt er die Bibliothek auf und ab. Entweder könnte er nun nach oben gehen und wie ein Grünschnabel selbst Hand an sich legen, oder er suchte sich eine Ablenkung. Sein Herrenklub schien ihm hierfür die geeignetste Lösung zu sein. Seit Claras Tod war er nicht mehr dort gewesen, und seine Abwesenheit hatte die Gerüchteküche gewiss nur noch stärker geschürt.

Das sollte er schleunigst unterbinden. Er hatte nichts zu verbergen.

Alaric ließ seine Kutsche vorfahren und machte sich auf den kurzen Weg hinüber zur St. James Street.

Als er den Herrenklub White's, die Bastion für männliche Bequemlichkeit, betrat, richteten sich alle Augen auf ihn. Der Geruch von Leder und Zigarrenrauch stieg ihm in die Nase, während er sowohl kühle Blicke wie auch höfliche Begrüßungen erwiderte. In Zeiten der Not unterschied sich wahrlich Freund von Feind. Er würde sich genau merken, wer zu welcher Sorte zählte: Für einen Schotten war Loyalität wichtiger als alles andere.

„Strathaven, was für eine Überraschung, Sie hier zu sehen."

Alaric wandte den Kopf in Richtung der aufgeblasenen Stimme und sah den Earl von Mercer auf sich zukommen, umringt von seiner üblichen Horde Gecken. Mit seinem makellos pomadisierten, weizenblonden Haar, gekleidet in kunstvoll besticktem Samt, war der schlanke, gut aussehende Mann der Inbegriff modischer Eleganz. Außerdem war er ein Schnösel, dessen einzige Lebensaufgabe darin zu bestehen schien, mit seinem Reichtum und Status – selbstverständlich geerbt und nicht selbst erarbeitet – zu protzen, während er mit seiner scharfen Zunge „Esprit" versprühte.

„Was soll daran überraschend sein?", fragte Alaric gleichmütig.

„Na wegen Lady Osgoods Ableben – welch grässlicher Schock für das Zartgefühl!" Mercer erschauderte. „Scheinbar sind Sie ja unbeschadet davongekommen. Das liegt wohl an Ihrer *abgehärteten* schottischen Natur."

Mercers Begleiter kicherten hämisch.

„Ich hatte nichts mit Lady Osgoods Tod zu tun. Jeder, der das Gegenteil behauptet, kann mir bei Tagesanbruch entgegentreten", erwiderte Alaric kühl.

„Bei Tagesanbruch? Was für eine unchristliche Uhrzeit. Ich habe Gott weiß genug zu tun", sagte Mercer mit einem spöttischen Lachen. „Leider ist es mir daher unmöglich, Sie in meinen Zeitplan einzuschieben."

„Guten Tag, die Herren." Gabriel, der Marquis von Tremont,

näherte sich ihnen mit freundlicher Miene. Falls er das volle Ausmaß der angespannten Situation erfasst hatte, ließ er sich nichts anmerken. „Mercer, ich glaube, einige Freunde suchen nach Ihnen. Es scheint um einen Eintrag im Wettbuch zu gehen."

„Ein Gentleman ist eben immer gut beschäftigt." Nach der Andeutung einer Verbeugung stolzierte Mercer davon, seine Gefolgschaft im Schlepptau.

„Ich würde bei dem Bastard gerne mehr umkrempeln als nur seinen ach-so-vollen Terminkalender", grummelte Alaric.

„Mercer will doch nur Unruhe stiften. Lass dich nicht darauf ein." Tremont klopfte ihm auf die Schulter. „Holen wir uns einen Drink und widmen wir uns wichtigeren Dingen."

Sie ergatterten ein paar begehrte Sessel vor einem abgeschiedenen Kamin.

„So einen Komfort gibt es nirgendwo sonst", seufzte Tremont und streckte die Beine aus.

„Gibt es wohl, wenn man genug dafür zahlt." Alaric hatte bei demselben Hersteller die gleiche Einrichtung für sein Arbeitszimmer in Strathmore Castle anfertigen lassen, was ihn eine ansehnliche Summe gekostet hatte.

Tremont grinste ihn lakonisch an. „Leider sind wir nicht alle so reich wie Krösus."

Obwohl der Marquis die katastrophale finanzielle Lage, die er geerbt hatte, deutlich verbessern konnte, schien er diesbezüglich noch viel Arbeit vor sich zu haben. Alaric kannte die Zwickmühle, in der er sich befand, nur zu gut. Während seiner Herrschaft als Herzog hatte er viel Zeit darauf verwendet, die leeren Kassen, die sein Vormund in seiner Verschwendung zurückgelassen hatte, wieder aufzufüllen.

„Das wirst du sein, sobald unser Vorhaben am Ende des Monats abgeschlossen ist", versicherte Alaric ihm.

„Dazu habe ich immerhin gute Neuigkeiten. Ich habe heute mit Burrowes gesprochen, und er will entschieden zu uns halten.

Seine öffentliche Unterstützung wird uns dabei helfen, diese Wunde auszubrennen."

„Gut gemacht", sagte Alaric. „Das sind wahrlich die erfreulichsten Neuigkeiten des Tages."

„Was heckt ihr beiden denn da nun wieder aus?", fragte eine amüsierte Stimme. „Egal was es ist, ich bin dabei!"

Marcus Harrington, Lord Blackwood, ein weiterer Freund aus Oxford-Tagen, gesellte sich zu ihnen. Blackwood war zu Studienzeiten Anwärter auf den Titel gewesen und hatte sich nach dem Universitätsabschluss ein Offizierspatent in der Armee erkauft. Seine militärische Ausbildung spiegelte sich immer noch in seiner rigiden Haltung und dem präzisen Schnitt seines goldbraunen Haars wider. Nach dem Tod seines Bruders hatte er ein Rittergut erworben und bald darauf eine Marquise geehelicht.

Alaric und Gabriel erhoben und verbeugten sich zur Begrüßung.

„Wie wäre es mit einem Kartenspiel, Blackwood?", fragte Alaric.

„Warum nicht? Dein Gold kann ich immer gut gebrauchen."

Um ein Uhr nachts verließ der Herzog schließlich den Tisch mit prall gefüllten Taschen und unter dem gutmütigen Protest seiner Freunde. Draußen stieg er die Stufen des Klubs hinunter, gewahr, dass sich seine rastlose Anspannung durch die Vergnügungen des Abends nicht hatte beseitigen lassen. Als er sich seiner Kutsche näherte, überlegte er, bei einem Freudenhaus zu halten. Vielleicht würde ein belangloser Fick ihm dabei helfen, sich ein für alle Mal von diesem unerklärlichen Verlangen nach Miss Kent zu befreien.

Aber aus irgendeinem Grund erschien ihm der Gedanke, eine Prostituierte zu vögeln, alles andere als erregend.

Das Geratter einer herannahenden Kutsche lenkte seinen Blick auf die Straße. Eine schwarze Droschke flog über das Kopfsteinpflaster. Der Fahrer, eine vermummte Gestalt mit dunklem Mantel und Hut, musste ein Erbsenhirn besitzen, denn niemand bei klarem Verstand würde in diesem Tempo die St. James Street entlangrasen. Ein Papierfetzen flatterte aus dem geöffneten Fenster. Als das Gefährt an ihm vorüberzog, erblickte Alaric hinter dem zurückgeschobenen Vorhang eine boshafte, von einer großen Narbe entstellte Fratze, aufblitzendes Metall ...

Noch während er sich auf den Boden warf, hörte er den ohrenbetäubenden Schuss. Rücklings auf dem Pflaster liegend, blinzelte er nach oben zu den Sternen. Gedämpfte Schreie erklangen in der Ferne. Ein brennender Schmerz durchfuhr seinen Arm, dann senkte sich das Dunkel der Nacht über ihn.

‹ II ›

DER DESTILLIERRAUM MIT SEINEM GROSSEN ARBEITSTISCH UND
den unzähligen, mit Flaschen gesäumten Regalen bot Emma
einen willkommenen Rückzugsort. Mariannes Haushälterin, die
laut eigener Aussage kein Händchen für Heilmittel hatte, erlaubte
ihr freundlicherweise, den Raum im Kellergeschoss zu nutzen,
wann immer sie wünschte. Im Moment war sie damit beschäftigt,
eine Salbe für Mr Pitts rheumatische Knie und den geplagten
Rücken des zweiten Dieners herzustellen. Dazu gab sie einige
Tropfen Kampfer in eine Schüssel und vermengte ihn mit einer
zähflüssigen Paste aus Bienenwachs und Rosenwasser.

„Pollys und meine neuen Kleider sind eingetroffen“, sagte
Violet, die neben der Schüssel auf dem Tisch saß und die Beine
baumeln ließ.

„Wie wunderbar“, erwiderte Emma abwesend.

Glücklicherweise konnte sie sich mit alltäglichen Aufgaben
ablenken, andernfalls würden ihre kreisenden Gedanken sie in
den Wahnsinn treiben. *Denk nicht an ihn*, schalt sie sich selbst.

„Dazu noch passende Schleifen und Schuhe“, fuhr Violet fort.

„Mhm.“

Während Emma die Salbe konzentriert mit einem Holzlöffel

umrührte, spukte ihr Strathavens verführerische Stimme durch den Kopf, mitsamt all den sündhaften Dingen, die er ihr gestern Abend zugeflüstert hatte. Das Feuer in seinem blassen Blick verzehrte sie.

Sie könnten sich jeglicher Angst und Sorge entledigen, Emma, sich ganz in meine Obhut begeben. Sie könnten darauf vertrauen, dass Sie alles von mir bekämen, was Ihr Herz begehrt.

Ein Schauer durchfuhr sie. Eigentlich hätte sie schockiert sein müssen, angewidert.

Stattdessen hatten seine Worte ein explosives Echo in ihr ausgelöst, das sie bis ins Mark erschütterte.

Es war ein unbeschreibliches Verlangen – ein solch überwältigender Drang, dass sie zum ersten Mal in ihrem Leben klein beigegeben hatte, ja sogar geflohen war. Aber sie konnte nicht vor sich selbst weglaufen, vor den seltsamen, demütigenden, *erregenden* Impulsen, die Strathaven in ihr erweckt hatte.

Letzte Nacht hatte sie von ihm geträumt, wie sie Haut an Haut aneinandergeschmiegt waren. Im Schlaf hatte sie keine Kontrolle über ihren Willen, und so hatte sie ihn alles mit ihr tun lassen, was er beschrieben hatte. Mit seinen Händen, seinem Mund, seinen Befehlen ... Sie war wie gefangen unter einer Glasglocke der Lust, ausweglos gefesselt in ihrer eigenen Unterwerfung. Er hatte sich alles zu eigen gemacht, ihren Atem, ihren Körper, ihre Seele – und sie hatte sich noch nie so frei gefühlt. Schweißgebadet war sie aufgewacht, mit steifen, pulsierenden Brustwarzen und feucht zwischen den Schenkeln ...

„Eigentlich brauche ich keine neue Garderobe", plapperte Violet weiter. „Da ich nämlich vorhabe, mich Astley's als Zirkusartistin anzuschließen."

„Wie schön, Liebes", erwiderte Emma.

Auf ihre Antwort folgte Schweigen.

Sie blickte von ihrer Schüssel auf. „Tut mir leid", seufzte sie. „Ich habe wohl nicht wirklich zugehört."

„Kein Wort von dem, was ich sagte." Vi kniff die goldbraunen

Augen zusammen. „Was ist denn bloß los mit dir? Du verhältst dich schon die ganze Woche über merkwürdig."

„Nichts ist los. Ich bin nur ... beschäftigt."

„Womit? Salbe herstellen?" Vi verdrehte die Augen. „Das hast du auch damals in Chudleigh Crest getan, und zwar während du dich um Papa gekümmert, Unterkleider für Polly und mich genäht, Harrys fehlgeschlagene Experimente gelöscht *und* das Essen gekocht hast. Nein, da ist irgendetwas im Busch", mutmaßte sie und rieb sich das Kinn. „Und ich wette, es hat mit dem Herzog zu tun."

Obwohl ihr Puls zu rasen begann, schöpfte Emma mit ruhiger Hand Salbe in die bereitgestellten Tiegel. „Die Angelegenheit habe ich mit der Gerichtsbarkeit geregelt. Nun habe ich nichts mehr mit ihm zu tun."

Warum erleichtert mich das nicht?

Sie versuchte sich einzureden, dass es so besser war. Zugegebenermaßen hatte sie ihre Fleischeslust doch nicht so sehr unter Kontrolle wie angenommen, und daher war es das Sicherste, sich von Strathaven fernzuhalten. Sie hatte ihm angeboten, ihren Fehler wiedergutzumachen, aber er hatte abgelehnt. Mehr konnte sie nicht tun. Was das Voranbringen ihrer Ermittlerkarriere anging, musste sie eben einen anderen Weg finden, Ambrose zu überzeugen ...

Das Rascheln von Seide ließ ihren Blick zur Tür wandern. Marianne betrat mit derart ernster Miene den Raum, dass sogar Violet erschrocken fragte: „Was ist los, Marianne?"

„Ich habe soeben etwas Furchtbares erfahren."

Emma stellten sich in dunkler Vorahnung die Nackenhaare auf. „Was ist passiert?"

„Es geht um Strathaven", sagte ihre Schwägerin. „Er wurde angeschossen."

❧ 12 ❧

Mehr als alles andere hasste Alaric das Krankenbett.

Er hatte den Großteil seiner Jugend darin verbringen müssen und empfand die Langeweile und Hilflosigkeit fast noch schlimmer als die Krankheit selbst. Ebenso hatte er die ganzen Quacksalber gehasst, die mit ihren Tragetaschen voller Wundermittel scharenweise von Tante Patrice nach Strathmore Castle bestellt worden waren. Viele der angeblichen Kuren hatten seinen Zustand nur noch verschlimmert. Nach einer Tinktur mit Tollkirsche hatte er sich stundenlang übergeben müssen. Zitternd und schweißgebadet hatte er sich gewünscht, jemand möge dem Leid endlich ein Ende setzen.

Lady Patrice hatte sich jedoch unermüdlich um ihn gekümmert. Da ihr eigener Sohn an Scharlach gestorben war, ließ sie bei ihrem neuen Schützling nichts unversucht. Durch ihre überfürsorgliche Art, das stickige Krankenzimmer und die unbändigen Schmerzen hatte er sich wie ein Fischadler gefühlt, den man in einen Kanarienvogelkäfig gesteckt hatte.

Wie Ares, gefangen in diesem verdammten Krug.

Sein Blick fiel auf das Gemälde an der gegenüberliegenden Wand, auf dem die Sagenszene in dunklen, satten Ölfarben dargestellt wurde. Er hatte das Kunstwerk bei einem italienischen Meister in Auftrag geben lassen. Es zeigte den Kriegsgott mit angespannten Muskeln und erhobener Faust gegen die bronzenen, gewölbten Innenwände seines Gefängnisses schlagend. Der Künstler hatte Ares' Gesichtsausdruck vortrefflich eingefangen, und doch war es kein schönes Bild. Aber das sollte es auch nicht sein.

Vielmehr diente es Alaric als Erinnerung: Er würde sich nie wieder einsperren lassen.

„Wie fühlen wir uns heute?", ertönte eine fröhliche, weibliche Stimme.

Annabel McLeod betrat das Zimmer, dicht gefolgt von Will. Nach der Schießerei waren die beiden umgehend aufgetaucht – dank Jarvis, dem alten Klatschmaul – und hatten sich um Alaric gekümmert, der viel zu schwach gewesen war, um sie abzuwehren.

Nun warf er seiner Schwägerin einen vernichtenden Blick zu. Ohne auch nur um Erlaubnis zu fragen, hatte sie ihm schroff den Ärmel seines Morgenrocks von der Schulter gestreift und beschäftigte sich mit dem Verband an seinem rechten Arm.

„Willst du vollenden, was der Attentäter begonnen hat?", fragte er gereizt.

Annabel erwiderte seinen Blick mit zusammengekniffenen Augen. Die Frau seines Bruders war wahrlich kein zimperliches Weib. Ihr Gemüt war ebenso feurig wie ihr Haar. Der Schotte in ihm respektierte jede Frau, die ebenso gut einstecken wie austeilen konnte. Natürlich wanderten seine Gedanken dabei unmittelbar zu Miss Kent.

Wusste sie, dass er angeschossen wurde? Wenn ja, würde es sie überhaupt kümmern?

Wahrscheinlich hätte sie nur zu gern selbst den Abzug gedrückt.

„Wenn du stillhalten würdest, anstatt dich wie ein Aal zu winden, wäre es für uns alle einfacher", erwiderte Annabel unwirsch. „Laut Dr. Abernathy sollen wir die Wunde mindestens einmal täglich kontrollieren."

„Er mag zwar Schotte sein, aber er ist trotzdem ein Quacksalber", murrte Alaric.

„Wenn du dich nicht anständig aufführst, dann gehe ich auf der Stelle und nehme meine Frau mit", knurrte sein Bruder ihn von der anderen Seite des Bettes an.

Alaric drehte den Kopf auf dem Kissen zu ihm. „Ach, du bist noch hier?"

„Du undankbarer Bastard ..."

„Schluss jetzt, ihr Schwachköpfe." Annabel riss den Verband mit einer Wucht herunter, dass er vor Schmerz scharf die Luft einzog. Stirnrunzelnd untersuchte sie die Verletzung. „Die Wunde nässt, scheint aber nicht entzündet zu sein. Die Schimmelpaste wirkt wohl."

„Die Paste war ein guter Einfall", sagte Will. „Meine Liebste ist nicht nur schön, sondern auch schlau. Da habe ich einen echten Glücksgriff gelandet."

Bei dem verzückten Gesichtsausdruck seines Bruders wurde Alaric beinahe erneut übel. Trotz seiner Muskeln war Will, was seine Frau anbetraf, nichts weiter als ein treu ergebenes Hündchen. Was für ein Narr.

Widerwillig musste er jedoch zugeben, dass Annabel in diesem Fall wirklich hilfreich gewesen war. Als Tochter eines Landarztes hatte sie vorgeschlagen, die Wunde mit einer Paste aus fermentiertem Brot einzureiben, eine Präventivmaßnahme gegen Infektionen, die schon ihr Vater erfolgreich angewendet hatte. Dr. Abernathy war von ihren Kenntnissen begeistert gewesen und gemeinsam hatten sie eifrig darüber beraten, wie die Wunde am besten zu behandeln sei. Alaric hatte sich wie ein Stück Fleisch gefühlt, über dessen Zubereitung zwei ehrgeizige Chefköche fachsimpelten.

„Ich bin die Glückliche von uns beiden", erwiderte Annabel mit einem anhimmelnden Blick auf ihren Mann.

Hol's der Teufel, warum suchen sich die beiden nicht ein freies Zimmer und bringen es hinter sich?

Dann stellte sie ein Tablett auf Alarics Schoß ab. „Was dich angeht, Euer Gnaden, isst du besser etwas, wenn du wieder zu Kräften kommen willst."

Beim Anblick des Haferschleims drehte sich ihm der Magen um. Erinnerungen an die Bestrafungen des alten Herzogs überkamen ihn, an den fad schmeckenden Brei, der ihm serviert wurde, um ihm das „Simulantentum" auszutreiben. Eher würde er verhungern, als auch nur einen Bissen von diesem Fraß zu sich zu nehmen.

„Ich habe keinen Hunger", antwortete er unwirsch. „Und jetzt würde ich gerne ungestört ruhen, wenn es euch genehm ist."

Annabel stemmte die Hände in die Hüften und schien zum Gegenzug ausholen zu wollen, doch Will kam ihr zuvor. „Erst müssen wir reden."

„Worüber?", fragte Alaric.

„Zunächst einmal darüber, wer dir nach dem Leben trachtet."

„Das geht dich nichts an." In einem Anfall von Schwäche – was er dem nicht unbeträchtlichen Blutverlust zuschrieb –, hatte er seinem Bruder von dem vergifteten Whiskey und der Schießerei am Abend zuvor erzählt.

Will blickte ihn finster an. „Wir sind eine Familie. Natürlich geht es mich etwas an."

Jarvis steckte den runzeligen Kopf durch die Tür. „Mr Kent ist soeben eingetroffen, Euer Gnaden."

„Schicken Sie ihn herauf", befahl Will, noch bevor Alaric antworten konnte.

Jarvis – oder vielmehr *Judas* – schlurfte davon, um Wills Geheiß nachzukommen.

„Was zum Teufel hat dein Partner hier verloren?", wollte Alaric wissen.

„Ich habe ihn hergebeten. Er ist der beste Detektiv in ganz London." Will verschränkte die Arme vor der Brust. „Und ich habe den Eindruck, dass deine Lage den Besten erfordert."

Bevor Alaric etwas erwidern konnte, hörten sie Schritte im

Treppenhaus, und keine Minute später betrat Ambrose Kent das Zimmer. Doch er war nicht allein. Miss Kent folgte ihm auf dem Fuße, und Alaric musste hungriger sein, als er angenommen hatte, denn in ihrem pfirsichfarbenen Kleid sah sie zum Anbeißen aus. Als er die aufrichtige Sorge in ihrem Blick bemerkte, zog sich seine Brust zusammen.

Sie sorgte sich ... um ihn?

„Euer Gnaden. Hoffentlich kommen wir nicht ungelegen.“

Sein Blick fiel auf die dritte Person, die hinter Miss Kent das Zimmer betreten und ihn angesprochen hatte. Er hatte die majestätische Blondine mit der samtigen Stimme gar nicht bemerkt, was ihm geradezu frevelhaft erschien. Mrs Kent, die ehemalige Lady Marianne Draven, war immerhin eine unvergleichliche Schönheit. Sie knickste vornehm. Emma tat es ihr hastig gleich, und ihr schnörkelloser, kleiner Knicks brachte ihn beinahe zum Lächeln.

Mit undurchdringlicher Miene versuchte er zu erschließen, ob Miss Kents Familie von der Eskapade bei Andromeda's oder Emmas gestrigem Besuch bei ihm wusste. Da ihr Bruder keine Anstalten machte, ihn mit bloßen Händen zu erdrosseln, vermutete er, dass sie die Begegnungen für sich behalten hatte.

Ihre Diskretion war überraschend – und verwirrend. Jede andere Jungfrau hätte lautstark verlangt, dass er nach solchen Geschehnissen seinen Pflichten nachkäme. Mit Ausnahme von Emma Kent natürlich, dem widerspenstigen Weib. Er, ein verdammter *Herzog*, schien ihr nicht gut genug zu sein. Wie zur Hölle stellte sie sich dann bitte einen idealen Ehemann vor? Diesen ungebetenen Gedanken schob er schleunigst wieder beiseite.

Vorsätzlich wandte er sich ihrer Schwägerin zu. „Mrs Kent“, sagte er gedehnt. „Eine Schönheit wie Ihre kommt nie ungelegen. Leider bin ich augenblicklich bettlägerig, sonst würde ich Sie gebührend begrüßen.“

„Davon würde ich dir abraten“, murmelte Will ihm zu.

Alaric wusste genau, worauf er anspielte. Obwohl sein Geschäftspartner ein ruhiger, vernünftiger Mann zu sein schien, ließ das warnende Funkeln in dessen Augen das Gegenteil vermuten. Was nur bewies, dass selbst der bodenständigste Mann wegen einer Frau zum Narren werden konnte.

Wenn Kent und Will den Unterschied zwischen harmloser Koketterie und tatsächlicher Absicht nicht erkennen konnten, war das ihr Problem. In Wahrheit kostete es ihn sämtliche Selbstbeherrschung, seine Aufmerksamkeit auf Mrs Kent zu richten, obwohl er eigentlich nur Augen für Emma hatte. Er begnügte sich damit, ihr verstohlene Blicke zuzuwerfen.

Sie hingegen war damit beschäftigt, sich in seinem Schlafgemach umzusehen. Als sie das Gemälde des Ares erblickte, runzelte sie die Stirn. Was sie wohl denken mochte? In seinen Augen wirkte sie in dem maskulinen Zimmer mit den gestreiften, waldgrünen Seidentapeten und schweren Mahagonimöbeln fehl am Platz, wie eine herrlich verbotene Frucht.

Unwillkürlich stellte er sie sich nackt und gefesselt auf seinem Himmelbett vor, stöhnend vor Lust, während er den Kopf zwischen ihre Schenkel senkte ...

Unter der Decke regte sich sein anschwellendes Glied. *Reiß dich gefälligst zusammen, Mann.* Glücklicherweise verbarg das Tablett auf seinem Schoß seinen schändlichen Zustand.

„Ich muss mich bei Ihnen entschuldigen, Euer Gnaden", sagte Kent steif. „Wir Kents haben Sie falsch eingeschätzt, und deswegen möchte ich Ihnen als Wiedergutmachung meine Dienste anbieten. Kent und Partner stehen Ihnen auf meine Empfehlung zur Verfügung."

Am liebsten würde Alaric ihm sagen, er könne sich seine Dienste sonst wohin stecken, doch so ungern er es zugab, er brauchte Hilfe. Irgendwer trachtete ihm nach dem Leben, und die Schergen, die er angeheuert hatte, waren nutzlos. Die Schießerei hatte sie völlig verwirrt, und auch in Sachen Vergiftung kamen sie keinen Schritt weiter.

Sein Instinkt sagte ihm, dass Kent ein vertrauenswürdiger Mann war. Und trotz der langjährigen Feindschaft zwischen ihnen würde auch Will ihm niemals in den Rücken fallen ... ganz gleich, wie sehr er es auch verdiente.

„Euer Gnaden." Miss Kent näherte sich seinem Bett. Sie wirkte betreten. „Es tut mir schrecklich leid, dass Sie aufgrund meiner unbedachten Taten verletzt wurden. Ich hoffe, Sie sind gewillt, das Geschehene zu vergeben."

Ihr flehender Blick und die aufrichtige Entschuldigung trafen ihn wie ein Sonnenstrahl ins Herz. Sein Unmut schmolz dahin. Was das Missverständnis über Claras Tod anging, konnte er ihr nicht länger böse sein. Es wäre kleinlich von ihm, wo sie doch einen ehrlichen Fehler begangen hatte und er selbst nicht ganz schuldlos war.

„Denken Sie nicht weiter daran. Sie haben mich ja nicht erschossen – das war irgendein Nichtsnutz", sagte er forsch.

Seine Antwort wurde mit einem zögerlichen Lächeln quittiert.

„Wissen Sie, wer der Schütze war?", fragte Kent und lenkte seine Aufmerksamkeit damit auf den Grund seines Besuchs.

„Nein. Aber er hatte eine Narbe im Gesicht." Mit dem Finger fuhr Alaric sich von der Stirn bis zum Kinn und beschrieb das Zickzackmuster der Entstellung. „Es war zu dunkel, um ihn deutlich sehen zu können."

„Das ist immerhin ein Anfang." Kent hatte ein kleines Notizbuch gezückt und schrieb eifrig mit. „Wie steht es mit Verdächtigen? Wer könnte Ihnen den Tod wünschen?"

„Einem charmanten Kerl wie ihm?", schnaubte Will. „Da brauchen Sie schon ein größeres Buch."

„Äußerst witzig, Peregrine", erwiderte Alaric frostig. „In der Tat fällt mir nur eine Person ein. Sein Name ist Silas Webb, er arbeitete früher für das Unternehmen, das ich aufkaufte." Er schilderte den beiden Webbs Hintergrund. „Die Gendarmen haben bisher keine Spur von ihm gefunden."

„Wir gehen der Sache nach", erwiderte Kent und klopfte mit

dem Stift gegen das Notizbuch. „Haben Sie möglicherweise noch andere Feinde in Zusammenhang mit Ihrem Bergbauunternehmen oder sonstigen Geschäften? Meiner Erfahrung nach ist Geld eines der häufigsten Mordmotive."

„Mein Projekt hat jedem Investor großen Profit gebracht. Wenn es ums Geld ginge, könnte ich mich vor Freundschaftsanfragen kaum retten", sagte Alaric.

„Da Sie gerade von persönlichen Beziehungen sprechen, gibt es da vielleicht, äh, intime Bekannte, die mit Ihnen ein Hühnchen zu rupfen haben?", mischte sich Miss Kent ein. „Es heißt, Gift sei die Waffe einer Frau, wissen Sie ..."

„Über meine Privatangelegenheiten sprechen wir nicht", unterbrach er sie.

Diese Box der Pandora würde er gewiss nicht vor aller Augen und Ohren öffnen. Trotzdem krampfte sich seine Brust angesichts Miss Kents Vermutung schmerzhaft zusammen. Nach Lauras Tod hatte er sich in sexueller Hinsicht ziemlich ausgetobt und einige Affären gehabt, von denen nicht alle glimpflich endeten. Obwohl er seine Absichten stets verdeutlicht hatte, waren einige der Ladys insgeheim doch von einer Aussicht auf Ehe ausgegangen. Hätte eine von ihnen angesichts der Enttäuschung tatsächlich versucht, ihn zu ermorden?

Das erschien ihm höchst unwahrscheinlich.

„Wie sollen wir den Fall lösen, wenn Sie uns wichtige Informationen verschweigen?", fragte Miss Kent.

„Von *wir* ist hier überhaupt nicht die Rede."

Alaric und Kent blickten einander überrascht an – sie hatten einstimmig gesprochen.

Ungehalten verschränkte sie die Arme vor der Brust. „Ich will doch nur helfen."

„Emma hat gar nicht so unrecht", fiel nun auch Mrs Kent ein. „Beziehungen können mitunter tödlich enden. Wurde beispielsweise Lord Osgood zu den Verdächtigen gezählt? Er hätte sowohl gegen Sie als auch Lady Osgood ein Motiv, weil er durch die Affäre als gehörnter Ehemann dastand.“

„Hervorragendes Argument, Liebling“, antwortete Kent.

„Soweit ich weiß, hatten die Osgoods eine Übereinkunft. Seine Lordschaft störten die ... Freundschaften seiner Frau nicht.“ Da Alaric Miss Kents Neugier nicht entging, drückte er sich so feinfühlig wie möglich aus. „Solange sie diskret dabei war, ermutigte er sie sogar, da er selbst auch Beziehungen pflegte.“

„Er hatte *Freundschaften* mit anderen Damen?“, fragte Miss Kent und rümpfte die Nase.

„Nicht mit Damen, nein.“ Er sah, wie bei allen außer Miss Kent, die weiterhin verwirrt dreinblickte, der Groschen fiel. „Worauf ich hinaus will ist, dass Lord Osgood sich über die Regeln der Abmachung im Klaren war und davon profitierte. Er wollte eine Vorzeigefrau und Ehe vor aller Welt, also hatte er keinen Grund, Clara zu töten.“

„Ich verstehe“, sagte Mrs Kent. Zu Emma gewandt flüsterte sie: „Das erkläre ich dir später, Liebes.“

Kent räusperte sich. „In meinen Augen gibt es also zwei Spuren, denen wir folgen müssen. Zunächst wäre da die Vergiftung. McLeod hat mir von Ihrem verschollenen Dienstmädchen erzählt. Das kann kein Zufall sein. Demnach müssen alle Angestellten befragt werden.“

„Das wurden sie bereits“, erwiderte Alaric.

„Nicht von mir.“

Kents Antwort klang nicht überheblich, sondern zuversichtlich, und zum ersten Mal seit Langem schöpfte Alaric in dieser schier ausweglosen Lage neue Hoffnung.

„Dann wäre da die Schießerei“, fuhr Kent fort und trat an das Bett. „Nachdem McLeod mir das Szenario beschrieben hat, bin ich zum Tatort gefahren.“

Während er sprach, holte er einen kleinen Zugbeutel aus der Seitentasche seines Mantels und entleerte den Inhalt auf die Tagesdecke.

Ungläubig hob Alaric die beiden kleinen Bleikugeln auf und betrachtete sie eingehend. Sie waren verbeult und etwa von der Größe seines Daumennagels. „Sie haben tatsächlich die Kugeln gefunden?"

„Sie steckten in einem Holzpfosten hinter der Stelle, wo Sie standen", erklärte Kent achselzuckend. „Es war also eine doppelläufige Waffe. Ein Steinschlossgewehr, vermute ich."

Alaric schüttelte verblüfft den Kopf und hob den Papierfetzen neben den Kugeln auf. „Was ist das?"

„Es scheint zur Verpackung einer Patrone zu gehören."

Er wusste, dass manche Waffengeschäfte vorverpackte Patronen verkauften, bei denen das Schießpulver und Projektil zur einfacheren Anwendung bereits in Pergament eingerollt waren. Als er den Fetzen wieder ablegte, bemerkte er Rückstände einer rußigen Substanz an seinen Fingern.

„Das Beweisstück befand sich in einem Haufen Gassenschutt einige Meter von dem Ort des Überfalls entfernt. Da sich noch Pulverrückstände darauf befinden, vermute ich, dass die Patrone erst kürzlich verwendet wurde", erklärte Kent.

Plötzlich fiel Alaric etwas ein.

„Als die Kutsche sich näherte, flatterte etwas aus dem Fenster. Vielleicht war es dieser Fetzen hier." Er drehte und wendete das Papierstück, bis er entlang des zerfledderten Rands ein Symbol bemerkte. Es war in der Hälfte durchgerissen, doch der Rest bildete ein halbes Oval, gefüllt mit krakeligen Linien. „Könnte das hier eine Art Wappen sein?"

„Ich glaube, es ist Teil des Abzeichens eines Waffengeschäfts. Vielleicht führt es uns ja zu dem Verkäufer und somit zu unserem Schützen. Wenn Sie wünschen, dass unsere Agentur den Fall übernimmt, werde ich dieser Spur persönlich folgen."

Widerwillig musste Alaric zugeben, dass er beeindruckt war. „Der Fall gehört Ihnen – unter einer Bedingung."

Kent zog fragend eine Braue hoch.

„Ich werde Ihnen Ihr übliches Honorar bezahlen, einschließlich sämtlicher Auslagen, die im Zuge dieser Ermittlung entstehen. Ich will in niemandes Schuld stehen“, sagte Alaric.

Kent wechselte einen raschen Blick mit Will, der mit den Schultern zuckte.

„Wie Sie wünschen“, erwiderte er dann knapp. „Zusätzlich zu den Lakaien, die ich draußen gesehen habe, sollten Sie weitere professionelle Wachen zu Ihrem Schutz einstellen.“

„Ich kenne da ein paar Männer“, sagte Will. „Ehrliche, zuverlässige Soldaten aus der Einheit, mit denen ich gemeinsam gekämpft habe und für die ich die Hand ins Feuer legen würde.“

Alaric nickte kurz. „Dann heuer sie an.“

„Ich werde Sie bezüglich der Ermittlung auf dem Laufenden halten“, sagte Kent und verneigte sich. „Jetzt lassen wir Sie besser wieder ruhen.“

„Wir hoffen auf Ihre baldige Genesung, Euer Gnaden“, verabschiedete sich Mrs Kent.

„Darf ich Sie bald erneut besuchen?“, platzte es aus Miss Kent heraus. „Um mich nach Ihrem Befinden zu erkundigen?“

Ihre Bitte überraschte und berührte ihn. „Wie Sie wollen“, erwiderte er schroff.

„Ich bin nachmittags sowieso hier“, mischte Annabel sich ein. „Daher könnte ich Anstandsdame spielen.“

Kent runzelte die Stirn. „Emma, das scheint mir gefährlich. Immerhin wurde der Herzog mehrfach in Anschläge verwickelt ...“

„Du hast die Lakaien doch selbst gesehen, Liebling“, warf Mrs Kent ein. „Und jetzt wird es auch noch bewaffnete Wachen geben. Dieses Haus ist bald sicherer als der St. James's Palace.“

Kent schien weitere Einwände zu haben, doch seine Frau zog ihn am Arm zur Tür. „Übermorgen werde ich Emma begleiten. Würde es um zwei Uhr nachmittags passen, Annabel?“

„Das wäre perfekt, Marianne.“

Der Blick, den die beiden Frauen wechselten, erschien Alaric höchst ... verschwörerisch.

$\maltese$ 13 $\maltese$

ALSO ERSCHIEN EMMA ZWEI TAGE SPÄTER IN BEGLEITUNG VON Marianne erneut auf Strathavens Anwesen. Das palladianische Stadthaus wirkte durch die bewaffneten Wachen vor dem Eingang noch imposanter. Mr Jarvis eskortierte sie hinein und ihr fiel auf, dass er immer noch so langsam und schwerfällig schlurfte wie beim letzten Mal. Sie holte einen Tiegel aus dem Korb, den sie bei sich hatte, und reichte ihn dem Butler.

„Dies hier ist eine Salbe gegen Gelenkschmerzen", erklärte sie. „Vielleicht möchten Sie sie einmal ausprobieren?"

„Zu freundlich von Ihnen, Miss. Schönen Dank auch", sagte er breit lächelnd.

Als er sie und Marianne durch die Eingangshalle führte, erkundigte sie sich: „Wie fühlt sich Seine Gnaden heute?"

„Es geht ihm schon viel besser. Da hat er bereits viel Schlimmeres durchgestanden. Seine Gnaden ist kein zartbesaiteter englischer Geck, sondern ein waschechter Schotte."

Emma konnte den Stolz in Jarvis' Stimme hören. „Arbeiten Sie schon lange für ihn?"

„Hab den Strathavens mein ganzes Leben lang gedient, Miss. Ich war hier an jenem Tag, als Seine Gnaden in Strathmore Castle eintraf. Grade mal neun Jahre alt war er, als er in die Obhut des alten Herzogs kam."

Hatte Annabel nicht auch etwas Ähnliches erwähnt, dass Strathaven seit seiner Kindheit getrennt von seinem Bruder aufgewachsen war? „Warum kam er hierher, wo er doch eine eigene Familie hatte?"

„Sein Vater war ein entfernter Cousin des alten Herzogs. Als dessen Sohn starb und die Herzogin keinen weiteren Erben gebären konnte, hat er sich den jungen Master ins Haus geholt."

Darüber grübelte Emma nach, während Jarvis sie langsam die ausladende Doppeltreppe hinaufführte. „War er nicht traurig, seine Familie so früh verlassen zu müssen?" In seiner Situation wäre sie untröstlich gewesen.

„Nicht jede Familie ist eine glückliche, Liebes", flüsterte Marianne ihr zu.

„Weiß nicht. Schon als junger Bursche war Seine Gnaden ziemlich verschlossen." Mr Jarvis hielt auf dem Treppenabsatz inne und drehte sich mit einem durchdringenden Blick zu Emma um. „Dazu hat er auch allen Grund gehabt. Aber wenn Sie ihm mit Geduld und Güte begegnen, dann werden Sie schnell sehen, dass Hunde, die bellen, nicht beißen."

Bevor sie diese Informationen verdauen konnte, kam ihnen Mrs McLeod entgegen.

„Emma, ein Glück, dass Sie hier sind", sagte die rothaarige Schönheit. „Strathaven ist heute ziemlich schlecht gelaunt."

„Da bin ich wahrscheinlich keine große Hilfe", erwiderte sie skeptisch.

„Unfug. Er hat nach Ihnen gefragt."

„Wirklich?" Ihr Herz machte einen unwillkürlichen Satz. „Er wünscht mich zu sehen?"

„Sein genauer Wortlaut war: *Sollte das Weib nicht um zwei Uhr hier sein?*" Augenzwinkernd schob Mrs McLeod sie in Richtung Schlafzimmertür. „Warum gehen Sie nicht schon rein, meine

Liebe? Ich habe noch etwas mit Marianne zu besprechen, aber wir kommen gleich nach."

Emma holte tief Luft und betrat das Schlafgemach.

Strathaven saß gegen Kissen gestützt auf seinem Himmelbett. In seinem schwarzen Morgenrock aus Seide war er der Inbegriff lässiger Eleganz. Gleichzeitig wirkte er aber auch verletzlich: Sein dichtes, dunkles Haar war zerzaust und unter seinen Augen lagen tiefe Schatten. Er studierte einen Brief, den er einen Augenblick später ungehalten auf einen Stapel geöffneter Korrespondenz auf dem Bett warf.

„Guten Tag, Euer Gnaden", begrüßte sie ihn.

Ruckartig hob er den Kopf und musterte sie eingehend. „Sie sind ja doch noch gekommen."

„Ich hatte es Ihnen versprochen."

„Wie unüblich ... eine Frau, die zu ihrem Wort steht", erwiderte er gedehnt.

Gerade wollte sie kontern, als ihr das Gespräch mit Mr Jarvis wieder einfiel. Konnte die verdrießliche Art des Herzogs tatsächlich eine Art Schutzschild sein? War er zuvor vielleicht verletzt worden – von seiner Familie? Oder jemand anderem?

Das rechtfertigt aber nicht seine Spitzzüngigkeit mir *gegenüber*.

Mit der Geduld, die ihr die Erziehung ihrer vier Geschwister eingebracht hatte, zählte sie in Gedanken bis zehn. „Deswegen habe ich mich verspätet", sagte sie und hielt ihm den Weidenkorb hin. „Unser Koch ist äußerst territorial, was seine Küche betrifft. Ich konnte mich erst hineinschleichen, als er zum Markt ging."

Er runzelte die Stirn. „Weshalb mussten Sie die Küche nutzen?"

„Um zu kochen, natürlich." Sie entdeckte ein Tablett auf dem Nachttisch, begann, den Inhalt des Korbs darauf auszubreiten, brachte es ans Bett und stellte es auf Strathavens Schoß ab.

Er starrte darauf, als sähe er zum ersten Mal Eintopf und Brot. „Das haben Sie gekocht? Für mich?"

Sein merkwürdiger Tonfall erinnerte sie daran, dass die

Damen der *ton* keine Mahlzeiten zubereiten zu pflegten, sondern derart niedere Tätigkeiten dem Personal überließen. Aber Emma hatte ihr Leben lang gekocht, und in Chudleigh Crest hatte es als Geste des guten Willens gegolten, kranken Nachbarn ein herzhaftes Mahl zu bringen.

„Es ist nur Eintopf", murmelte sie, plötzlich verlegen. „Mrs McLeod sagte, Sie hätten keinen Appetit, deshalb dachte ich, Sie würden ihn vielleicht gerne probieren. Er ist sehr nahrhaft – mein Bruder Harry wollte ihn früher immer essen, wenn er krank war."

Strathaven blickte sie undurchdringlich an. Dann nahm er den Löffel und tauchte ihn in das sämige Schmorgericht aus Fleisch und Gemüse. Vorsichtig führte er den Bissen zum Mund.

Was habe ich mir nur dabei gedacht, ein einfaches Bauernrezept für einen Herzog zuzubereiten?

Wahrscheinlich beschäftigte er ein Team von französischen Maître de Cuisine, deren Kochkunst seinem gehobenen Geschmack entsprach. Wieder einmal war sie kopfüber ins Fettnäpfchen gestolpert.

Aber jetzt gab es kein Zurück mehr. Er hatte von ihrem Gericht gekostet.

„Es schmeckt gut." Er wirkte überrascht. „Sogar richtig köstlich."

Verlegen ob des Kompliments, erwiderte sie: „Wahrscheinlich kommt es Ihnen wegen der faden Krankengerichte, die Sie sonst zu essen bekommen, nur so vor. Ich habe nie verstanden, warum eine kranke Person Dinge zu sich nehmen soll, die sie in gesundem Zustand niemals anrühren würde."

„Da geht es mir ganz genau so."

Er grinste sie an – ein schiefes, jungenhaftes Grinsen, das ihn sekundenschnell von einem mürrischen Herzog in einen umwerfend attraktiven Mann verwandelte. Die Wirkung fuhr ihr durch Mark und Bein.

Er bedeutete ihr, sich auf einem Stuhl neben dem Bett niederzulassen. Zu ihrer fortwährenden Überraschung riss er ein Stück ihres selbst gebackenen Brots ab und tauchte es in den Eintopf. Ein solches Verhalten mochte in ihrer Familie üblich sein, aber er war doch eigentlich viel zu kultiviert, zu *herzoglich*, um Brot in Brühe zu tunken.

Nichtsdestotrotz ließ er es sich schmecken, und während er mit gutem Appetit zulangte, wanderte ihr Blick zu dem Gemälde an der Wand. Das düstere, groteske Bild stellte einen Mann dar – allem Anschein nach einen klassischen Helden, wenn man von dessen verzierten Helm und dem gladiatorenhaften Gewand ausging –, der in einer Urne gefangen zu sein schien. Gequält dreinblickend schlug der arme Kerl mit den Fäusten gegen die Wand seines Gefängnisses.

Wer um Himmels willen erwacht denn gerne zu solch einem Anblick?

„Können Sie noch andere Gerichte kochen?", fragte Strathaven und lenkte ihre Aufmerksamkeit somit wieder auf sich.

Sie nickte. „Meine Mutter hat mir das Kochen beigebracht. Als älteste Tochter musste ich ihr in der Küche helfen, sobald ich einen Kartoffelschäler halten konnte. Nach ihrem Tod habe ich alle Mahlzeiten für die Familie zubereitet."

„Wie alt waren Sie, als sie starb?"

„Dreizehn." Führten sie gerade tatsächlich ein normales Gespräch?

„Das erklärt so einiges."

„Was denn?"

„Warum Sie sich gelegentlich so gebieterisch benehmen."

Sie straffte die Schultern. „Ich tue, was getan werden muss, Euer Gnaden. Wenn ich dadurch gebieterisch auf Sie wirke, dann soll es so sein."

„Werden Sie doch nicht gleich wieder so angriffslustig." Er legte den Löffel nieder und wischte sich mit einer Serviette über den Mund. „Sagen Sie, Miss Kent, sind Sie immer so schwierig? Oder nur bei mir?"

„Außer Ihnen hat mich noch nie jemand als schwierig bezeichnet." Zumindest nicht von Angesicht zu Angesicht.

„Dann liegt es wohl wirklich an mir." Seine Mundwinkel zuckten belustigt. „Nun, das erscheint mir nur gerecht."

„Was soll gerecht sein?"

„Da Sie meine teuflische Seite zum Vorschein bringen, ist es nur gerecht, dass ich die gleiche Wirkung auf Sie habe", erwiderte er trocken.

Sie wollte kontern, dass kein Teufel in ihr steckte – doch das stimmte so nicht. Seit sie ihm begegnet war, hatte sie es mit der Justiz zu tun gehabt, ein Freudenhaus besucht und sich in einer verwegenen Situation mit ihm wiedergefunden. Sie hatte entdeckt, wie empfänglich sie für schamlose Triebe war. Ihre einst so unbeugsamen Moralvorstellungen hatten sich in Luft aufgelöst. Resigniert beschloss sie, nicht auch noch zu lügen.

„Nun gut. Dann bringen wir also das Schlimmste im jeweils anderen zum Vorschein. Sind Sie jetzt zufrieden, Euer Gnaden?"

Er lachte, und sein heiserer Tonfall brachte sie nur noch mehr durcheinander. „Zum ersten Mal scheinen wir ganz einer Meinung zu sein."

Unwillkürlich musste sie schmunzeln. „Wer hätte das für möglich gehalten?"

Er nickte bedächtig. „Um dieses bedeutsame Ereignis gebührend zu feiern – und weil alles andere zum jetzigen Zeitpunkt lächerlich wäre –, sollten wir die Formalitäten hinter uns lassen. Bitte, nenn mich Alaric."

„Oh. Also gut. Ich bin Emma ... was du natürlich weißt." Sie versuchte, nicht zu erröten.

Plötzlich erlosch sein Lächeln und er musterte sie eindringlich. „Sag mir, Emma, warum bist du mit einem Mal so nett?"

„Ich verhalte mich nicht anders als sonst."

„Lass es mich deutlicher ausdrücken: Warum bist du so nett *zu mir*?"

Ah. Na schön, jetzt, da es ihm offensichtlich besser ging, konnte sie auch mit dem zweiten Grund ihres Besuchs herausrücken.

Alaric war in Gefahr und benötigte Hilfe. Ambrose hatte zwar einige Fortschritte gemacht, war aber, was die Befragung des Personals anbelangte, nicht sehr weit gekommen. Verzweifelt hatte Emma ihren Bruder gebeten, sie mit den Dienstmädchen sprechen zu lassen, jedoch vergeblich.

„Du bist sowieso schon viel zu sehr in die Angelegenheit mit Strathaven verwickelt", hatte er sie zurechtgewiesen. (*Wenn du wüsstest*, hatte sie gedacht). „Ich werde dich nicht weiter in die Ermittlung mit hineinziehen, Em."

An der Entscheidung ihres Bruders gab es nichts zu rütteln. Ambrose konnte sturer sein als jeder Ochse. Somit blieb ihr nur noch ein Ausweg: Sie musste *Alaric* davon überzeugen, sie mit den Bediensteten sprechen zu lassen. So könnte sie vielleicht einen Hinweis über die verschwundene Lily Hutchins herausfinden – und ihm das Leben retten.

Sie musste es zumindest versuchen.

„Da du in tödlicher Gefahr schwebst, sollten wir das Kriegsbeil begraben", begann sie.

„Gut, unter die Erde damit."

Das war ja einfach. *Zu* einfach. Seine Miene war undurchdringlich.

„Wie du weißt, hat mein Bruder deine Angestellten im Cottage befragt ..."

„Und nichts herausgefunden, so wie ich vermutet hatte."

„Frauen fällt es oft schwer, sich Männern anzuvertrauen", erwiderte sie. „Aber wenn *ich* nun die Dienstmädchen befragen könnte ..."

„Verflixt, das hätte ich mir ja denken können." Er blickte sie finster an. „Wie kann man nur so hartnäckig sein?"

„Ich will doch nur helfen!", warf sie ein.

„Warum?"

„Was meinst du mit *warum*? Jemand hat auf dich geschossen. Du schwebst in Gefahr ..."

„Deine Besorgnis um mein Wohlergehen ist wirklich rührend,

aber dahinter steckt doch noch etwas anderes, oder?" Unter seinem durchdringenden Blick wurde sie unruhig. „Raus damit, Miss Kent, sonst werde ich ungemütlich."

Sie schnaubte empört. „Ich sorge mich *wirklich* um deine Sicherheit − Gott weiß, warum. Aber mein Plan hilft nicht nur dir, sondern auch mir. Das wollte ich dir bereits bei unserer letzten Begegnung erklären, aber du hast mich ja nicht ausreden lassen ..."

„Dann erkläre es mir jetzt."

„Indem ich dir mit dem Fall helfe, beweise ich meinem Bruder, dass ich eine fähige Ermittlerin bin. Kent und Partnern als vollwertiges Mitglied beizutreten ist meine Berufung, und dafür werde ich tun, was immer nötig ist." Leicht trotzig fügte sie hinzu: „Was hältst du davon?"

„Das willst du gar nicht wissen", antwortete er grimmig.

Hatte er es doch *gewusst*, dass dieses widerspenstige Ding einen Hintergedanken hatte.

Angesichts ihrer manipulativen Absichten konnte er sich nur schwer beherrschen. Ihn zu bekochen, so besorgt zu wirken, ihn zu umgarnen − das war alles Teil ihres Plans gewesen. Sie war ebenso gerissen wie alle anderen Frauen. Und er war auch noch gerührt gewesen über ihre vermeintliche Besorgnis ...

Sein Magen verkrampfte sich, als er an Laura dachte, wie ihre Liebesschwüre nach der Hochzeit zu hartnäckigen Forderungen nach Aufmerksamkeit wurden. Egal, wie viel er ihr auch gab, es war nie genug. Sie hatte ihn provoziert, mit unzähligen Männern geschlafen, um ihn eifersüchtig zu machen, und dabei alle Schuld auf ihn geschoben.

Du bist ein selbstsüchtiger Schuft. Du bist herzlos. Du weißt doch gar nicht, was Liebe ist.

O ja, sie war ein manipulatives Miststück gewesen – aber ganz falsch gelegen hatte sie nicht.

Zum Glück war er unfähig, zärtliche Gefühle zu empfinden. So konnten sie nicht gegen ihn eingesetzt werden, und niemand, nicht einmal Emma Kent, würde es schaffen, ihn mit ihrem Willen, mit ihren lächerlichen Launen zu bezwingen. Wut kochte in ihm hoch. Eine *Frau* als Ermittlerin? Was für eine absurde Vorstellung!

Irritiert stand sie auf und blickte auf ihn herunter. „Du bist ebenso gemein wie Ambrose. Warum will keiner von euch mir eine Chance geben?"

Fluchend warf er die Bettdecke zurück.

„Sei vorsichtig! Deine Verletzung ..." Sie wich einen Schritt zurück.

„Zur Hölle mit meiner Verletzung, und zur Hölle mit deinem Starrsinn!" Er erhob sich und schritt auf sie zu, bis er sie in eine Ecke gedrängt hatte. „Spar dir den Eintopf beim nächsten Mal und rück direkt mit der Sprache heraus", zischte er.

„Was hat der Eintopf damit zu tun?", fragte sie verwirrt. „Und ich habe dir doch gerade von meinem Plan erzählt."

„Du glaubst doch nicht ernsthaft, dass du das Zeug zur Ermittlerin hast?", spottete er.

„Warum denn nicht?"

„Es geht hier um Mord! Eine äußerst gefährliche Angelegenheit, für die du gänzlich ungeeignet bist."

Sie besaß doch tatsächlich die Dreistigkeit, ihn wütend anzufunkeln. „Ach, und wieso?"

„Weil du eine Frau bist – und noch dazu völlig unerfahren!"

Ihr Blick verfinsterte sich. „*So* unerfahren nun auch wieder nicht, dank dir."

Natürlich musste sie ihn ausgerechnet jetzt an den verdammten Vorfall bei Andromeda's erinnern. Er biss die Zähne zusammen und kämpfte gegen die aufkeimende, von Wut verschleierte Erregung an. Warum musste sie ihn immer bis zum

Äußersten reizen? Der Gedanke, sie könne wegen dieses Schlamassels verletzt werden, brachte sein Blut in Wallung. Längst verloren geglaubte Beschützerinstinkte regten sich in ihm und verärgerten ihn nur noch mehr.

Warum wühlte sie seine alten, einfältigen Träume auf?

Aus Erfahrung wusste er, dass Liebe nur eine beschönigende Umschreibung für Macht war. In einer Beziehung gab es nur zwei Möglichkeiten: Kontrolle haben oder kontrolliert werden. Er würde nie wieder jemandes Marionette sein.

„Du wirst dich da raushalten, das ist mein letztes Wort", knurrte er.

„Ich lasse mir von dir nichts vorschreiben." Ihr Busen bebte vor Wut.

„Ach, wirklich? Vorgestern habe ich dir in der Bibliothek doch das Gegenteil bewiesen. Muss ich etwa deinem Gedächtnis nachhelfen?" Das würde er nämlich nur *zu gerne* tun.

„Hör auf, mich mit deinen ... deinen verführerischen Tricks einzuschüchtern!"

„Du findest mich also verführerisch?"

„Nein, tue ich *nicht*."

„Du kannst die Wahrheit nicht vor mir verbergen, Emma." Blitzschnell packte er ihre Handgelenke mit einer Hand und hielt sie über ihrem Kopf fest. Dann beugte er sich zu ihr herab und die Luft zwischen ihnen knisterte vor erotischer Spannung.

„Du schmilzt jedes Mal dahin, wenn ich dich berühre."

„Das stimmt doch gar nicht ..."

Mit einem Kuss brachte er sie zum Schweigen.

Erst kämpfte sie dagegen an, doch er ließ nicht locker, hielt sie mit seinem ganzen Körper gefangen. Seine Zunge forderte Einlass in ihren Mund, und als er ihr süßes Aroma kostete, wandelte sich seine Wut zu unbändigem Verlangen. Kurz darauf fügte sie sich, unterwarf sich mit einem wohligen Seufzer seinen Forderungen. Er presste seinen harten, erregten Körper gegen ihre zarten, willigen Rundungen.

In ihrer Zurückhaltung brannte ihre Leidenschaft nur noch stärker. Ihre weibliche Figur schmiegte sich an ihn und er war wie besessen vor Lust, als er ihre vor Verlangen glasigen Augen bemerkte, ihre steifen Brustwarzen selbst durch mehrere Lagen Stoff spürte.

Sein Verstand erinnerte ihn an die prekäre Situation, in der sie sich befanden: Die Tür stand offen, jeden Moment könnte jemand hereinkommen und sie erwischen.

Der Gedanke erregte ihn nur noch mehr.

Mit seiner freien Hand bahnte er sich einen Weg unter ihre Röcke. Als er ihre seidig weichen Schenkel berührte, blieb ihm beinahe die Luft weg. Wieder presste er seinen Mund auf den ihren und schluckte ihre Seufzer. Ein Schauer durchfuhr ihn, als seine suchenden Finger ihr samtiges Schamhaar und die feuchten Falten darunter fanden.

Herr im Himmel, sie hatte wirklich die seidigste, feuchteste kleine Möse überhaupt.

Mit einem Finger umkreiste er ihre Perle und entlockte ihr ein Stöhnen.

„Sei still", flüsterte er. „Es sei denn, du möchtest die anderen auf uns aufmerksam machen."

Ihre Augen weiteten sich vor Schock, als sie begriff, was er meinte. Gleichzeitig rieb sie ihre Hüften jedoch weiter hilflos gegen seine Hand. Sie biss sich hart auf die Unterlippe, während er mit ihrem Lustknoten spielte, ihn streichelte und reizte, sie weiterhin gegen die Wand gedrückt hielt. Ihr Gesicht errötete immer mehr, ihr Atem wurde flacher und er wusste, sie stand kurz vor dem Höhepunkt. Während er mit dem Daumen über ihren Kitzler rieb, ließ er seinen Mittelfinger an ihren geschwollenen Schamlippen entlangwandern.

Sein Blick hielt ihren gefangen, als er ihn schließlich in ihre jungfräuliche Scheide gleiten ließ. Sie war so heiß, so eng, so verdammt *perfekt*!

„Gott, warum kann ich einfach nicht genug von dir kriegen?", flüsterte er ihr heiser ins Ohr.

Ihre Lippen öffneten sich zu einem stummen Schrei.

Er konnte selbst kaum ein Stöhnen zurückhalten, als sie in seinen Armen kam. Sie bebte so stark, dass seine Erektion unter dem Morgenrock pulsierte und sich einige Lusttropfen an seiner Eichel bildeten. Verzweifelt kämpfte er gegen den Drang an, seinen Finger durch seinen Schwanz zu ersetzen, sie hier und jetzt zu nehmen ...

„Annabel, wie schön, mit Ihnen zu plaudern." Plötzlich ertönte Marianne Kents betont laute Stimme durch die Tür. „Aber nun sollten wir langsam nach Emma und Seiner Gnaden sehen."

Schwer atmend und panisch starrte Emma ihn an.

In letzter Sekunde ließ er von ihr ab, warf sich zurück aufs Bett und schlüpfte unter die Decke. Sein Herz hämmerte ebenso stark wie seine Lenden pulsierten. Jede Faser seines Körpers vibrierte vor Verlangen.

„Emma, bist du fertig hier?", fragte Mrs Kent und betrat das Zimmer, dicht gefolgt von Annabel. „Ich habe noch andere Verpflichtungen heute."

„J-ja", stammelte diese.

„Wenn Sie uns dann entschuldigen würden, Euer Gnaden." Mit diesen Worten nahm Mrs Kent ihren Schützling am Arm und wandte sich zum Gehen.

Endlich kam er wieder zur Besinnung. „Miss Kent?"

„Ja?" Mit glühenden Wangen drehte sie sich zu ihm um.

„Ich hoffe, Sie werden unser heutiges *Tête-à-tête* nicht so schnell vergessen." Er bedachte sie mit seinem besten herzoglichen Blick. „Und kein Wort mehr über Ihre Beteiligung an der Detektivarbeit, verstanden? Wir haben eine Abmachung."

Ihre Augen blitzten verärgert auf. Sie hob das Kinn und erwiderte: „Sie haben Ihre, ich habe meine." Selbst ihr Abschiedsknicks wirkte trotzig. „Einen schönen Tag noch, Euer Gnaden."

Verdammt. Frustration und Begehren erfassten ihn gleichermaßen, als sie hinter den beiden anderen Frauen das Zimmer verließ.

Offensichtlich hatte Emma vor, sich weiterhin in seine Angelegenheiten einzumischen. Weder sein Titel noch sein Reichtum oder seine Macht – nicht einmal seine *sexuelle Dominanz* – schüchterten sie ein.

Er würde es ihr schon noch zeigen.

Gott, er wollte sie bis zur Besinnungslosigkeit vögeln.

Aufgebracht fuhr er sich mit der Hand durchs Haar. Auch wenn er ihre Dreistigkeit widerwillig respektierte, würde er auf keinen Fall zulassen, dass sie sein Privatleben auf den Kopf stellte. Er musste sie unbedingt strenger beaufsichtigen. Falls – *sobald* – sie über die Stränge schlug, würde er eingreifen, und zwar rasch und entschlossen. Und ihr ein für alle Mal zeigen, wer die Kontrolle besaß.

Ehrlich gesagt konnte er es kaum erwarten. Das Blut seiner Ahnen pulsierte in seinen Adern.

So willst du es also haben, Mädchen? Na schön. Dann lass die Spiele beginnen.

$$\maltese \quad 14 \quad \maltese$$

Am darauffolgenden Tag fuhr Emma mit der Kutsche zur Compton Street, einer geschäftigen Durchgangsstraße in der Nähe des Soho Square. Hier reihte sich ein Geschäft an das andere und auf dem Kopfsteinpflaster wimmelte es vor Menschen und Pferden. Emma bahnte sich ihren Weg zur Hausnummer acht, einem zweistöckigen Gebäude, eingepfercht zwischen einer Bäckerei und einem Klavierbauer. Auf einem kleinen, goldenen Anschlag an der dunkelgrünen Tür stand in schlichter Schrift: „Kent und Partner".

Sie trat ein und hielt dann kurz inne. Durch das vordere Erkerfenster schien die Sonne auf den Empfangstisch und die Treppe, die hinauf zu den Büroräumen der Kanzleipartner führte. Die oberen Räumlichkeiten waren während des Wiederaufbaus nach dem Feuer neu hinzugekommen. In einem kleinen Wartebereich standen bequeme Sessel und ein Tisch mit Zeitungen. Der Duft von gebackenem Brot und gelegentliche disharmonische Töne des Klavierstimmers nebenan erfüllten die Luft.

Etwas an dem Gebäude erinnerte Emma stets an das Cottage in Chudleigh Crest. Vielleicht war es das gemütliche Ambiente, die vielen kunterbunten Eindrücke, Geräusche und Gerüche, die Geschäftigkeit ringsum. Hier fühlte sie sich ... zu Hause.

Sie durfte nicht aufgeben. Irgendwie musste sie ihren Bruder umstimmen.

Ich habe wohl das Zeug zur Ermittlerin, dachte sie grimmig. *Und ich werde es allen beweisen – vor allem Strathaven.*

Kurzzeitig hatte es gestern so gewirkt, als hätten sie und der Herzog Waffenstillstand geschlossen. Sie hatte eine zugängliche Seite an ihm entdeckt, den Eintopf liebenden Kerl mit dem herzerwärmenden Lächeln. Doch dann hatte er sie grundlos angegriffen, ihre Pläne verächtlich abgetan ... und ihr eine solch heiße, sündhafte Befriedigung beschert, die sie nie für möglich gehalten hätte. Die Erinnerung an diesen Augenblick ungezügelter Leidenschaft ließ ihre Knie weich werden.

Sein heiseres Flüstern klang in ihren Ohren nach. *Gott, warum kann ich einfach nicht genug von dir kriegen?*

Es hatte den Anschein erweckt ... als bräuchte er sie.

Der Gedanke fesselte, verwirrte und erschreckte sie gleichermaßen. Warum nur herrschte diese heftige, körperliche Anziehungskraft zwischen ihnen, wo sie doch ansonsten so rein gar nicht zusammenpassten? Strathaven entsprach einfach überhaupt nicht ihren Vorstellungen eines zukünftigen Ehemanns. Er war weder prinzipientreu noch gutherzig, kein hingebungsvoller Familienmensch. Stattdessen war er kompliziert, launisch ... und zu allem Überfluss ein Herzog.

Ihre einzige Gemeinsamkeit schien ihre Sturheit zu sein. Obwohl er sich in *unmittelbarer* Gefahr befand, lehnte er ihre Hilfe ab. Wie konnte er nur verlangen, dass sie tatenlos zusah?

„Miss Kent, welch freudige Überraschung!“

Mr Hobson, der bebrillte Sekretär, kam, ein Teetablett in Händen haltend, freudig den Gang entlang auf sie zugeeilt. Etwa in ihrem Alter, glich er mit seinem flaumigen, goldbraunen Haar und seinem stets fröhlichen Gemüt einem übergroßen Welpen. Sein Eifer, es jedem recht zu machen, wurde nur noch von seiner

Tollpatschigkeit übertrumpft – sehr zum Leidwesen von Ambrose und seinen Geschäftspartnern.

Solange Hobson nichts verschüttet oder zertrümmert hat, ist der Tag noch nicht zu Ende, pflegte Mr McLeod zu knurren.

Seinen Mangel an Geschicklichkeit machte der junge Sekretär jedoch durch Loyalität, Optimismus und unermüdliche Begeisterung wett. Man musste ihn einfach gernhaben, trotz des Verschleißes an Teetassen und den Tintenflecken auf sämtlichen Unterlagen.

Erfahrungsgemäß wahrte Emma einen sicheren Abstand zu dem Tablett in seinen Händen.

„Guten Tag, Mr Hobson. Ist mein Bruder da?", fragte sie.

„Ja, ist er." Mit gesenkter Stimme fügte er hinzu: „Er sitzt oben in seinem Büro mit den Herren Hilliards. Sie kamen unangemeldet vorbei."

„Oh."

Die Hilliards waren ein Vater-Sohn-Bankiergespann, das der Detektivkanzlei das Darlehen für den Wiederaufbau gewährt hatte. Als gewiefte Geschäftsleute ließen sie sich hin und wieder blicken, um sich zu vergewissern, dass alles bestens lief – vor allem in Hinblick auf ihr Investment.

„Ich wollte gerade den Tee hochbringen. Habe auch etwas Gebäck besorgt. Vielleicht versüßt das den Herren ein wenig die Laune", flüsterte Hobson.

Emmas Blick fiel auf das Tablett. Zwei Kuchenstücke hatten deutliche Fingerabdrücke auf der Glasur. Zwei weitere schienen auseinandergebrochen und unförmig wieder zusammengeschoben worden zu sein.

„Es war nicht ganz einfach, sie aus der Verpackung zu heben", erklärte Hobson mit gerunzelter Stirn. „Glauben Sie, es fällt jemandem auf?"

Glücklicherweise wurde sie einer Antwort enthoben, als sich Stimmen und Schritte von oben näherten. Ambrose kam, gefolgt von den Hilliards, die Treppe herunter.

„Emma", sagte er überrascht. „Ich hatte dich gar nicht erwartet. Du erinnerst dich gewiss an die Hilliards?"

Sie knickste höflich. „Guten Tag, die Herren."

„Guten Tag, Miss Kent", grüßte Mr Hilliard Junior und küsste ihr die Hand. In seinem tristen, schwarzen Anzug mit dem weißen Hemd kam er ihr ein wenig vor wie ein Pinguin. Mit seiner kurzgewachsenen, rundlichen Statur war er zudem das jüngere Ebenbild seines Vaters. „Wir beide sind äußerst beeindruckt von den Fortschritten der Kanzlei. Mr Kent erwähnte, dass Sie dabei ebenfalls eine große Rolle gespielt haben."

„Ich helfe einfach gerne, wo ich kann", erwiderte sie.

„Eine junge Dame, die vor harter Arbeit nicht zurückschreckt!" Mr Hilliard zwinkerte seinem Sohn vielsagend zu. „Das findet man heutzutage nicht oft."

Die Ohren des jungen Bankiers glühten.

„Ich geleite Sie hinaus, meine Herren", schritt Ambrose dazwischen. „Emma, warte bitte oben auf mich."

Während die Männer sich draußen verabschiedeten, ging sie hinauf in das neu erbaute Obergeschoss, das aus einem Hauptgang und mehreren Büros zu beiden Seiten bestand. Das von Ambrose befand sich am Ende des Korridors, ein gemütlicher Raum mit Eichenvertäfelung, Ledersesseln und einem Steinkamin. Eine Wand war mit Bücherregalen vollgestellt. Der Schreibtisch stand vor dem Fenster zur Vorderseite.

Sie spähte durch die Vorhänge und sah Ambrose mit den Hilliards vor deren Kutsche stehen, offenbar ins Gespräch vertieft. Gelangweilt ließ sie den Blick durchs Zimmer wandern ... bis er auf seinen Terminkalender fiel. Noch bevor sie sich richtig bewusst wurde, was sie tat, hatte sie ihn bereits aufgeschlagen und blätterte hindurch.

Ihr Bruder war die letzte Woche äußerst beschäftig gewesen und hatte in Strathavens Namen diverse Nachforschungen angestellt. Sie fand den Eintrag über seinen Besuch auf dem Landsitz des Herzogs und prägte sich die Adresse in St. John's Wood ein.

Als sie Schritte vernahm, schlug sie das Buch hastig zu, eilte um den Tisch herum und ließ sich auf einen der Sessel plumpsen. Ihr Herz raste schuldbewusst.

„Entschuldige die Verzögerung, Em", sagte ihr Bruder beim Eintreten.

„Ist alles in Ordnung?", fragte sie. „Mit den Hilliards, meine ich."

Ambrose nahm hinter seinem Schreibtisch Platz und sah sie betrübt an. „Solange wir unseren monatlichen Zahlungen nachkommen, gibt es keinen Grund zur Klage."

Als sie die Anspannung auf seinem Gesicht sah, fühlte sie sich gleich doppelt schuldig. Er war ein Mann, der Geldschulden verabscheute, daher musste das Darlehen ihn unglaublich belasten. Wie sie sich nach der guten alten Zeit sehnte, als er seine Sorgen noch mit ihr teilte, als sie ein eingespieltes Team waren!

„Lass mich dir doch helfen", sprudelte es aus ihr heraus.

„Zerbrich dir hierüber nicht den Kopf, Em", wiegelte er ab. „Der Kanzlei geht es gut. Unser Klientel wächst ... das hält die Hilliards bei Laune."

„Aber du könntest Unterstützung gebrauchen. Ich weiß, wie viel Zeit Strathavens Fall in Anspruch nimmt." Nach einem tiefen Atemzug fuhr sie fort: „Ich habe darüber nachgedacht, wie ich mich nützlich machen könnte. Wenn du mir beispielsweise gestatten würdest, seine Bediensteten zu befragen ..."

„Das hatten wir doch schon besprochen. Ich will nicht, dass du in den Fall verwickelt wirst." Ihr Bruder klang besonnen, aber sein Tonfall hatte etwas Endgültiges an sich. „Vor allem nicht in Strathavens Privatangelegenheiten."

„Ich – ich habe privat nichts mit ihm zu tun", stammelte sie errötend.

„Aber ich habe bemerkt, wie er dich ansieht", erwiderte ihr Bruder. „Er ist ein Tunichtgut, Emma, einer von der ganz schlimmen Sorte. Du bist zu unschuldig, um das zu verstehen, aber glaube mir, seine Absichten sind alles andere als ehrenhaft."

Ein seltsamer, rebellischer Drang überkam sie, ihrem Bruder an den Kopf zu werfen, dass sie die Absichten des Herzogs bereits *mehrfach* am eigenen Leib erfahren hatte.

Stattdessen hütete sie ihre Zunge und antwortete: „Ich bin es ihm schuldig, Ambrose. Nachdem ich ihn auf so schreckliche Weise verkannt habe ...“

„Ich kümmere mich darum.“

Frustriert starrte sie ihn an. „Früher hast du mir vertraut.“

Überrascht erwiderte er ihren Blick. „Ich vertraue dir doch immer noch. Aber Detektivarbeit ist Männersache, eine Branche voller Gefahren. Ich lasse nicht zu, dass du verletzt wirst.“

„Kann ich denn *gar nichts* sagen, um dich umzustimmen?“

Wieso behandelst du mich wie ein unmündiges Kind?

„Nein, aber danke für das Angebot.“ Er kam um den Schreibtisch herum und klopfte ihr auf die Schulter. „Geh nach Hause, Em. Dort findest du bestimmt eine Beschäftigung.“

***

Zum ersten Mal in ihrem Leben missachtete Emma die Worte ihres Bruders. Aufgewühlt saß sie in der Kutsche, die sie nach St. John's Wood fuhr. Ihre Entschlossenheit war jedoch stärker als ihre Schuldgefühle gegenüber Ambrose. Sie *wusste*, dass sowohl er als auch Strathaven ihre Hilfe benötigten und konnte nicht länger untätig herumsitzen. Schließlich war sie eine Kent.

Diesmal würde sie erst handeln und sich später entschuldigen.

Folge der Weisheit deines Herzens.

Der Ratschlag führte sie geradewegs zu Alarics „Cottage“, einer luxuriösen Villa im italienischen Stil, umsäumt von idyllischem Waldland und blühender Flora, die eine halbe Weltreise von der Stadt entfernt schien. Als die Droschke die langläufige Einfahrt hinaufrollte, fiel ihr auf, wie abgeschieden das Anwesen inmitten der hohen Bäume und Hecken lag.

Sie klingelte, und eine Frau mittleren Alters öffnete die Tür.

Ihr schwarzes Taftkleid und das zu einem strengen Knoten gebundene, graue Haar gaben sie sogleich als Haushälterin zu erkennen.

„Wie kann ich Ihnen behilflich sein, Miss?", fragte sie.

„Mein Name ist Emma Kent." Erneut unterdrückte sie ihre Schuldgefühle und reichte der Dame eine der Visitenkarten, die sie beim Verlassen der Kanzlei von Mr Hobsons Schreibtisch gemopst hatte. „Seine Gnaden hat Kent und Partner engagiert, um die Angelegenheit bezüglich Lady Osgood aufzuklären."

Stirnrunzelnd sah die Angestellte die Karte, dann wieder sie an.

Emma versuchte, so professionell wie möglich zu wirken.

„Die Herren Ermittler waren bereits vor ein paar Tagen hier", sagte die Haushälterin.

„Es haben sich noch Folgefragen ergeben", improvisierte Emma.

Die ältere Dame musterte sie einen Moment lang eindringlich, bevor sie zur Seite trat. „Ich bin die Haushälterin, Mrs Millbury, und habe den Gentlemen bereits alles gesagt, was ich über Lily Hutchins weiß, was nicht besonders viel ist. Sie können jedoch die Dienstmädchen erneut befragen, wenn es sein muss."

Emma konnte ihre Freude kaum im Zaum halten. „Vielen Dank, Mrs Millbury."

Sie wurde angewiesen, in einem exotisch eingerichteten Salon zu warten. Bronzefarbene Seidentapeten mit Bambusmuster verkleideten die Wände, und die Polstermöbel strahlten in einem kräftigen Orientblau. Der komplette Raum besaß ein dekadentes Flair. Bei dem Gedanken an die Art von Gästen, die Alaric hier empfangen musste, überkam Emma ein ungewohntes Gefühl ... war das etwa Eifersucht?

Das konnte nicht sein. Sie hatte keine Bindung zu ihm, keinen Anspruch auf ihn.

Du bist hier, um einen Mörder zu finden. Konzentrier dich!

Zwei Dienstmädchen betraten das Zimmer, eine rundliche Brünette und eine rothaarige junge Frau. Beide knicksten vor ihr.

„Guten Morg'n, Miss Kent", grüßte die braunhaarige Angestellte mit den Sommersprossen und Grübchen, die auf ein fröhliches Gemüt schließen ließen. „Mrs Millbury sagte, Sie woll'n mit uns sprechen?"

„Ganz richtig, Miss ...?"

„Ich bin Jenny", erwiderte die Angestellte, die offensichtlich den Ton angab, und deutete mit dem Kopf in Richtung ihrer Kollegin. „Und das hier ist Gretchen."

Gretchen senkte schüchtern den Blick.

„Setzt euch doch bitte", sagte Emma.

„Aber gern!" Jenny ließ sich ungezwungen auf dem Diwan nieder, während Gretchen verhalten auf dessen Lehne Platz nahm.

Emma setzte sich ihnen gegenüber auf einen Ohrensessel und zog Notizbuch und Stift aus ihrem Pompadour. „Meinen Informationen zufolge kanntet ihr beide Lily Hutchins. Würdet ihr sie mir beschreiben?"

„Aschblonde Haare, hellbraune Augen, die Art von Mädel, die männliche Aufmerksamkeit erregt, wennse wissen, was ich meine", schnaubte Jenny. „Hat vor etwa 'nem Monat angefangen, hier zu arbeiten, aber wie ich den anderen Detektiven schon gesagt hab, sie war sich viel zu fein, um mit unsereins, also Gretchen und mir, rumzuhängen. Würd mich ehrlich gesagt nicht wundern, wenn *sie* in die Sache mit dem Gift verwickelt wär."

„Was veranlasst dich zu dieser Behauptung?", hakte Emma nach.

Jenny tippte sich gegen die Schläfe. „Hab 'ne gute Menschenkenntnis, Miss. Ich arbeite schon seit 'ner Weile in der Branche und hab einfach das Gefühl, dass mit Lily was nicht gestimmt hat."

„Was denn zum Beispiel?"

„Na, zunächst mal hat sie die einfachsten Sachen nicht

gewusst. Hat doch tatsächlich einmal 'nen *Kupfertopf* mit Silberpolitur geputzt!"

„Dabei hätte ein Schuss Zitronensaft mit Salz doch völlig ausgereicht", sagte Emma stirnrunzelnd. Jedes Dienstmädchen sollte das wissen.

Jenny warf ihr einen eingeschworenen Blick von Frau zu Frau zu. „Genau! Aber Lily hat sich ständig solche Patzer erlaubt und ist damit durchgekommen, weil sie jeden um den Finger wickeln konnte. Hat den armen Billy – den zweiten Diener – ihren ganzen Kram erledigen lassen."

„Könnte Billy wissen, wo sie sich aufhält?"

„Nee." Jenny verdrehte die Augen. „Der hatte doch keine Ahnung, dass sie ihn nur ausgenutzt hat. Hat sich die Augen ausgeheult, nachdem sie abgehau'n ist."

„Hat sie irgendwelche Orte erwähnt, die sie öfter besucht hat oder Hinweise darauf gegeben, wohin sie gegangen sein könnte?"

Jenny schüttelte den Kopf. „Hat nie irgendwas über sich verraten. Äußerst verschwiegen, die Gute."

„Einmal ... hat sie was erwähnt", ließ sich eine zögerliche Stimme vernehmen.

Emma richtete den Blick auf die andere Angestellte, deren Wangen nun genauso rot waren wie ihr Haar.

„Warum hast du das beim letzten Mal nicht gesagt?", wollte Jenny wissen. „Zum Hausherrn oder den Ermittlern?"

„Das konnte ich in männlicher Anwesenheit nicht laut sagen, es ist zu peinlich", murmelte Gretchen. „Außerdem isses bestimmt nicht wichtig."

„Jedes noch so kleine Detail könnte bedeutsam sein, Gretchen", erwiderte Emma mit einem beruhigenden Lächeln. „Ich würde es gerne hören."

Gretchen krallte die Finger in ihre Röcke und erzählte stockend: „Ich und Lily haben neulich mal das Schlafzimmer Seiner Gnaden aufgeräumt. Da hat sie plötzlich geflucht, weil sie sich 'nen Strumpf an irgendwas aufgerissen hat. Aber weil wir nur zu zweit waren, hat sie einfach die Röcke hochgehoben, um den Schaden zu betrachten, und bei dem Anblick ist mir fast die Spucke weggeblieben.“

Emma stellten sich die Nackenhaare auf. „Bei welchem Anblick?“

„Na, die Strümpfe, Miss. Aus der feinsten Seide, bestickt vom Knöchel bis zum Knie.“ Die Augen des Mädchens weiteten sich ehrfürchtig. „Sie hat meinen Blick wohl bemerkt, denn sie hat ganz merkwürdig gelächelt und gesagt: *Eine einfache kleine Magd wie du hat bestimmt noch nie so was Schönes gesehen, was?* Und daraufhin hab ich gesagt: *Nein, noch nie, Lily.* Und dann ... dann hat sie mir noch was gezeigt.“

Emma lehnte sich nach vorne. „Ja, Gretchen?“

Das Dienstmädchen biss sich auf die Lippe. „Ich musste ihr schwören, es niemandem zu verraten.“

„Wenn sie ’ne Mörderin ist, solltest du ihre Geheimnisse nicht für dich behalten“, tadelte Jenny sie streng.

„Sie ... sie zeigte mir ihren Unterrock“, sagte Gretchen leise. „Herr im Himmel, der war vielleicht schön! Bestickt mit Hummeln und Ranken und allen möglichen schicken Blumen.“

Emma schlug das Herz bis zum Hals. Wie war eine einfache Bedienstete an so teure Unterwäsche gelangt?

„Weißt du, woher Lily den Unterrock und die Strümpfe hatte?“, fragte sie.

„Jetzt wo Sie’s sagen ... sie hat tatsächlich nen Namen erwähnt“, antwortete Gretchen und runzelte angestrengt die Stirn. „Als ich Lily gesagt habe, ihr Unterrock sei einer Königin würdig, hat sie gelacht und erwidert: *Normalerweise fordert Madame Marieur auch einen königlichen Betrag, aber mir macht sie immer einen guten Preis.*“

Madame Marieur. Eine neue Spur!

Bebend vor unterdrückter Aufregung fragte Emma: „Kannst du dich an irgendwelche anderen Details erinnern, Gretchen?“

„Nein, das ist wirklich alles. Ich ... ich hätte nicht gedacht, dass Unterwäsche eine wichtige Rolle spielen könnte." Die Unterlippe der Angestellten zitterte. „Krieg ich jetzt Ärger, Miss?"

„Ganz im Gegenteil, du hast mir sehr weitergeholfen. Vielen Dank euch beiden. Jetzt muss ich mich allerdings wieder auf den Weg machen", sagte Emma.

Sie musste eine Verdächtige finden – und einer heißen Spur folgen.

$\maltese$ 15 $\maltese$

Alaric stand vor dem Drehspiegel in seinem Ankleideraum und dachte über den Brief der Herzoginwitwe nach, den er erhalten hatte, während sein Herrendiener ihm die Krawatte umband. Lady Patrices Kursivschrift hatte sich über mehrere Seiten ergossen, wobei Worte wie „Katastrophe", „Verderben" und „Rettung" in Großbuchstaben geschrieben und dreimal unterstrichen worden waren.

Seine Tante hatte schon immer einen Hang zum Dramatischen gehabt.

Der Gedanke an ihren möglichen Besuch, ihre nervöse, erdrückende Fürsorge, die das ganze Haus in Aufruhr versetzen würde, ließ ihn innerlich erschaudern. Er hatte ihr umgehend geantwortet und ihr versichert, dass es ihm gut gehe und sie in ihrem Anwesen in Lanarkshire bleiben solle. Obwohl er in Lady Patrices Schuld stand – immerhin hatte sie stets nur das Beste für ihn gewollt –, war ihre ständige Sorge um sein Wohlergehen doch ziemlich kräftezehrend.

Sein Plan, sich eine neue Herzogin zu suchen, beruhte zum Teil auch auf der Hoffnung, sie dadurch beschwichtigen und sich vom Hals schaffen zu können. Seit Lauras Tod hatte die Witwe ihm unermüdlich ihre Unterstützung angeboten und die Pflichten der Herzogin von Strathmore Castle wiederaufgenommen. Da sie den Haushalt bereits zu Lebzeiten ihres Gatten geführt hatte, war es für sie keine große Mühe, wie sie stets betonte. Doch Alarics anfängliche Dankbarkeit war rasch einem intensiven Fluchtinstinkt gewichen. Daher wollte er sich so schnell wie möglich wieder vermählen und seine Tante dauerhaft in ihr Witwendomizil abschieben.

Eine geeignete Frau zu finden, die mit seiner Tante auskäme, war jedoch alles andere als einfach. Laura und Patrice hatten wie zwei kultivierte Katzen miteinander gekämpft, höflich in der Öffentlichkeit, mit Fauchen und Krallen hinter verschlossenen Türen. In den letzten Tagen hatte sich ein hartnäckiger Gedanke in seinem Kopf festgesetzt, den er sich nur kurz zuzulassen erlaubte: Wie würden Emma und Lady Patrice wohl miteinander auskommen?

Emmas schonungslose Offenheit würde seine nervöse, flatterhafte Tante glatt umhauen.

Doch so irrsinnig der Gedanke auch war, Emma zu seiner Herzogin zu machen, er besaß auch einen gewissen ... Anreiz. Er konnte ihn nicht so einfach ignorieren. Dank ihrer Einmischung in seine Privatangelegenheiten hatte sich seine Suche nach einer Gemahlin erschwert. Ihre Aussage gegen ihn hatte seinen Ruf befleckt, und obwohl sie diese zurückgezogen hatte, würde es einige Zeit dauern, bis Gras über diesen Skandal gewachsen wäre. Er wollte nicht noch eine weitere Saison mit der Brautsuche vergeuden.

Nicht, wenn er bereits eine geeignete Kandidatin vor der Nase hatte.

„Die Manschettenknöpfe aus Jade oder Gold, Euer Gnaden?"

„Jade", murmelte er.

Verdammt, Emma hatte seine Heiratspläne durchkreuzt, also war sie ihm die Position einer Herzogin *schuldig*. Und als Ehepartner könnte er sie endlich kontrollieren. Sie würde seinen Namen tragen, und irgendwann sein Kind unter ihrem Herzen.

Bei dem Gedanken regten sich seine Lenden.

Das war definitiv der triftigste aller Gründe: Er müsste nicht länger leugnen, dass er sich sexuell zu ihr hingezogen fühlte. Stattdessen könnte er sie so oft und so ausgiebig nehmen, wie er wollte. Nacht für Nacht hätte er Gelegenheit, sie zur lüsternen Unterwerfung zu bringen.

Allerdings musste er behutsam vorgehen. Emma zu heiraten, brächte nicht nur Vorzüge mit sich – ein gewaltiger Nachteil wäre, dass er keine Sekunde Frieden mehr hätte. Sie war die eigensinnigste, hartnäckigste Frau, die er je kennengelernt hatte. Widerwillig musste er jedoch zugeben, dass sie nicht verschlagen war. Wenn sie ihm die Stirn bot, tat sie das stets von Angesicht zu Angesicht.

Rückblickend war es nicht gerechtfertigt gewesen, sie als manipulativ zu bezeichnen. Er hatte sich von der Erinnerung an Lauras subtile Hinterhältigkeit dazu hinreißen lassen, den tiefsitzenden Gefühlen von Schuld und Zorn, die sie in ihm zu erwecken vermocht hatte.

Trotz der düsteren Gedanken entwich ihm ein Lächeln.

Emma Kent mochte vieles sein, aber *subtil*? Ganz gewiss nicht.

Der Kammerdiener, der ihm ins Sakko geholfen hatte, trat zurück. „Euer Gnaden?“

Alaric schob die Grübeleien beiseite und betrachtete sich im Spiegel. Sein Arm war gut verheilt, der Verband unter dem Ärmel des Cutaways kaum sichtbar. Er fühlte sich so gut wie neu, was man ihm auch ansah.

„Das wäre alles, Johnston“, erwiderte er.

Der Diener verbeugte sich und verließ den Raum, gerade als Jarvis eintrat.

Dieser hielt eine Notiz in Händen. „Eine Nachricht von Mr Cooper ist eingetroffen, Euer Gnaden.“ Alaric horchte auf. Richard Cooper war einer der Wachmänner, die er auf Empfehlung seines Bruders angeheuert hatte. Wie Will, war auch Cooper ein Späher des fünfundneunzigsten Schützenregiments gewesen. Alaric war die Kompetenz des ehemaligen Soldaten sofort aufgefallen, und so hatte er ihm einen besonderen Auftrag erteilt.

Er überflog die kurze Botschaft. Ihm sträubten sich die Nackenhaare.

Zum Teufel noch eins, ich werde ihr derart den Hintern versohlen, dass sie eine Woche lang nicht mehr sitzen kann.

Bebend vor Wut und Angst drängte er sich an dem verwirrten Butler vorbei und verlangte brüllend nach seiner Kutsche.

***

„Wie kann ich Ihnen behilflich sein, Mademoiselle ... Kendall, nicht?", fragte die dralle, schwarzhaarige Eigentümerin und zog eine dünne Augenbraue hoch.

„Äh, ja. Eloise Kendall. Das bin ich", stotterte Emma.

Innerlich sträubte sie sich. Sie hasste es zu lügen. Es lag ihr überhaupt nicht. Doch als sie den Laden in einer versteckten Seitengasse in Covent Garden betrat, wusste sie instinktiv, dass sie ihre wahre Identität und den Grund ihres Besuchs besser nicht preisgeben sollte. Etwas an dem Ort kam ihr ... merkwürdig vor.

Sie konnte nicht genau sagen, was. Äußerlich war die Boutique prunkvoll eingerichtet, in geschmackvollen Creme- und Bronzetönen. Die Waren – Damenunterwäsche, die so kostspielig aussah wie diejenige, die Lily der Beschreibung nach getragen haben musste – lagen kunstvoll arrangiert aus.

Allem Anschein nach führte Madame Marieur ein erfolgrei-ches Geschäft.

Emma vernahm ein Geräusch, und ihr Blick fiel auf den roten Vorhang im hinteren Teil des Ladens. „Was war das?"

„Nur meine Mädchen bei der Arbeit. Ein Laden wie dieser

läuft nicht von allein", erwiderte Madame Marieur leichthin. „Also, was kann ich für Sie tun, *chérie?*"

Der höfliche Ton der Schneiderin kaschierte nicht die Ungeduld in ihren dunklen Augen.

Emma schaltete schnell. „Ich, ähm, benötige neue Unterwäsche."

„Leider können wir Kundschaft nur nach Terminvereinbarung empfangen. Wir sind äußerst beschäftigt, müssen Sie wissen. Am besten versuchen Sie es bei der Modistin um die Ecke ..." Madame Marieur drängte sie in Richtung Tür, doch Emma stemmte sich dagegen. „Aber ... aber Lily sagte, Sie würden mir helfen."

Die Schneiderin hielt inne und musterte sie argwöhnisch. „Lily White hat Sie zu mir geschickt?"

Lily *White?* War das der wahre Name des Dienstmädchens? „Äh, ja." Gretchens Worte fielen ihr wieder ein. „Sie sagte, Sie könnten mir einen, äh, *guten Preis machen?*"

„Ich verstehe." Ihre List musste Madame überzeugt haben, denn sie wirkte nicht länger ungeduldig, sondern ... interessiert? „Ich hätte nicht gedacht, dass Sie eine Freundin von Lily sind, *petite.*"

„Wir haben uns am Arbeitsplatz kennengelernt", improvisierte Emma weiter.

„Sie sind Schauspielerin im The Cytherea?"

Lily war *Schauspielerin?* War sie deswegen angeheuert worden, um die Rolle einer Bediensteten in Strathavens Haushalt zu mimen? Lauter neue Ideen wirbelten in Emmas Kopf herum.

„Ich habe Lily während einer, äh, Aufführung kennengelernt", sagte sie mit unterdrückter Aufregung. „Aber ich habe sie schon länger nicht mehr gesehen. Und Sie?"

„Die Gute kommt und geht, wie es ihr beliebt, *non?*", erwiderte Madame achselzuckend. „Sie war aber schon gut zwei Wochen nicht mehr hier."

Nicht seit dem Giftanschlag auf Strathaven. Das konnte kein Zufall sein.

„Wissen Sie, wohin sie gegangen sein könnte?", fragte Emma.

„Sie stellen ziemlich viele Fragen", sagte Madame Marieur und kniff die Augen zusammen. „Sie sollten schnellstens lernen, *chérie*, dass Diskretion die beste Strategie für eine Dame von Welt ist. Und das sind Sie doch, *n'est-ce pas?*"

„Selbstverständlich", erwiderte Emma hastig.

„*Bien.*" Mit raschelnden Röcken marschierte die Schneiderin zurück zur Ladentheke und bedeutete Emma mit gekrümmtem Finger, ihr zu folgen. Dann öffnete sie ein in Leder gebundenes Hauptbuch, nahm einen Füller zur Hand und tauchte die Spitze in ein Tintenfass. „Also, was soll es heute Schönes für Sie sein?"

„Ich ... ich möchte ein Korsett und Unterröcke haben. Und Strümpfe, wie die von Lily." Je aufwändiger der Auftrag war, desto mehr Zeit blieb ihr, Informationen aus Madame Marieur herauszubekommen.

„Sie sind ja ein äußerst anspruchsvolles Täubchen, nicht wahr? Da verlangen Sie nach dem Besten, das mein Geschäft zu bieten hat. Wie es jedoch der Zufall will ...", fuhr sie mit einem berechnenden Funkeln in den Augen fort, „habe ich genau das, wonach Sie suchen."

Die Schneiderin schrieb etwas in das Buch. Es schien ein Betrag zu sein – gute Güte, *fünfhundert Pfund?* Für Unterwäsche?

Kurz war Emma versucht, über den astronomischen Preis zu verhandeln. Aber Madame hatte das Buch bereits zugeklappt und schritt auf den Vorhang im hinteren Teil des Ladens zu.

„Kommen Sie, *petite.*" Ungeduldig winkte sie Emma heran. „Uns bleibt nicht viel Zeit für Ihre umfangreiche Bestellung."

Emma holte tief Luft. Strathaven hatte eingewilligt, für alle anfallenden Kosten während der Ermittlung aufzukommen – gewiss würde auch diese Summe darunterfallen. Bei dem Gedanken, wie er auf ihre heimlichen Nachforschungen wohl reagieren würde, krampfte sich ihr Magen zusammen. Entschlossen straffte sie die Schultern. *Du musst nach bestem Gewissen handeln. Außerdem kommt es Strathaven nur zugute. Sieh doch nur, was du bereits herausgefunden hast!*

Mit gestärktem Selbstbewusstsein folgte sie der Frau, die den Samtvorhang beiseiteschob und eine schwere Tür dahinter öffnete. Sie bedeutete Emma, den schmalen Korridor zu betreten und schloss die Tür hinter ihnen, sodass sie von trübem Dämmerlicht umhüllt waren. Vereinzelt aufflackernde Kerzen und der schwere, moschusartige Duft von Rosen vernebelten Emmas Sinne.

Madame Marieur schritt eilig voran. Sie konnte kaum mithalten.

„*Le Boudoir Rouge* scheint mir am geeignetsten", sagte die Schneiderin.

Unter leisem Quietschen öffnete sich eine Tür und ein Lichtkegel durchbrach die Dunkelheit. Zögerlich folgte Emma ihr in das Zimmer – und musste erstaunt blinzeln. Für einen Ankleideraum war dieser äußerst opulent.

Rote Bienenwachskerzen tauchten die Kammer in ein diffuses Licht. Ihre Flammen wurden von den Spiegeln reflektiert, die an allen vier Wänden hingen, was die dekadente Aufmachung der scharlachroten Einrichtung nur noch verstärkte. Die Wände, der Diwan und der Teppich verschmolzen zu einem einzigen, sündhaft luxuriösen Farbton.

Neben dem Diwan befand sich das Ankleidepodest, zu dem drei Stufen hinaufführten. Auch sie waren mit einem roten Plüschteppich überzogen. Der übliche Ganzkörperspiegel fehlte, was wohl an den zahlreichen Wandspiegeln lag.

„Rauf mit Ihnen, *chérie*", wies Madame Marieur sie an.

Zögerlich betrat Emma das Podium. Reflektionen ihrer selbst umringten sie und ihr Atem beschleunigte sich vor Nervosität. Die Schneiderin wühlte in einem Schrank, bevor sie sich zu ihr auf die Erhöhung gesellte.

„Ich habe etwas in genau Ihrer Größe. *Eh bien*, drehen Sie sich um, damit wir Sie entkleiden können."

Mit glühenden Wangen ließ Emma sich von Madame aus ihrer Kleidung helfen. Die ältere Frau ging so geschickt dabei vor wie ein Jäger beim Häuten seiner Beute. Kurze Zeit später lagen ihr Kleid, ihr Unterrock und das Korsett in einem Häufchen auf dem Boden. Nur noch in Unterkleid und Strümpfen, schlang sie zitternd die Arme um sich selbst.

„Das Unterkleid bitte auch", sagte Madame Marieur.

„Ist das denn wirklich nötig ..."

„*Oui*. Wir wollen doch, dass alles perfekt sitzt."

Emma blieb nichts anderes übrig, als sich ihre letzte Schutzbarriere von den Schultern streifen zu lassen. Mit angehaltenem Atem vermied sie es, den Blick auf ihr nacktes Spiegelbild zu richten, das sie von allen Seiten umgab. Erleichtert atmete sie auf, als Madame ihr ein Korsett anlegte.

„Tief Luft holen. *Un, deux, trois ...*"

Mit Wucht zerrte die Schneiderin an den Bändern des Korsetts, und Emma wurde sämtlicher Sauerstoff aus den Lungen gepresst. Beinahe fielen ihr die Augen aus dem Kopf. Nicht etwa wegen der Atemnot, sondern weil sie das verruchteste Kleidungsstück trug, das sie je gesehen hatte. Das Korsett war aus fuchsienfarbigem Satin, vorne mit kleinen schwarzen Schleifen entlang der Mitte besetzt und schwarzen Spitzeneinfassungen an den Seiten. Es verlieh ihrer Figur sinnliche Rundungen, schnürte ihre Taille ein und drückte ihre Brüste nach oben, sodass diese beinahe aus den plissierten Körbchen sprangen.

„Passt wie eine zweite Haut", sagte Madame zufrieden. „Jetzt zu den Strümpfen."

Als die Französin zwei sündhafte, schwarze Stofffetzen hochhielt, stockte ihr erneut der Atem. *Nur nicht die Nerven verlieren. Konzentrier dich auf deine Aufgabe.*

Sie versuchte, einen klaren Kopf zu bekommen. „Madame, hat irgendwer Lily bei ihren Besuchen hierher begleitet?"

Die Schneiderin band ihr ein gerüschtes Strumpfband in einem zum Korsett passenden Fuchsiaton um. „Natürlich nicht. Das würde doch den Zweck des Besuchs verfehlen, *non?*"

„Inwiefern?"

Argwöhnisch kniff Madame die Augen zusammen. „Und Sie sind sich ganz sicher, dass Lily Sie zu mir geschickt hat?"

Verflixt. „Ja, selbstverständlich. Sie hat Ihre Dienste in den höchsten Tönen gelobt", beeilte sie sich zu sagen. „Laut Lily würde ich hier genau das finden, wonach ich suche."

Scheinbar besänftigt fuhr Madame Marieur mit ihrem Werk fort und erhob sich anschließend. „Der Erfolg hängt von uns beiden ab. Sie müssen sich ebenso Mühe geben, Miss Kendall. Ihr heutiger Besuch ist ein Test: Ich arbeite nur mit denen zusammen, die meine Zeit wert sind,*comprenez-vous?*"

Unter dem freundlichen Tonfall lag eine versteckte Warnung. *Was meint sie mit einem Test?* Emma spürte, dass sie kurz vor einer wichtigen Entdeckung stand. Gleichzeitig breitete sich eine Gänsehaut über ihrem entblößten Körper aus.

„Ja, ich verstehe", antwortete sie behutsam.

Daraufhin drückte die Schneiderin ihr die Strümpfe in die Hand. „Ziehen Sie die an. Ich bin gleich wieder zurück." Mit raschelnden Röcken verließ sie das Zimmer.

Allein gelassen setzte Emma sich an den Rand des Podests, zog sich die schwarzen Seidenstrümpfe über und befestigte sie an den Strumpfbändern. Während sie so dasaß, mit dem nackten Hintern auf dem Plüschteppich, in dem verruchtesten Outfit, das sie sich je erträumt hatte, überkam sie ein Gefühl der Beklommenheit.

Was tue ich hier? Ich hätte Ambrose oder Alaric informieren sollen, anstatt ganz allein herzukommen ...

Sie hatte sich von der Aussicht auf eine erfolgreiche Ermittlung hinreißen lassen. Ihr Blick fiel auf den Haufen Kleidung, die sie abgelegt hatte. Vielleicht sollte sie die Zeit nutzen, sich wieder anzuziehen und sich hinauszuschleichen, bevor Madame zurückkehrte.

Doch plötzlich ertönten Stimmen vor der Tür. Madame Marieur ... *allerdings war sie nicht allein.* Panik überfiel Emma, als sie einen tiefen, eindeutig männlichen Bariton vernahm, der immer lauter wurde und sich eindeutig ihrem Zimmer näherte.

Gütiger Gott, ich muss mich verstecken! Aber wo?

Die Tür öffnete sich. Erschrocken quietschte Emma auf und überschlug die Beine, während sie ihre Hand schützend vor ihre entblößte Weiblichkeit hielt. Ein Mann trat ein. Eisgrüne Augen bohrten sich in die ihren und im ersten Moment atmete sie erleichtert auf ... gleich darauf schrillten jedoch die Alarmglocken in ihrem Kopf.

„Strathaven", flüsterte sie.

❧ 16 ❧

Wıe erstarrt stand Alaric da, die eisige Wut geschmolzen unter einer heißen Woge der Lust. Mit geballten Fäusten spürte er, wie ihm das Blut in die Lendengegend schoss.

„Sie beide scheinen ja bereits miteinander bekannt zu sein", sagte Madame Marieur mit einem anzüglichen Grinsen.

„Raus", erwiderte er.

„*Oui*, Euer Gnaden, allerdings haben Sie mich gerade in meiner, äh, Garderobenauswahl für Miss Kendall unterbrochen ..."

„Ich bezahle die komplette Garderobe für Miss *Kendall*." Er sah Emma zusammenzucken, als er ihren Decknamen verwendete, und seine Wut loderte erneut auf. Wie konnte sie sich nur in eine solch gefährliche Situation begeben? „Sorgen Sie dafür, dass wir nicht gestört werden."

„Selbstverständlich, Euer Gnaden." Mit einer Verbeugung verließ die Kupplerin das Zimmer.

Sobald die Tür ins Schloss fiel, wurde die Spannung im Raum unerträglich.

Emma kauerte am Rand des Podests, die Hände über ihrem Geschlecht. Sein Blut kochte vor Wut und Erregung. Verflixt, ihre

Aufmachung schien geradewegs seinen düstersten Fantasien entsprungen zu sein. Ein verruchtes, rotes Korsett drückte ihre Brüste wie eine göttliche Opfergabe nach oben, hinter der schwarzen Spitzenborte war der zartrosa Hauch ihrer Brustwarzen zu erahnen. Schwarze Seide umhüllte ihre wohlgeformten, schlanken Beine. Das ganze Ensemble war sündhaft erotisch.

„Es ist nicht das, wonach es aussieht", sagte sie.

„Ach, nein?" Mit angespanntem Kiefer schritt er auf sie zu und blieb nur wenige Zentimeter vor ihren Knien stehen. „Dann erklär mir doch bitte, warum du hier aufgedonnert wie eine Hure im Freudenhaus sitzt!"

In seiner Erregung brach sein schottischer Akzent durch. Verdammt, er musste sich zusammenreißen! Emma errötete noch stärker – *Gott*, und zwar an den interessantesten Körperstellen ...

„Ich wusste nicht, was für ein verrufenes Geschäft das hier ist. Ich bin nur einem Hinweis gefolgt, und ..."

„Was für einem Hinweis?", presste er zwischen den Zähnen hervor.

Sie rutschte nervös herum, wobei ihr Korsett leicht verrutschte. Ihm stockte der Atem. Himmel, nun bot sich ihm ein perfekter Blick auf ihre Brustwarzen, die festen kleinen Beeren waren reif und bereit zum Pflücken. Wie süß sie unter seiner Zunge schmecken würden ...

„Ich, äh, habe deine Bediensteten befragt. Und bevor du deswegen wütend wirst ...", beeilte sie sich zu sagen und hob herausfordernd das Kinn, was sein Blut in der Tat in Wallung brachte, nur in weitaus südlicheren Gefilden, „sollst du wissen, dass ich etwas Wichtiges herausgefunden habe: Das verschwundene Dienstmädchen war Schauspielerin im Theater The Cytherea. Ihr richtiger Name lautet Lily White. Sie war Stammgast bei Madame Marieur." Mit gerunzelter Stirn fügte sie hinzu: „Anscheinend jedoch nicht aus dem Grund, den ich angenommen hatte."

Er blickte sie durchdringend an, unentschlossen, was ihn mehr verblüffte: ihr Einfallsreichtum oder ihr Leichtsinn. „Du hast meine Angestellten befragt ... und bist dann *allein* hierhergekommen?"

„Kein Grund, die Stimme zu erheben. Woher sollte ich denn wissen, was für eine Lasterhöhle das hier ist? Draußen auf dem Schild steht deutlich, dass es sich um ein Geschäft für Damenbekleidung handelt ... ein klarer Fall von Irreführung, wenn du mich fragst." Sie besaß doch tatsächlich die Frechheit, verärgert zu klingen. „Und Madame gab eine äußerst überzeugende Schneiderin ab."

„Diese *Schneiderin* ist eine der berüchtigtsten Kupplerinnen in ganz London", stieß er hervor. „Ihre Dienste sind bei sämtlichen losen Weibsbildern und Lebedamen der Stadt gefragt. Gerade war sie dabei, deine Gefälligkeiten bei den Herren im Bieterraum zu versteigern."

Emma riss die Augen auf. „Bieterraum? *Versteigerung?*"

„Der Anfangspreis für deine Gefälligkeiten lag bei fünfhundert Pfund."

Ihre Pupillen weiteten sich und sie nagte besorgt an ihrer Unterlippe. *Na endlich.*

Mit den Händen in die Hüfte gestemmt beugte er sich über sie. „Wenn ich nicht zur rechten Zeit eingetroffen wäre, hätte Gott weiß wer diesen Raum betreten können, und was denkst du, wäre dann geschehen?"

Die Vorstellung, dass ein fremder Mann sie in diesem Aufzug hätte sehen, begehren, berühren können ...

Niemand legt Hand an das, was mir gehört.

Die überschäumende Wut verschaffte ihm gleichzeitig Klarheit: So ungern er es auch zugab, er begehrte Emma Kent. Dagegen anzukämpfen war reine Zeitverschwendung. Er hatte sie mehrfach gewarnt, aber sie hatte ihn stets ignoriert.

Nun musste sie sich den Konsequenzen stellen.

„Ich hätte mir schon etwas einfallen lassen. Ich bin durchaus in der Lage, auf mich selbst aufzupassen." Sie blickte durch ihre

Wimpern hindurch zu ihm auf und fuhr mit heiserer Stimme fort: „Wenn du mir jetzt freundlicherweise meine Kleidung reichen könntest ..."

Statt ihrer Bitte Folge zu leisten, trat er einen Schritt vor und schob sich forsch zwischen ihre Schenkel. Sie schnappte nach Luft, presste ihre Hände instinktiv gegen seine Brust, um ihn zurückzuhalten, und entblößte dadurch ihre Weiblichkeit.

Verdammt, sie sah genauso lieblich und zart dort unten aus, wie sie sich anfühlte.

Mit bebenden Nasenflügeln beobachtete er, wie sie erneut aufkeuchte und die Hände hastig zurück über ihre kleine Möse legte.

„Schluss mit dem Versteckspiel", sagte er mit rauer Stimme. „Bisher sind meine Warnungen auf taube Ohren gestoßen. Du hast dein Glück zu oft herausgefordert, Emma."

Sie errötete. „Hör auf, dich so barbarisch zu verhalten und lass mich sofort los ..."

Statt einer Antwort presste er sie zurück auf den Teppich des Podests, vorsichtig darauf bedacht, sein Gewicht auf die Ellbogen zu verlagern, sodass er sie nicht erdrückte. Sein erregter Körper schmiegte sich gegen ihre Kurven, und ihre weiblichen Rundungen verschmolzen mit seinen harten Muskeln.

„Sag mir, Liebchen", flüsterte er mit samtiger Stimme, „warum widersetzt du dich mir bei jeder Gelegenheit?"

„Ich habe nur nach bestem Ermessen gehandelt. Du hast mir nicht zu befehlen, was ich tun oder lassen soll ..."

Stöhnend unterbrach sie sich, als er seine Hüften gegen ihr entblößtes Geschlecht kreisen ließ. Mit aufflammender Lust bemerkte er, wie ihr feuchter Tau den Schritt seiner Hose benetzte. Sein anschwellender Schaft drückte sich gegen den einengenden Stoff und sehnte sich nach dem Ziel seiner Begierde.

„Ich glaube, dir gefällt es, herumkommandiert zu werden", erwiderte er.

Ihr stockender Atem verriet ihm, dass er den Nagel auf den

Kopf getroffen hatte, ob sie sich dessen bewusst war oder nicht. Gespannte Erwartung breitete sich in ihm aus. Gott, sie war wahrhaftig die perfekte Gespielin für seine Gelüste.

„Das ist doch lächerlich. Ich bin kein willensschwaches Weiblein", flüsterte sie.

„Ganz im Gegenteil, Emma. Du bist die eigensinnigste Frau, die ich je kennengelernt habe." Erneut rollte er seine Hüften gegen sie und ihr Blick verklärte sich, ihre Lider wurden schwer. „Es erfordert Stärke, sich bewusst zu unterwerfen. Du hast mich wieder und wieder auf die Probe gestellt, weil du insgeheim wusstest, dass ich der Mann bin, der dir alle deine Wünsche erfüllen kann. Weil du mich ebenso begehrst wie ich dich."

Natürlich konnte er nicht erwarten, dass eine Jungfrau das komplexe Zusammenspiel zwischen Macht und Sex verstehen oder gar ihre eigene Fleischeslust zuzugeben vermochte. Aber er würde sich nicht von seinem Vorhaben abbringen lassen: Niemals würde er zulassen, dass sie ihre Leidenschaft – oder irgendetwas sonst – vor ihm verbarg.

Sie war die *seine*, ganz gleich, ob sie bereit war, es zuzugeben.

Die unterschiedlichsten Emotionen spiegelten sich in ihren weiten, klaren Augen wider.

Gedämpft antwortete sie: „Aber ich *sollte* dich gar nicht begehren. Wir sind nicht die richtige Wahl füreinander."

Er wähnte sich siegessicher.

„Da bin ich anderer Meinung, Emma", flüsterte er heiser. „Lass mich dir zeigen, wie geschaffen wir füreinander sind ..."

Er küsste sie besitzergreifend und sie gab sich seinen fordernden Lippen willig hin. Mit den Händen umschloss er sanft ihre Wangen, kostete ihren süßen Nektar, der berauschender war als der erlesenste Wein. Gierig ließ er seine Zunge in ihren Mund gleiten, und als sie schüchtern daran saugte, wusste er, dass er die Glut ihrer Leidenschaft entfacht hatte, dass ihre Hemmungen den Flammen der Begierde zum Opfer gefallen waren.

So sehr er sich auch nach ihr verzehrte, war ihm doch

bewusst, dass er nicht die Beherrschung verlieren durfte. Er würde sich ihre Jungfräulichkeit nicht einfach in einem Rausch unbedachter Lust nehmen, wie er es bei Laura getan hatte. Diese hatte ihn auf ihrer eigenen Verlobungsfeier verführt, nachdem sein Bruder um ihre Hand angehalten hatte. Sie hatte Alarics Verlangen gegen ihn verwendet und ihn in ihre Falle gelockt, wodurch er Wills Vertrauen für immer verlor. Einen solchen Fehler würde er nicht noch einmal begehen.

In diesem Moment traf er eine Entscheidung: Er würde Emma erst nehmen, wenn sie verheiratet wären. Diesmal würde *er* das Sagen haben. Fürs Erste würde er sie sich gefügig machen, ihr einen Höhepunkt nach dem anderen bescheren, bis sie ihn *anflehte*, seine Herzogin werden zu dürfen ...

Er küsste über ihren Hals und ihre Schultern, verzaubert von der Zartheit ihrer Haut. Ihre Finger krallten sich in seine Haare und zerrten ihn näher zu sich heran. Lüstern betrachtete er ihre Brüste, die kirschroten Nippel, die unter dem schwarzen Stoff hervorspitzten. Sie stöhnte auf, als er mit dem Finger über eine der steifen Brustwarzen fuhr.

„Gefällt dir das, Emma? Soll ich es wiederholen?", fragte er.

„Mhm", seufzte sie.

„Gib mir eine anständige Antwort, Liebchen", forderte er und kniff leicht in ihre Brustwarze. Überrascht keuchte sie auf, doch ihre Augen waren so dunkel und verführerisch wie geschmolzene Schokolade. „Ja ... bitte?"

„So ist es brav." Er rieb die harte Knospe zwischen seinem Daumen und Zeigefinger, woraufhin sie ein liebliches Stöhnen ausstieß. Verdammt, hätte er sie von vorneherein so behandelt, hätte er ihnen beiden vermutlich viel Ärger erspart. „Wie exquisit deine Brüste sind. Ich kann es kaum erwarten, sie zu kosten."

„Zu k-kosten?", fragte sie mit zitternder Stimme.

Mit einem Ruck zerrte er das Korsett herunter und befreite ihre prallen Brüste. Überrascht wimmerte sie, als er den Kopf hinabsenkte und eine Brustwarze mit der Zunge liebkoste. Die

Laute, die sie von sich gab, erfüllten ihn mit Genugtuung. Sie reagierte so unverhüllt ... Er wusste, sie würde ihm nie etwas vormachen können. Heftig atmend klammerte sie sich an seine Schultern, während er über ihre reifen Knospen leckte. Wie hart und empfindsam sie waren! Als er besonders forsch an einer saugte, reckte sie sich ihm mit dem ganzen Oberkörper entgegen.

Besitzergreifend ließ er eine Hand über einen ihrer seidigen Schenkel gleiten, bis er ihre geschwollene Scheide erreichte. Sein Schwanz pulsierte, als er spürte, wie feucht sie für ihn war. Voller Ehrfurcht fuhren seine Finger über ihre behaarte Scham und die glatten Falten darunter. Sie stöhnte laut auf, als er ihre Perle umkreiste. Mit federleichten Berührungen reizte er sie, spielte mit dem empfindlichen Nervenbündel, brachte sie bis zum Rand des Orgasmus, nur um von ihr abzulassen, sobald sie diesem zu nahekam.

Auf diese Weise hielt er ihr Verlangen entfacht.

Wild vor Leidenschaft schüttelte sie den Kopf. „Alaric, was soll das? *Bitte* ...“

„Das gehört mir“, erwiderte er und rieb über ihren Kitzler. „Deine Perle gehört mir. Sag es.“

Sie biss sich auf die Unterlippe.

Er hielt in seiner Bewegung inne.

„Meine Perle ... gehört dir“, flüsterte sie.

Als Antwort fuhr er mit der Handfläche über ihren Venushügel. „Deine ganze süße Möse gehört mir.“

Stöhnend hob sie sich seiner Bewegung entgegen. „Ja, ja!“

Wieder hielt er inne. „Sag es, Liebchen.“

„Meine ... Möse gehört dir“, wiederholte sie verlegen.

Daraufhin ließ er einen Finger in sie gleiten und seine Hoden zogen sich zusammen, als ihre enge Höhle diesen wie ein Schraubstock umklammerte. Verdammt, wie würde es sich erst anfühlen, wenn er statt eines Fingers seinen harten Schwanz in ihrer warmen, kleinen Scheide vergrub?

Das wirst du erst herausfinden, nachdem du sie zur Frau genommen hast.

Mit knirschenden Zähnen brachte er sie wieder ihrem Höhepunkt entgegen. „Dann komm für mich, Liebling."

Ihr Stöhnen und Keuchen waren wie Musik in seinen Ohren, eine sinnliche Symphonie weiblicher Unterwürfigkeit. Während ihr ganzer Körper vor Leidenschaft bebte, ging er vor ihr auf die Knie, spreizte ihre Schenkel noch weiter auseinander und gab ihr endlich den Kuss, von dem er schon so lange geträumt hatte.

***

Emmas schockierter Aufschrei ging in dem Feuer unter, das Alarics Lippen zwischen ihren Schenkeln, an ihrer intimsten Stelle entfachte. Seine Hände hielten ihre Beine auseinander, und ihre Hüften drückten sich unwillkürlich seinem heißen Mund entgegen, der alle ihre Widerstandskraft dahinschmelzen ließ, sodass ihr nur noch eine Einsicht blieb: Wer hätte gedacht, dass Kapitulation sich so unglaublich gut anfühlen konnte?

Doch weiter kamen ihre Gedanken nicht, denn im nächsten Moment wurde alles zu glühender Asche. Nichts war mehr von Bedeutung, außer dem markerschütternden Gefühl seiner unnachgiebigen Zunge.

„Deine Möse ist süßer als Honig", stöhnte er kehlig. Sein Tonfall jagte ihr einen Schauer über den Rücken. „Ich könnte mich den ganzen Tag an dir laben."

Das würde sie nie überleben. Ihre Nerven waren von ihrem ersten Orgasmus völlig überreizt, und doch baute sich die Lust zwischen ihren Beinen bereits erneut auf.

„Gefällt es dir, meinen Mund auf dir zu spüren, Liebchen? Wie ich dich lecke, dich vernasche?"

Darauf konnte sie ihm unmöglich eine Antwort geben.

„Emma." Er hob den Kopf und sein autoritärer Blick wirkte sich sonderbarerweise ... beruhigend auf sie aus. Als müsste sie sich ihre Befriedigung nicht hart erkämpfen, wie so vieles andere in ihrem Leben – sie musste lediglich darum bitten.

„Ja, es gefällt mir", flüsterte sie.

„So ist es brav", lobte er mit heiserer Stimme.

Sie ließ den Kopf zurück auf den Teppich sinken, als seine Zunge erneut über ihren empfindlichen Kitzler glitt und seine Finger wieder in sie eintauchten, sie dehnten, um ihr noch mehr Lust zu bereiten. Der Druck in ihrem Bauch verstärkte sich, oh, sie war *so kurz davor* ...

„Gott, du bist so verdammt eng", krächzte er. „Hier kommt noch ein Finger, nimm mich immer tiefer in dir auf ..."

Er drang so tief in ihr Innerstes vor, dass sie erneut in einem Feuerwerk der Lust explodierte. Eine wohlige Wärme durchströmte sie, während sie, tief befriedigt, wie auf Wolken dahinschwebte, bis sie seine fordernden Worte registrierte: „Noch einmal, Emma."

Ist das überhaupt möglich?

Sein Gesicht, glühend vor Erregung und Entschlossenheit, erschien über ihrem. Ohne Unterlass fuhren seine Finger in und aus ihrer feuchten Spalte. Ein besonders heftiger Stoß ließ seine Handfläche gegen ihre Schamlippen klatschen und erweckte ihre befriedigten Nerven von Neuem. Immer und immer wieder rammte er seine Finger in sie, bis sie sich seinen Stößen rhythmisch entgegendrängte und seinen Namen keuchte.

Ein drittes Mal rollte die Ekstase über sie hinweg, wie eine nicht enden-wollende Woge der Erfüllung.

„Gott, bist du schön", flüsterte er mit tiefer Stimme.

Durch den Schleier der Euphorie bemerkte sie die Schweißperlen auf seiner Stirn, seine angespannten Kiefermuskeln. Früher hatte sie seine eiserne Kontrolle als Zeichen eines kaltherzigen, unnahbaren Charakters gedeutet, doch jetzt wunderte sie sich, warum ein solch offensichtlich heißblütiger Mann seine Leidenschaft so verbissen unterdrückte. Was auch immer dahintersteckte, es ließ sie erkennen, was seine Willenskraft ihm abverlangte – und sie würde es nicht einfach so hinnehmen.

Als sie die Hand hob, um ihm eine wirre Locke aus der Stirn zu streichen, erstarrte er.

„Was ist mit dir?", fragte sie.

Seine Augen funkelten. „Was soll mit mir sein?"

„Willst du nicht auch ...?" Heftig errötend konnte sie den Satz nicht zu Ende bringen.

„Du möchtest, das ich komme, Liebling?"

Schüchtern nickte sie.

Seine Nasenflügel bebten. Dann rutschte er auf Knien neben sie, während seine Finger sich an seinem Hosenbund zu schaffen machten. Mit angehaltenem Atem beobachtete sie, wie er die Hosenklappe öffnete. Beim Anblick seiner imposanten Männlichkeit weiteten sich ihre Augen. Sein dicker, mächtiger Schaft ragte stolz zwischen seinen Beinen empor, die geschwollene Eichel reichte bis zu den unteren Knöpfen seiner Weste. Ihre Scheidenmuskeln zogen sich wollüstig zusammen, während er seine Faust von unten nach oben über seine Erektion gleiten ließ. Je stärker er seinen Schaft pumpte, desto stärker pulsierten die Venen entlang des tiefroten Schafts, an dessen Unterseite der Hodensack wie eine reife, schwere Pflaume hing.

„Habe ich dich schockiert, Liebchen?", flüsterte er mit samtiger Stimme.

War sie schockiert? Gewiss, aber viel mehr noch erfüllte sie eine brennende *Neugier*.

Sie fasste sich ein Herz und fragte kühn: „Darf ich ihn ... berühren?"

Er lächelte träge, vielversprechend. „Nein, diesmal wirst du nur zusehen."

Also stützte sie sich auf den Ellbogen ab, um einen besseren Blick zu erhaschen. Seine Hand bewegte sich schnell und sicher, wobei sein Bizeps sich unter dem Sakko anspannte. Die Erregung stand ihm ins

Gesicht geschrieben, während er unablässig mit der Hand über die dunkle, rosige Haut seines Glieds fuhr. Er war das Ebenbild maskuliner Potenz, beherrscht von eiserner Selbstdisziplin.

Ihn dabei zu beobachten, wie er sich selbst befriedigte, hatte eine tiefgreifende Wirkung auf sie. Ihre Brustwarzen verhärteten sich, und angesichts seiner prachtvollen Männlichkeit lief ihr das Wasser im Mund zusammen. Sie fuhr sich mit der Zunge über die Lippen, sein hungriger Blick folgte der Bewegung. Als seine Faust die Haut seines Schafts nach unten zog, starrte sie wie gebannt auf den Lusttropfen, der aus dem Schlitz seiner Eichel quoll. Auf dem Weg nach oben fing seine Hand die klare Flüssigkeit auf und verteilte sie in immer schneller werdenden Bewegungen über seinem steinharten Schwanz. Sein angespannter Kiefer verriet ihr, wie sehr er die Berührung genießen musste, da es schien, als hielte er einen leidenschaftlichen Ausruf zurück.

Er wirkte so machtvoll ... und so allein. Ein einsamer, wilder Gott. Selbst in diesem Zustand ging ihr seine Einsamkeit zu Herzen.

„Komm für mich, Alaric", flüsterte sie. „Bitte."

Sein Körper bebte, sein glühender Blick bohrte sich in den ihren. „Dann sollst du meinen Samen auf dir spüren."

Gleich darauf biss er die Zähne zusammen und explodierte über ihr. Als die heißen Tropfen seines Höhepunkts sich über ihre Brüste ergossen und sie mit seinem männlichen Duft benetzten, stockte ihr der Atem. Ein Spritzer blieb kurz an ihrem steifen Nippel hängen, bevor er langsam an ihrer Brust hinabglitt.

Mit pochendem Herzen bemerkte sie, wie sein Blick der Spur folgte.

„Mein Gott, Emma", flüsterte er heiser.

Dann zerrte er sie in seine Arme und küsste sie mit besitzergreifender Leidenschaft.

❧ 17 ❧

OBWOHL DIE SAMTVORHÄNGE ZUM SCHUTZ DER PRIVATSPHÄRE vorgezogen waren, war sich Emma der Anwesenheit der vier kräftigen Wachmänner bewusst, die auf dem Kutschbock und der hinteren Sitzstange positioniert waren. Mit Alaric in dem luxuriösen Wagen zu sitzen, während die gefährliche Welt draußen an ihnen vorbeizog, fühlte sich irgendwie unwirklich an. Er räkelte sich mit ausgestreckten Beinen auf dem Sitz ihr gegenüber, eine breite Schulter lässig an die Wand gelehnt. Die vereinnahmende Hitze in seinem Blick erfüllte sie mit einer seltsamen, schläfrigen Wärme.

Ihre Gedanken waren völlig durcheinander. Sie fühlte sich verwirrt, orientierungslos … und, überraschenderweise, viel zu *entspannt*, um sich deswegen zu sorgen. Zum ersten Mal in ihrem Erwachsenenleben wollte sie einfach nur faulenzen.

„Wir haben einiges zu klären, Emma“, sagte Alaric.

Die Entschlossenheit in seinem Blick rüttelte sie wach.

„Du hast dich mir hingegeben“, fuhr er tonlos fort. „Deshalb müssen wir über die Konsequenzen sprechen.“

Eine Welle der Panik verdrängte ihre restliche Trägheit. Er

stelle es so hin, als hätte sie ihm viel mehr von sich gegeben, als es tatsächlich der Fall gewesen war. Sie setzte sich auf. „Wir haben uns im Überschwang des Augenblicks hinreißen lassen, und außerdem habe ich dir nicht alles ... ich meine, wir haben nichts *Unwiderrufliches* getan ...“

„Das ist nur eine Frage der Zeit. Es lässt sich nicht leugnen, dass etwas zwischen uns ist.“ Sein Blick warnte sie, ihm nicht zu widersprechen. „Ich werde meine Energie nicht damit vergeuden, gegen die Anziehungskraft zwischen uns anzukämpfen.“

Er musste gegen sein Verlangen für sie *ankämpfen*? Ihr Herz schmolz dahin wie Schnee in der Sonne.

„Mit der Zeit und unter der richtigen Führung wirst du es schon schaffen“, fuhr er fort.

Sie blinzelte verwirrt. „Werde ich was schaffen?“

Er zog eine Braue hoch. „Eine geeignete Herzogin zu werden, was sonst?“

Es dauerte einen Moment, bis sie die Bedeutung seiner anmaßenden Äußerung verstand. Dann klappte ihr regelrecht die Kinnlade herunter, gleichzeitig jedoch setzte ihr verräterisches Herz einen Schlag lang aus. „Soll das etwa ein *Heiratsantrag* sein?“

„Dafür ist es längst zu spät, *Liebchen*. Du hast deine Wahl getroffen. Du gehörst mir.“

Seine Arroganz trieb sie zur Weißglut. „Ich gehöre *nicht* dir. Ein leichtsinniger ... Zwischenfall macht mich noch lange nicht zu deinem Eigentum.“

„Mit dem bei Andromeda’s und dem in meinem Schlafgemach wären es allerdings drei Zwischenfälle“, erwiderte er blasiert. „Und der einzige Grund, warum du noch nicht gänzlich entjungfert bist, ist, dass ich unsere Hochzeitsnacht nicht vorzeitig beflecken will.“

Ein ungeheurer Druck braute sich hinter ihren Schläfen zusammm. „Ich habe nie den Wunsch geäußert, dich zu heiraten! Gott weiß, warum du das überhaupt wollen würdest. Wir liegen uns ständig in den Haaren, haben nichts gemeinsam. Du bist ein Herzog, ich eine Landpomeranze ..."

„Wie ich schon sagte, unter der richtigen Führung sollte das kein Problem sein."

„Ich habe kein Interesse daran, mein bisheriges Leben aufzugeben, nur um deine angetraute Sklavin zu werden. Ich habe meine eigenen Träume, meine eigene Berufung ..."

„Meinen Haushalt zu führen und meine Erben zu gebären sollte dir doch genug Erfüllung verschaffen."

War das sein Ernst? Glaubte er *wirklich*, er könne ihr ihre Zukunft vorschreiben?

„Ich werde als Ermittlerin arbeiten", sagte sie langsam und deutlich, als spräche sie mit einer begriffsstutzigen Person.

Das nachsichtige Funkeln in seinen Augen erlosch. „Ich biete dir eine der begehrtesten gesellschaftlichen Positionen überhaupt an. Weißt du, was andere Frauen dafür geben würden, die nächste Herzogin von Strathaven zu werden?"

„Dann heirate doch eine von denen."

„Will ich aber nicht. Ich will dich."

Warum nur weckte die Autorität in seiner Stimme eine solche Sehnsucht in ihr? Sie hasste doch seine Arroganz! Und dennoch hatte sie Schmetterlinge im Bauch bei dem Gedanken daran, dass ein derart attraktiver, sinnlicher Mann sie so besitzergreifend betrachtete.

Sie schluckte schwer. „*Warum* willst du mich heiraten? Du ... du liebst mich doch nicht."

„Nein, tue ich nicht", erwiderte er nüchtern. „Liebe ist nichts weiter als eine Komplikation, für die in meinem Leben kein Platz ist. Mein Vorschlag wäre eine Hochzeit zu beidseitigem Vorteil."

Wie konnte er nur so zynisch über die Liebe denken – über das Leben?

„Bisher kann ich keinen Vorteil an diesem Arrangement erkennen", gab sie zurück.

Er zog eine Braue hoch. „Als meine Gemahlin wirst du zahlreiche irdische Güter besitzen sowie das Privileg, zu tun und zu lassen, was du möchtest. Ich wiederum kann eine Herzogin vorzeigen, die mir einen Erben schenkt." Bei diesen Worten senkte sich seine Stimme zu einem verführerischen Flüstern. „Angesichts der Anziehung zwischen uns sollte Letzteres sich als höchst vergnügliches Unterfangen erweisen."

„Das ist längst keine ausreichende Basis für eine Ehe."

„Meiner Meinung nach schon."

„Ich lasse mich von dir nicht dazu drängen, dich zu heiraten."

Sie machte sich auf eine Tirade von Drohungen und Einschüchterungsversuchen gefasst, aber er musterte sie nur eindringlich. Seine nächsten Worte überraschten sie.

„Du willst also verhandeln? Na schön." Er nickte kühl. „Dann sag mir, was nötig ist, um dich zu der Meinen zu machen."

Scheinbar reichten drei Höhepunkte nicht aus, um das widerspenstige Ding davon zu überzeugen, dass sie ihm gehörte.

Dennoch musste Alaric zugeben, dass Emma nicht ganz unrecht hatte: Seine Einschüchterungsversuche hatten bislang nicht viel bei ihr bewirkt. Offensichtlich musste er eine andere Taktik anwenden, um sie für sich zu gewinnen. Allerdings war er angesichts dieser Tatsache eher gespannt als verärgert. Seine zukünftige Herzogin würde ihn herausfordern, provozieren, auf die Probe stellen – ihn jedoch niemals langweilen.

„Du willst mit mir über die Ehe verhandeln?", fragte Emma stirnrunzelnd.

Nicht von ungefähr hatte er durch seine geschickten Verhandlungsfähigkeiten ein Vermögen verdient. Er wusste seine Vorzüge wirksam einzusetzen, um die Schwächen der Gegenseite auszunutzen und so zu bekommen, was er wollte. Seine Strategie ließ sich je nach Situation beliebig anpassen, um das gewünschte Ergebnis zu erzielen. Mit dieser Vorgehensweise würde er auch seine zukünftige Herzogin zu überzeugen versuchen.

Er wollte das Überraschungsmoment ausnutzen. „In der Tat. Nenne mir deine Bedingungen."

„Meine Bedingungen?"

Ihre aufrichtige Verwirrung wärmte sein vereistes Herz. Sie schien wirklich nicht im Geringsten daran gedacht zu haben, wie vorteilhaft die Hochzeit mit einem Herzog für sie sein könnte. Als begehrte sie nur ihn als Mann und nicht das, was er ihr zu bieten hatte ...

Energisch schüttelte er diesen Gedanken ab. Er gab sich keinerlei Illusionen hin, was diese Ehe anging und würde auch nicht gestatten, dass Emma falsche Hoffnungen hegte. Seine Ansicht über Liebe hatte er mehr als deutlich gemacht. Solange sie nicht mehr erwartete, als er zu geben gewillt war, würden sie bestens miteinander auskommen.

Nun musste sie nur noch einwilligen, was nicht weiter schwierig werden dürfte. Immerhin kannte er ihre Schwachstelle und würde diese zu seinem Vorteil nutzen.

„Beispielsweise könntest du ein monatliches Budget aushandeln, von dem du dir so viele Schmuckstücke und Pelze kaufen kannst, wie du begehrst", schlug er unschuldig vor.

Sie runzelte die Stirn. „An solchen Dingen habe ich kein Interesse."

Das wusste er natürlich. „Wie wäre es dann mit einer Kutsche und einer Jacht im neuesten Stil, um deine Freunde zu beeindrucken?"

„Von derart oberflächlichen Besitztümern wären meine Freunde wenig beeindruckt", erwiderte sie verächtlich.

„Ah." Er legte die Fingerspitzen aneinander. „Dann gibt es womöglich doch nichts, das ich dir im Gegenzug für deine Einwilligung bieten könnte, außer ... Moment mal!" Nach kurzem Überlegen schüttelte er den Kopf. „Nein, dafür brauchst du *meine* Hilfe sicher nicht."

„Wofür?", fragte sie argwöhnisch.

„Was deinen Plan anbelangt, Ermittlerin zu werden."

„Dabei würdest du mir helfen?" Sie bedachte ihn mit einem skeptischen Blick. „Obwohl du immer wieder betont hast, dass es kein geeigneter Beruf für eine Frau sei?"

„Für eine gewöhnliche Frau. Bei einer *Herzogin* ..." Er legte eine bedeutungsschwangere Pause ein. „... sieht die Lage schon ganz anders aus."

„Warum das?", fragte sie stirnrunzelnd.

„Weil eine Herzogin die Macht besitzt, zu tun, was immer sie will. Was bei gewöhnlichen Frauen als unangemessenes Verhalten gilt, wird bei Ihrer Gnaden als charmante Verschrobenheit abgetan. Niemand würde dir aus Angst vor meiner Vergeltung etwas abstreiten."

„Und rein hypothetisch gesprochen, würdest du deine Gattin bei ihren Ermittlungen also unterstützen?", fragte sie misstrauisch.

Mehr oder weniger. Ihm war klar geworden, dass es besser war, Emma unter seiner Aufsicht Detektivin spielen anstatt sie allein in waghalsiger Manier losziehen zu lassen. So würde er wenigstens wissen, was sie vorhatte und könnte sie im Zaum halten.

„Solange du dich an meine Regeln hältst, sehe ich keinen Grund, dich an der Ausübung deines Hobbys zu hindern", erwiderte er.

„Meines Berufs", korrigierte sie ihn. „Und was wären das für Regeln?"

Nun musste er behutsam vorgehen.

„Deine Sicherheit steht an erster Stelle. Obwohl du heute etwas Nützliches herausgefunden hast ...", sagte er und bemerkte den Stolz in ihrem Blick, „bist du dadurch in eine gefährliche

Situation geraten. Ein derart leichtsinniges Verhalten werde ich nicht tolerieren."

Emmas Lächeln erlosch. Ihre Antwort war jedoch überraschend offenherzig.

„Du hast recht. Ich habe mich von den heutigen Geschehnissen mitreißen lassen", gab sie betreten zu. „Vorhin habe ich wirklich kurz gefürchtet, nicht mehr heil aus dieser Sache herauszukommen."

„So etwas darf nicht mehr geschehen", ermahnte er sie streng. „Du bist viel zu wichtig."

„Ist das ... dein Ernst?"

Die verhaltene Sehnsucht in ihrem Blick ließ sein Herz höherschlagen. Er versuchte, es zu beruhigen. Derart sentimentale Anwandlungen durfte er sich nicht gestatten. „Gewiss. Immerhin bist du die Mutter meiner zukünftigen Erben."

„Oh." Sie blinzelte und schüttelte den Kopf. „Das klingt wie ein *Fait accompli*, aber das ist es noch lange nicht."

„Dann sag mir, was ich dafür tun muss", verlangte er mit eiserner Entschlossenheit zu wissen.

„Sollten wir einander nicht erst besser kennenlernen, bevor wir eine so gewichtige Entscheidung treffen?"

Was ihn anging, war die Entscheidung längst gefallen. Aber wenn er weiter auf Konfrontationskurs blieb, würde sie nur noch mehr auf stur schalten. Sollte sie sich eben Zeit nehmen, um zu der unweigerlichen Einsicht zu gelangen.

„Dann werde ich dir den Hof machen", beschloss er. „Wie lange ungefähr?"

„Ich weiß nicht." Nachdenklich kaute sie auf ihrer Unterlippe herum. „Bis wir uns sicher sind, dass wir gut zueinander passen?"

„Wenn du nach dem, was bei Madame Marieur geschehen ist, weitere Beweise dafür brauchst, bin ich gerne bereit, es erneut zu demonstrieren. Ich kann deinen Honig noch immer auf meinen Lippen schmecken, Liebchen, und verzehre mich bereits nach mehr."

Flammende Röte überzog ihre Wangen. „So etwas solltest du nicht sagen."

„Warum nicht? Du bestehst doch immer darauf, dass ich ehrlich bin."

„Nicht, was *das* angeht", schnaubte sie. „Was ich sagen will, ist, dass mehr zu einer Beziehung gehört als körperliche Nähe. Wir kennen uns kaum, stammen aus verschiedenen Gesellschaftsschichten, haben unterschiedliche Ansichten über die Ehe und ..."

„Inwiefern unterscheiden sich deine Ansichten von meinen?"

Sie schürzte die Lippen. „Zunächst einmal glaube ich an Treue."

„Ich auch. Und weiter?"

„Moment – das ist alles? Sollten wir das nicht besprechen?"

„Was denn? Für dich wird es keinen anderen Mann geben. Und ich werde so damit beschäftigt sein, dich zu befriedigen, dass mir keine Zeit für eine Mätresse bleibt", fügte er mit den Augenbrauen wackelnd hinzu.

Abermals errötete sie. „Du würdest also tatsächlich deinen Treueschwur einhalten?"

Offensichtlich hatte sie die Gerüchte über seine erste Ehe gehört. Er unterdrückte die Bitterkeit, die in ihm aufstieg. Laura gehörte der Vergangenheit an. Seine Zukunft würde sich anders gestalten, dafür würde er schon sorgen.

„Ich war stets ein treuer Ehemann", sagte er kühl. „Ganz gleich, was du gehört haben magst."

„Wie ... wie war deine erste Ehe?", fragte sie zögerlich.

Er wollte nicht über vergangene Fehler sprechen, die schmutzigen Angelegenheiten nicht in die Gegenwart bringen. Doch er wusste, dass er sich Emma gegenüber öffnen musste, wenn er ihr Vertrauen gewinnen wollte.

„Als ich Laura kennenlernte, war ich jung und naiv, ließ mich von ihrer Schönheit und ihrem Charme einwickeln. Ich heiratete sie nach einer stürmischen Werbephase. Wir führten keine glückliche Ehe."

Die Untertreibung des Jahrhunderts.

„Warum wart ihr nicht glücklich?"

Sein Kiefer verspannte sich. „Sagen wir einfach, Laura und ich haben nicht zusammengepasst. Aber ich war ihr bis zu ihrem Tod treu. Seitdem war ich wahrlich kein Heiliger, aber sollte ich wieder heiraten, werde ich mein Treuegelübde in Ehren halten." Aus ihm unerklärlichen Gründen fügte er hinzu: „Glaubst du mir das?"

Emma überlegte kurz und nickte dann. „Ja, das tue ich."

„Einfach so?"

„Du kannst ziemlich arrogant, kontrollsüchtig und bisweilen auch manipulativ sein. Aber soweit ich das beurteilen kann, warst du mir gegenüber immer ehrlich."

Komischerweise fühlte er sich erleichtert. „Danke", erwiderte er leise.

„Gern geschehen. Und ... es tut mir leid."

Und schon war die Anspannung zurück. „Ich brauche dein Mitleid nicht, Emma."

„Mitgefühl ist nicht gleich Mitleid. Ich bemitleide dich nicht ... ich bedauere lediglich, dass du eine furchtbare Zeit durchmachen musstest."

„Jene Zeiten sind vorbei, ebenso wie dieses Gespräch." Das Schlimmste hatte er ihr wohlweislich verschwiegen – seinen üblen Vertrauensbruch Will gegenüber. Er wollte so wenige seiner Fehler eingestehen wie möglich.

Sie rümpfte die Nase. „Da hätten wir schon den nächsten Unterschied. Ich werde mir nicht den Mund verbieten lassen. Wenn ich in eine Ehe einwillige, muss diese auf gegenseitigem Respekt gründen."

„Auch darin sehe ich kein Problem."

„Wie kannst du das sagen?", fragte sie ungläubig. „Du willst eine Gemahlin, die sich dir bedingungslos unterwirft. Ich allerdings bin eine unabhängige Frau mit eigenem Willen und einer eigenen Meinung, die sich nicht einfach so herumkommandieren lässt."

„Hast du vor, mich zu täuschen, Emma? Mich auf irgendeine Weise zu betrügen?"

„Nein, natürlich nicht", erwiderte sie stirnrunzelnd.

„Dann werden wir uns über den Rest schon einig werden."

„Menschen ändern sich nicht ohne Weiteres", gab sie zu bedenken. „Ich werde nichts von meiner Unabhängigkeit abgeben wollen – du nichts von deiner Kontrolle."

„Das scheint dich nicht zu stören, wenn wir uns lieben. In meinen Armen kapitulierst du so bereitwillig", flüsterte er. „Als würdest du mir alles geben, wenn ich nur danach fragte."

Die Röte auf ihren Wangen vertiefte sich. „Ich bin nicht schwach!", platzte es aus ihr heraus.

Überrascht blickte er sie an. „Natürlich bist du das nicht. Wie kommst du darauf?"

„Wegen dem, was du gerade gesagt hast. Ich weiß nicht, was über mich kommt, wenn wir zusammen sind, aber ich bin wirklich nicht unterwürfig oder willensschwach ..."

Langsam dämmerte ihm, was sie bekümmerte. Ihr weit aufgerissener, verlegener Blick erfüllte ihn sowohl mit Begehren als auch mit Zärtlichkeit. Seine eigene Vergangenheit hatte ihn viel zu zynisch gemacht und vergessen lassen, dass wahre Unschuld existierte.

„Komm her", befahl er sanft und klopfte sich auf die Schenkel.

Ihre Muskeln spannten sich an in dem Verlangen, ihm Folge zu leisten, obwohl ihr Geist sich dagegen sträubte. Schließlich drückte sie sich nur tiefer gegen ihre Seite der Sitzbank. „Nein, wir sollten erst darüber reden."

Um jegliche Diskussion zu unterbinden, zog er sie kurzerhand auf seinen Schoß. Mit eisernem Willen ignorierte er ihr stimulierendes Gezappel auf seinen Lenden und schloss sie in die Arme. „Deine Unterwürfigkeit macht dich nicht schwach", sagte er.

„Ganz im Gegenteil, es bedarf einer starken, mutigen Frau, um mir das zu geben, was du mir anbietest."

Sie hielt inne. „Ach, wirklich?"

„Allerdings." Zärtlich strich er ihr mit dem Handrücken über die glühende Wange. „Deine Stärke *verleiht* deiner Unterwürfigkeit Macht. Weil ich in dieser Situation weiß, wie groß dein Vertrauen in mich ist", erklärte er heiser. „Zudem steht es dir ja außerhalb des Liebesspiels frei, zu tun und zu lassen, was dir beliebt."

„Also stört dich mein Eigensinn nicht?", fragte sie mit hochgezogenen Brauen.

„O doch ... aber gleichzeitig erregt und reizt er mich." Wie zum Beweis drückte er seine Erektion gegen sie, woraufhin sie noch stärker errötete. „Ebenso wie meine Arroganz dich erregt und reizt."

Nachdenklich biss sie sich auf die Unterlippe. „Das ist alles sehr verwirrend."

Die Kutsche wurde langsamer, als sie sich ihrer Adresse näherten. Zeit, seinen Vorteil für sich zu nutzen. „Lass mich dir den Hof machen. Wir erkunden die Anziehung zwischen uns gemeinsam, sodass du dich vor der Leidenschaft nicht zu fürchten brauchst." Sanft knabberte er an ihrem Ohrläppchen. „Was sagst du dazu, Liebling?"

Sie erschauderte. „Na schön ... unter einer Bedingung."

Das war ja zu erwarten gewesen. „Die da wäre?"

„Wenn ich deine Regeln akzeptiere, lässt du mich bei deiner Ermittlung helfen, soweit es ungefährlich ist. Bitte, Alaric", fügte sie ernst hinzu. „Ich kann nicht einfach tatenlos zusehen, wie dein Leben bedroht wird."

Sie würde sowieso nicht auf ihn hören, wenn er es ihr verbot. Es war besser, das Feuer einzudämmen, als sich daran zu verbrennen.

„Einverstanden – solange du meinen Anordnungen folgst. Ich

meine es ernst, Emma", sagte er nachdrücklich. „Keine Abenteuer auf eigene Faust mehr."

Sie nickte zufrieden „Dann haben wir eine Abmachung ..."

Plötzlich wurde die Tür der Kutsche aufgerissen. Die Sonne blendete Alaric, erblasste jedoch unter der Wut im Blick des Neuankömmlings.

Emmas Bruder steckte den Kopf in den Wagen und starrte sie aufgebracht an.

„Was zum Teufel geht hier vor sich?", verlangte Kent zu wissen.

❧ 18 ❧

IM GROSSEN UND GANZEN SCHLUG ALARIC SICH BEI SEINEM ersten Treffen mit ihrer Familie ziemlich wacker. Nach der etwas ungünstigen Konfrontation mit Ambrose wurden Emma und der Herzog gleich aufgeregt von ihren Schwestern begrüßt, als sie das Haus betraten. Sie beeilte sich, ihm alle ihre Geschwister vorzustellen.

Nach einem halbherzigen Knicks musterte Violet ihn unverhohlen. „Sie sind also ein Herzog? Ich habe vorher noch nie einen getroffen."

„Benimm dich, Vi", flüsterte Thea ihr zu.

Aber Alaric wirkte lediglich amüsiert. „Ich bin ebenfalls ziemlich neugierig – so viele *Kents* auf einem Haufen. Schönheit und Anmut liegen wohl in der Familie."

Die Mädchen warfen einander Blicke zu und begannen, wie schmachtende Debütantinnen zu kichern. Emma, die ebenfalls zum ersten Mal Zeugin seiner galanten Seite wurde, beobachtete erstaunt, wie er seinen Charme einzusetzen wusste.

„Vielen Dank für das Kompliment, Euer Gnaden", antwortete Rosie lächelnd.

„Es entspricht nur der Wahrheit." Er erwiderte das Lächeln

des lebhaften Mädchens, wandte sich dann Polly zu, die schüchtern etwas abseitsstand, nahm ihre Hand und verneigte sich darüber. „Ich beneide Kent nicht um seine Position. Er wird alle Hände voll zu tun haben, euch die Verehrer vom Leib zu halten, sobald ihr eure Einführung in die Gesellschaft hattet", sagte er.

Polly errötete vor Freude und Emma wurde warm ums Herz angesichts Alarics unerwarteter Einfühlsamkeit und der Art, wie er verspielt und locker mit ihren Schwestern umging.

Doch Ambroses strenger Tonfall unterbrach das heitere Geplänkel. „Widmet euch eurem Unterricht, Mädchen. Seine Gnaden und ich haben etwas Geschäftliches zu regeln."

Sobald sie allein waren, führte Ambrose sie ins Wohnzimmer. Spannung erfüllte den Raum, während alle ihre Plätze einnahmen: Emma und Alaric auf dem Sofa, Marianne auf der Chaiselongue. Ambrose zog es vor, hinter seiner Frau auf und ab zu schreiten und die beiden mit Fragen zu löchern.

Alaric schien nie um eine Antwort verlegen. Mit seinen lässig übereinander geschlagenen Beinen war er ganz das Abbild herzoglicher Zuversicht. Wie ein erfahrener Kutscher in den engen Londoner Gassen, navigierte er zielsicher durch das Verhör ihres Bruders. Natürlich ließ er gewisse Details aus – ihr Liebesspiel bei Madame Marieur beispielsweise –, ohne jedoch zu lügen.

Schließlich wandte Ambrose sich ihr zu. „Was hast du dir nur dabei gedacht, einfach die Angestellten Seiner Gnaden zu befragen, Emma?", fragte er ungläubig. „Und im Anschluss auch noch dieses anrüchige Etablissement aufzusuchen?"

„Ich dachte, ich könnte helfen", sagte sie kleinlaut. „Die Dienstmädchen haben mit mir gesprochen. So habe ich Lilys wahre Identität herausgefunden ..."

„Aber zu welchem Preis? Dir hätte Gott weiß was zustoßen können. Du hättest verletzt werden können, belästigt oder noch schlimmer."

„Ich versichere Ihnen, dass ihr nichts zugestoßen wäre, Kent", schaltete Alaric sich ein. „Ich hatte einen Wachmann auf sie angesetzt."

Diese Neuigkeit schockierte sie zutiefst. Sie hatte angenommen, er hätte durch seine Angestellten von ihrem Besuch bei Madame Marieur erfahren, aber stattdessen hatte er sie *beschatten* lassen?

„Sie haben *was?*" Ambrose klang so ungläubig, wie sie sich fühlte.

„Hätten Sie das nicht längst tun sollen? Immerhin ist sie Ihre Schwester. Sie sollten wissen, wie hartnäckig sie sein kann, wenn sie sich etwas in den Kopf setzt", erwiderte Alaric ruhig.

Seine Überheblichkeit war verblüffend. Er schien sich keiner Schuld bewusst.

Wütend funkelte sie ihn an. „Sie können mich nicht einfach beschatten lassen ..."

„Oh doch, das kann ich und das habe ich. Wie ich Ihnen bereits sagte, meine Liebe: Ich beschütze, was mir wichtig ist."

Das silberne Glimmen in seinen jadegrünen Augen raubte ihr den Atem. Wie hatte sie ihn je für kaltherzig halten können? Unter seiner eisigen Autorität brodelte eine vulkanische Hitze – und mit Schrecken realisierte sie, wie sehr sie diese Seite an ihm *mochte*. Wie sehr es ihr gefiel, dass sie seine Gefühle ebenso aufwühlen konnte wie er ihre.

„Da wir gerade davon sprechen, Euer Gnaden", mischte sich Marianne gefasst ein und strich sich über den narzissengelben Rock. „Sie verstehen doch sicher, dass wir nach Ihren Absichten Emma gegenüber fragen müssen?"

„Warum saß meine Schwester eben in der Kutsche auf Ihrem Schoß?", donnerte ihr Bruder dazwischen.

Emmas Wangen glühten. „Ambrose, es war nicht das, wonach ...“

„Lassen Sie mich antworten, meine Liebe. Die Frage ist gerechtfertigt, ich habe nichts zu verbergen." Alaric musterte den

Rest der anwesenden Kents mit kühler Gelassenheit. „Meine Absichten Emma gegenüber sind ehrenhaft.“

Ihr entging der besitzergreifende Tonfall nicht, mit dem er bewusst ihren Vornamen verwendete.

„*Absichten*? Meiner Schwester gegenüber? Jetzt hören Sie mal ...“

„Liebling.“ Marianne legte eine Hand auf die ihres Mannes. Sie wechselten einen vielsagenden Blick. Dann biss er mit blitzenden Augen die Zähne zusammen und ließ seine Frau sprechen.

„Sie wollen also Emma heiraten, Euer Gnaden?“, fragte diese.

„Ja. So bald wie möglich.“ Mit einem Blick auf Emma fügte er gedämpft hinzu: „Sobald ich die fragliche Dame überzeugen kann, ihre Zustimmung zu geben.“

Warum wirfst du mich nicht gleich den Wölfen zum Fraß vor?

Missmutig sah sie ihn an. Seine Mundwinkel zuckten nur belustigt.

„Emma?“, fragte ihr Bruder ungläubig. „Das ziehst du doch nicht ernsthaft in Erwägung?“

Sie holte tief Luft. „Seine Gnaden und ich haben uns darauf geeinigt, dass er mich erst einmal eine Zeit lang umwirbt. Dann entscheiden wir, ob wir wirklich zueinander passen.“

„Wie Sie sehen, ist Ihre Schwester diejenige, die mit mir spielt, nicht umgekehrt“, sagte Alaric achselzuckend.

„Hier werden keine Spielchen getrieben! Emma, das kann ich nicht gutheißen.“ Ambrose krallte seine Finger in die Lehne der Chaiselongue und sah sie missbilligend an.

Langsam wurde sie ebenfalls wütend. Warum war ihr Bruder so uneinsichtig? Sie war eine erwachsene Frau, die sehr wohl ihre eigenen Entscheidungen treffen konnte.

„Du sagst mir doch ständig, dass ich mir einen Ehemann suchen soll“, erwiderte sie.

„Ich meinte einen geeigneten. Er ... seine Vergangenheit ...“ Frustriert gestikulierte Ambrose in Alarics Richtung. „Er ist nicht gut genug für dich.“

Seine ungerechten Worte konnte sie nicht einfach so hinnehmen. „Er *ist* ein guter Mann!“

„Von einem einfachen Mister von oben herab behandelt zu werden, ist mir als Herzog bisher auch noch nicht passiert“, sagte Alaric und zog eine dunkle Augenbraue hoch. „Zögen Sie es vor, ich wäre ein Straßenhändler, Kent?“

„Ich hinterfrage Ihre Vergangenheit und Ihren Charakter, nicht Ihren Titel. Sie müssen doch selbst einsehen, wie unterschiedlich Sie beide sind. Emma ist ein unschuldiges Mädchen, ihrer Familie treu ergeben. Ihnen haftet der Ruf eines notorischen Wüstlings an und Ihrer Beziehung zu McLeod nach zu urteilen, haben Sie nicht den blassesten Schimmer, was Familienbande bedeuten.“

Emma zuckte zusammen.

Alarics Kiefer spannte sich an. „Sie wissen nicht das Geringste über meine Familie.“

„Und Sie nichts über meine“, konterte Ambrose. „Bei der Wahl eines Ehepartners geht es uns Kents nicht um Geld oder Status.“

„O ja, es ist unschwer zu erkennen, dass Sie für den heiligen Bund der Ehe die schönen Dinge des Lebens geopfert haben.“ Mit einem höhnischen Lächeln ließ Alaric den Blick durch das vornehm eingerichtete Wohnzimmer wandern.

Ihr Bruder errötete tief.

Hastig schaltete Emma sich ein. „Strathaven und ich werden nicht voreilig handeln. Wir lassen uns Zeit, einander kennenzulernen. Bisher ist nichts in Stein gemeißelt.“

„Emma weiß, was sie will“, flüsterte Marianne Ambrose zu. „Das war schon immer so.“

Eine Welle der Zuneigung für ihre Schwägerin erfasste sie.

„Irgendwer trachtet Ihnen nach dem Leben, Strathaven“, knurrte ihr Bruder. „Wollen Sie meine Schwester etwa ebenfalls in Gefahr bringen?“

„Ihre Sicherheit ist für mich von höchster Priorität.

Weswegen ich sie auch so lange im Geheimen umwerben werde, bis der Attentäter gefasst ist", erwiderte der Herzog ruhig. „Wenn Sie Emma wirklich in Sicherheit wissen wollen, sollten Sie vielleicht endlich den verdammten Mörder finden."

„Unsere Ermittlungen schreiten gut voran", gab Ambrose frostig zurück.

„Dann lassen Sie mal hören."

Ihr Bruder wirkte unentschlossen. Offensichtlich war er noch nicht fertig mit Alaric. Schließlich landete sein Blick auf ihr, und er presste die Lippen zusammen. „Das sollten wir besser im Arbeitszimmer besprechen ..."

„Emma soll es ruhig erfahren", unterbrach Alaric ihn. „Es ist ihr gutes Recht, die Einzelheiten des Falls zu kennen. Was meine Zukunft betrifft, geht auch sie etwas an. Außerdem verdanken wir ihr die neue Spur bezüglich des Dienstmädchens."

Trotz Alarics allzu selbstsicherer Annahme, sie hätten eine gemeinsame Zukunft, machte Emmas Herz einen freudigen Satz. Er hatte ihr in der Kutsche wahrlich zugehört und respektierte ihre Wünsche. Mehr noch, er hatte gerade öffentlich ihre Fähigkeiten als Detektivin *anerkannt*!

Er bemerkte ihren Blick und murmelte: „Sehen Sie, Liebes? Ich bin wohl kompromissfähig."

„Emma würde es so oder so herausbekommen, genau wie ich", sagte Marianne. „Also kannst du den Fall ebenso gut hier besprechen, Liebling."

„Was meine Schwester und Sie angeht, sind wir noch nicht fertig, Strathaven", wandte Ambrose sich erneut an den Herzog.

Dieser wirkte kühl und gelassen. Offensichtlich hatte *er* nichts weiter dazu zu sagen.

Ihr Bruder fuhr sich mit der Hand durchs Haar und rang um Fassung. Als er die Sprache wiederfand, klang er forsch und professionell.

„Was die Vergiftung angeht, habe ich Ihre Symptome mit einem erfahrenen Arzt besprochen. Seiner Meinung nach haben wir es mit einer äußerst toxischen Substanz zu tun, deren Wirkung dosisabhängig ist – höchstwahrscheinlich eine Wildpflanze. Einmal wurde er zu einer Familie gerufen, in der alle versehentlich Giftpilze konsumiert hatten. Der Vater, der die größte Portion des Eintopfs gegessen hatte, starb, ebenso wie der älteste Sohn, der sich einen Nachschlag nahm. Die Mutter und Geschwister, die weniger zu sich genommen hatten, überlebten."

„Deswegen starb also Clara, ich aber nicht."

Trotz seines gleichgültigen Tonfalls wusste Emma, dass Alaric sich innerlich schlimme Vorwürfe machte. Sie legte ihm die Hand auf den Arm und spürte, wie sein Bizeps zuckte.

„Es war nicht Ihre Schuld", sagte sie. „Sie wussten doch nicht, dass der Whiskey vergiftet war."

Seine Miene blieb steinern, doch er nickte kaum merklich.

„Wir können nicht wissen, ob Lady Osgood noch am Leben wäre, wenn sie weniger getrunken hätte", fuhr Ambrose fort. „Die tödliche Dosis kann je nach Person variieren. Im Fall der vergifteten Familie hatte der zweite Sohn überlebt, obwohl er die gleiche Menge wie sein Bruder aß. Der befreundete Arzt vermutete, der Junge habe eine Resistenz entwickelt, weil er zuvor schon einmal Giftpilze verzehrt hatte."

Alarics Züge verhärteten sich. „In meiner Jugend plagte mich eine Verdauungskrankheit, dich ich später überwand. Vielleicht habe ich dadurch eine Resistenz entwickelt."

„Das mag sein. Jedenfalls können wir davon ausgehen, dass unser Mörder sich mit Giften auskennt. Er wusste eine Waffe zu wählen, die sowohl geschmack- als auch geruchlos war. Dummerweise für ihn war die Dosis im Whiskey nicht stark genug, um Sie mit einem Drink zu töten ... was uns zu dem zweiten Attentat bringt."

Alaric straffte die Schultern. „Gibt es Neuigkeiten zu der Schießerei?"

„McLeod konnte die Liste der verdächtigen Waffenschmiede

auf eine Handvoll reduzieren. Er sollte das fragliche Geschäft bis morgen gefunden haben.“

„Dann werde ich Sie dorthin begleiten“, erwiderte Alaric grimmig.

„Ich will auch mitkommen“, sagte Emma.

Angespannte Stille legte sich über den Raum.

„Nein“, schoss es gleichzeitig aus Ambrose und Alaric heraus.

Wenigstens sind sich die beiden mal in einer Sache einig. Sie hatte Widerstand erwartet und holte tief Luft, um ihren Standpunkt zu verfechten, aber Alaric kam ihr zuvor.

„Ich habe mich an meinen Teil der Abmachung gehalten. Jetzt sind Sie an der Reihe, Emma. So lauten meine Regeln“, erinnerte er sie.

„Aber ich will bei der Ermittlung helfen ...“

„Das werden Sie auch“, erwiderte er. „Ich habe eine Aufgabe für Sie. Eine äußerst wichtige.“

„Eine Aufgabe für mich?“ Sie konnte es kaum erwarten. „Soll ich mich beim The Cytherea umsehen und Lily White ausfindig machen?“

„Nein, Ihre Aufgabe ist viel wichtiger.“

Noch wichtiger? „Tatsächlich?“, fragte sie eifrig.

„Ihr Job ist es, die *ton* zu infiltrieren.“

„Wie bitte?“, fragte sie stirnrunzelnd. „Warum sollte ich das tun?“

„Sagten Sie nicht selbst, Gift sei die Waffe einer Frau?“

Sie nickte langsam. „Aber das war reine Spekulation. Wir haben keine Beweise dafür ...“

„Und genau da kommen Sie ins Spiel. Ich möchte, dass Sie sich unter den anderen Adeligen umhören. Halten Sie Augen und Ohren nach verdächtigen Aktivitäten offen, vor allem unter den Damen.“

„Aber ich kenne mich in den gehobenen Kreisen überhaupt nicht aus“, protestierte sie.

„Ich brauche Ihre Hilfe, Emma.“

Mit diesen fünf Worten hatte er sie. Wie konnte sie ihm seinen Wunsch – oder sonst irgendetwas – abschlagen, wenn er sie mit einer solch intensiven Wärme ansah?

Sie schluckte hart. „Welche Art von verdächtigen Aktivitäten soll ich überwachen?"

„Zunächst einmal den Klatsch und Tratsch. Das ist die stärkste Waffe der *ton*. Oftmals verbergen sich wahre Ansätze dahinter und könnten Aufschluss über die Identität des Mörders geben." Er hielt inne und warf Ambrose einen herausfordernden Blick zu. „Fragen Sie Ihren Bruder, wenn Sie mir nicht glauben."

Dieser runzelte die Stirn, antwortete jedoch kurz angebunden: „Tratsch kann in der Tat eine wichtige Informationsquelle sein."

„Sehen Sie?" Alaric zuckte mit den Achseln. „Ich würde es ja selbst in die Hand nehmen, aber niemand würde mir gegenüber ehrlich sein, alle fürchten mich. Deshalb brauche ich Sie: eine Ermittlerin mit ausgezeichneter Beobachtungsgabe, der ich vertrauen kann."

Seine Worte rührten sie. Dennoch blickte sie ihn forschend an. „Das ist doch nicht etwa eine List, um mich von der tatsächlichen Gefahr fernzuhalten, oder? Glauben Sie wirklich, dass ich etwas herausfinden kann, indem ich mich einfach nur umhöre?"

„Emma, Sie haben die Fähigkeit etwas zu tun, das Ihr Bruder und seine Partner nicht vermögen: sich unauffällig unter die Damen zu mischen, unbemerkt die Gesellschaftszimmer und Ballsäle auszukundschaften. Aber lassen Sie mich eines klarstellen: Sie werden *ausschließlich* zuhören, ohne Risiken einzugehen, und Sie werden mir und Ihrem Bruder unverzüglich Bericht erstatten. Ist das klar?" Sein Blick bohrte sich in ihren, bis sie nickte. „Wenn ich zu viel von Ihnen verlangen sollte, meine Liebe ..."

„Für Ihre Sicherheit werde ich alles tun, was nötig ist." Dessen konnte er sich sicher sein, wo er sie doch mit einer so wichtigen Mission betraute. „Ich werde Sie nicht enttäuschen."

„Vielen Dank." Bei seinem Lächeln wurden ihr die Knie weich. „Dann werde ich alles veranlassen."

„Was veranlassen?"

„Sie können nicht ohne die nötige Ausstattung herumspionieren. Um sich unter die *ton* zu mischen, benötigen Sie gewisses Zubehör. Selbstverständlich werde ich für alle Ausgaben aufkommen."

Bevor sie fragen konnte, was genau er mit *Zubehör* meinte, wandte er sich an Marianne: „Sie hätten doch nichts dagegen, Emma zu begleiten, Mrs Kent?"

„Natürlich nicht", erwiderte diese mit einem unterdrückten Schmunzeln. „Hatten Sie an irgendwelche speziellen, äh, Gelegenheiten gedacht, bei denen wir uns umhören sollen, Euer Gnaden?"

„Beginnen Sie mit dem Ball der Blackwoods", erwiderte er. „Deren Festlichkeiten sind immer gut besucht."

„Und ziemlich exklusiv", fügte Marianne gedämpft hinzu.

„Lord Blackwood ist ein persönlicher Freund und äußerst diskret. Ich werde mich um Einladungen für Sie beide kümmern."

Bei dem Gedanken, eine solch gehobene Veranstaltung zu besuchen, wurde Emma ein wenig mulmig zumute. Aber sie würde alles tun, um Alarics Leben zu schützen – selbst wenn das bedeutete, sich durch die tückischen Gewässer der *ton* schlagen zu müssen.

Schließlich wandte sich der Herzog an ihren Bruder: „Kent, ich wünsche umgehend informiert zu werden, sobald Will den Waffenschmied ausfindig gemacht hat."

Mit eiserner Miene nickte Ambrose knapp.

Alaric erhob sich, verbeugte sich vor Marianne und griff dann nach Emmas Hand. Der Hauch seiner Lippen auf ihren Knöcheln entfachte ein Feuer der Sehnsucht in ihr.

„Du wirst unsere Abmachung nicht bereuen, Liebling", murmelte er, seine jadegrünen Augen von Verlangen verschleiert. „Sobald diese Angelegenheit aufgeklärt ist, werde ich als freier

Mann vor dir stehen, und glaube mir eines: Dann *werden* wir die Sache zwischen uns ein für alle Mal regeln."

„Soll das ein Versprechen oder eine Drohung sein?", flüsterte sie naserümpfend.

Ein flüchtiges, sündhaftes Lächeln umspielte seine Mundwinkel. „Ganz egal, Liebchen, denn am Ende wirst du mir gehören."

„PAPA, KÖNNEN WIR DAS LICHT ANLASSEN?“

Am Bettrand sitzend, lächelte Ambrose auf seinen siebenjährigen Sohn hinab. „Das brauchen wir nicht. Dir kann nichts passieren, das verspreche ich.“

Edwards smaragdgrüne Augen, die denen seiner Mutter ähnelten, blickten sorgenvoll drein. „Wie kannst du dir da sicher sein?“

„Weil Monster nur in Träumen existieren und dir nicht wehtun können. Du brauchst dich vor nichts zu fürchten, mein Sohn.“ Ambrose zog die Decke fester um die schmalen Schultern des Jungen. „Ich bleibe hier, bis du eingeschlafen bist.“

„Versprochen, Papa?“

„Versprochen.“

Eine Viertelstunde später strich Ambrose sanft über Edwards dunkle Locken, löschte das Licht und begab sich leise in das Herrenschlafzimmer.

Marianne wartete bereits im Bett auf ihn. Selbst nach acht Jahren Ehe raubte ihre Schönheit ihm noch immer den Atem. Mit ihrem wallenden, blonden Haar und ihren ausdrucksvollen Augen, die vor Liebe leuchteten, glich sie einem Engel. Was war er doch für ein verdammter Glückspilz!

Sie legte ihr Buch beiseite und lächelte ihn an. „Schläft er?"

„Ja. Der arme Junge." Ambrose schlüpfte aus seinem Morgenrock, stieg ins Bett und zog sie in seine Arme. „Ich hoffe, die Nachtängste legen sich bald wieder."

„Hat er nach den Monstern gefragt?"

„Ich habe ihm versichert, dass sie nicht echt sind."

„Zumindest nicht die, die er fürchtet."

Der nachdenkliche Ton seiner Frau überraschte ihn. Als er den Kopf zu ihr drehte, bemerkte er die Schatten in ihrem Blick, in denen sich die Monster ihrer eigenen Vergangenheit zu verstecken schienen. Monster, die er mit aller Macht zu besiegen versucht hatte.

„Liebling?", fragte er leise.

Sie streichelte ihm sanft über die Wange. „Ich denke nicht an meine Dämonen, Darling, sondern an deine."

„Meine?", erwiderte er überrascht.

„Monster können die verschiedensten Gestalten annehmen. Böse Menschen, entsetzliche Ereignisse ... selbst das Gefühl, diejenigen, die man liebt, nicht beschützen zu können."

Seine Muskeln spannten sich an. „Was meinst du damit?"

„Ambrose, du bist ein wundervoller Bruder, aber Emma ist eine erwachsene Frau." Marianne musterte ihn aufmerksam. „Du kannst sie nicht immer beschützen und *darfst* dich nicht länger wegen der Zeiten grämen, als du es nicht konntest."

Die Erinnerung an jene Zeiten übermannte ihn. All die Jahre, in denen er seine jüngeren Geschwister kaum ernähren konnte ... in denen Emma als die Zweitälteste die Last der Familienversorgung zu tragen hatte, während er in der Stadt lebte und Geld zu verdienen versuchte. Einmal war sie als sechzehnjähriges Mädchen ganz allein bis nach London gereist, weil ein schweres Unglück über die Familie hereingebrochen war und sie außer ihm niemanden hatte, an den sie sich wenden konnte.

Seine Brust verkrampfte sich schmerzhaft. „Sie hat so viel opfern müssen, hatte nie die Chance, eine unbeschwerte Kindheit zu führen", sagte er rau. „Sie verdient es, endlich glücklich zu sein."

„Das tut sie. Aber nur sie allein kann entscheiden, worin ihr Glück liegt."

„Du glaubst doch nicht ernsthaft, dass Strathaven eine gute Partie für sie ist?"

„Warum nicht?", fragte Marianne sanft. „Weil er ein Herzog ist? Reichtum besitzt?"

„Nein, weil er ein *Wüstling* ist."

„Der meiste Klatsch und Tratsch über ihn ist nicht wahr. Seine verstorbene Frau hat viele böse Gerüchte über ihn verbreitet. Außerdem sagt Annabel, er habe ein gutes Herz – sie und Mr McLeod stehen wohl tief in seiner Schuld." Nach einer kurzen Pause fügte sie hinzu: „Ich weiß nur zu gut, wie es ist, wenn man von der Gesellschaft verkannt wird."

Ambrose schloss die Arme fester um sie. „Deine Situation war anders. Du hast aus dem Wunsch heraus gehandelt, Primrose zu retten. Dich trifft keine Schuld, Liebling."

„Woher willst du wissen, dass es Strathaven nicht genauso ergeht? Was auch immer in seiner Vergangenheit vorgefallen sein mag, er hat Emma gern."

„Wie kannst du dir da so sicher sein?"

Marianne schmunzelte amüsiert. „Warum würde er sonst den Plan ersinnen, sie in der *ton* herumschnüffeln zu lassen? Er will sie von der wahren Gefahr fernhalten – und sie vor sich selbst schützen."

Ihre Einsichten gefielen ihm gar nicht. Marianne mochte zwar recht haben, aber trotzdem traute er Strathavens Absichten nicht. Er konnte einfach nicht zulassen, dass seine unschuldige Schwester sich auf einen lüsternen Wüstling wie ihn einließ.

„Selbst wenn er Lady Osgood nicht ermordet hat, hatte er doch eine anrüchige Affäre mit ihr – einer verheirateten Frau. Er ist moralisch verdorben", erwiderte er steif.

Seine Frau stieß einen amüsierten Laut aus.

„Was ist so lustig?", fragte er stirnrunzelnd.

„Du, Darling." Lächelnd küsste sie ihn auf die Wange. „Nach deinen Maßstäben wäre kein einziger Gentleman gut genug für Emma. Welcher Mann hat denn keine Affären oder Geliebte?"

„Ich."

„Du bist die Ausnahme. Deswegen vergöttere ich dich auch so." Ihre Hand glitt über seine Brust, und wie immer spürte er, wie er unter der Berührung seiner Frau hart wurde. „Geh behutsam mit Emma um. Du willst sie doch nicht vergraulen."

„Ich kann nicht mit dir über meine Schwester reden, wenn du das tust", sagte er heiser.

Marianne lächelte verführerisch. „Wirst du über meine Worte nachdenken?"

Bei der Arbeit rühmte er sich stets seiner Fähigkeit, alle Beweise zu berücksichtigen, bevor er Rückschlüsse zog. Also sollte er in diesem Fall wohl ebenso handeln. Aber es war so viel schwieriger, objektiv zu bleiben, wenn es um die eigene Familie ging.

„Ich werde es versuchen", lenkte er ein.

„Danke, Darling."

Ihre Lippen liebkosten seinen Hals, während ihre Hand weiter nach unten wanderte. Seine Lenden entflammten vor Lust und er rollte sie auf den Rücken, küsste sie heftig. Sie seufzte vor Wonne, und zumindest für eine Weile ließ ihr leidenschaftlicher Eifer ihn all seine Kümmernisse vergessen.

❧ 20 ❧

Zwei Tage später saß Alaric in Begleitung von Will in seiner Kutsche. Sie befanden sich vor Palmer's, einem kleinen Etablissement zwischen Covent Garden und St. Giles. Aus dem Kutschenfenster sah Alaric das verwitterte Schild über der Tür, auf dem das Logo des Waffenschmieds, eine Ananas, abgebildet war. Will, der ihm gegenübersaß, hielt das zerrissene Patronenpapier in der Hand.

Die halbe Abbildung eines Ovals, verziert mit schnörkeligen Linien, war identisch mit der Frucht auf dem Schild.

„Hier sind wir richtig", sagte Will zufrieden. „Kent war gerade noch beim Cytherea, ist aber auf dem Weg. Sobald er eintrifft, gehen wir hinein und befragen den Besitzer."

Alaric zögerte. Einerseits wollte er seinen jüngeren Bruder für dessen erfolgreiche Ermittlungsarbeit loben, andererseits war ihm das irgendwie ... peinlich. Zu viel war zwischen ihnen vorgefallen und hatte eine Mauer aus Feindseligkeit und Missverständnissen errichtet.

Dennoch war Will nun einmal sein einziger Bruder.

Er entschied sich für einen Kompromiss. „Wie hast du den

Laden gefunden? Das kann kein einfaches Unterfangen gewesen sein. Gewiss gibt es dutzende Waffenschmiede in der Stadt."

„Verglichen mit dem Aufspüren von Gegnern und dem Auskundschaften feindlichen Terrains ist das hier das reinste Kinderspiel."

Trotz seiner bescheidenen Antwort funkelten Wills braune Augen vor Stolz – was Alaric an etwas erinnerte: Als Kinder hatten sie sich einmal unerlaubt auf das Anwesen ihres Nachbarn geschlichen. Der alte McGregor war der geizigste, gemeinste Mann im ganzen County gewesen, und zwischen den Dorfjungen gab es eine Wette, wer es schaffen würde, einen prallen, roten Apfel von seinem gut bewachten Apfelbaum zu stehlen.

Alle, die es geschafft hatten, sicherten sich den ewigen Respekt der anderen Jungs zu. Der neunjährige Alaric hatte sich diesen Respekt mehr als alles andere ersehnt. Ein einziger Apfel garantierte einem Schutz gegen Spott und Prügel der Dorfjugend. Deshalb war er entschlossen, einen der roten Schätze zu stehlen, koste es, was es wolle. Er hatte jedoch nicht damit gerechnet, dass sein kleiner Bruder ihn unbedingt begleiten wollte.

Wenn du mich nicht mitnimmst, erzähle ich es Ma, hatte Will gesagt. *Pa wird dich wegen des Diebstahls verhauen!*

Also war ihm nichts anderes übrig geblieben. Erst war alles wie am Schnürchen gelaufen. Sie hatten sich mit einer Leiter den Weg über die hohe Steinmauer gebahnt und waren unbemerkt durch das hohe Gras gerannt. Alaric war auf den Baum geklettert und hatte Will die Äpfel zugeworfen.

Siehst du, ich bin dir eine Hilfe, hatte der Kleine stolz gekräht.

Plötzlich wurde ein Schuss abgefeuert.

Die Stille des Sommernachmittags wurde von dem Gekreische aufgescheuchter Vögel unterbrochen. Blitzschnell sprang Alaric vom Baum und zischte seinem Bruder zu: *Lauf!* Da dieser jedoch starr vor Schreck war, packte er ihn am Arm und zerrte ihn mit sich durch die Felder. Während sie um ihr Leben rannten, rollten die Äpfel aus ihren Taschen. Will stolperte und fiel weinend zu Boden, aber Alaric zog ihn wieder hoch und weiter.

Endlich kam die Mauer in Sicht. Bald wären sie in Sicherheit! Doch gerade, als Alaric oben auf der steinigen Kante angekommen war, hörte er seinen Bruder unter sich schluchzen.

Es ist zu hoch! Wills Patschhände fanden keinen Halt an dem Gemäuer, wieder und wieder rutschte er mit Tränen in den Augen zu Boden. *Ich schaffe es nicht.*

Fluchend sprang Alaric zurück neben ihn. Er ging auf ein Knie, verflocht seine Finger ineinander und katapultierte Will, der mit einem Fuß in seine Hände getreten war, schwungvoll nach oben.

Der Plan funktionierte – *zu gut.* Sein Bruder flog förmlich über die Mauer und landete so heftig auf der anderen Seite, dass er sich dabei einen Arm brach. Die vorwurfsvollen Blicke seiner Eltern waren immer noch in Alarics Gedächtnis eingebrannt.

Was hast du dir dabei gedacht, meinen Sohn in deinen Unfug hineinzuziehen?, hatte seine Stiefmutter geheult.

Bei Gott, du bist wahrlich ein fauler Apfel, hatte sein Pa geflucht. *Ein guter Sohn würde seinem eigenen Fleisch und Blut niemals Schaden zufügen.*

Daraufhin hatte er die schlimmste Tracht Prügel seines Lebens bezogen.

Nicht nur das, er hatte nicht einmal einen Apfel vorzuweisen gehabt.

„Da ist Kents Kutsche", unterbrach Will seine Gedanken. „Willst du wirklich mit uns da reingehen?"

„Ich werde mich nicht wie ein elender Feigling hier im Wagen verstecken", presste Alaric hervor.

„Wie du willst", erwiderte Will achselzuckend. „Aber halt dich an mich und lass mich die Ermittlung durchführen."

Früher mochte sein Bruder eine Nervensäge gewesen sein, aber mittlerweile musste Alaric widerwillig seine Kompetenz anerkennen. Er wirkte so erfahren und unerschütterlich wie ihre

Highland-Vorfahren, als er mit gestrafften Schultern und auf alles gefasst vor ihm aus der Kutsche stieg und eingehend die Umgebung musterte.

Kent gesellte sich zu ihnen. Aus dessen kurz angebundener Begrüßung schloss Alaric, dass er sich bislang noch nicht mit seinem und Emmas Engagement abgefunden hatte.

Das ist sein Problem.

Sobald sie den Laden betraten, schlug Alaric der Geruch von Öl, Leder und Schießpulver entgegen. Es war ein ziemlich düsteres Etablissement, verglichen mit Manton's auf der Davis Street, dem von der *ton* bevorzugten Waffenschmied. In diesem Laden lag eine dicke Staubschicht auf der Theke, und die Waffen hingen krumm und schief an den Wänden.

Ein pausbäckiger Verkäufer hinter der Kasse begrüßte sie. „Tag die Herren. Wie kann ich helfen?", fragte er und wischte sich die Hände an seiner Lederschürze ab.

Will legte den Schnipsel des Patronenpapiers auf die Ladentheke und tippte mit dem Finger darauf. „Gehört das Ihnen?"

Der Verkäufer warf einen flüchtigen Blick darauf. „Jupp, ist von der Verpackung für unsere doppelläufige Flinte. Erkenn ich doch gleich an der Qualität des Papiers." Er hob den Fetzen auf und rieb ihn zwischen Daumen und Zeigefinger. „Extra schwer, um das Gewicht des Pulvers und der Kugeln auszuhalten. Kostet natürlich mehr, ist den Aufpreis aber wert ..."

„Und die hier?", unterbrach Will ihn und legte die Kugeln, die Kent gefunden hatte, vor ihm ab. „Sind das auch Ihre?"

„Schon möglich. Lässt sich nich so einfach sagen – Geschosse sind schwerer zu erkennen." Argwöhnisch hielt der Verkäufer inne. „Äh, was wollten Sie nochmal, sagten Sie?"

„Wir suchen nach dem Kunden, der das doppelläufige Steinschlossgewehr und die dazugehörigen Patronen gekauft hat. Ein Kerl mit einem ziemlich vernarbten Gesicht", erwiderte Will.

Der Blick des Angestellten flitzte nervös umher, sein Gesicht errötete. „Tut mir leid, meine Herren, aber einem vernarbten

Gentleman hab ich nix verkauft. Wenn Sie mich jetzt entschuldigen, ich hab zu tun …"

„Babcock, du fauler Sack, was schwätzt du da vorne rum?" Ein Mann mit graumeliertem Haar trat aus dem Hinterzimmer.

„T-tu ich nich, Mr Palmer", stammelte der Verkäufer.

Mit zusammengekniffenen Augen musterte Palmer Alaric und die Ermittler. „Wer sind Sie denn?"

Kent trat einen Schritt vor und händigte ihm seine Visitenkarte aus. „Ambrose Kent, zu Ihren Diensten. Mein Kollege und ich ermitteln in einem Verbrechen. Wir suchen nach einem Mann mit vernarbtem Gesicht, der womöglich eine doppelläufige Flinte sowie passende Patronen bei Ihnen gekauft hat."

Ein seltsamer Ausdruck huschte über Palmers Gesicht. Er zerknüllte die Karte in seiner ölbefleckten Hand. „So 'nen Kerl hab ich hier nicht geseh'n", erwiderte er. „Wenn Sie mich jetzt entschuldigen würden, ich hab ein Geschäft zu leiten."

Will deutete auf Alaric. „Wissen Sie, wer das ist?"

Der Waffenschmied musterte ihn abfällig und spottete: „Sieht aus wie irgend so'n feiner Pinkel."

„Zufälligerweise ist das der Herzog von Strathaven. Und irgendwer hat vor einer Woche mit Ihrer Flinte und Ihren Patronen versucht, ihn zu ermorden. Wenn Sie also nicht als Komplize nach Newgate verfrachtet werden wollen, dann rücken Sie besser raus mit der Sprache", knurrte Will.

„Hab Ihnen doch schon gesagt, dass ich nix weiß", beharrte Palmer.

Alaric bemerkte, dass dem korpulenten Verkäufer der Schweiß von der Stirn rann. „Du da – Babcock, nicht wahr?"

„J-ja, Eure Lordschaft."

„Hast du einen entstellten Mann hier im Laden gesehen? Mit einer Narbe quer übers Gesicht?"

Babcock warf seinem Arbeitgeber einen panischen Blick zu. „N-nein, Sir – ich meine, Eure Lordschaft."

„Das ist eine verdammte Lüge“, sagte Will und ballte die Fäuste.

Alaric hielt seinen Bruder zurück. „Falls sich einer von euch doch an etwas erinnern sollte, würde er dafür eine beachtliche Belohnung erhalten“, verkündete er kühl.

Der Angestellte schluckte schwer und fuhr sich mit der Zunge über die Lippen.

„Da gibt es nix zu erinnern“, erwiderte Palmer verächtlich. „Und jetzt raus aus meinem Laden!“

Als sie wieder in der Kutsche saßen, rief Will frustriert aus: „Die haben doch beide gelogen wie gedruckt! Ich hätte die Wahrheit schon aus ihnen herausbekommen.“

„Durch eine Tracht Prügel?“, fragte Alaric und strich seine Handschuhe glatt. „Selbst dann hätte Palmer nichts verraten. Er scheint eine persönliche Verbindung zu dem Schützen zu haben.“

„Dann lassen wir Palmer beschatten“, schlug Kent vor. „Vielleicht führt er uns zu dem Verdächtigen.“

„Wenn Babcock ihm nicht zuvorkommt.“ Alaric war sich sicher, dass der Angestellte nur darauf brannte, seinem Arbeitgeber den Rücken zu kehren. „Er ist scharf auf die Belohnung.“

„Mit Geld kann man sich nicht alles erkaufen“, sagte Will.

„Wer das glaubt, hat nur nicht genug davon“, antwortete Alaric. „Kent, gibt es etwas Neues vom The Cytherea?“

„Man hat mir bestätigt, dass Lily White dort als Schauspielerin gearbeitet hat – wobei der Begriff *Schauspielerin* hier sehr frei zu verwenden ist“, berichtete Kent. „Allem Anschein nach ist das Theater mehr oder weniger ein gehobenes Bordell, mit dürftiger Bekleidung und noch dürftigerem Talent.“

„Sie haben sich da ziemlich genau umgesehen, was?“, fragte Alaric gedehnt.

„Derartige Sittenlosigkeit interessiert mich nicht“, erwiderte der Ermittler irritiert. „Dem Leiter des Etablissements zufolge, verließ Miss White ihre Anstellung dort etwa zur gleichen Zeit, als sie bei Ihnen als Dienstmädchen anfing. Seitdem hat sie dort niemand mehr gesehen und niemand weiß, wo sie sich aufhalten könnte. Scheinbar blieb sie stets für sich."

„Das haben meine Angestellten auch gesagt – bis Emma mehr aus ihnen herausbekommen hat." Mit einem seltsamen Gefühl von Reue und Stolz musste Alaric zugeben, dass seine zukünftige Frau eine echte Naturgewalt war. Glücklicherweise wusste er ihren Tatendrang sinnvoll einzusetzen.

„Lassen Sie gefälligst meine Schwester aus dem Spiel", stieß Kent zwischen zusammengebissenen Zähnen hervor.

„Sie steckt bereits mittendrin."

„Und das gefällt mir überhaupt nicht." Der Ermittler warf ihm einen vernichtenden Blick zu. „Was führen Sie im Schilde, Strathaven? Warum schicken Sie meine Schwester auf die sinnlose Mission in der *ton*?"

„Haben Sie eine bessere Idee, um sie von Schwierigkeiten fernzuhalten?"

Kents frustrierte, hilflose Miene war Antwort genug.

Will runzelte die Stirn. „Was für ein sinnloses Unterfangen? Warum ist Miss Emma in diese Angelegenheit involviert?"

„Sie will unbedingt bei der Ermittlung helfen, weil sie mir das Leben retten möchte." Der Gedanke an Emmas Loyalität und Sorge um ihn brachte die eisige Barriere um sein Herz zum Schmelzen und weckte einen gefährlichen Hoffnungsfunken in ihm ...

Sei kein Narr! Er mochte Emma begehren, würde alles tun, um sie zu der seinen zu machen, aber dabei würde er niemals die Kontrolle über Herz und Verstand verlieren. Nur keine zu hohen Erwartungen setzen, die zu nichts als Enttäuschung und Schmerz führen würden.

„Ich überlasse es Kent zu erklären, warum seine Schwester

Befehle missachtet und nur ihrem eigenen Willen folgt", antwortete er kühl.

„Ich bin ihr Bruder, nicht ihr Aufpasser", schnappte dieser zurück. „Emma ist in der Tat unabhängig und eigensinnig, das muss sie auch sein. Bereits mit jungen Jahren hat sie sich um unseren Haushalt gekümmert, hat unsere Familie durch Armut und Not gebracht."

„Ein wahrhaft bewundernswerter Verdienst, aber wenn Sie sie nicht vor sich selbst schützen können, übernehme ich das eben", sagte Alaric gelassen. „Wir wissen beide, dass Webb bisher unser einziger Hauptverdächtiger ist und sich irgendwo im Rotlichtviertel herumtreibt. Wenn Emma also unbedingt involviert sein will, ist die *ton* für sie der sicherste Ort dafür."

„Ich bin kein Narr, Strathaven, ich weiß, was Sie vorhaben", knurrte Kent. „Sie lassen sie absichtlich in Ihren Kreisen verkehren, um sie zu Ihrer zukünftigen Herzogin zu erziehen."

Alaric bemühte sich nicht einmal, die Anschuldigung abzustreiten. Emmas Auffassung, sie kämen aus völlig unterschiedlichen Welten, war einer der Hauptgründe, warum sie ihn nicht heiraten wollte. Daher war es unerlässlich für seine Pläne, sie mit der Adelsschicht vertraut zu machen.

„Mrs Kent wollte sich doch sowieso auf ihre Einführung in die Gesellschaft vorbereiten", sagte er und zuckte gleichmütig mit den Achseln. „Mit meiner Unterstützung wird sie damit nicht nur großen Erfolg haben, sondern auch noch den besten Fang der Saison machen."

„Ihr Titel kümmert mich einen feuchten *Dreck*. Sie haben nicht das Zeug dazu, Emma glücklich zu machen."

Will, der ihrem Wortgefecht mit stummer Faszination gefolgt war, platzte plötzlich heraus: „Du ... und Miss Emma? Unglaublich! Annabel hatte also recht."

„Meine Schwester hat bisher nicht eingewilligt", warf Kent scharf dazwischen.

„Noch nicht", betonte Alaric.

Ein breites Grinsen überzog Wills Gesicht. „Sie wollte dich nicht? Hat den großen Herzog von Strathaven abblitzen lassen?"

„Halt den Mund, Peregrine." Alaric warf seinem Bruder einen vernichtenden Blick zu. „Emma *wird* meinen Antrag annehmen."

„Nicht, wenn es nach mir geht", schwor Kent.

Jetzt riss Alaric endgültig der Geduldsfaden. „Was haben Sie eigentlich gegen mich? Abgesehen von dem Reichtum und den Privilegien, die Ihre Schwester durch mich erhalten wird?"

Einen Moment lang herrschte Schweigen. Dann fragte Kent: „Lieben Sie sie?"

Unter dem durchdringenden Blick des Ermittlers kamen unterdrückte Erinnerungen in ihm hoch. Pas hasserfüllter Blick, die Strafpredigten, die er ihm zwischen den Gürtelhieben hielt. *Mein eigener Sohn würde niemals seinen Bruder in Gefahr bringen. Du bist eine Schande für den guten Namen der McLeods. In dieser Familie ist kein Platz für dich ...*

Lauras wutverzerrtes Gesicht. *Du liebst mich nicht, weißt nicht mal, was Liebe bedeutet. Bald schon wirst du begreifen, was du verloren hast ...*

„Das hatte ich auch nicht erwartet", sagte Kent kalt.

Alaric versuchte, den Druck in seinen Schläfen zu ignorieren. „Ich werde gut für Emma sorgen. Es wird ihr an nichts mangeln."

„Außer an dem, was sie am meisten braucht. Ihre Liebschaften sind kein Geheimnis. Meine Schwester würde Ihnen ihr Herz und ihr Vertrauen schenken, aber was hätten Sie im Gegenzug zu bieten?"

Du bist ein Niemand, ein nutzloser Krüppel. Die Worte, die sein Vormund auf dem Sterbebett an ihn gerichtet hatte. *Ich hätte dich nie bei mir aufnehmen sollen ...*

„Ich bin ein *Herzog*", presste er hervor.

Kent schüttelte verächtlich den Kopf. „Sie verstehen es einfach nicht, oder?"

Will räusperte sich. „Kent, ich möchte mich wirklich nicht einmischen, aber Strathaven ist nun mal Teil meiner Familie. Er mag nicht perfekt sein, aber er ist bei Weitem nicht so schlecht, wie alle ihn ausmachen ...“

Alaric verbarrikadierte sich hinter einer Mauer aus Wut. Er musste sich weder von Kent verurteilen noch von seinem Bruder bemitleiden lassen.

Diese selbstgerechten Narren kennen mich nicht. Sollen sie sich zum Teufel scheren.

„Ich werde Emma heiraten. Ob Ihnen das passt oder nicht, Kent, ist mir völlig einerlei“, sagte er eisig. „Inzwischen bezahle ich Sie dafür, einen Mörder aufzuspüren. Wenn Sie Ihren Pflichten nicht nachkommen können, sagen Sie es mir, dann engagiere ich jemand anderen.“

„Ich werde meinen verdammten Job erledigen, Euer Gnaden“, stieß der Ermittler zwischen zusammengepressten Zähnen hervor. „Wenn auch nur, um diesen Fall zu lösen und somit Ihren Kontakt zu meiner Schwester ein für alle Mal zu unterbinden.“

Will schien etwas sagen zu wollen ... schüttelte dann jedoch den Kopf und blickte aus dem Fenster. Eisiges Schweigen senkte sich über den Wagen. Während Alaric äußerlich seine undurchdringliche Fassung wahrte, wirbelten seine Gedanken wild durcheinander. Er wusste, wie sehr Emma die Meinung ihres Bruders schätzte – verdammt, sie himmelte ihn geradezu an, als wäre er ein Heiliger.

Was würde sie tun, wenn Kent ihr verbot, ihn zu heiraten? Wie würde sie sich entscheiden?

Wild entschlossen ballte er die Fäuste. *Es gibt nur einen Weg. Niemand wird sie mir wegnehmen. Emma gehört mir.*

❧ 21 ❧

„GUTEN TAG, MISS KENT", GRÜßTE JARVIS UND FÜHRTE SIE IN
die Eingangshalle.

„Hallo, Jarvis. Wie geht es Ihren Knien heute?", fragte Emma.

Seine Augen unter den dichten Brauen funkelten. „Viel besser,
danke der Nachfrage. Ihre Salbe ist ein echtes Wundermittel."

„Nächstes Mal bringe ich Nachschub mit", versprach sie. „Ist
der Herzog zu Hause?"

„In der Tat, Miss. Allerdings sitzt Seine Gnaden gerade in
einer Besprechung ..."

„Dann warte ich auf ihn. Ich habe etwas Wichtiges mit ihm zu
klären", sagte sie entschlossen.

„Selbstverständlich. Hier entlang, bitte."

Jarvis brachte sie in den Salon und verschwand wieder, um
Getränke zu holen. Ungeduldig lief sie auf dem Aubusson auf und
ab. Sie hatte vor, Alaric zur Rede zu stellen. Seit sie zugestimmt
hatte, die *ton* für ihn auszuspionieren, war ein umfangreiches
Sortiment an *Zubehör* für sie geliefert worden. Seine Extravaganz
schien keine Grenzen zu kennen: Abendkleider, Schmuck, Accessoires – alles nach der letzten Mode und perfekt auf ihre Maße
zugeschnitten.

Rosie und ihre Schwestern hatten jedes prunkvolle Geschenk gebührend bewundert und selbst Marianne war von den luxuriösen Gegenständen, von denen sich ein ganz bestimmter aktuell in ihrem Pompadour befand, beeindruckt gewesen. Sie hingegen war wenig begeistert. Langsam aber sicher beschlich sie der Verdacht, dass ihre angebliche Aufklärungsmission auf dem Ball der Blackwoods am darauffolgenden Abend in Alarics Augen noch einen anderen Zweck erfüllen sollte.

Ein Hintergedanke, der kaum etwas mit dem Aufspüren eines Mörders zu tun hatte, sondern nur dazu diente, seinen Willen durchzusetzen.

Als sie seine tiefe Stimme in der Ferne vernahm, konnte sie nicht länger warten. Entschlossen marschierte sie aus dem Zimmer in seine Richtung ... und erstarrte. Nicht wegen Alaric – der wie immer mühelos elegant und männlich in seiner weinroten Weste und den ledernen Hosen aussah –, sondern wegen der beiden Männer, die bei ihm standen.

„Wir sind sehr dankbar für Ihre Treue, Euer Gnaden“, sagte der ältere Gentleman.

„Und stehen Ihnen wie immer zu Diensten“, fügte sein jüngeres Ebenbild hinzu.

Alaric beachtete sie jedoch nicht länger. Sein Blick war auf Emma gefallen. Neugierig drehten seine Gäste sich in die Richtung, in die er starrte.

„Ah, Miss Kent. Was für eine Überraschung!“ Der spekulative Blick, mit dem der ältere Bankier den Herzog bedachte, bestätigte ihre plötzliche Vermutung. „Guten Tag.“

„Mr und Mr Hilliard“, erwiderte sie. „Was für ein Zufall, Sie hier anzutreffen.“

„Äh, Zufall. Genau.“ Auch der jüngere Mr Hilliard sah Alaric jetzt verunsichert an. „Es ist wie immer eine Freude, Sie zu sehen, aber Vater und ich müssen uns sputen. Wichtige Termine, Sie verstehen.“

„Dann will ich Sie nicht aufhalten“, antwortete sie.

Nachdem sich die beiden Herren verabschiedet hatten, wandte sie sich Alaric zu, der angespannt wirkte. Sie glaubte zu wissen, woher sein Unbehagen rührte. Aber wenn sie mit ihrer Vermutung richtig lag, warum sollte er aus dieser Sache ein Geheimnis machen wollen?

Er rieb sich den Nacken und funkelte sie gereizt an. „Was denkst du dir dabei, ohne Begleitung hier aufzukreuzen? Da draußen läuft ein Mörder frei herum, ganz zu schweigen von den Anstandsregeln ...“

„Du hast das Darlehen für Kent und Partner veranlasst, nicht wahr?“

Sie sah, wie er erstarrte, doch er fing sich umgehend wieder. „Meine Geschäfte gehen dich nichts an.“

O nein, sein Hochmut würde ihn diesmal nicht schützen. Dafür war es zu spät. Sie hatte bereits sein wahres Ich gesehen.

Und es *gefiel* ihr. Gefiel ihr außerordentlich gut.

„Nach dem Brand wollte keine Bank der Kanzlei einen Kredit mit akzeptablen Zinsen gewähren. Also hast du deine Beziehungen spielen lassen“, stellte sie ruhig fest. „Die ganze Zeit über hast du dich um deinen Bruder gekümmert.“

Er griff nach ihrem Arm und zog sie den Gang hinunter in sein Arbeitszimmer. Seine Hunde sprangen zur Begrüßung freudig an ihr hoch, doch er verwies sie mit einem scharfen Befehl des Zimmers. Kaum hatte er die Tür hinter ihnen geschlossen, drückte er sie auch schon dagegen. Er presste die Hände neben ihren Kopf, beugte sich zu ihr hinunter und sagte: „Du wirst kein Wort darüber verlieren. Zu niemandem.“

Sie blickte ihm in sein attraktives, verdrossenes Gesicht – und wurde von einer Welle der Zuneigung erfasst. Was für ein komplexer Mann er doch war, der seine Beweggründe und Sehnsüchte hinter einer arroganten Fassade versteckte. Doch so launisch, grübelnd und seinen Spitznamen verdienend er auch sein mochte, endlich erkannte sie dahinter, was sie schon früh erahnt hatte: einen stolzen, mächtigen Herzog mit einem ehrlichen, loyalen Herzen.

„Warum soll Mr McLeod nicht erfahren, was du für ihn getan hast?", fragte sie sanft.

„Das geht dich nichts an. Tu einfach, was ich sage und halte den Mund."

„Aber wieso sollten Mr McLeod oder mein Bruder nicht wissen, dass du ihr heimlicher Wohltäter bist? Du bist praktisch ihr Schutzengel ..."

„Ich bin kein Engel. Da kannst du jeden fragen." Das wilde, silberne Feuer in seinen Augen ließ keinen Widerspruch zu.

Mit leiser, aber fester Überzeugung erwiderte sie: „Für mich bist du einer. Warum versuchst du es zu verstecken?"

Schwer atmend ließ er von ihr ab und schritt auf seinen Schreibtisch zu.

Sie folgte ihm.

„Warum bist du hier?", fragte er und blätterte irritiert durch einen Stapel Dokumente. „Du riskierst deine Sicherheit − ganz zu schweigen von deinem Ruf −, indem du allein hier auftauchst."

„Mir passiert schon nichts, Mr Cooper folgt mir doch auf Schritt und Tritt." Sie blickte ihn fragend an. „Warum weichst du meiner Frage aus?"

„Das Gleiche könnte ich dich auch fragen", gab er zurück.

„Na schön, ich zuerst", antwortete sie mit einem Anflug von Verzweiflung. „Ich bin hier, um dir das hier zurückzugeben." Sie zog eine schwarze Samtschachtel aus ihrem Pompadour und legte sie auf den Schreibtisch.

Sein Blick bohrte sich in ihren. „Gefällt sie dir nicht?"

„Darum geht es nicht. Ich kann sie einfach nicht annehmen."

„Warum nicht?"

„Sie ist zu teuer. Zu *opulent*."

„Sie ist perfekt für dich. Du wirst sie tragen." Damit kehrte er zu seiner Korrespondenz zurück, als sei das Thema für ihn erledigt.

„Das werde ich nicht!" Herausfordernd hob sie das Kinn. „Unsere Abmachung besteht darin, dass ich mich in der *ton* für dich umhöre, nicht, dass ich Schmuck trage, der eine ganze Familie über Generationen ernähren könnte. Langsam frage ich mich, ob du mich nicht nur einem fruchtlosen Bemühen nachjagen lässt, um mich zu beschäftigen. Um mich von der tatsächlichen Detektivarbeit fernzuhalten, zu verhindern, dass ich Lily Whites Spur im Cytherea verfolge ..."

„Du hast diesem Plan zugestimmt, also wirst du dich auch daran halten."

„Ich kann jederzeit aussteigen", sagte sie, von seinem herrischen Ton verärgert. „Nichts bindet mich an unsere Abmachung."

Er riss den Kopf hoch. „Was hast du da gesagt?"

Das unheilvolle Funkeln in seinen Augen ließ sie ihren Fehler sofort erkennen. „Ich habe zugestimmt, mich von dir umwerben zu lassen, aber nichts ist in Stein gemeißelt ... so war es doch vereinbart?"

Die letzten Worte hauchte sie, während er um den Schreibtisch herum auf sie zukam. Selbst als er sich vor ihr aufbaute, wich sie nicht zurück, ließ sich von seiner einen Meter achtzig großen, schlanken, breitschultrigen Statur nicht einschüchtern.

„Oh, ich erinnere mich. Und mir wird langsam klar, dass ich viel zu nachsichtig mit dir war."

Die bedrohliche Samtheit in seiner Stimme verursachte ein Prickeln an ihrem ganzen Körper. Unter seiner kultivierten Oberfläche war der wilde Kriegsgott erwacht, zum Kampf bereit. Und, Himmel hilf, sie sprach mit Haut und Haaren darauf an. Ihre Brustwarzen verhärteten sich unter dem gelben Musselin ihres Mieders, Hitze breitete sich zwischen ihren Schenkeln aus.

„Ich gehöre dir nicht", sagte sie. „Du kannst mir nicht befehlen, was ich tun soll."

„Dass du so denkst, beweist nur, wie falsch ich die ganze Sache angegangen bin. Durch unsere Verhandlungen habe ich dir den

Eindruck vermittelt, du könntest mich manipulieren, mich wie einen Schoßhund zähmen und mit Füßen treten."

Sich diesen männlichen, gefährlichen Hünen als Schoßhund vorzustellen, war lächerlich. „So denke ich überhaupt nicht!"

„Ich habe dich an der Ermittlung teilhaben lassen. Habe zugestimmt, dich zu umwerben, Nachsicht geübt, um dich glücklich zu stimmen", zählte er mit tödlicher Ruhe auf. „Im Gegenzug belästigst du mich wegen Angelegenheiten, die dich nichts angehen, stellst meine Beweggründe in Frage und willst nicht einmal eine verdammte Kette tragen."

Mittlerweile kannte sie ihn gut genug, um die Ruhe vor dem Sturm als solche zu deuten. Trotzdem konnte sie es sich nicht verkneifen, ihm Konter zu geben. „Dich *belästigen*? Ich versuche nur, mit dir zu kommunizieren – das ist ganz normales Werbeverhalten. Wie sollen wir herausfinden, ob wir zueinander passen, wenn wir uns nicht einmal normal unterhalten können?"

„Du willst, dass wir kommunizieren?"

Sie nickte energisch.

„Beug dich über meinen Schreibtisch."

„Wie bitte?"

„Du hast mich schon verstanden." Seine Augen funkelten herausfordernd. „Dreh dich um und stütz deine Hände auf dem Tisch ab. Du darfst sie erst wieder bewegen, wenn ich es erlaube."

Angesichts seiner sinnlichen Autorität lief ihr ein Schauer über den Rücken. Plötzlich wurde ihr unwiderruflich klar, dass sie sich seit ihrer letzten Begegnung danach gesehnt hatte. Allein in ihrem Bett hatte sie voll Begehren an ihn gedacht – an sie beide zusammen, verbunden durch nichts als die brennende Leidenschaft zwischen ihnen. Er hatte ihr gesagt, Unterwürfigkeit mache sie nicht schwach, und das Wissen um dieses Paradox schürte ihre Neugier.

Mit ihm entdeckte sie, dass Lust eine Form der Kommunikation war. Jedes intime Spiel, das sie spielten, half ihnen, sich einander mehr zu öffnen. Vertrauen war keine Einbahnstraße. Um seines zu gewinnen, sollte sie ihm vielleicht zunächst beweisen, dass sie an ihre aufblühende Beziehung glaubte.

Sie atmete zitternd aus und drehte sich um, legte die Handflächen auf die harte Tischplatte.

„Braves Mädchen." Er zog ihr das Schultertuch herunter und ließ es achtlos auf den Tisch fallen. Sie spürte seinen warmen Atem an ihrem Nacken. „War das so schwierig?"

„Lass du dich doch mal von jemandem herumkommandieren ..."

Der Rest des Satzes erstarb in ihrer Kehle, als er an der weichen Haut zwischen ihrem Nacken und der Schulter knabberte. Sie ließ den Kopf zur Seite fallen und krallte sich in das Holz, während seine Lippen sich um die Stelle schlossen und saugten. Trotz der Lagen an Kleidung zwischen ihnen, spürte sie, wie seine Erektion sich von hinten gegen sie presste. Seine Hände glitten an ihrem Mieder empor, umschlossen und kneteten ihre schmerzenden Brüste. Ihr entwich ein Stöhnen, als er erneut lustvoll an ihrem Hals saugte.

„Du bist so empfänglich, Liebling", flüsterte er. „Bist du schon feucht für mich?"

Ihre Wangen glühten.

„Immer noch schüchtern, wie ich sehe. Zwischen uns gibt es keine falsche Bescheidenheit mehr. Spürst du nicht, wie hart du mich machst? Wie groß mein Schwanz ist, wie er für dich pulsiert?" Zum Beweis rieb er sich gegen sie.

Ihre Augenlider flatterten. O ja, sie konnte ihn spüren. Und wie.

Mit einer ausladenden Geste fegte er sämtliche Gegenstände vom Schreibtisch. „Beug dich ganz hinunter." Seine Hand fand ihren unteren Rücken und drückte ihren Oberkörper flach gegen die Tischplatte. „Bleib genau so", befahl er.

Die Handflächen und eine Wange gegen das kühle Holz gepresst, wurde Emma von einer wohligen Ruhe erfasst. Mit gelassener Erwartung spürte sie, wie er ihre Röcke anhob, Lagen von Seide und Leinen, die langsam an ihren mit Seidenstrümpfen bekleideten Beinen, ihren nackten Schenkel emporglitten. Sie zitterte, als der Stoff sanft über ihre Hüften geschoben wurde und die kühle Luft über ihr entblößtes Hinterteil strich.

„Verdammt, bist du schön." Sein ehrfürchtiges Knurren entfachte eine brennende Leidenschaft in ihr. „Spreiz die Beine weiter auseinander. Ich will dich sehen, Liebchen."

Schamhaft erregt, weitete sie ihren Stand, spürte seinen gierigen Blick auf ihrem feuchten, bebenden Geschlecht. Ein paar Herzschläge lang geschah nichts. Seine stille Kontrolle brachte ihre Nerven fast zum Zerreißen. Hilflos vor Erwartung wand sie sich auf der Tischplatte. Unter seiner eisernen Disziplin war ihre Erregung kaum noch zu ertragen. Warum berührte er sie nicht?

Plötzlich fiel es ihr wie Schuppen von den Augen: Das hier war ein Kampf, ein Wettstreit des Willens. Und der einzige Weg zum Sieg war ... Unterwerfung.

„Bitte", flüsterte sie.

„Bitte was?"

„Berühr mich", flehte sie.

Seine Hände wanderten über ihre Pobacken, weiter entlang ihrer Schenkel, und sie stieß einen zufriedenen Laut aus, der einem Schnurren glich.

„Mein braves Kätzchen wird gerne gestreichelt", lobte er heiser. „Reck deinen hübschen Hintern höher für mich."

Eifrig kam sie seiner Aufforderung nach und stöhnte auf, als seine Finger zwischen ihre Intimfalten glitten.

„Oh, Emma, du bist so feucht. Meine Finger triefen von deinem süßen Nektar."

Sein kehliger Tonfall verriet ihr, dass seine Selbstbeherrschung am seidenen Faden hing, was sie unendlich erregte. Lüstern ließ sie ihre Hüften gegen seine Berührung kreisen. „Deine Finger fühlen sich so gut an."

„Ich liebe es, deine weiche, feuchte Möse zu streicheln, deine Perle zu liebkosen."

Sie schloss die Augen, als er sein sündiges Versprechen einlöste und über diese intime Quelle der Lust kreiste und rieb, bis der Druck in ihrem Unterleib immer stärker und stärker wurde. Ihre Scheidenmuskeln verkrampften sich vor Sehnsucht nach etwas, das die Leere in ihr füllte.

„Willst du mehr, Emma?"

„Ja", hauchte sie. „Gib mir mehr."

Sie stöhnte auf, als er seine Finger tief in sie gleiten ließ. „Drück deine enge, kleine Pussy gegen mich", befahl er. „Befriedige dich mit meinen Fingern."

Der raue Befehl entfachte eine unerträgliche Hitze in ihr. Keuchend stieß sie ihr Becken nach hinten und nahm seine langen, schlanken Finger noch tiefer in sich auf, angespornt durch seine verruchten Komplimente. *Deine Möse ist so gierig. So hungrig. Nimm mich noch tiefer ...*

Verzweifelt gehorchte sie ihm, während die Spannung in ihr mit jedem Stoß, jedem Klatschen seiner Handfläche gegen ihren Venushügel wuchs. Wellen der Lust brachten sie näher und näher an den Rand der Erlösung.

Mit zusammengebissenen Zähnen widerstand sie dem Drang, sich fallen zu lassen.

Sein Körper neigte sich über den ihren, sein Atem heiß an ihrem Ohr, während seine Finger unerbittlich in sie eindrangen. „Was brauchst du, Liebes? Sag es mir. Was es auch ist, ich will es dir geben."

„Mit dir, Alaric", keuchte sie. „Ich will *mit dir* zusammen kommen."

Augenblicklich wirbelte er sie herum und setzte sie auf den Rand des Tisches. Sie sah gerade noch die hungrige Glut in seinen Augen, bevor er seine Lippen auf die ihren presste. Seine Zunge glitt fordernd in ihren Mund und sie saugte eifrig daran, nahm alles an, was er ihr gab.

Er ergriff ihre Hand, und als er sie zu seinem heißen, pulsierenden Glied führte, stockte ihr der Atem. Ihre Finger konnten den fetten Schaft kaum umschließen. Die seidige Haut bildete einen köstlichen Kontrast zu der stählernen Härte.

„Berühr mich, Emma", flüsterte er und bedachte sie mit einem lustvollen Blick. „Genau so."

Seine Hand umklammerte ihre, führte sie von der Spitze seines Glieds hinunter bis zur Wurzel und wieder hinauf. Unbeschreiblich erregt übernahm sie den vorgegebenen Rhythmus, fuhr mit der Faust über seinen geschwollenen Schwanz, ließ ihren Daumen über die Eichel gleiten, aus der die ersten Tropfen austraten, fest entschlossen, die hemmungslose Wonne mit ihm zu teilen.

„Verdammt, Liebling, deine Hände sind dafür geschaffen, mich zu befriedigen", krächzte er.

„Wie ich es liebe, dich zu beglücken", flüsterte sie. „Diese Gefühle mit dir zu teilen ..."

Der Rest ihrer Worte verlor sich zwischen seinen Lippen, die sich auf ihre pressten, während er seine Finger erneut zwischen ihre Schenkel gleiten ließ, ihre Perle umkreiste und zwischen ihre Falten drang. Keuchend strebten sie ihrem gemeinsamen Höhepunkt entgegen. Sie erreichte ihren zuerst und er verschlang ihre Lustschreie, erschauderte kurze Zeit später unter seinem eigenen Orgasmus, ergoss seinen heißen Samen auf ihre samtigen Schenkel.

Wie Wackelpudding sackte sie in seine starken Arme. Nur ihre heftigen Atemstöße durchbrachen die Stille. Tiefe Befriedigung ließ sie wie auf Wolken dahinschweben.

„Stoß mich nicht weg, Emma. Verwehre dich mir nicht."

Überraschung sickerte durch ihre Trägheit. Sie hob den Kopf von seiner Brust und musterte sein attraktives, ernsthaftes Gesicht. „Ich stoße dich nicht weg."

„Du stellst meine Motive in Frage, kannst nicht einmal ein einfaches Geschenk annehmen. Du willst unsere Abmachung rückgängig machen."

Trotz seines mechanischen Tonfalls erkannte sie die Erschütterung in seinen Augen. Dieser Anflug von Verletzlichkeit passte so gar nicht zu dem Bild des selbstsicheren Herzogs. Es machte ihn irgendwie ... menschlich. Er hatte zwar gesagt, dass er mit Liebe nichts am Hut habe, hatte sie als unnötige Komplikation bezeichnet – aber vielleicht sehnte er sich insgeheim doch nach ihrer Zuneigung? Wenn er sie so ansah, war sie überzeugt, dass er sie brauchte. Und das machte es ihr so schwer, ihm etwas abzuschlagen.

„Ich werde unsere Abmachung nicht brechen. Aber ich will, dass wir ehrlich zueinander sind, einander vertrauen", erwiderte sie ernst.

„Ich will dich, Emma. Und ich werde dich nicht gehen lassen."

„Ich will dich auch, Alaric." Sie blickte vielsagend auf die Tischplatte. „Offensichtlich."

Seine Miene entspannte sich etwas. „Gut. Dann wirst du mich also heiraten."

„So etwas darf man nicht überstürzen." Als er sich wieder versteifte, legte sie ihm eine Hand auf die Wange und sah ihm tief in die Augen. „Gib uns einfach ein wenig Zeit."

„Ich brauche keine Zeit. Du bist diejenige, die unentschlossen ist."

Sie holte tief Luft. „Die Entscheidung würde mir leichter fallen, wenn du mir verrietest, warum niemand wissen darf, dass du der geheime Gönner von Kent und Partner bist."

„Verdammt, du bist sturer als ein Ochse."

Sie lächelte ihn verhalten an.

Er seufzte tief. „Ich bin kein Gönner, sondern stehe in Wills Schuld und versuche lediglich, Wiedergutmachung zu leisten."

„Weil du seine Auserkorene geheiratet hast?"

Er blickte sie durchdringend an. „Du weißt davon?"

„Annabel hat es vor einer Weile erwähnt", gab sie zu. „Sie warf Lady Laura vor, böses Blut zwischen dir und Mr McLeod gestiftet zu haben."

„Meine Schwägerin ist zu nachsichtig. Es war meine Entscheidung, meinen Bruder zu hintergehen. Das Schicksal hat es mir mit der Ehe zurückgezahlt, die ich verdiente, aber das reicht bei Weitem nicht aus, um meine Schuld zu sühnen." Obwohl er mit den Achseln zuckte, waren seine Selbstvorwürfe nicht zu übersehen. „Mehr als Geld habe ich leider nicht zu bieten. Also habe ich die finanziellen Mittel durch die Hilliards fließen lassen, weil ich weiß, wie stolz mein Bruder sein kann. Ich will nicht, dass William sich mir gegenüber verpflichtet fühlt, wenn ich es doch bin, der das Unrecht, das ich ihm zugefügt habe, niemals wieder gutmachen kann."

Alarics Scham, seine tiefe Reue, machten ihr das Herz schwer.

„Du hast so viel mehr zu bieten als nur Geld", sagte sie sanft. „Und Familie vergibt immer."

„Deine Familie vielleicht." Sein düsterer Blick erinnerte sie daran, dass er schon als kleiner Junge von seinen engsten Angehörigen getrennt worden war. „Zwischen mir und Will herrscht zu viel böses Blut. Und nicht nur wegen Laura. Bevor du fragst – ja, ich werde es dir erzählen. Aber nicht heute."

Heute hatte er bereits viel mehr von sich preisgegeben als je zuvor. Etwas zwischen ihnen hatte sich verändert, vertieft. Hoffnung machte sich in ihr breit – auf eine gemeinsame Zukunft.

„Danke, dass du dich mir anvertraut hast. Ich werde es für mich behalten", sagte sie.

„Verachtest du mich nicht für den Verrat an meinem Bruder, Emma?"

Mit einem Mal wurde ihr alles klar. „Wolltest du mir deshalb vorhin bezüglich der Hilliards nicht antworten? Weil du dachtest, ich würde dich verachten?"

Ihr Herz verkrampfte sich schmerzhaft, als er knapp nickte. Glaubte er wirklich, ihr Respekt für ihn sei so vorbehaltlich? Andererseits hatte sie ihm, was ihre Beziehung betraf, bisher ziemlich gemischte Signale gesendet. Peinlich berührt dachte sie daran, wie falsch sie ihn anfangs eingeschätzt hatte, wie unverbindlich sie seitdem gewesen war.

„Ich hasse dich nicht. Das könnte ich gar nicht. Alaric ich ... ich mag dich.“

Gute Güte, es war sogar *mehr* als das. War sie dabei, sich in ihn zu verlieben? In den Mann, der ihre Liebe weder wollte noch brauchte?

„Dann trag meine Kette.“ Er strich ihr sanft über die Wange und bedachte sie mit einem silbrig glühenden Blick. „Sie ist ein Geschenk, das dich an mich erinnern soll, wenn wir nicht beisammen sind.“

Wie könnte sie ihm eine solche Bitte abschlagen?

„Und *ich* soll stur sein“, murmelte sie.

„Da redet wohl der Topf über den Tiegel, Liebchen.“

Kurz überlegte sie – dann fiel ihr der perfekte Kompromiss ein.

Lächelnd erwiderte sie seinen Blick. „Ich werde die Kette tragen ... wenn du mir im Gegenzug einen Gefallen erweist ...“

❧ 22 ❧

„ICH KANN NICHT GLAUBEN, DASS ICH MICH DARAUF eingelassen habe", sagte Alaric.

Emma lächelte ihn strahlend an. „Es war eine faire Abmachung, Euer Gnaden."

Sie wirkte so selbstgefällig, als hätte sie beim Feilschen mit dem Metzger das saftigste Stück Fleisch zum günstigsten Preis ergattert. Scheinbar hatte sie nicht die geringsten Bedenken, sich in einem drittklassigen, baufälligen Theater unweit der Drury Lane aufzuhalten. „Schauspielerinnen" in knappen Kleidchen und Schichten von Make-up liefen umher, der eindeutige Beweis dafür, dass The Cytherea sein Geld weniger mit der Aufführung obszöner Theaterstücke verdiente, sondern vielmehr mit der darauffolgenden Abendunterhaltung für die männlichen Gäste in den „Besuchszimmern".

Wie gewöhnlich war Emma viel zu sehr auf ihr Anliegen fokussiert, um von der Unschicklichkeit ihrer Umgebung Notiz zu nehmen. *Was würde sie nur ohne mich als Beschützer tun?* Alaric hatte vorsichtshalber Wachmänner um das Theater positionieren lassen und den Leiter des Etablissements durch ein kleines

Schmiergeld überredet, ihnen Zutritt hinter die Kulissen zu gewähren.

„Mit wem sollten wir zuerst sprechen?", fragte sie.

Er musste schmunzeln, denn sie wirkte wie ein Kind in der Zuckerbäckerei, das mit großen Augen die Auswahl bewunderte.

„Du wolltest doch unbedingt hierherkommen, also nahm ich an, du hättest einen Plan."

„Natürlich habe ich einen." Entschlossen straffte sie die Schultern. „Lass mich nur machen."

Da er ihre Zielstrebigkeit, ihm helfen zu wollen, verdammt hinreißend fand – und weil ihre Hände ihm zu einem äußerst befriedigenden Höhepunkt verholfen hatten –, ließ er sie gewähren. In ihrem hellgelben Spazierkleid wirkte sie in dem fensterlosen Gebäude wie ein Sonnenstrahl. Sie schritt die Reihen der wackeligen Schminktische entlang, an denen die Schauspielerinnen sich zurechtmachten und blieb schließlich hinter einem stehen. Mit einem Räuspern tippte sie der Rothaarigen, die sich gerade das Gesicht puderte, auf die Schulter.

Das Flittchen blickte Emma durch den Spiegel vor sich an. „Wer sind'n Sie?"

„Mein Name ist Emma Kent", stellte sie sich vor. „Ich suche nach einer Schauspielerin, die hier gearbeitet hat, Lily White."

„Kenn ich nich – und das hab ich auch schon dem Typen erzählt, der neulich wegen Lily hier rumgeschnüffelt hat." Damit wandte die Frau sich wieder ihrem Gesichtspuder zu.

„Aber es ist von größter Bedeutung, dass Sie mit uns sprechen. Lily könnte nämlich in ein Verbrechen verwickelt sein und ..."

„Und wenn sie mit dem König von England höchstpersönlich zu tun hätte, wär's mir egal. Ich steck meine Nase nich in Dinge, die mich nix angeh'n. Wenn sonst nix ist ... ich muss mich für meinen Auftritt vorbereiten."

Alaric trat an sie heran. „Entschuldigen Sie, Miss ...?"

Die Schauspielerin drehte sich zu ihm um. Augenblicklich blinzelte sie ihn kokett an und ließ ihren Morgenrock weiter über ihre Schultern gleiten, um ihm einen Blick auf ihre ... Güter zu gewähren.

„Hallo, mein Süßer", schnurrte sie. „Hab Sie ja gar nich gesehen. Ich bin Miss Bloom, aber Sie dürfen mich Daisy nennen."

Aus dem Augenwinkel bemerkte Alaric, wie Emma die Stirn runzelte.

„Miss Bloom", fuhr er fort. „Miss White zu finden, hat für mich äußerste Dringlichkeit. Jede noch so kleine Erinnerung könnte hilfreich für uns sein, und natürlich würde ich Sie für Ihre Mühe entlohnen."

„Und wie genau sähe die Belohnung aus, Süßer?", säuselte sie.

„Er meint *Geld*", erwiderte Emma und stemmte die Hände in die Hüften.

Alaric unterdrückte ein Schmunzeln. Wie schön, dass sein Kätzchen ebenso besitzergreifend war wie er selbst. Kurz blitzte die Erinnerung an Lauras rasende Eifersucht in seinen Gedanken auf, doch er schob sie beiseite.

Das hier war anders. *Emma* war anders.

Es war ihr gutes Recht, zu verteidigen, was ihr gehörte. Im umgekehrten Fall würde er sich genauso verhalten.

Er zog einen kleinen Beutel aus seiner Tasche und Daisy spitzte förmlich die Ohren, als sie das Klirren der Münzen darin vernahm. Sie griff nach dem Täschchen, doch er hielt es außer Reichweite.

„Als Dank für Ihre Hilfe", erinnerte er sie.

„Mmh, ein Mann, der ordentlich *rangeht*", sagte sie augenzwinkernd. „Dann kommen wir mal zum Geschäftlichen. Lily hat etwa sechs Monate hier gearbeitet, aber vor über 'nem Monat hat sie sich aus dem Staub gemacht."

„Wissen Sie, wohin sie gegangen ist?", fragte Emma.

„Wir waren nich gerade Busenfreundinnen, weil wir uns immer um die besten, äh, *Gäste* schlagen mussten." Daisy warf Alaric einen vielsagenden Blick zu. „Lily konnte ums Verrecken nicht schauspielern, aber sie hatte andere Talente, die bei Kerlen gut ankamen, wennse verstehen, was ich meine."

„War irgendjemand hier enger mit Lily befreundet?", fuhr Emma dazwischen.

„Hab ich doch gerade gesagt, sie war bei vielen Typen beliebt. Sie könnten es mal bei Peter Dunn versuchen – die Brillenschlange da drüben." Sie nickte mit dem Kopf in Richtung eines schmächtigen Mannes mit Brille, der neben ein paar Gipssäulen stand. „Er ist der Bühnenautor. Lily hatte ihn um den kleinen Finger gewickelt, damit er ihr die besten Rollen gab."

„Vielen Dank", sagte Emma.

Statt einer Antwort beäugte Daisy demonstrativ den Beutel voll Münzen.

Sobald Alaric ihn ihr aushändigte, säuselte sie: „Kommense das nächste Mal alleine, Süßer, dann zeig ich Ihnen die Hauptattraktionen hier." Sie wackelte anzüglich mit den Schultern, sodass besagte Attraktionen beinahe aus ihrem Gewand purzelten.

Emma packte ihn am Arm und zerrte ihn von ihr weg. Kaum waren sie außer Hörweite der Schauspielerin, zischte sie: „Du kannst deinen Mund jetzt wieder zumachen."

Amüsiert zog er eine Braue hoch. „Du bist doch nicht etwa eifersüchtig?"

„Natürlich nicht. Es ist nur unhöflich, eine Frau so anzustarren – vor allem unterhalb des Gesichts", erwiderte sie steif.

„Zunächst einmal habe ich sie nicht angestarrt. Zweitens lasse ich meinen Blick ständig über deinen gesamten Körper wandern. Und wenn ich besonders viel Glück habe, darf ich sogar weitaus mehr tun als das."

Sie errötete heftig und er hoffte, sie würde diese liebreizende Gewohnheit nie ablegen.

Während sie auf den Bühnenautor zugingen, flüsterte sie: „Ich übernehme das Reden."

„Es würde mir nicht im Traum einfallen, eine professionelle Ermittlerin an der Arbeit zu hindern", entgegnete er.

Sie kniff die Augen zusammen und blickte ihn missmutig an. Er musste ein Lächeln unterdrücken. Zugegebenermaßen machte ihm das Herumspionieren mit Emma gehörig Spaß. So unbeschwert hatte er sich schon seit Ewigkeiten nicht mehr gefühlt. Seine Erheiterung wuchs um ein Vielfaches, als sie sich Dunn näherten, der verzweifelt versuchte, die Aussprache einer vollbusigen Schauspielerin zu verbessern.

„Sprich mir nach", sagte der schlaksige, bebrillte Mann. „*Des Himmels Schleusen öffnen sich und ich ergebe mich / der Götter Tränen auf meinem Busen.*"

„Des Hümmels Schleusen öffnen sich und ich ergeb mich", begann die Darstellerin.

„Des Himmels", wiederholte er.

„Hab ich doch gesagt. Hümmel."

„*Himmel* und *Hümmel* – hörst du den Unterschied wirklich nicht?"

„Ich hör bestens." Schmollend warf sie sich ihre schwarzen Locken über die Schulter. „Können wir jetz endlich weitermachen?"

„Na, dann fahr fort", seufzte Dunn.

„Des Hümmels Schleusen öffnen sich und ich ergeb mich der ... der Götter Tränen auf ..." Stirnrunzelnd hielt die Schauspielerin inne, bevor sie den Satz schließlich triumphierend vollendete: „Auf meinen Titten!"

Alaric verschluckte sich beinahe an einem unterdrückten Lachen.

„Es endet auf *Busen*." Dunn schien kurz davor, sich die Haare auszuraufen.

Die Darstellerin stemmte eine Hand in die Hüfte. „Das klingt aber bescheuert."

„Mr Dunn?", fragte Emma.

„Was gibt's?" Der Autor fuhr zu ihr herum, doch seine verdrossene Miene wandelte sich umgehend in Verzücken, als er sie erblickte, was Alaric gehörig die Stimmung vermieste. Dunn strich sich über das blonde Haar und verbeugte sich überschwänglich. „Bei Gott, wenn das nicht Aphrodite selbst ist, die unter den Sterblichen wandelt!"

„Eigentlich heiße ich Emma Kent. Miss Bloom sagte, Sie könnten mir vielleicht helfen."

„Mit dem größten Vergnügen", erwiderte Dunn. „Wenn auch nur, um den Mühen des Sisyphos zu entgehen."

„Hey, ich lass mich hier nich als Sissy Pussy beschimpfen – oder wie auch immer!", schmollte die Schauspielerin.

„Das habe ich auch gar nicht – ach, vergessen wir's. Lass uns später weitermachen." Dunn winkte sie ungeduldig davon, und sie entfernte sich mürrisch. Dann bedachte er Emma mit einem strahlenden Lächeln. „Wie kann ich Ihnen behilflich sein, holde Maid?"

„Zunächst einmal sollten Sie davon absehen, sie holde Maid zu nennen", entgegnete Alaric.

Dunn blinzelte verwirrt und rückte seine Brille zurecht. „Verzeihung, ich habe Sie gar nicht bemerkt, Sir."

„Wir suchen nach Lily White", erklärte Emma und warf Alaric einen warnenden Blick zu. „Und es wurde uns zugetragen, dass Sie sie ziemlich gut kannten."

Der Schriftsteller seufzte dramatisch. „Sie war meine Muse, mein Leitstern. Doch eines Tages verließ sie mich, einsam zurückbleibend in der verblassenden Dämmerung der Liebe."

„Das ... das tut mir wirklich leid", stammelte Emma.

„Ihre Güte ist Balsam für meine Seele." Gerührt griff er nach ihrer Hand.

„Lassen Sie sie sofort los, sonst brauchen Sie noch Balsam für den Rest Ihres Körpers", warnte Alaric ihn.

Dunn ließ Emmas Hand umgehend fallen. „Ach, so ist es also um Sie beide bestellt?"

„Allerdings", erwiderte Alaric.

Emma verdrehte die Augen. „Hören Sie, Mr Dunn, wir müssen wirklich dringend wissen, wohin Lily gegangen ist."

„Warum?"

„Wir haben Grund zu der Annahme, dass sie in zwielichtige Geschäfte verwickelt ist. Um noch schlimmeres Unglück zu verhindern, müssen wir sie schleunigst ausfindig machen."

Zwangsläufig musste Alaric ihre wahrheitsgetreue und doch taktvolle Antwort bewundern.

„Lily hat sich auf üble Typen eingelassen, was?", fragte Dunn überraschenderweise.

„Warum vermuten Sie das?", wollte Emma wissen.

Er schnaubte. „Ich mag nur ein einfacher Bühnenautor sein, aber ich bin nicht völlig weltfremd. In der einen Minute ist Lily arm wie eine Kirchenmaus, in der nächsten lebt sie in Saus und Braus. Ein unverhoffter Glücksfall, wenn man ihr Glauben schenken mag. Angeblich das Erbe eines unbekannten Verwandten, aber das habe ich ihr nicht abgekauft."

„Warum nicht?"

„Weil sie es plötzlich übereilig hatte, London zu verlassen. Als wolle sie vor Schwierigkeiten davonlaufen. Und ich Narr habe mich auch noch dazu überreden lassen, mit ihr zu gehen. Hab die Tickets besorgt, alles geplant und meine Siebensachen gepackt, um mit ihr nach Brighton durchzubrennen", berichtete Dunn grimmig.

Brighton. Aufgeregt sah Alaric zu Emma und erkannte die gleiche Gesinnung in ihrem Blick. Endlich hatten sie eine heiße Spur!

„Sie haben Lily nach Brighton begleitet?", fragte Emma eifrig.

Der Schriftsteller schüttelte den Kopf. „So weit bin ich nie gekommen. Auf halbem Wege hat sie so einen reichen Schnösel kennengelernt, der in die Kutsche zugestiegen ist. Also hat sie mich mir nichts, dir nichts sitzen lassen und ist mit dem elenden Schuft abgehauen."

„Wann war das?", wollte Alaric wissen. „Wissen Sie, wohin genau die beiden wollten?"

„Vor etwa drei Wochen, und soweit ich weiß, waren sie

weiterhin auf dem Weg nach Brighton. Ich kehrte hierher zurück und konnte glücklicherweise meinen alten Arbeitsplatz wieder ergattern. Von Lily ist mir nichts geblieben außer das hier." Er griff in seine Tasche und zog ein Miniaturporträt des Dienstmädchens heraus. „Ich trage es immer bei mir, als Erinnerung an die grausame Natur der Liebe."

Emma wechselte einen Blick mit Alaric.

„Wir benötigen dieses Porträt, Mr Dunn", sagte sie.

❧ 23 ❧

AM DARAUFFOLGENDEN NACHMITTAG SASS ALARIC IN SEINEM Arbeitszimmer und spielte mit einem kristallenen Briefbeschwerer. Die Sonne fiel durch die hohen Fenster und erhellte den Raum ebenso wie seine sowieso schon beachtlich gute Laune. Das Blatt schien sich endlich zu seinen Gunsten zu wenden. Er und Emma hatten Kent über Lily Whites möglichen Aufenthaltsort informiert, und obwohl dieser wenig erfreut über Emmas Beteiligung an der Ermittlung war, überreichte er Lilys Porträt umgehend seinem Partner, Mr Lugo, einem strammen afrikanischen Gentleman, der die Schauspielerin aufspüren sollte.

Mr Lugo befand sich gegenwärtig auf dem Weg nach Brighton.

Alle seine Unterfangen waren auf Erfolgskurs.

Auch mit Emma lief es immer besser. Nicht nur wurden ihre Begegnungen von Mal zu Mal leidenschaftlicher, er spürte auch, dass ihr Widerstand gegen eine Heirat mit ihm nachließ. Trotz seiner dominanten Veranlagung musste er zugeben, dass er ihr bestimmendes Auftreten bei der Ermittlung im Cytherea bewundert hatte. Ihre Intelligenz und Entschlossenheit würden sie zu einer vortrefflichen Herzogin machen. Sobald sie den Mörder gefasst hatten, würde sie endgültig ihm gehören.

Nun brachte ihm sein gegenwärtiger Besucher weitere gute Neuigkeiten.

„Die Situation mit unseren Investoren hat sich entschärft", berichtete der Marquis von Tremont und schlug die langen Beine übereinander. „Scheinbar ist dein Skandal bereits Schnee von gestern."

„Albernes Geschwätz kann der Verlockung eines profitablen Geschäfts nichts anhaben."

„Ein paar Idioten wie Mercer malen unser Unterfangen immer noch schwarz, aber sie gehören zum Glück der Minderheit an." Reue schlich sich in Tremonts Blick. „Ehrlich gesagt, bin ich ziemlich erleichtert, dass unser Vorhaben wieder gesichert ist. Wie du weißt, habe ich eine hohe Eigenbeteiligung in United Mining gesteckt. Ich bin darauf angewiesen, dass alles glattläuft."

„Wenn du knapp an Mitteln sein solltest, kann ich dir gerne ..."

„Nein, danke", unterbrach Tremont ihn.

Da Alaric um den Stolz seines Freundes wusste, ließ er die Sache auf sich beruhen. „Wie auch immer", wechselte er das Thema. „In ein paar Tagen werden wir die Abstimmung zur Expansion bei der Generalversammlung gewinnen und die Aktienwerte werden in die Höhe schnellen. Du wirst ein reicher Mann sein."

„Das war der Plan." Tremonts Miene entspannte sich. „Aber nun zu wichtigeren Angelegenheiten – wie läuft die Suche nach dem Bastard, der auf dich geschossen hat?"

„Wir sind ihm dicht auf den Fersen. Es ist nur eine Frage der Zeit, bis wir ihn schnappen."

„Freut mich zu hören, alter Freund. Mordanschläge vermiesen einem die besten Pläne." Er hielt kurz inne. „Immerhin kannst du dich jetzt, da mit unserem Unterfangen alles im Lot ist, den Rest der Saison auf die Brautschau konzentrieren."

Betont lässig legte Alaric den Briefbeschwerer nieder. „In der Tat."

Doch Tremont musste seine aufgesetzte Gelassenheit durchschaut haben. „Bei Gott, erzähl mir nicht, dass du in all dem Chaos bereits eine Herzogin gefunden hast?"

„Es ist noch nichts entschieden", murmelte er.

„Aber du hast ein Eisen im Feuer." Ein Grinsen überzog Tremonts Gesicht und ließ ihn um einiges jünger wirken, erinnerte an den schelmischen Kerl aus ihren Oxford-Tagen. „Ich habe doch schon immer gesagt, dass niemand so effizient ist wie du. Kenne ich sie?"

„Das bezweifle ich."

„Also eine mysteriöse Frau von außerhalb unserer Kreise. Jetzt bin ich neugierig." Er zog die blonden Brauen hoch. „Ist sie etwa eine skandalbehaftete Opernsängerin? Oder gar die schöne Tochter eines Kaufmanns ...“

„Spar dir deine Neugier für eine andere Frau auf!", schnappte Alaric irritiert.

Tremont grinste noch breiter. „Hat dich am Ende doch noch Amors Pfeil getroffen?"

Ihm blieb eine Antwort erspart, als es an der Tür klopfte und Jarvis den Kopf ins Zimmer steckte. „Entschuldigen Sie die Störung, Euer Gnaden. Sie haben Besuch."

„Du siehst doch, dass ich beschäftigt bin", erwiderte der Herzog.

„Eigentlich würde ich Sie auch nicht behelligen, aber dieser, äh, Gentleman behauptet, Sie würden ihn erwarten. Er heißt Babcock."

Sein Herz klopfte aufgeregt. *Manche Tage sind wirklich besser als andere.*

„Bring ihn in den Salon. Ich bin gleich da", wies er den Butler an.

„Klingt ja ziemlich wichtig. Dann will ich dich nicht länger aufhalten", sagte Tremont und erhob sich. „Bevor ich gehe – gibst du mir nicht wenigstens einen Hinweis, wer das Objekt deiner unsterblichen Zuneigung sein könnte?“

Zu seiner Bestürzung spürte er sich erröten. „Soll dich doch der Teufel holen, Tremont.“

Der Marquis lachte vergnügt.

„Sind Sie sicher, dass ich Ihnen nicht in Ihre Unterwäsche helfen soll, Miss Emma?“, fragte die Kammerzofe nervös durch die Tür. „Ich könnte zumindest das Korsett schnüren ...“

„Es geht schon, danke. Ich lasse dich rufen, wenn ich das Ballkleid anlegen muss“, erwiderte Emma fröhlich.

Sobald die Bedienstete sich entfernt hatte, atmete sie erleichtert aus. Sie saß an ihrem Frisiertisch, eingewickelt in einen hochgeschlossenen Morgenmantel. In diesen war sie geschlüpft, nachdem sie das ebenfalls hochgeschlossene Kleid, das sie den ganzen Tag hatte tragen müssen, abgelegt hatte. Sie löste den Gürtel, zog das Revers zur Seite und errötete bei dem unveränderten Anblick, der sich ihr bot.

Der purpurne Fleck an ihrem Hals leuchtete immer noch auffällig.

Sie fuhr mit der Fingerspitze über den Beweis, dass Alarics Lippen sie dort berührt hatten. Zweifellos hatte er sie absichtlich an dieser Stelle gebrandet, während sie über seinen Schreibtisch gebeugt war. Bei der Erinnerung daran prickelte ihr ganzer Körper.

Gleichzeitig rümpfte ihr Spiegelbild die Nase.

„So ein arglistiger Mann“, murmelte sie.

Gewiss hatte er den Fleck absichtlich dort hinterlassen, sodass ihr nichts anderes übrig blieb, als zu dem tief ausgeschnittenen Ballkleid seine Kette zu tragen, um ihn zu überdecken. *Er ist einfach unmöglich*, dachte sie seufzend. Sie hätte das Schmuckstück sowieso getragen, um ihren Teil der Abmachung einzuhalten, nachdem er sie zum Cytherea mitgenommen hatte.

Ihr Ärger wich der Aufregung, als sie an die Entdeckungen im Theater dachte, die sie bei ihrer Suche nach Lily einen großen Schritt weiter bringen würden. Außerdem hatte Alaric dadurch bewiesen, dass er Emmas Träume unterstützte, und die gemeinsame Ermittlung war sogar noch spaßiger gewesen, als auf eigene Faust loszuziehen.

Langsam wurden sie zu ebenbürtigen Partnern, die bereit waren, Kompromisse einzugehen. Während sie sich bei dem Liebesspiel seiner Kontrolle unterwarf, hatte er ihr bei der Befragung den Vortritt gelassen. In beiden Situationen fühlte sie sich ihm mit Leib und Seele verbunden. Sie hatte sich immer gefragt, ob sie je in der Lage sein würde, eine leidenschaftliche Bindung zu einem Mann aufzubauen, und nun kannte sie die Antwort.

Ich habe mich in Alaric verliebt.

Trotz ihrer desaströsen ersten Begegnung und den daraus resultierenden Konflikten, hatte sie ihr Herz an diesen gebieterischen Mann verloren, hinter dessen eisigem Zynismus sich ein heißblütiger Charakter verbarg. Einen Mann, der vielschichtiger war als eine Zwiebel. Wie viele Schichten sie wohl ablösen musste, bis sie sein Herz erreichte?

Wehmütig nahm sie die Halskette aus der schwarzen Samtschachtel. Voll Ehrfurcht fuhren ihre Finger über die drei Reihen exquisiter Perlen. Das Herzstück – ein riesiger, rosafarbener Diamant, umrahmt von kleineren, schillernden Diamanten – lag gewichtig in ihrer Hand.

Es war eine Kette, die einer Herzogin angemessen war ... oder vielmehr einer *Königin*. Marianne zufolge war dieses Collier das zentrale Ausstellungsstück bei Rundell, Bridge und Rundell, dem renommiertesten Juwelier Londons, gewesen. Angeblich hatte es einst der Gemahlin eines großen Maharadschas gehört.

Angesichts der Extravaganz des Herzogs schüttelte sie den

Kopf. Dann legte sie die Diamantkette an und blickte in den Spiegel. Ihr Herz setzte einen Schlag lang aus.

O. Mein. Gott.

Sie hatte sich nie viel aus ihrem Erscheinungsbild gemacht. *Schön ist der, der Schönes tut.* Doch nun kam sie nicht umhin, ihr Spiegelbild zu bewundern. Das Schmuckstück verlieh ihr eine glamouröse Ausstrahlung. Emma erkannte die Frau mit den funkelnden Augen, der leuchtenden Haut, die den luxuriösen Perlen Konkurrenz machte, und den rosigen Lippen, die von satterer Farbe waren als der seltene Diamant, kaum wieder. Das Collier schien ihren Hals zu strecken und ihr eine anmutige Haltung zu verleihen. Sie glich nicht länger dem Mädchen vom Lande, das sie einst war.

Sie ist perfekt für dich, hatte Alaric gesagt.

Hatte er etwa die ganze Zeit über dieses exotische, selbstbewusste Wesen in ihr gesehen?

„Emma, dürfen wir reinkommen?"

Die Stimmen ihrer Schwestern durchbrachen ihre Träumereien. Kaum hatte sie die Tür geöffnet, rief Thea mit weit aufgerissenen Augen: „Die Kette steht dir so gut!"

„Der Diamant ist größer als das Ei, das ich zum Frühstück hatte", verkündete Violet.

Mit glühenden Wangen strich Emma über Alarics Geschenk. „Ist es zu viel des Guten?"

„Du strahlst förmlich", sagte Polly nur.

„Danke, Liebes", lächelte Emma. „Helft ihr mir beim Ankleiden?"

Ihre Schwestern schlossen die Tür hinter sich und umringten sie vor dem Spiegel. Mit eingeübter Effizienz – sie hatten sich immer selbst angezogen, als sie noch keine Bediensteten hatten – gingen die Mädchen ans Werk. Vi half ihr in die Unterwäsche, Thea schnürte das Korsett und Polly kniete vor ihr nieder, um die Röcke ihres Unterkleids zu richten.

„Wie in alten Zeiten", seufzte Vi.

„Denkt ihr oft zurück an Chudleigh Crest?", erkundigte Emma sich.

„Ich schon. Auf drei, Emma." Thea zerrte so energisch an der Korsettschnürung, dass ihr jegliche Luft aus der Lunge entwich. „So aufregend London auch sein mag, manchmal vermisse ich die Einfachheit des Landlebens."

„Ich nicht. London ist spitze!", rief Vi. „Man weiß nie, was als Nächstes geschieht."

„Wirst du den Herzog heiraten, Emma?", platzte es plötzlich aus Polly heraus.

Im Spiegel sah sie, wie ihre Schwestern neugierig innehielten.

Sie erwiderte Pollys fragenden Blick. „Würde es dich stören, wenn dem so wäre?"

„Nein", erwiderte diese. „Ich mag ihn."

Die Akzeptanz ihrer jüngeren Schwestern bestärkte ihre eigenen Gefühle. Besonders vertraute sie der Menschenkenntnis des Nesthäkchens. Polly besaß eine natürliche Intuition und Weisheit, die über ihr zartes Alter hinausging.

„Die Frage ist, ob *du* den Herzog magst, Emma", sagte Thea sanft.

„Das tue ich." Es fühlte sich gut an, die Wahrheit zuzugeben. „Er kann unglaublich stur und überheblich sein, und er ist *immer* der Meinung, dass er recht hat. Aber hinter all dem steckt ein gutes Herz."

„Klingt ganz nach jemandem, den ich kenne", grinste Vi.

„Wer denn?", fragte Emma.

Ihre Schwestern wechselten vielsagende Blicke und brachen in Gelächter aus.

Sie verdrehte die Augen. „Das ist etwas anderes. Bei euch *musste* ich streng und autoritär sein, damit ihr nicht aus der Reihe tanzt."

„Das wissen wir doch, meine Liebe", sagte Thea zwinkernd. „Aber du bist eben nicht gerade ein zaghaftes Mauerblümchen.

Du brauchst jemanden, der dir die Stirn bieten kann – und Seine Gnaden erfüllt diese Voraussetzung."

„Hoffentlich bedeutet das nicht, dass der Herzog und ich uns ein Leben lang in den Haaren liegen werden."

„Vater hat immer gesagt, dass Liebe mit Kompromissen einhergeht", erwiderte Thea.

„Strathaven und ich lernen gerade, miteinander auszukommen und zu verhandeln", sinnierte Emma. „Außerdem lässt er mich bei den Ermittlungen zu seinem Fall helfen."

„Es ist so wunderbar, dass du mit Ambrose zusammenarbeitest. Ich wünschte, er würde mich ebenfalls einstellen", seufzte Violet.

O nein, was habe ich da nur angezettelt?

Das Funkeln in den Augen ihrer Schwester gefiel ihr ganz und gar nicht. „Ich, äh, dachte, du genießt deinen Unterricht und die Freuden der Großstadt?", sagte sie hastig.

„Ja schon, aber deine Aufgaben scheinen *viel* lustiger zu sein."

„Detektivarbeit ist kein Spiel", schalt Thea sie sanft. „Das Leben des Herzogs schwebt in Gefahr. Deshalb darfst du Ambrose nicht belästigen und von seiner Ermittlung abhalten."

„Du bist so eine Spielverderberin." Violet seufzte gutmütig und holte Emmas Abendkleid, das an der spanischen Wand hing.

Emma hatte das ungute Gefühl, dass das Thema noch längst nicht erledigt war. Wer im Glashaus saß, sollte jedoch nicht mit Steinen werfen. Vielleicht würde Violets plötzliches Interesse auch schnell wieder verfliegen, wie es so oft der Fall bei ihr war. Immerhin hatte sie noch vor Kurzem, nach einer beeindruckenden Vorführung im Astley's, den Wunsch gehegt, Akrobatin zu werden.

Kommt Zeit, kommt Rat.

„Ich bin jedenfalls froh, dass du einen Mann gefunden hast, der dich zu schätzen weiß, Emma", sagte Thea. „Du wirst bestimmt eine großartige Herzogin."

„Das kann ja wohl nicht allzu schwer sein", warf Vi ein und

kehrte mit dem cremefarbenen Satinkleid zurück. „Du musst nichts weiter tun als einen hässlichen Turban zu tragen und in der ersten Person Plural von dir zu sprechen." In einem nasalen Tonfall fuhr sie fort: *„Das Dessert mundet uns nicht. Wir sind nicht amüsiert, dass man uns Plumpudding serviert, obwohl wir eindeutig nach Schokoladentorte verlangt haben."*

Polly kicherte.

Selbst Theas Lippen zuckten amüsiert, während sie Emma in das Kleid half.

„Die Position als Herzogin ist mir egal. *Er* ist mir wichtig." Unbeholfen versuchte sie, ihren Gefühlen Ausdruck zu verleihen. „Ich kann es nicht erklären, aber ich weiß, dass er mich braucht. Seine erste Ehe scheint fürchterlich gewesen zu sein. Seine Mutter starb, als er noch sehr jung war, und dann wurde er auch noch von Mr McLeod getrennt. Er hat sich bestimmt nie wirklich einer Familie zugehörig gefühlt."

„Teufel auch!", fluchte Vi mitfühlend.

„Der arme Mann", murmelte Thea.

„Er muss einsam sein", flüsterte Polly.

Alle Kents wussten, wie wichtig Familie war.

„Wenn du ihn heiratest, wird er Teil *unserer* Familie", verkündete Vi beherzt. „Niemand, der zu uns gehört, muss sich je alleingelassen fühlen."

„Das ist nett, Liebes, aber die Sache ist noch nicht beschlossen. Erst müssen wir einen Mörder aufspüren. Außerdem muss ich mir ganz sicher sein, dass wir zueinander passen und in den gleichen Kreisen zurechtkommen."

„Dreh dich doch mal um und schau in den Spiegel", schlug Thea vor.

Das tat Emma auch – und es verschlug ihr den Atem.

Ihr elfenbeinfarbenes Kleid war schulterfrei, das Mieder schimmerte dezent durch den Glanz unzähliger kleiner Perlen, die in einem gewundenen Rankenmuster aufgestickt waren. Die Taille begann der neusten Mode entsprechend unter der Brust und war an der Hüfte ausgestellt. Am Saum entlang waren in regelmäßigen Abständen purpurne Schleifen angebracht, deren strahlende Farbe die des schillernden Diamanten um ihren Hals unterstrich.

„Ich sehe wirklich wie verwandelt aus, nicht wahr?", fragte sie staunend.

„Oh, Emma", flüsterte Polly. „Du siehst aus wie eine *Herzogin*."

$\approx$ 24 $\approx$

Im Licht der Abenddämmerung wirkte die Gasse in den Seven Dials noch düsterer. Der Gestank menschlicher Fäkalien durchzog die Luft und brachte Alaric beinahe dazu, sich ein parfümiertes Taschentuch vor die Nase zu halten. Er hielt sich zurück, aber nur, weil er seinem Bruder nicht die Genugtuung verschaffen wollte. Will stand an die angrenzende Wand gelehnt und überwachte die Taverne auf der anderen Straßenseite.

„Und du bist dir sicher, dass Babcock *Zum Durstigen Ochsen* gesagt hat?", fragte er zum wiederholten Male.

„Mein Gehör funktioniert bestens", gab Alaric zurück. „Babcock hat mir zwei Fakten genannt. Erstens, der Schütze heißt Clive Palmer, zweitens, er besucht diese Taverne jeden Freitag."

„Ich frage nur, weil diese Gaststätten alle fast identische Namen haben. Für einen Herzog aus Mayfair mag der Unterschied zwischen *Zum Durstigen Ochsen*, *Zum Betrunkenen Ochsen* oder *Zum Durstigen Bären* nicht offensichtlich ..."

„Verdammt noch mal, William, ich bin ein Herzog, kein Hohlkopf", knurrte er eisig.

„Wir sind heute aber empfindlich."

„Wenn du mit empfindlich das blaue Auge meinst, das ich dir gleich verpasse, dann ja."

Will schnaubte verächtlich. „Als könntest *du* mich verprügeln."

„Soll ich es dir beweisen?"

„Hey", mischte sich Kent ein, der hinter ihnen stand. „Kann das Gezanke nicht warten, bis wir den Verbrecher geschnappt haben?"

„Er hat angefangen", murmelte Will und deutete mit dem Finger auf Alaric.

„Um Himmels willen!" Genervt wandte sich dieser wieder der Taverne zu.

Die Gasse war überfüllt mit Fußgängern und den Karren von Straßenhändlern. Ungehobelte Gäste torkelten kontinuierlich in die Taverne hinein oder wieder heraus, kaum auseinanderzuhalten in ihrer eintönigen Kleidung. Glücklicherweise beleuchtete die Laterne über der Tür ihre Gesichter. Bisher hatte es noch kein Anzeichen des vernarbten Schützen gegeben.

„Vielleicht sollten wir nachsehen, wie es bei Cooper läuft", schlug Alaric vor.

Cooper und die anderen Wachmänner waren am Hintereingang positioniert. Palmer sollte keine Gelegenheit zur Flucht haben. Ursprünglich wollte Alaric die Taverne stürmen, aber Kent hatte ihn darauf hingewiesen, wie riskant es wäre, es mit einer Horde betrunkener, bewaffneter Krimineller aufzunehmen, und Alaric musste widerwillig zugeben, dass er recht hatte.

Kent hob die Trillerpfeife an, die an einer Schnur um seinen Hals hing. Die Wachen waren ebenfalls damit ausgestattet worden. „Cooper wird Alarm schlagen, sobald der Verdächtige auftaucht. Fürs Erste muss er sich jedoch die Beine in den Bauch stehen, genau wie wir."

Alaric hasste es zu warten. Vor allem in einer Senkgrube wie dieser Gasse.

Will grinste wissend. „Vielleicht sollte Euer Gnaden besser in der Kutsche warten?"

„Das ist nicht nötig", erwiderte er kurz angebunden.

Sie verfielen in Schweigen. Kent übernahm die Hauptwache, Will und Alaric hielten sich hinter ihm. Wie er da so neben seinem Bruder stand, überkam ihn plötzlich die Erinnerung an eine frühere Begebenheit, als sie gemeinsam in der Dunkelheit ausharren mussten: bei der Totenwache ihres Vaters. Der sechzehnjährige Will hatte ungeniert am offenen Sarg geweint, sein Gesicht vor Kummer verzerrt, während Alaric keine einzige Träne vergoss. Stattdessen hielt er seinen Schmerz und Zorn tief in sich eingeschlossen.

Warum hast du mich nicht geliebt, Pa? Warum war ich nicht auch dein Sohn?

Überrascht stellte er fest, dass die Gleichgültigkeit seines Vaters ihn mittlerweile nicht mehr so traf wie damals. Der Schmerz war über die Jahre verblasst und einer unvermeidlichen Akzeptanz gewichen. Viel frischer im Gedächtnis blieb ihm seltsamerweise die Trauer seines Bruders. Hier in den Schatten wurde Alaric von der untröstlichen Miene des jüngeren Wills heimgesucht. Der Verlust hatte seinen Bruder umso härter getroffen, weil er sich geweigert hatte, ihn nach der Beerdigung mit nach Lanarkshire zu nehmen.

Zum damaligen Zeitpunkt hatte er seine Entscheidung nicht begründen wollen. Es war ihm unmöglich gewesen, dem goldenen Jungen, dem perfekten Sohn zu erklären, dass die Ablehnung einer Vaterfigur ihm bis nach Strathmore Castle gefolgt war. Dass etwas an ihm so verabscheuungswürdig sein musste, dass es die Grausamkeit anderer erweckte. Nein, sein Stolz hatte es ihm verboten, die schreckliche Wahrheit laut auszusprechen, und so tat er, was er für richtig hielt: Er hatte Will von sich gestoßen, um ihn zu beschützen.

Die eisigen Augen des alten Herzogs manifestierten sich in seiner Erinnerung, der Gürtel in dessen geballter Faust. *Du verdienst es, bestraft zu werden, du jämmerlicher Schwächling!* Doch während sein Magen sich schmerzhaft verkrampfte, kamen ihm Emmas Worte in den Sinn.

Familie vergibt immer.

Sein Vormund und seine Eltern lebten nicht mehr. Will war der Einzige, der ihm noch geblieben war.

Alaric warf seinem Bruder, der die Straße mit Argusaugen beobachtete, einen verstohlenen Blick zu. Trotz all des bösen Blutes zwischen ihnen versuchte er, Alaric zu beschützen.

Er holte tief Luft und flüsterte: „Es war ja nicht so, dass ich dich nicht bei mir in Strathmore haben wollte.“

„Was?“ Will sah ihn verwirrt an.

„Das Regiment war sicherer für dich.“

„Wie kommst du denn jetzt darauf?“ Selbst im Dämmerlicht konnte er den ungläubigen Ausdruck seines Bruders ausmachen. „Nach so langer Zeit?“

Alaric wusste es selbst nicht genau. Er zuckte mit den Achseln. „Du solltest es einfach erfahren.“

„Was erfahren? Dass es *sicherer* war, dem Feind mit dem Bajonett entgegenzutreten, sich durch feindliches Gebiet zu schlagen?“, fragte Will mit aufkeimender Wut.

Alaric ballte die Hände zu Fäusten, hielt die Stimme jedoch gesenkt, da seine Worte nur für ihn bestimmt waren. „Verglichen mit einem Leben unter der tyrannischen Herrschaft und Bestrafung des Herzogs, ja.“

Will erstarrte. „Unser Onkel ... hat dich verletzt?“

„Es mit einem ganzen Bataillon aufzunehmen wäre mir lieber gewesen“, erwiderte er knapp.

„Warum hast du mir nie etwas gesagt?“, fragte Will nach einem kurzen Schweigen.

„Das Thema eignet sich wohl kaum für gepflegte Konversation. Außerdem waren wir nicht gerade ein Herz und eine Seele.“

„Aber du bist mein Bruder! Ich hätte doch ...“

„Genau, du hättest gar nichts tun können. Was geschehen ist,

ist geschehen. Ich wollte nur reinen Tisch machen." Alaric richtete den Blick wieder auf die Taverne und signalisierte so, dass das Gespräch für ihn beendet war.

Zu seiner Überraschung murmelte Will: „Ich hatte mich gewundert, warum du plötzlich so anders warst. Bei deinen seltenen Besuchen, meine ich. Ma dachte, es läge an deiner Krankheit, aber ich wusste, dass du nicht mehr du selbst warst."

Es war seinem Bruder aufgefallen? Ein seltsamer Kloß bildete sich in seinem Hals. „Die Krankheit war nur einer der Gründe. Je schlechter es mir ging, desto härter bestrafte der Herzog mich."

„Verdammt, Alaric, wenn ich das gewusst hätte ..."

„Aufgepasst, meine Herren." Kents scharfes Flüstern durchbrach den nostalgischen Augenblick. „Ein vernarbter Mann verlässt das Gebäude. Können Sie ihn identifizieren, Euer Gnaden?"

Alaric schritt auf die Straßenmündung zu und erspähte die Gestalt sofort. Zwar waren seine stämmige Figur und die fettigen, langen Haare kaum von anderen zu unterscheiden, aber die Zickzacknarbe, die das Gesicht des Mannes in zwei bedrohliche Hälften teilte, war unverkennbar.

„Er ist es", bestätigte er grimmig.

„Wollen Sie lieber hier warten?", fragte Kent.

Statt einer Antwort zog Alaric sich den Hut tiefer ins Gesicht und steuerte geradewegs auf Palmer zu. Er hörte Kent und Wills Schritte hinter sich und sah aus den Augenwinkeln, dass sie sich aufteilten und zu beiden Seiten unter die Fußgänger mischten. Um sich ihrer Geschwindigkeit anzupassen, verlangsamte er seine Schritte. Als Palmer plötzlich herumwirbelte, wandte Alaric sich schnell einem Händlerkarren zu. Mit rasendem Herzen spürte er den Blick des anderen auf sich, während er vorgab, sich die Waren des Verkäufers anzusehen.

„Der Becher is aus echtem Sterlingsilber, Meister", sagte der Händler und schenkte ihm ein fröhliches, zahnloses Grinsen. „Das hält Wind und Wetter stand, da geht nix kaputt."

Alaric zwang sich, nicht zu Palmer hinüberzusehen. „Wie viel?"

„Ein Pfund, Meister, aber auch nur, weil ich so'n großzügiger Kerl bin."

Als er doch einen Blick über die Schulter riskierte, bemerkte er, dass Palmer sich durch die Menge entfernte. Hastig rannte er ihm nach, während der Verkäufer ihm hinterherrief: „Na gut, 'ne halbe Krone, aber das is mein letztes Angebot!"

Kent und Will holten den Flüchtenden ein und flankierten ihn von beiden Seiten. Er selbst blieb in der Mitte der Straße, wo er sich schnellen Schrittes seinen Weg durch die Trunkenbolde und Prostituierten bahnte sowie den Händlerkarren auswich. Der Rauch von gerösteten Maronen brannte ihm in Augen und Nase. Langsam, aber sicher umzingelten sie den Schurken, ihre Dreiecksformation war bereit zum Angriff.

Er wechselte einen Blick mit Kent, sah den anderen Mann nicken und spannte die Muskeln an, bereit zum Sprung.

Da drehte Palmer den Kopf und starrte ihn geradewegs an.

Der entstellte Mistkerl erkannte ihn augenblicklich wieder und nahm die Beine in die Hand.

Er schlug einen Haken nach rechts und rammte schwungvoll gegen Kent, der angesichts der Wucht des Aufpralls unsanft zu Boden ging. Währenddessen verschwand der Kriminelle in der nächsten Seitenstraße, dicht gefolgt von Will, Alaric auf den Fersen seines Bruders. Durch das Pochen in seinen Ohren hindurch hörte er ein schrilles Pfeifen, und im nächsten Augenblick umgab ihn nichts als Dunkelheit. Die engen, verwinkelten Gassen des Elendsviertels bildeten ein unüberschaubares Labyrinth um ihn herum.

„Da vorne!", rief Will. „Das ist eine Sackgasse. Wir haben ihn!"

Dass sein Bruder dieses Viertel so gut kannte, erstaunte ihn, aber gleichzeitig war er umso dankbarer, ihn an seiner Seite zu wissen. Wilde Kampflust pulsierte durch seine Adern. Die

Instinkte seiner Vorfahren brachen durch und ihn dürstete nach dem Blut des Feindes.

Als die Dachvorsprünge zurückwichen und den Blick auf den Himmel freigaben, konnte Alaric im Licht des Mondes eine Mauer vor sich ausmachen, an der Palmer hochzuklettern versuchte.

Will, der ihm ein paar Schritte voraus war, brüllte: „Halt! Du entkommst uns nicht!"

Der Gejagte wirbelte herum und Alaric sah etwas in seiner Hand aufblitzen.

„In Deckung, Will!", schrie er.

Mit einem Satz sprang er vorwärts und riss seinen Bruder mit sich zu Boden, gerade als zwei Schüsse über sie hinwegfegten. Schwer atmend sprang er umgehend wieder auf die Füße. Als er sah, wie Palmer sich erfolglos anschickte, seine Pistole nachzuladen, stürzte er sich auf den Attentäter und schlug ihm die Waffe in hohem Bogen aus der Hand. Blind vor Wut warf er seinen Feind gegen die Steinwand, packte ihn am Hals und schlug ihm mit der freien Faust wiederholt ins Gesicht.

„Niemand schießt ungestraft auf McLeod!", knurrte er.

„Strathaven, ich habe Palmer unter Kontrolle", rief Kent, der inzwischen ebenfalls eingetroffen war und zu Alarics linker Seite stand, die eigene Waffe auf den Bastard gerichtet.

In seinem Blutrausch gefangen, ignorierte der Herzog ihn und holte erneut aus.

„Teufel noch eins, stopp ... ich geb auf ...", röchelte Palmer.

„Wer hat dich angeheuert, um mich zu töten?", fragte Alaric und presste ihn fester gegen die Mauer. „Ich will einen Namen hören."

„Den ... kenn ich nich." Blut rann über Palmers Gesicht, entlang seiner Narbe. „Hatter mir nie verraten. Hat mir einfach fünfhundert Mäuse bezahlt ... für den Auftrag."

„Wie hat er ausgesehen?"

„Schwarzhaarig, rundes Gesicht – wie'n Baby. B-brillen-
schlange."

Silas Webb.

„Wo kann ich ihn finden?", wollte Alaric wissen.

„Wenn ich's Ihnen sage, lassense mich geh'n ..."

„Wenn du es mir nicht sagst, bringe ich dich um." Demonstrativ verstärkte er den Druck um Palmers Kehle.

„Das ist sein voller Ernst", fügte Will hinzu, der neben ihm
stand. „Wir Schotten halten immer unser Wort."

„Is ja gut", keuchte der Mistkerl. „Ich bin ihm einmal gefolgt –
wollte eben wissen, woher meine Knete kommt. Der Typ hat 'ne
Absteige ... in Whitechapel."

„Bring uns hin", befahl Alaric.

Webbs Wohnung befand sich in einem baufälligen Dreckloch im
Herzen des East Ends.

„Das ist sein Zimmer." Palmer, der die Hände hinter dem
Rücken zusammengebunden hatte, nickte mit dem Kopf zu der
Tür der Unterkunft. „Hab ich mir gemerkt, weil's gleich neben
den Stufen is."

„Bring ihn zurück zur Kutsche", wies Alaric Cooper an. „Und
lass ihn nicht aus den Augen."

Der Wachmann nickte und führte Palmer mit vorgehaltener
Waffe ab.

Kent drehte probeweise am Türknauf. Er war nicht verschlossen. Alaric stellten sich in unguter Vorahnung die Nackenhaare
auf. Als Kent die Tür ganz aufstieß, ließen die quietschenden
Scharniere Alarics Puls in die Höhe schnellen. Dunkelheit
begrüßte sie, die Luft war modrig und feucht, und von irgend-
woher ertönte ein seltsames Geräusch ... ein Summen. Ein wider-
licher Gestank stieg ihm in die Nase, und sein Magen
verkrampfte sich.

Kent hob seine Laterne hoch und ließ das fahle Licht über den beengten Raum wandern.

„Ich glaube, wir haben unseren Mann gefunden", sagte er grimmig.

In der Mitte des Zimmers lag eine reglose Gestalt mit dem Gesicht nach unten auf dem Tisch. Beim Näherkommen bemerkte Alaric die Fliegen, den roten Fleck unter dem Kopf des Mannes. Will entzündete eine weitere Laterne und hielt sie ihm über den Schädel – oder was davon noch übrig war. Der Tote hatte eine klaffende Wunde am Hinterkopf, auf dem Boden nahe seiner herunterhängenden Hand lag eine Pistole.

Mit einer professionellen Gleichgültigkeit, die Alaric bewundern musste, drehte Kent das Gesicht des Toten ins Licht.

„Silas Webb?", fragte der Ermittler.

„Das ist er", bestätigte Alaric naserümpfend.

„Dem Zustand des Verfalls nach muss er sich vor mehreren Tagen das Gehirn weggepustet haben", murmelte Will. „Was für eine Sauerei."

Kent beugte sich über Webb und fischte ein Blatt Papier aus dessen Sakkotasche. Mit geschürzten Lippen las er, was darauf stand. „Ein unterzeichnetes Geständnis. Darin gibt Webb an, aus Rache gehandelt, seine Taten aber anschließend bereut zu haben." Er reichte den Brief an Alaric weiter. „Können Sie seine Handschrift verifizieren?"

Er überflog die kurzen Zeilen. „Es sieht nach seiner Unterschrift aus."

Seltsamerweise fühlte er sich nicht erleichtert. Als er sich in dem Zimmer umblickte, fiel ihm nichts Ungewöhnliches auf – keine Anzeichen eines Kampfs, nichts, was darauf hindeutete, dass hier irgendetwas anderes geschehen war als das Offensichtliche: ein Sünder, der seinem Gewissen erlegen war. Allerdings war Webb ihm nie wie ein tugendhafter Mann vorgekommen und schon gar nicht wie einer, der sich selbst das Leben nehmen würde.

Mit der Absicht, sich noch etwas genauer umzusehen, tat er einen Schritt nach vorne und vernahm ein Knirschen unter seinem Stiefel. Als er sich hinunterbeugte, um das Drahtgestell mit den zerbrochenen Brillengläsern zu begutachten, fiel ihm ein Funkeln im Schatten unter dem Tisch auf. Er streckte die Hand danach aus und zog einen kleinen Gegenstand unter Webbs Fuß hervor.

„Was haben Sie da gefunden?“, fragte Kent.

Alaric zeigte ihm den Manschettenknopf auf seiner Handfläche. Das kleine, aus Gold und Onyx gefertigte Schmuckstück wirkte teuer und handgearbeitet und schien in dieser heruntergekommenen Behausung völlig fehl am Platz.

Flüchtig überprüfte Kent die Ärmel des Toten. Beide seiner Messingknöpfe waren intakt. Die drei Männer durchforsteten Webbs dürftige Habseligkeiten, aber es war keine große Überraschung, dass sie den zweiten, dazu passenden Manschettenknopf aus Onyx nirgends fanden.

Eine eisige Hand griff nach Alarics Herzen. „Dieser Knopf hat nicht Webb gehört. Jemand anders muss hier gewesen sein.“

Kents Augen glühten im Licht der Laterne. „Es sieht ganz danach aus.“

„Hier drüben!“, rief Will plötzlich.

Sie gesellten sich vor dem erloschenen Kamin zu ihm, wo er die verkohlten Überreste eines Hauptbuchs ausgegraben hatte.

„Sieht aus wie ein Terminkalender“, sagte er.

Doch als er das Buch öffnete, rieselte lediglich Asche heraus.

„Ich wette, der wahre Mörder hat es zerstört, um seine Identität geheim zu halten“, mutmaßte Kent. „Fällt Ihnen jemand ein, der mit Webb zusammen Geschäfte gemacht haben könnte, Euer Gnaden? Ein reicher Mann mit einer Vorliebe für luxuriöse Accessoires vielleicht?“

Alaric schüttelte den Kopf. „Soweit ich weiß, hat Webb die letzten Jahre nur für United Mining gearbeitet. Zumindest, bis ich ihn entlassen habe.“

„Wir kehren morgen früh noch einmal zurück", entschied Kent. „Dann nehmen wir die Nachbarschaft unter die Lupe. Vielleicht hat jemand Webb mit unserem Unbekannten gesehen."

„Ich weiß Ihre Gewissenhaftigkeit zu schätzen", erwiderte der Herzog.

„Wir Kents geben nicht auf, bis ein Fall geklärt ist." Der unerwartete Anflug eines Lächelns erhellte die düstere Miene des Ermittlers. „Aber das wissen Sie ja vermutlich bereits, Euer Gnaden."

❧ 25 ❧

DER BALL DER BLACKWOODS VERLIEF WESENTLICH BESSER ALS Emmas erste Erfahrung mit der *ton*.

Zweifellos hatte Alaric seine Beziehungen spielen lassen, um ihr dieses prunkvolle Event so angenehm wie möglich zu gestalten. Die Gastgeber, Lord und Lady Blackwood, begrüßten sie und Marianne wie alte Freunde.

Lady Blackwood, eine schwarzhaarige Schönheit, küsste die Luft neben Emmas Wangen. „Was für eine traumhafte Kette", sagte sie herzlich. „Von Rundell und Bridge, nicht wahr?"

„Äh, ja, ich glaube schon", murmelte Emma.

„Sie war ein Geschenk", merkte Marianne ruhig an.

„Ah." Lady Blackwoods Miene wurde nachdenklich.

„Bringen Sie meine Frau bloß nicht auf dumme Gedanken", mischte Lord Blackwood sich mit einem schiefen Lächeln ein. „Lady Blackwood hat sowieso schon einen Hang zum Extravaganten."

„Als Wiedergutmachung für diese Bemerkung erwarte ich ein passendes Armband zu meinen Smaragdohrringen", erwiderte seine Gattin frech.

„Ich bin ruiniert!" Lord Blackwood warf seiner Lady einen liebevollen Blick zu.

„Ein kleines Armband wird dich wohl kaum ruinieren, mein Lieber", sagte seine Frau und wandte sich dann wieder Emma zu. „Jetzt wollen wir Sie aber nicht länger in der Ecke stehen lassen, Miss Kent. Soll ich Sie den anderen Gästen vorstellen?"

„Das wäre wunderbar, danke", antwortete Emma, bestrebt, ihren Auftrag in die Tat umzusetzen.

Während der nächsten Stunde machte sie unter Lady Blackwoods Fittiche die Runde durch das glitzernde Gedränge. Sie bemühte sich, an Gesprächen teilzunehmen, immerhin wollte sie ja herausfinden, ob jemand unter den Gästen an dem Mord beteiligt gewesen sein könnte. Dazu musste sie Beziehungen aufbauen. Zu ihrer Überraschung waren einige der Lords und Ladys gar nicht so überheblich, wie sie vermutet hatte.

Manche Damen unterhielten sich über so alltägliche Themen wie bewährte Hausmittel und widerspenstige Kinder. Emma fiel es leicht, etwas zu diesen Unterhaltungen beizutragen. Einer Witwe verriet sie das Rezept ihrer speziellen Gelenksalbe, während eine Gräfin mit einem quengeligen, zwei Monate alten Baby die Zutaten für ein Tonikum gegen Kolik von ihr erfuhr.

Zu ihrer eigenen Überraschung fügte sie sich gut in die Gesellschaft ein.

Zwei Stunden voll Unterhaltung und Tanz vergingen wie im Fluge, ohne dass Emma etwas Ungewöhnliches in Erfahrung bringen konnte. Schließlich gesellte sie sich an den Getränketisch, die Oase für Klatsch und Tratsch bei jedem gesellschaftlichen Ereignis. Dankend nahm sie von einem der Diener ein Glas Champagner entgegen und stellte sich unauffällig hinter eine große Topfpflanze, von wo aus sie die umliegenden Gespräche unbemerkt belauschen konnte. Es dauerte nicht lange, bis Alarics Name fiel, und gespannt lugte sie durch die Farnwedel auf die ihr zugewandten Rücken des plaudernden Trios.

„Strathaven ist wahrlich ein richtiger Krösus", sagte ein grauhaariger Gentleman gerade. „Die Aktienkurse seines Gemeinschaftsunternehmens sind in der letzten Woche um das Dreifache gestiegen. Alles, was er anfasst, wird zu Gold."

„Hätte ich doch auch nur Aktien erworben", sagte ein kleiner, schütter werdender Mann.

„Ich würde nichts überstürzen", ertönte die affektierte Stimme eines großen, blonden Gentlemans, dessen schwarzes Sakko ihm wie auf den Leib geschneidert schien. „Spekulation ist ein wankelmütiges Geschäft. Meines Wissens genießt Strathaven nicht das uneingeschränkte Vertrauen seiner Investoren. Wenn er die Abstimmung zur Expansion des Unternehmens verliert, stürzen die Kurse umgehend wieder in den Keller."

Offensichtlich kennt dieser Kerl Alaric schlecht. Strathaven würde etwas so Wichtiges wie eine Abstimmung niemals dem Zufall überlassen.

„Spekulation ist das Spielfeld der jüngeren Generation", sagte der Grauhaarige. „Wie ich immer zu sagen pflege: Der einzig verlässliche Reichtum eines Gentlemans liegt im Landbesitz."

Sobald die Männer das Thema wechselten, wandte Emma sich der Unterhaltung einer Schar von Frauen zu, die zu ihrer linken Seite neben dem Champagnerbrunnen standen. Sie sah deutlich den wippenden Federschmuck auf ihren Köpfen und lauschte dem angeregten Geplauder.

„Es heißt, Strathaven wolle sich auch wieder auf Brautschau begeben", verkündete eine mollige Brünette.

„In Anbetracht seiner Skandale in letzter Zeit muss ich mich doch über seine Verwegenheit wundern", erwiderte eine ihrer Freundinnen in einem rosafarbenen Seidengewand.

„An Verwegenheit hat es ihm nie gemangelt, wie wir alle wissen", sagte eine dritte Lady mit einem verschmitzten Lächeln. „Zweifellos wird er bekommen, was er will – so wie immer. Aber dass er eine Braut sucht, ist doch Schnee von gestern. Vielmehr würde mich interessieren, wann er bereit ist, Clara Osgoods ... Position neu zu besetzen."

„Lady Julia, Ihre Zunge ist unverschämt spitz!", flüsterte die erste Dame vergnügt.

„Sie haben doch dasselbe gedacht, Lady Lauren. *Ich* habe es nur laut ausgesprochen."

„Zugegebenermaßen faszinieren mich die Gerüchte über seine Talente schon sehr. Sie wissen ja, was man über seine persönliche, äh, Ausstattung sagt ... angeblich ist sie genauso beeindruckend wie seine finanzielle", kicherte Lady Lauren.

„Ganz zu schweigen von seiner angeblichen Ausdauer und Kontrolle", schnurrte Lady Julia. „Unser Herzog soll im Schlafgemach ebenso dominant sein wie außerhalb. Man munkelt, eine gewisse Lady M. habe einen ausschweifenden Nachmittag *auf seinem Schreibtisch* genossen ..."

Während die Damen kicherten, wandte Emma sich mit glühenden Wangen von ihnen ab. Natürlich wusste sie um Alarics Vergangenheit und seine Vorlieben, trotzdem schmerzte es, andere Frauen so lüstern und schamlos über ihn sprechen zu hören. Eifersucht keimte in ihr auf.

Die Erinnerung an Alaric und die gefesselte Lady Clara kamen in ihr hoch ... vermischten sich mit den Bildern namenloser, gesichtsloser Schönheiten, mit denen er sich vergnügte – auf *demselben Tisch*, auf dem er sie geliebt hatte!

Bisher hatte sie die Leidenschaft, die sie mit Alaric geteilt hatte, trotz ihrer Sündhaftigkeit als etwas Besonderes empfunden. Etwas Wertvolles. Dass auch andere die raue Intensität seines Liebesspiels erfahren durften, schnürte ihr die Brust zu. Plötzlich fühlte sich sein Geschenk um ihren Hals erdrückend schwer an.

„Hallo, Miss", ertönte eine zaghafte Stimme hinter ihr. „Darf ich Ihnen vielleicht ein wenig Gesellschaft leisten?"

Sie drehte sich um und blickte geradewegs in die blauen Augen einer rundlichen, rothaarigen Elfe.

„Wie bitte?", fragte sie perplex.

Das Mädchen, das kaum achtzehn zu sein schien, errötete bis unter die gleichfarbigen Haarwurzeln. „Sie standen hier so allein rum, und da ich auch allein bin ... na ja, eigentlich bin ich das nicht, ich bin in Begleitung hier, aber meine Anstandsdame unterhält sich gerade mit den anderen, und ich ... zum Kuckuck, ich rede viel zu viel, nicht wahr?" Betrübt dreinblickend hielt sie inne. „Das ist eine meiner schlechten Angewohnheiten. Papa sagt, es lässt mich tölpelhaft wirken. Als könnte ich *noch* tollpatschiger sein ..."

Ihr verlegenes Schulterzucken brachte die Schleifen an ihrem mehrstufigen Kleid zum Flattern. „Vergessen Sie's. Entschuldigen Sie die Störung, ich werde einfach ..."

Emma mochte das Mädchen augenblicklich. „Nein, bitte geh nicht. Ich war nur in Gedanken versunken, würde mich aber über Gesellschaft freuen. Mein Name ist Emma Kent."

„Gabriella Billings, aber alle nennen mich Gabby." Ihr strahlendes Lächeln erinnerte Emma an Polly. „Schön, dich kennenzulernen. Es ist so langweilig, wenn man ein Mauerblümchen ist, das selbst von anderen Mauerblümchen übersehen wird. Eigentlich bin ich vielmehr Mauer*unkraut*."

Emma unterdrückte ein Lächeln. „Gewiss ist es nicht ganz so schlimm! Du bist äußerst charmant."

„Nur, weil du so nett bist. Ich kann Menschen auf den ersten Blick einschätzen, weißt du", erzählte Gabby fröhlich. „Das Talent habe ich als Tochter eines Geschäftsmannes geerbt."

„Wirklich?", fragte Emma amüsiert. Ihr sonniges Gemüt glich dem von Violet.

„Ja, wie bei dir zum Beispiel. Du bist aufgeschlossen, versteckst dich jedoch hinter dieser Pflanze, also habe ich vermutet, dass du dich hier ebenfalls fremd fühlst. Deshalb musst du wohl wie ich aus der Mittelklasse stammen. Nichts für ungut!", fügte sie rasch hinzu.

„Ist schon gut. Du hast genau ins Schwarze getroffen."

„Dein Kleid ist umwerfend. Und alle Damen hier sind grün vor Neid wegen deiner Kette. Selbst wenn du eine Cit aus dem Mittelstand bist wie ich, hast du tausendmal mehr Klasse."

Daraufhin musste Emma lächeln. „Ich hätte nichts dagegen, eine Cit zu sein, aber in Wahrheit komme ich vom Land."

„Wirklich?", fragte Gabby interessiert. „Ich war noch nie außerhalb von London. Papa leitet eine Bank und ist immer viel zu beschäftigt, um Ausflüge zu unternehmen."

„Was ist mit deiner Mutter?"

„Sie ist bei meiner Geburt gestorben. Das Einzige, was sie mir vermacht hat, ist ihre Mitgift ... und das hier", fügte sie hinzu und zog an einer ihrer rötlichen Locken. „Leider sind Möhren diese Saison nicht in Mode. Das waren sie noch nie."

„Ich finde dein Haar einzigartig und bezaubernd", erwiderte Emma.

„Meinst du das wirklich ernst?"

„Auf jeden Fall. Außerdem hat mein Vater immer gesagt, die seltensten Diamanten strahlen am hellsten."

„Und meiner sagt immer, ein herausstehender Nagel wird eingeschlagen."

„Autsch."

„Allerdings", seufzte Gabby. „Leider scheine ich immer und überall herauszustehen, egal, was ich auch tue. Vor allem heute Abend. Aber das überrascht mich nicht – ich bin mehr oder weniger ein Wohltätigkeitsfall."

„Warum das?", fragte Emma neugierig.

„Papa hat einen Kunden – einen einflussreichen Gentleman –, der ihm einen Gefallen schuldete", sagte Gabby naserümpfend. „Anscheinend war es ein *großer* Gefallen, immerhin hat er *mir* einen Platz auf der exklusiven Gästeliste verschafft. Aber eine Einladung allein führt noch nicht zum Erfolg. Papa wird enttäuscht sein, wenn er erfährt, dass ich kein einziges Mal zum Tanzen aufgefordert wurde."

„Das Tanzen wird überbewertet. Meine Zehen schmerzen immer noch von den Herrenfüßen, die darauf herumgetrampelt sind."

„Ich weiß, du meinst es nur gut, aber zumindest wäre es

schön, ein paar Freundschaften zu schließen", sagte Gabby wehmütig. „Du bist die erste Person, die heute Abend überhaupt mit mir gesprochen hat."

„Möchtest du mich vielleicht an einem der nächsten Nachmittage besuchen?", fragte Emma spontan. „Ich habe Schwestern in deinem Alter und glaube, du würdest dich blendend mit ihnen verstehen."

„Oh, das wäre wunderbar!", rief Gabby mit strahlenden Augen.

Emma zog eine Visitenkarte aus ihrem Pompadour. „Hier ist meine Adresse."

„Zum Kuckuck, ich habe hier doch auch irgendwo eine ..." Hastig kramte Gabby in ihrer klumpigen Abendtasche herum, bis sie triumphierend eine zerknitterte Karte hochhielt.

Kaum hatte Emma sie in ihrer Tasche verstaut, kam ein livrierter Diener auf sie zu.

„Verzeihung. Miss Kent?"

„Das bin ich", erwiderte sie überrascht.

„Ich soll Ihnen dies hier überreichen, Miss."

Er hielt ihr ein Tablett hin, auf dem eine Notiz lag. Sie faltete sie auseinander und las die knappe Nachricht. *Komm in die Galerie im zweiten Stock.*

Obwohl es keine Unterschrift gab, verriet ihr die herrische Kursivschrift genau, wer der anonyme Absender war und brachte ihren Puls zum Rasen. Dann erinnerte sie sich jedoch wieder an die Gespräche, die sie eben belauscht hatte und überlegte schnaubend, ob sie seiner Forderung wirklich Hals über Kopf nachkommen sollte.

Anscheinend war er es gewohnt, Frauen immer und überall für sich springen zu lassen.

„Ist alles in Ordnung?", erkundigte Gabby sich.

„Ja. Leider muss ich mich um eine Angelegenheit kümmern", seufzte sie. „Hoffentlich sehen wir uns bald wieder?"

Gabby nickte energisch. „Das werden wir!"

❧ 26 ❧

Die Tür zur Galerie war unverschlossen. Ihre Röcke raschelten leise über den Aubusson-Teppich, als sie den langen, rechteckigen Raum betrat. In Gold gerahmte Gemälde hingen an den blauen Seidentapeten. Ringsum gab es unzählige Bänke und von Vorhängen gesäumte Sitznischen an den Fenstern, die zum Verweilen und Betrachten einluden. Die luxuriösen Gardinen und Teppiche verliehen dem Ort eine gedämpfte Atmosphäre, die eine willkommene Abwechslung zu dem lauten Trubel im Ballsaal darstellte.

Emmas Haut kribbelte. Wie immer spürte sie seine Anwesenheit, noch bevor sie seine schlanke, muskulöse Gestalt in einer der Nischen entdeckte. Er blickte aus dem Fenster, die Hände hinter dem Rücken verschränkt. Sobald sie sich ihm näherte, drehte er den Kopf zu ihr um. Die Intensität seines Blicks brachte ihr Blut in Wallung.

In wenigen Schritten stand er vor ihr, strich mit dem Anflug eines Lächelns über die Kette um ihren Hals. Die Bewegung ließ die Perlen leise gegeneinander klicken.

„Du siehst wunderschön aus", murmelte er.

„Was tust du hier?", fragte sie. „Ich dachte, man soll uns nicht zusammen sehen?"

„Ich bin durch einen Privateingang hereingekommen. Niemand hat mich bemerkt." Sanft strich er ihr über die Wange. „Weißt du denn nicht, dass man nicht einfach ein *Rendezvous* mit einem Fremden akzeptieren sollte?"

Das musste ausgerechnet er sagen.

Sie schob das Kinn nach vorne und erwiderte: „Ist das nicht der Grund, warum ungebundene Frauen an diesen Veranstaltungen teilnehmen? Um einen Verehrer zu finden?"

Sein Blick verdüsterte sich. „Du bist nicht ungebunden."

Der Stachel der vorhin belauschten Gerüchte saß immer noch tief. Schulterzuckend entgegnete sie: „Das ist Ansichtssache. Also, Euer Gnaden, was ist ..."

Der Rest des Satzes ging in einem Keuchen unter, als er sie energisch in seine Arme zog und seine Lippen fordernd auf die ihren presste. Umgehend stieg Verlangen in ihr auf und übertönte den Protest ihres verwundeten Stolzes. Sie klammerte sich an seine breiten Schultern, während seine Zunge ihren Mund eroberte und die ihre in einen innigen Tanz lockte.

Atemlos lösten sie sich nach einem langen Moment voneinander.

„Das hätten wir also geklärt", sagte er mit funkelnden Augen. „Ich kann dich scheinbar keinen Tag allein lassen, ohne dass du vergisst, zu wem du gehörst."

„Ich gehöre nicht zu dir", gab sie zurück. „Zumindest nicht mehr als alle anderen Frauen, mit denen du dich eingelassen hast."

Er kniff die Augen zusammen. „Wovon sprichst du?"

Ach, er wollte also wissen, was die Gerüchteküche der *ton* ausgespuckt hatte? Na schön. Sie berichtete ihm, was sie erfahren hatte.

Ausdruckslos hörte er sich alles an. Sie runzelte die Stirn. Warum reagierte er nicht? War es ihm etwa egal? Sie hatte Verlegenheit erwartet, vielleicht sogar Wut. Stattdessen war er beinahe schon unheimlich still.

Schließlich konnte sie sein Schweigen nicht länger ertragen. „Und?"

„Und was?", fragte er gelassen.

„Sind die Gerüchte wahr?"

„Ich bin kein Heiliger. Das habe ich auch nie behauptet. Ich verstehe nicht, wo das Problem ist."

„Das Problem ist, dass ich angenommen habe, die Sache zwischen uns sei etwas Besonderes." Sie brachte die Worte kaum heraus, ihre Kehle war wie zugeschnürt. „Aber wie sich herausstellt, hast du mit allen anderen Frauen genau dasselbe angestellt."

„Was zwischen dir und mir geschieht, hat mit anderen Frauen nichts zu tun."

„Wie kannst du das sagen?", fragte sie mit zitternder Stimme. „Wo du doch mit irgendeiner Lady M. auf *genau demselben* Schreibtisch Liebe gemacht hast wie mit mir?"

Plötzlich wurde ihr bewusst, dass diese Tatsache sie am meisten störte. Er hatte sie an dem Ort genommen, an dem er auch mit anderen Damen Unzucht getrieben hatte. Als hätte sie keinen besonderen Platz in seinem Leben, in seinem Herzen, das er laut eigener Aussage nicht besaß.

Mit einem Mal wirbelte er sie herum und drückte sie hinunter auf die gepolsterte Fensterbank neben ihnen. Sie versuchte, von ihm wegzurücken, presste ihren Rücken gegen die Fensterscheibe, während er sich über sie beugte und ihr mit seinen breiten, in Samt gekleideten Schultern die Sicht versperrte, sodass sein wild lodernder Blick alles war, was sie sah.

Da wurde ihr klar, dass er nicht gleichgültig war, sondern *wütend*.

„Zunächst einmal haben Lady M. und ich nicht Liebe gemacht. Wir hatten einen belanglosen Fick, was etwas völlig anderes ist als die Sache zwischen uns beiden. Außerdem habe ich sie nicht auf demselben Tisch genommen. Ich bringe keine zwanglosen Bettgeschichten mit nach Hause. Wie du weißt, habe ich für diesen Zweck ein Cottage."

Seine knappen Worte lösten eine Welle der Erleichterung in ihr aus. Gleichzeitig war sie sich der Spannung in seinem muskulösen Körper deutlich bewusst.

Sie fuhr sich mit der Zunge über die Lippen. „Ich dachte ...“

„Ich weiß genau, was du dachtest. Aber lass mich dir eines sagen: Ich dulde keine haltlosen Anschuldigungen“, presste er hervor. „Ich lasse mich nicht aus Eifersucht heraus kontrollieren oder manipulieren – davon habe ich die Nase gehörig voll.“

„Das waren keine haltlosen Anschuldigungen. Ich habe mit eignen Ohren gehört, was man sich über dich erzählt“, protestierte sie.

„Und du hättest mich fragen können, ob es der Wahrheit entspricht, anstatt es mir einfach vorzuwerfen.“

Ihre Empörung verpuffte abrupt. Damit hatte er wohl recht.

„Das war wirklich nicht gerecht von mir“, seufzte sie. „Es tut mir leid.“

„Es tut dir leid“, wiederholte er tonlos.

„Aber ja. Ich hätte dem Geschwätz nicht einfach blind glauben dürfen. Ich war einfach nur ... verletzt“, erklärte sie betrübt. „Wegen dem, was die Leute sagten. Es vermittelte mir den Eindruck, dass unsere Beziehung nichts Besonderes sei.“

Er blickte sie durchdringend an. „Wie kannst du so etwas glauben?“

Mit einem Mal wurde ihr die ganze Wahrheit bewusst.

„Wahrscheinlich, weil mich noch nie jemand für etwas Besonderes gehalten hat. Gut, vielleicht als Schwester oder Freundin – aber nicht als Frau. Als Geliebte.“ Sie blickte ihn reumütig an. „Und auf einmal stehst du vor mir, ein Herzog, der von jeder Frau begehrt wird. Warum solltest du mich wollen, wo du doch jede haben könntest?“

Mit einem Finger hob er ihr Kinn an und zwang sie, ihm in die Augen zu sehen. „Weil keine andere ist wie du, Emma.“

„Als du vorhin sagtest, du wurdest früher manipuliert, hast du da von deiner Frau gesprochen?“, fragte sie zögerlich.

Er richtete sich auf und trat mit eisiger Miene einen Schritt zurück.

„Nach unserer Hochzeit hat Laura mir ständig Untreue vorgeworfen, war eifersüchtig auf jede noch so flüchtige weibliche Bekanntschaft, von den Dienstmädchen bis hin zur Nachbarstochter“, berichtete er tonlos. „Egal, was ich tat, ich konnte sie nicht von meiner Treue überzeugen.“

Mit hämmerndem Herzen wartete Emma darauf, dass er fortfuhr.

„Schließlich war ich es leid, mich ständig verteidigen zu müssen. Sie beschimpfte mich, hatte Wutausbrüche, aber irgendwann war mir egal, was sie über mich dachte oder was sie tat. Ständig beschuldigte sie mich, ihr nicht genug Aufmerksamkeit zu schenken, sie nicht so zu lieben, wie sie es verdiente – und damit hatte sie wohl recht. Der letzte Funke Zuneigung für sie erstarb, als sie sich ihren ersten Liebhaber nahm.“

„Sie hat dich betrogen?“, flüsterte Emma.

Er nickte schmallippig. „Sie brauchte Aufmerksamkeit ebenso sehr wie die Luft zum Atmen. Da ich sie ihr nicht geben konnte, suchte sie eben Zuflucht in den Armen anderer Männer. In ihrer verblendeten Vorstellung glaubte sie, ich würde sie begehrenswerter finden, wenn ich sah, wie sehr andere sie wollten.“

„Das ist doch verrückt!“

„Und das ist noch längst nicht alles. Sie machte mich vor Gott und der Welt schlecht, spielte die Rolle des Opfers – was sie ihrem kranken Geist nach wohl auch war.“

„Warum ... warum hast du dich nicht von ihr scheiden lassen?“

„Weil ich ihr ewige Treue geschworen hatte“, antwortete er achselzuckend. „Außerdem musste ich auch an meinen Sohn denken. Ich wollte nicht, dass Charlie einen schlechten Eindruck von seiner Mutter erhielt.“

Zum ersten Mal hatte er seinen Sohn vor ihr erwähnt.

„Was ist mit Charlie geschehen?“, fragte sie leise.

Alaric richtete seinen kalten, ausdruckslosen Blick in den fernen Nachthimmel.

„Laura und ich hatten einen Streit, während dem sie drohte, mich zu verlassen. Da ich ihre leeren Drohungen jedoch nur allzu gut kannte, schenkte ich ihren Worten keinen Glauben. Als ich kurze Zeit darauf abends nach Hause kam, war sie fort. Das hätte mich nicht weiter bekümmert – aber sie hatte Charlie mitgenommen.“

„Wohin?“, flüsterte Emma.

„Sie hatte ihnen beiden Tickets für die Überfahrt nach Frankreich besorgt. Wahrscheinlich wollte sie, dass ich ihr nachjagte, ihr meine unsterbliche Ergebenheit bewies. Aber dann geriet das Schiff in einen furchtbaren Sturm.“ Seine Stimme verriet keinerlei Emotionen. „Es gab keine Überlebenden.“

Sprachlos angesichts eines solchen Verlustes erhob sie sich und legte die Arme um seine schlanke Taille, versuchte ihn zu trösten, so gut sie konnte. Zögerlich erwiderte er die Umarmung. Obwohl er kein Wort sagte, sprach die Verzweiflung, mit der er sie festhielt, Bände. Sein Herz hämmerte gegen ihr Ohr, sein stattlicher Körper bebte. Sie schloss die Arme noch fester um ihn.

„Zweifle nie an meinem Verlangen nach dir“, flüsterte er. „Oder vergleiche es mit vergangenen Spielereien. Ich wollte nie zuvor jemanden so sehr wie dich, Emma.“

Ihr Herz setzte einen Schlag lang aus. Er hatte gerade mehr oder weniger zum ersten Mal zugegeben, dass er Gefühle für sie hatte.

„Ich wollte keine schmerzhaften Erinnerungen wecken“, sagte sie sanft. „Und es tut mir leid, dass ich voreilige Schlüsse gezogen habe. Es ist gewiss nicht meine Absicht, dich zu kontrollieren oder zu manipulieren. Ich möchte einfach nur etwas ... Besonderes sein. Anders als die Frauen, die du bisher kanntest.“

„Das bist du fürwahr.“

Erleichtert vernahm sie den Anflug von Humor in seiner

Stimme. Sie legte den Kopf zurück, um ihm in die Augen blicken zu können. „Ich bin froh, dass du hergekommen bist, um mich zu sehen."

Seine Miene verfinsterte sich. „Das war leider nicht der einzige Grund. Wir haben Webb gefunden."

Abermals zog er sie neben sich auf die Sitzbank und klärte sie über die neusten Funde auf. „Wie klug ihr doch vorgegangen seid!", sagte sie bewundernd, nachdem er seinen Bericht abgeschlossen hatte. „Der Mörder wollte euch hinters Licht führen, aber stattdessen seid ihr ihm nur noch dichter auf den Fersen. Die Schlinge um seinen Hals zieht sich langsam zu."

„Du bist ja richtig blutrünstig", murmelte er.

„Besser sein Hals als deiner."

„Miss Kent, Sie flirten doch nicht etwa mit mir?"

Gerade als sie antworten wollte, ertönten Stimmen auf dem Gang. Bevor sie reagieren konnte, war Alaric aufgesprungen und zog den Samtvorhang um ihre Nische. Der schwere Stoff verbarg sie gerade noch rechtzeitig. Eine männliche und eine weibliche Stimme näherten sich, und im nächsten Augenblick hörten sie, wie jemand die Galerie betrat und die Tür hinter sich schloss.

Mit hämmerndem Herzen warf sie Alaric einen panischen Blick zu. Angespannt stand er neben dem Vorhang und legte einen Finger auf die Lippen. Vielleicht hatte er recht. Vielleicht mussten sie nur still genug sein und die Gäste würden nach einer schnellen Runde durch den Raum wieder verschwinden, ohne sie zu entdecken.

„Was für ein Glück, dass die Tür unverschlossen war", sagte eine männliche Stimme. „Endlich sind wir allein."

Seine Gefährtin kicherte. „Was haben Sie denn mit mir vor, Mylord?"

Dem Geraschel von Stoff folgte ein sinnliches Stöhnen. Emmas schoss das Blut in die Wangen.

„Na was wohl, du Luder. Das wird dich lehren, einen Vollblutbullen scharf zu machen."

„Ich dachte, es gefällt Ihnen, wenn ich Sie scharf mache", lautete die kokette Antwort.

„Gott, du bist wirklich ein steiler Zahn", presste der Mann hervor. „Du sehnst dich nach meinem Schwanz, nicht wahr? Nur zu, fass ihn an – mmh, fester. Ja, genau so ..."

Flach atmend sah Emma zu Alaric hinüber. Das Mondlicht akzentuierte seine glühenden Wangen, den kantigen Umriss seines Kiefers. Seine Brust hob und senkte sich energisch und weiter unten ... Ihr Puls schlug schneller, als sie die prominente Ausbuchtung zwischen seinen Schenkeln bemerkte. Sie war sich deutlich ihrer eigenen Erregung bewusst, spürte, wie sie von einer Welle der Lust erfasst wurde.

Das Stöhnen des Mannes hinter dem Vorhang erinnerte sie an die Geschehnisse, die sie bei Andromeda's beobachtet hatte. An Bilder von Frauen, die Männer befriedigten. Plötzlich kam ihr ein sündhafter Gedanke: Wie wäre es wohl, wenn sie zur Abwechslung einmal das Liebesspiel initiierte, Alaric vor Lust an den Rande des Wahnsinns trieb, ihm die unbändige Ekstase bescherte, die sie bei jedem ihrer bisherigen Treffen erfahren hatte?

Brennende Begierde floss durch ihre Adern, die Vorstellung so verlockend wie das Lied einer Sirene.

So geräuschlos wie möglich, ging sie vor Alaric auf die Knie. Nach einem flüchtigen Blick in sein überraschtes Gesicht ließ sie eine Hand über die Wölbung in seiner Hose gleiten und drückte sanft zu. Seine Nasenflügel bebten, die hellgrünen Augen glühten im blassen Mondlicht. Er legte eine Hand über ihre, und sie verharrte gespannt. Würde er ihr gestatten, die Führung zu übernehmen? Vertraute er ihr genug?

Langsam hob er die Hand und griff stattdessen nach seinem Hosenbund. Während sein Blick sich in ihren bohrte, öffnete er den Hosenlatz. Beim Anblick seiner beeindruckenden Männlichkeit kribbelte es in ihrem Bauch. Das silberne Licht, das durch das Fenster fiel, erleuchtete seinen dicken, geschwollenen Schaft, um den sich die hervortretenden Venen wie Ranken wanden. Wie ein schwerer Ast wippte das erigierte Glied unter seinem eigenen Gewicht auf und ab. Irgendwie war es unglaublich erotisch, dass nur dieser Teil seines Körpers sichtbar war, während der Rest unter seiner eleganten Kleidung verborgen blieb. Immer noch in seinem Blick gefangen, griff sie nach ihm.

Sein harter Schwanz pulsierte unter ihren Fingern, während sie ihre Hand von unten nach oben über die samtige Haut gleiten ließ. Mit der nächsten Bewegung zog sie die Vorhaut zurück und entblößte die tiefrote, geschwollene Eichel.

„Nimm ihn in den Mund."

Der kehlige Befehl, der hinter dem Vorhang ertönte, schickte ein elektrisierendes Knistern durch die geschützte Nische. Alaric biss die Zähne zusammen und ballte die Hände zu Fäusten. Sein Glied schwoll noch weiter an, sodass sie Mühe hatte, den pulsierenden Phallus mit den Fingern zu umschließen. Eine Lustperle quoll aus dem Schlitz.

Mit brennender Erregung beugte Emma sich nach vorne und leckte mit der Zunge darüber.

Sie spürte den Schauer, der ihn durchfuhr, bis ins Mark. Ermutigt umschloss sie die Spitze der Erektion mit ihrem Mund, hielt kurz unschlüssig inne und saugte dann leicht daran. Sein männlicher Moschus breitete sich auf ihrer Zunge aus und stachelte sie noch mehr an. Sie bedeckte seine pulsierende Länge mit kleinen Küssen, gefangen in der Begierde, jeden Zentimeter ihres Herzogs zu erforschen ... und ihm bisher nie gekannte Wonnen zu bescheren.

Ein Mann konnte unmöglich an Lust sterben.

Und doch ... wie Emma so vor ihm kniete und seinen Schwanz mit ihren Lippen liebkoste, war er überzeugt, dass sein Verlangen ihn dahinraffen würde. Wieder einmal demonstrierte sie ihre einzigartige Fähigkeit, ihn an die Grenzen seiner Selbstbeherrschung zu bringen. Offensichtlich hatte sie keine Ahnung, was sie tat, doch paradoxerweise war gerade ihre Unschuld umso wirkungsvoller.

Das Gefühl ihres saugenden Mundes um seine Erektion ließ ihm die Knie weich werden. Sie fuhr mit den Lippen an seinem Schaft entlang und er spritzte beinahe ab, als ihre Zunge vorsichtig über seine Hoden leckte.

Natürlich war es nicht das erste Mal, dass eine Frau ihn oral befriedigte, aber keine zuvor hatte seinen Schwanz so hingebungsvoll geliebt, so leidenschaftlich verehrt.

„Nimm ihn tiefer in den Mund", befahl der Bastard hinter dem Vorhang. „Ich will deinen Rachen spüren."

Nur eine dünne Barriere aus Samt zwischen sich und einem Publikum zu wissen, erregte ihn noch mehr. Er musste sich mit aller Kraft zusammenreißen, um nicht laut aufzustöhnen, als Emma sich von dem Befehl des Fremden inspirieren ließ. Mit einer ebenso liebenswerten wie auch erotischen Unbeholfenheit versuchte sie, so viel wie möglich von seiner Erektion mit ihrem Mund zu umschließen.

Sie würgte leicht, und er kam beinahe zwischen ihren kirschroten Lippen.

Ein dunkles, dominantes Verlangen regte sich in ihm. Er hatte sie lange genug herumspielen lassen. Nach allem, was er ihr heute Abend offenbart hatte, verdiente er eine Gegenleistung, welche er in Form ihrer süßen Unterwerfung einfordern würde.

Er hakte einen Finger in ihr Collier und zog sie von sich weg. Ihre Lippen lösten sich mit einem kaum hörbaren *Plopp* von ihm, das ihn beinahe um den Verstand brachte. Im Mondlicht funkelten ihre Augen wie unergründliche Juwelen, hundertmal heller strahlend als der Diamant um ihrem Hals. Sie ließ die Hände zur Seite fallen und wartete mit glühenden Wangen, unterwürfig und perfekt.

Wortlos griff er nach seinem Schwanz und legte ihr die andere

Hand in den Nacken, um sie zu führen. „Aufmachen", flüsterte er.

Sie blinzelte und öffnete dann gehorsam den Mund.

Befriedigung erfüllte ihn, noch *bevor* er überhaupt zurück zwischen ihre Lippen glitt. Er genoss die seidige Wärme, die ihn umgab und zwang sich, seinen Schwanz langsam, Zentimeter um Zentimeter, einzuführen, sie zu lehren, ihn auf diese Weise zu nehmen. Als er beobachtete, wie sein steinharter Schaft immer weiter zwischen ihren willigen Lippen verschwand, zogen sich seine Hoden erwartungsvoll zusammen. Angestrengt kämpfte er gegen den Impuls an, sich so tief in der heißen Höhle zu vergraben, wie er konnte. Stattdessen bemühte er sich um einen leichten, langsamen Rhythmus, um sie an die Bewegung zu gewöhnen.

Er spürte, wie sie sich verkrampfte und massierte sanft ihren Kiefer, brachte sie dazu, sich zu entspannen. Sie verstand sofort, was er im Sinn hatte und lockerte ihre Muskeln, sodass er noch tiefer eintauchen konnte. Kurz darauf verschwand auch der letzte Widerstand. Seine Finger krallten sich in ihre Haare, als seine empfindliche Eichel ihren seidigen Rachen berührte. Keuchend wich er zurück, doch ihre Hände umklammerten seine Hüften und hielten ihn an Ort und Stelle.

Herrgott noch mal!

Alles um ihn herum verschwamm, je mehr er sich seinen niederen Trieben hingab. Die ekstatischen Geräusche des Paares hinter dem Vorhang verschmolzen mit dem Hämmern in seiner Brust, während er unerbittlich ihren Mund dominierte und sie willig alles annahm, was er ihr zu geben hatte. Ihre glühende, selbstlose Hingabe brachte die Mauern um sein Herz zum Einsturz. Ein warnendes Prickeln schoss seinen Schaft hinauf und mit einem letzten Funken Verstand versuchte er, seinen Schwanz aus ihrem Mund zu ziehen.

Doch sie ließ es nicht zu. Ihre Hände hielten seine Hüften noch immer fest umschlossen, ihr Blick fand seinen, und seine Welt geriet komplett aus den Fugen. Verzweifelt biss er sich auf die Zunge, um einen Aufschrei zu unterdrücken, als er von seinem

Höhepunkt übermannt wurde. Bebend ergoss er seinen heißen Samen zwischen ihren wartenden Lippen.

Über seinen hämmernden Herzschlag vernahm er ein Rascheln, leises Gelächter und das Geräusch einer Tür, die sich öffnete und ins Schloss fiel. Emma packte ihn zurück in seine Hose. Nach der elektrisierenden Erotik ihres Liebesspiels brachte diese effiziente Geste ihn zum Schmunzeln. Er half ihr auf die Füße, und ihr strahlendes Lächeln erwärmte sein Herz.

Mit dem Daumen wischte er einen schimmernden Tropfen aus ihrem Mundwinkel.

„Du hattest da etwas an der Lippe", flüsterte er heiser.

Sie errötete bis unter die Haarwurzel, wirkte aber gleichzeitig äußerst selbstzufrieden.

„Übung macht den Meister", erwiderte sie achselzuckend.

Ihr nüchterner Tonfall entlockte ihm ein Lachen. „Wenn du noch besser wirst, bringst du mich damit um." Er zog sie in seine Arme, küsste sie und spürte eine erneute Regung in seiner Lendengegend, als er seinen salzigen Nachgeschmack auf ihren Lippen kostete. „Ich habe mich ja gar nicht revanchiert."

Ihr Gesicht wurde noch röter. „Das brauchst du nicht. Ich habe es ebenso sehr genossen wie du."

„Kann ich mir nicht vorstellen."

„Ich wollte etwas Besonderes für dich tun, und du hast es zugelassen", sagte sie und strich mit einem Finger an seinem Kiefer entlang. „Das allein ist ein Geschenk."

Ihr zärtlicher Blick, ihre sanfte Berührung erfüllten ihn mit Freude. *Entspann dich und genieß es einfach. Sie ist nicht wie die anderen.*

Gleichzeitig wurde er jedoch von unerklärlicher Panik erfasst. *Zeig ihr bloß nicht dein wahres Ich. Mach nicht noch einmal dieselben Fehler, verlier nicht die Kontrolle!*

„Danke", brachte er heraus. „Dein Geschenk war ebenso einzigartig, wie du es bist."

Sie lächelte breit. „Das fasse ich als Kompliment auf, Euer Gnaden."

❦ 27 ❦

AM DARAUFFOLGENDEN MORGEN WAR EMMA GEMEINSAM MIT Ambrose auf dem Weg zu Silas Webbs Unterkunft in Whitechapel. Die Tatsache, dass ihr Bruder sie zu dieser Nachforschung mitnahm, erfüllte sie mit unbeschreiblicher Freude.

„Danke, dass du mich mitkommen lässt, Ambrose."

Ihr Bruder, der während der Kutschenfahrt bisher aus dem Fenster gestarrt hatte, blickte sie an. „Ich bin mir nicht sicher, ob das eine gute Idee war. Aber mir blieb wohl keine andere Wahl."

Jetzt nagten Schuldgefühle an ihr. Sie hatte sehr energisch darauf bestanden, dabei sein zu dürfen. „Ambrose, ich ..."

„Es wäre doch ziemlich töricht, unsere erfolgreichste Ermittlerin von dem Fall auszuschließen, nicht wahr?"

Erst, als sie den Anflug eines Lächelns in seinem Blick bemerkte, begriff sie die Bedeutung seiner Worte. „Meinst du das ernst?", fragte sie.

„Es lässt sich nicht leugnen, Em. Du hast Informationen aus Strathavens Angestellten und den Theaterleuten herausbekommen, ganz im Gegensatz zu mir. Zweifellos besitzt du ein Talent für diese Art von Arbeit."

Seine Worte erfreuten sie zutiefst. „Danke, Ambrose."

„Gerne." Dann wurde seine Miene ernster. „Du sollst wissen, dass ich nie an deinen Fähigkeiten gezweifelt habe, Emma. Ich wusste schon immer, was in dir steckt."

„Wenn du um meine Sicherheit besorgt bist, verspreche ich, dass ich alles tun werde …"

„Trotz aller Vorkehrungen werde ich mir immer Sorgen machen. Als dein Bruder kann ich einfach nicht anders." Ambrose studierte eingehend eine Buntfalte in seiner Hose. „Da ist noch etwas anderes."

„Es ziemt sich nicht für eine Frau, als Detektivin zu arbeiten?", vermutete sie.

Er warf ihr einen schiefen Blick zu. „Wann haben wir Kents uns je etwas aus Gepflogenheiten gemacht?"

Da hatte er allerdings recht.

„Was ist es dann?", fragte sie.

„Erinnerst du dich an das eine Mal, als du allein nach London gekommen bist? Als unser Haus brannte, Vater erkrankt war, und die Familie kurz vor der Zwangsräumung stand? Irgendwie hast du dich bis hierher durchgeschlagen, um Hilfe zu holen."

„Ja, das weiß ich noch." Wie könnte sie das vergessen? Es war ein so entsetzliches, aber auch aufregendes Abenteuer gewesen. „Aber wie kommst du denn jetzt darauf?"

„Du warst gerade mal sechzehn. Etwas so Schreckliches hättest du *niemals* durchmachen dürfen."

Seine ruhigen, eindringlichen Worte überraschten sie.

„Es war nicht zu ändern. Ich habe getan, was getan werden musste."

„Hätte ich besser verdient, meine Familie besser unterstützen können, wäre dir diese Tortur erspart geblieben", presste er hervor. „Ich hätte euch alle beschützen müssen."

Seine Miene verriet ihr, wie ernst er es meinte.

„Du hast doch alles Menschenmögliche getan", protestierte sie. „Hast dich fast zu Tode gearbeitet, um uns zu unterstützen. Ambrose, dafür kannst du dir unmöglich Vorwürfe machen."

„Das sagt Marianne auch immer. Logisch gesehen mag es stimmen. Aber hier drin …", sagte er und legte sich die Hand aufs Herz, „wünschte ich, dass ich mehr getan hätte. Vor allem für dich, Em."

Seine Worte schnürten ihr die Kehle zu. Sie hatte ja keine Ahnung gehabt, dass ihr Bruder diese Last mit sich herumschleppte.

„Deshalb möchte ich, dass du alle Freiheiten und Möglichkeiten hast, die dir als Kind verwehrt wurden", sagte er leise. „Ich wünsche mir, dass du glücklich bist."

„Das bin ich", antwortete sie mit zitternder Stimme.

Ihr Bruder zögerte kurz. „Mit Strathaven?"

Sie nickte.

Er stieß einen tiefen Seufzer aus. „Ich kann wirklich nicht sagen, dass ich diesem Mann wohlgesonnen bin, aber zugegebenermaßen habe ich ihn in einer Hinsicht falsch eingeschätzt. Gestern Abend hat er sein eigenes Leben riskiert, um McLeod zu beschützen."

Seine Schilderung der Geschehnisse um Palmers Festnahme überraschte sie nicht. Ebenso wenig wunderte es sie, dass Alaric ihr nichts von seinen Heldentaten erzählt hatte. Ein Sprichwort ihres Vaters kam ihr in den Sinn.

Wahre Tugend rühmt sich nicht durch Aufmerksamkeit, sie selbst ist Belohnung genug.

„Strathaven ist ein guter Mann", bestätigte sie. „Nur ein wenig kompliziert."

„Ein wenig?"

„Glaubst du, dass du ihn irgendwann mögen könntest?", fragte sie verhalten.

„Spielt das eine Rolle?"

„Ich würde es mir wünschen. Dass ihr gut miteinander auskommt", gab sie zu.

Kurz herrschte Schweigen.

„Wenn es dich glücklich macht, Emma, dann werde ich mich

darum bemühen", sagte er schließlich.

Ihr ging das Herz auf. „Na siehst du, großer Bruder. Du hast doch immer dein Bestes für uns gegeben – für mich."

Ambrose nickte kurz angebunden und wandte sich abrupt wieder dem Fenster zu, aber ihr war das verdächtige Schimmern in seinen Augen nicht entgangen.

Bald darauf erreichten sie einen Stadtteil, den sie bisher nie besucht hatte. Während sie durch die Elendsviertel in Whitechapel fuhren, verkrampfte sich ihr Herz bei dem Anblick der in Lumpen gekleideten, hoffnungslos dreinblickenden Frauen und Kinder. Die Kutsche hielt vor einer Reihe heruntergekommener Unterkünfte an. Alaric, McLeod und mehrere Wachmänner erwarteten sie bereits.

Der Herzog verbeugte sich mit einem besitzergreifenden Blick vor ihr.

„Hallo, Miss Kent", murmelte er. „Haben Sie sich von Ihrem gestrigen Abenteuer erholt?"

Sie wusste, dass er nicht den Ball, sondern ihr ... Rendezvous in der Galerie meinte.

„In der Tat fühle ich mich äußerst erfrischt."

Ein Lächeln umspielte seine Lippen.

„Wir haben die Wohnung durchsucht und die Umgebung gesichert", meldete sich McLeod forsch zu Wort. „Jetzt können wir uns an die Befragung der Nachbarn machen. Miss Kent, Cooper und ich werden Sie begleiten."

„Ich ebenfalls", sagte Alaric.

Sein herrischer Tonfall ließ sie zusammenzucken, da sie wusste, wie streitlustig die beiden Brüder sein konnten. Zu ihrer Überraschung grinste Mr McLeod jedoch nur breit.

„Dass ich das noch erleben darf. Du bist eben doch ein echter McLeod, Bruder."

Alaric warf ihm einen eisigen Blick zu. „Soll heißen?"

„Soll heißen, wir Schotten stecken unser Revier ab und teilen nicht gern, was uns gehört." Mit einer Wucht, die jeden anderen

Mann glatt von den Socken gehaut hätte, boxte Mr McLeod seinen Bruder in die Schulter.

Obwohl Alaric stocksteif blieb, fingen seine hohen Wangenknochen an zu glühen.

„Wenn du mit deinem Geschwätz fertig bist, können wir vielleicht endlich zur Tat schreiten, Peregrine", murmelte er.

„Mit Vergnügen, Euer Gnaden", entgegnete McLeod grinsend.

Ihr unbeschwertes Geplänkel verblüffte Emma. Vielleicht hatte Alarics gestrige selbstlose Tat dazu beigetragen, dass die alten Wunden langsam zu heilen begannen.

„Miss Kent?" Der Herzog hielt ihr seinen Arm entgegen.

„Ist alles in Ordnung zwischen dir und Mr McLeod?", flüsterte sie ihm zu, während sie auf die Unterkünfte zugingen.

Alaric zögerte kurz. Dann murmelte er in nachdenklichem Tonfall: „Ja, ich glaube, es wendet sich langsam alles zum Guten."

Sie teilten sich in mehrere Gruppen auf und gingen von Tür zu Tür. Meistens ernteten sie nichts weiter als argwöhnische Blicke, gelegentlich begleitet von einem: „Ich kümmer mich um meinen eigenen Kram und weiß nix". Manche Nachbarn gaben wilde, offensichtlich erfundene Geschichten zum Besten, in der Hoffnung, eine Belohnung abstauben zu können. Niemand schien sonderlich schockiert zu sein, dass jemand in ihrem Viertel tot aufgefunden worden war.

Nach einer Stunde erfolgloser Befragungen fanden sie sich wieder vor Webbs Unterkunft ein. Gedankenverloren ließ Emma den Blick über die staubige Straße wandern. Die andere Straßenseite war beinahe identisch mit der, auf der sie sich befand. Eine Bewegung vor dem Mietshaus direkt gegenüber erregte ihre Aufmerksamkeit: flatternde Wäsche auf einer Leine, das strahlende Weiß der Laken ein krasser Gegensatz zu der schmutzigen Fassade des Gebäudes.

Ohne nachzudenken zupfte sie Alaric am Ärmel. „Lass uns mal dort hinübergehen. Zu der Wohnung mit der sauberen Wäsche."

„Ist dir etwas aufgefallen, Liebchen?", fragte er.

„Es ist nur so eine Ahnung."

„Das ist immer noch besser als alles, was wir bisher erreicht haben", erwiderte er trocken.

In Begleitung von Ambrose und Mr McLeod überquerten sie die Straße und klopften an die Tür. Aus dem Inneren ertönte Kindergeschrei und Hundegebell. Der Duft von Essen lag in der Luft. Kurz darauf wurde die Tür von einer stämmigen Hausmutter mit rosigen Wangen und abgetragener, aber sauber gepresster Kleidung geöffnet. Auf ihren graumelierten Locken saß eine ordentliche Haube.

„Mir egal, was Sie anbieten, ich kauf nix", sagte sie.

„Verzeihung, gnädige Frau", meldete sich Ambrose zu Wort und zog den Hut. „Wir sind Ermittler, die einem Fall bezüglich eines Mannes von gegenüber nachgehen ..."

„Kenn ich nich und will ich auch gar nich kennen. Ich hab 'nen Eintopf aufm Herd und keine Zeit zum Tratschen."

„Entschuldigen Sie bitte, gnädige Frau", mischte sich jetzt auch Emma ein und knickste höflich. „Mein Name ist Emma Kent. Mit wem habe ich das Vergnügen?"

„Mrs Gibney", erwiderte die Frau widerwillig.

„Wir wollen Sie gar nicht lange aufhalten und würden Sie für Ihre Zeit entschädigen", fuhr Emma fort. „Wenn es die Sache vereinfacht, könnte ich hereinkommen und mit Ihnen sprechen, während Sie sich um das Essen kümmern. Die Herren werden einstweilen draußen warten."

Die Frau runzelte die Stirn, senkte dann jedoch den Blick zu Emmas Pompadour. „Entschädigung?"

„Wären fünf Pfund ausreichend?"

Mrs Gibneys Augen wurden groß. „Woher weiß ich, dassie mich nich veräppeln?"

Emma öffnete ihre Tasche, zählte fünf Goldmünzen heraus und hielt sie ihr hin. „Hier, bitte schön. Darf ich jetzt eintreten?"

„Sie sollten erst bezahlen, *nachdem* Sie die Information erhalten haben", murmelte Mr McLeod hinter ihr.

Die stämmige Frau, die gerade im Begriff war, die Hand nach dem Geld auszustrecken, zog sie zurück, als hätte sie sich verbrannt. Wütend starrte sie den Schotten an. „Ich bin keine Diebin, und wenn Sie das denken, könnense Ihren Zaster gleich wieder einstecken und verschwinden ..."

„Niemand denkt das, Mrs Gibney", unterbrach Emma sie hastig. „Das Geld soll eine Gegenleistung für Ihre Zeit und Mühe sein, nichts weiter. Bitte nehmen Sie es an."

Endlich gab die Frau nach, steckte die Münzen ein und winkte Emma ins Haus.

Alaric wollte ihr folgen, aber Mrs Gibney versperrte ihm den Weg. „Die Dame hat gesagt, sie kommt alleine rein."

„Ich lasse sie nicht allein", erwiderte er. „Bitte treten Sie zur Seite, Madam."

Etwas in seinem Ton brachte die forsche Matrone dazu, sich seinem Willen zu beugen. Zu dritt begaben sie sich in das beengte Hauptzimmer, in dem mehrere Kinder mit einem Welpen spielten. Trotz des Platzmangels bemerkte Emma, wie liebevoll das Heim eingerichtet war und wie sauber und wohlgenährt die Kinder erschienen. Eine gesprungene Vase voller Wildblumen stand auf einem Tisch, auf dem auch frisches Gemüse zum Zerkleinern bereitlag.

Das ganze Bild bestätigte die Schlüsse, die sie über Mrs Gibney gezogen hatte. Sie wirkte wie eine stolze, hart arbeitende Frau, die Fremden gegenüber zwar misstrauisch sein mochte, diese aber nicht belügen würde. Eine Frau, die Reinheit mit Frömmigkeit gleichsetzte – und der strahlenden Sauberkeit ihrer Laken zufolge, musste sie viel Zeit im Freien damit verbringen, die Wäsche geschwind auf- und abzuhängen, bevor der Schmutz der Straße darauf abfärbte.

Demnach hatte sie dauerhaft die perfekte Sicht auf Silas Webbs Unterkunft.

„Wer sind die denn, Ma?", fragte ein etwa siebenjähriger Junge und gesellte sich zu ihnen.

„Benimm dich, Tommy", ermahnte Mrs Gibney den Kleinen.

„Ich bin Miss Kent", stellte Emma sich lächelnd vor. „Und das hier ist der Herzog von Strathaven."

„Ein Herzog? Hier bei uns? Das könnense aber mal jemand anderem weismachen, Miss!", schnaubte Tommy.

„Sei nicht so unhöflich", schalt seine Mutter. „Geh und spiel mit deinen Geschwistern oder wasch die Nachttöpfe aus, eins von beiden."

Der Junge entschied sich, wenig überraschend, für ersteres.

„Sie haben wundervolle Kinder", sagte Emma aufrichtig. „Und ein bezauberndes Heim."

„Nicht gerade das Carlton House", schnaubte Mrs Gibney. „Aber es taugt." Sie stellte sich an den Herd und rührte den Inhalt des schwarzen Eisentopfs über dem Feuer um. „Also, worüber wollten Sie sprechen?"

Emma deutete auf das Schneidebrett voll Gemüse. „Darf ich?"

Die Matrone zuckte mit den Achseln. „Wie se woll'n."

Sie war sich Alarics amüsierten Blicks bewusst, als sie begann, die Möhren und Zwiebeln geschickt zu zerkleinern. „Im Haus gegenüber wurde ein Mann tot aufgefunden", sagte sie. „Sein Name war Silas Webb."

„Kenn ich nich."

„Vielleicht nicht dem Namen nach", gestand Emma ihr zu. „Aber er wohnte direkt gegenüber von Ihrem Haus."

Schweigend rührte Mrs Gibney weiter in ihrem Topf.

„Wir versuchen, Informationen über ihn zu sammeln – vor allem über mögliche Bekanntschaften", berichtete sie, während sie sich den Kartoffeln zuwandte. „Webb war ein Krimineller, wissen Sie. Er hat zwei Mordanschläge auf den Herzog verübt."

Mrs Gibney zog die Brauen bis zum Haaransatz hoch. „Es geht um Mord?"

„So ist es", bestätigte Alaric.

„Jedes noch so kleine Detail, das Ihnen aufgefallen sein könnte, ist wichtig. Das Leben eines Mannes steht auf dem Spiel", sagte Emma nachdrücklich.

Endlich legte die stämmige Frau den Löffel beiseite. „Vielleicht hab ich mal gesehen, wie irgend so ein Kerl ihn besucht hat."

Ein Prickeln fuhr über Emmas Haut. „Wirklich?"

„Vor etwa 'ner Woche hab ich die Wäsche aufgehängt, als 'ne Kutsche vorgefahren ist. So 'ne schicke wie seine." Sie nickte in Richtung Alaric und bestätigte Emmas Vermutung, dass der Matrone nicht viel entging.

„Können Sie die Droschke genauer beschreiben? Hatte sie irgendwelche auffälligen Verzierungen?", hakte Emma nach.

„Ich weiß nur noch, dassie schwarz und glänzend war. An dem Tag ist'n Karren auf der andren Straßenseite umgekippt und hat alles blockiert, deshalb hat die Kutsche direkt vor meiner Tür geparkt und meiner nassen Wäsche das Sonnenlicht genommen. Das war dem Kutscher natürlich piepegal", schnaubte Mrs Gibney ungehalten. „Hat nur gesagt: *Verzieh dich* – als solle ich mich aus meinem eigenen Haus scheren, damit irgend so'n reicher Schnösel in ner Durchgangsstraße seine Geschäfte abwickeln kann."

„Haben Sie den Namen des Herren mitbekommen?", fragte Emma eifrig.

Die stämmige Frau schüttelte den Kopf. „Aber dem Kutscher hab ich sowas von nicht über den Weg getraut. Hab den Wagen schön im Auge behalten ... und da hab ich irgendwann 'nen Typen von der andren Straßenseite rüberrennen seh'n. Aus dem Gebäude, das Sie meinen."

„Wie hat dieser Mann ausgesehen?", fragte Alaric angespannt.

„Klein, schwarze Haare, dick. Brille auf der Nase."

„Silas Webb", bestätigte er.

Emma versuchte, ihre Aufregung zu unterdrücken. „Was haben Sie noch beobachtet, Mrs Gibney?"

„Die Tür der Kutsche wurde geöffnet und da saß so'n blonder Schnösel drin – aber ich hab ihn nur ganz kurz gesehen, bevor dieser Webb reingeklettert ist und die Tür zugehau'n hat. Da die Vorhänge zugezogen waren, hab ich nich mitbekommen, was dann passiert ist, aber etwa zehn Minuten später kam Webb wieder raus." Mrs Gibney runzelte angestrengt die Stirn. „Er hat irgendwas gesagt von wegen: *Ich kümmer mich um Palmer, Sie sich um Billings.*"

Bei so vielen neuen Enthüllungen stockte Emma beinahe der Atem. Palmer. *Billings.*

„Dann ist Webb wieder in seine Wohnung zurück und die Kutsche von dem Schnösel hat sich aus'm Staub gemacht. Mehr weiß ich wirklich nich", schloss Mrs Gibney entschieden.

„Sie waren äußerst hilfreich, Mrs Gibney", sagte Emma. „Vielen Dank."

Achselzuckend warf die Matrone einen Blick auf das zubereitete Gemüse. „Ich hab zu danken, das is ja recht ordentlich geschnitten."

Alaric platzierte diskret einen Geldschein auf dem Tisch.

Dann verbeugte er sich und sagte: „Danke für Ihre Zeit, Madam."

„Sie haben mich doch schon bezahlt. Wir Gibneys brauchen keine Almosen." Ihr Stolz verbot es der Frau, den Betrag des Scheins überhaupt eines Blickes zu würdigen.

Als Emma jedoch sah, wie großzügig Alaric war, quoll ihr Herz vor Zuneigung über.

„Es ist ein Geschenk, Mrs Gibney. Für die Kleinen", fügte sie hinzu.

Die Matrone zögerte kurz, nickte dann aber entschlossen. „Dann Dankeschön."

Sobald sie aus der Wohnung traten, wurden sie von den anderen bestürmt.

„Und?", fragte Mr McLeod. „Habt ihr etwas herausgefunden?"

„Allerdings, und das haben wir allein Miss Kents Raffinesse zu verdanken. Aber das sollten wir besser nicht in der Öffentlichkeit besprechen", sagte Alaric.

Kaum saßen sie zu viert in der Kutsche, platzte es aus Emma heraus: „Wir haben eine neue Spur! Mrs Gibney hat Silas Webb mit einem vermutlich blonden Gentleman zusammen gesehen. Sie hörte, wie Webb sagte, er würde sich um den Schützen kümmern, während unser Unbekannter sich Billings vornehmen solle."

„Billings? Wer soll das sein?", fragte Mr McLeod stirnrunzelnd.

Aufgeregt erzählte sie den Männern von ihrer Begegnung mit Gabby Billings am Vorabend. „Natürlich könnte es reiner Zufall sein, aber Gabby hat erwähnt, dass ihr Vater Bankier ist und dass sie, dank eines einflussreichen Kunden, der ihrem Vater einen großen Gefallen schuldete, zum Ball der Blackwoods eingeladen wurde." Nachdenklich kaute Emma auf ihrer Unterlippe herum, während ihr unzählige neue Möglichkeiten durch den Kopf gingen. „Hoffentlich ist Gabbys Vater nicht in diese Sache verwickelt. Sie ist so ein nettes Mädchen."

„Wie Sie immer sagen, Kent: Folge dem Geld", merkte Mr McLeod an.

„Dann wollen wir dem Bankier mal einen Besuch abstatten", beschloss Alaric.

$$\text{\Large ❦ \quad 28 \quad ❦}$$

BILLINGS' GELDINSTITUT BEFAND SICH, GÜNSTIG GELEGEN, IN
einer Gasse nicht unweit der Bank of England und dem umliegenden Bankenviertel. Von außen wirkte das graue Backsteingebäude gewollt unauffällig. Von innen erweckte die luxuriöse Einrichtung jedoch den Eindruck von Eleganz und Wohlstand. Edle Polstermöbel gruppierten sich um einen Marmorkamin, und ein kunstvoll verzierter Bronzekronleuchter tauchte das Foyer in ein komfortables Licht. Ein mit Teppich ausgelegter Korridor führte aus dem Empfangsbereich zu einer Reihe privater Büroräume.

Ein uniformierter Angestellter eilte auf sie zu und erkundigte sich nach dem Grund ihres Besuchs.

„Wir wollen mit Billings sprechen", informierte Kent ihn.

„Haben Sie einen Termin, Sir?"

„Sagen Sie ihm, der Herzog von Strathaven wünscht ihn zu sehen."

„J-ja, Euer Gnaden. Natürlich. Bitte nehmen Sie kurz Platz. Ich unterrichte Mr Billings umgehend von Ihrer Anwesenheit", stotterte der Angestellte und wies mit einer Verbeugung auf den Wartebereich.

Alaric führte Emma zu einem der Sessel. Er selbst blieb jedoch stehen und musterte unauffällig die übrige Kundschaft. Billings schien eine ganz bestimmte Sorte Klientel zu bedienen - die gehobene Unterschicht. Obwohl die anwesenden Klienten teure Kleidung trugen, ließen ihre skrupellosen Mienen und bis an die Zähne bewaffneten Wachmänner darauf schließen, dass sie sich ihren Reichtum hart erarbeitet hatten und diesen mit allen Mitteln verteidigen würden.

Kurze Zeit später kam der Angestellte zurück und eröffnete ihnen, dass Mr Billings sie nun empfangen könne. Sie wurden in ein geräumiges Büro geführt, das mit Mahagonimöbeln eingerichtet und in Burgundertönen gehalten war. Billings erhob sich von seinem Platz hinter dem Schreibtisch. Er hatte dunkle, scharfe Augen und kantige Züge und begrüßte sie mit höflicher Gleichgültigkeit und einem geschliffenen Akzent.

„Willkommen in meinem bescheidenen Etablissement." Er bedeutete ihnen, ihm gegenüber Platz zu nehmen. „Tee?"

„Danke, nein", erwiderte Alaric. „Wir sind in einer dringlichen Angelegenheit hier."

„Ist das so? Und wie kann ich Ihnen dabei behilflich sein?"

„Wir benötigen Informationen über einen Ihrer Klienten", erklärte Kent.

Billings Augen flackerten kurz, ansonsten blieb er völlig beherrscht. „Leider ist es mir nicht gestattet, über meine Kundschaft zu sprechen. Hier bei Billings garantieren wir äußerste Diskretion und Verschwiegenheit. Das verstehen Sie sicher."

„Und *Sie* verstehen sicher, dass wir Sie nach Newgate schicken, wenn Sie nicht kooperieren", knurrte Will.

„Mit welchem Vorwurf?"

„Beihilfe zum Mord", sagte Kent.

„Das ist doch lächerlich", lachte der Bankier trocken auf. „Ich bin nicht in einen Mord verwickelt."

„Sie vielleicht nicht, Mr Billings, aber Sie scheinen jemanden zu kennen, der es ist." Emmas sanfter, aber bestimmter Tonfall zog dessen Aufmerksamkeit auf sich. „Ich habe Ihre Tochter auf dem Ball der Blackwoods kennengelernt."

„Gabriella?" Die Miene des Bankiers verfinsterte sich. „Was hat sie damit zu tun?"

„Sie erzählte mir, dass einer Ihrer Klienten ihr Zutritt zu der Veranstaltung verschafft hat. Ein wohlhabender, einflussreicher Gentleman, der Ihnen einen großen Gefallen schuldete." Emma hielt kurz inne. „Wir müssen die Identität dieses Mannes erfahren, denn wir glauben, dass er an den Mordanschlägen auf Seine Gnaden beteiligt ist."

„Mein Geschäft wurde auf den Prinzipien der Vertraulichkeit erbaut. Ich habe einen Ruf zu wahren", erwiderte Billings steif. „Meine Klienten ... sagen wir einfach, es sind keine sehr nachsichtigen Männer."

Alaric riss der Geduldsfaden.

„Das bin ich auch nicht, Billings", drohte er kühl. „Sagen Sie mir, wer der Bastard ist, oder ich werde alles in meiner Macht Stehende tun, um Sie zu ruinieren. Ich werde Ihr Geschäft dem Erdboden gleichmachen. Glauben Sie mir, Sie wollen mich nicht zum Feind haben."

Die Augen des Bankiers huschten von einem zum anderen, während er nachdachte.

„Gut, ich sage es Ihnen", lenkte er schließlich ein. „Aber Sie haben es nicht von mir gehört."

„Raus damit, Mann", knurrte Will.

„Lord Mercer. Er war derjenige, der mir einen Gefallen schuldete."

Alarics Magen verkrampfte sich. Verdammt – dieser elende *Dandy* steckte dahinter?

„Was haben Sie für Mercer getan?", verlangte er zu wissen.

„Vor etwa fünf Monaten kam er zu mir und bat mich, einen Deal für ihn auszuhandeln", sagte Billings und rückte einen Stift auf dem Schreibtisch gerade. „Es ging um United Mining."

„Hast du das Unternehmen nicht um diese Zeit herum übernommen?", fragte Will seinen Bruder.

Alaric nickte kurz angebunden. „Warum sollte Mercer mich deswegen töten wollen? Wenn er Aktien erworben hat, habe ich ihn dank meiner Übernahme zu einem reichen Mann gemacht. Nach der Abstimmung über die Expansion wird er in Geld schwimmen."

„Das ist es ja gerade – Mercer hat nicht auf einen steigenden Aktienkurs spekuliert, sondern auf einen *fallenden*."

Eisige Klarheit überkam Alaric.

Natürlich. Dieser hinterhältige, geniale Bastard.

„Das verstehe ich nicht", sagte Emma mit gerunzelter Stirn.

„Mercer und ich kamen zu einer Einigung, nach der er mir Aktien ‚verkaufte' und ich ihm den derzeitigen Verkaufskurs bezahlte", belehrte der Bankier sie. „Anders gesagt, habe ich ihm Geld für Aktien gegeben, die er noch nicht besaß, während er im Gegenzug einen Schuldbrief unterzeichnete, der besagte, dass er mir innerhalb eines bestimmten Zeitraums die tatsächlichen Aktien überschreiben müsse – zusätzlich eines gewissen Prozentsatzes, versteht sich. Können Sie mir so weit folgen?"

Emma nickte.

„Das alles geschah Wochen vor Strathavens Übernahme. Zum damaligen Zeitpunkt war United Mining ein sinkendes Schiff", fuhr der Bankier fort. „Mercer war sich sicher, dass die Aktienpreise weiter fallen würden und plante, seine Anteile später mit meinem Geld zu kaufen, wenn sie völlig im Keller waren. So hätte er den Differenzbetrag einheimsen und sein Vermögen weiter aufstocken können."

„Aber dann habe ich das Unternehmen übernommen und die Preise sind gestiegen", sagte Alaric. „Was bedeutet, dass Mercers Schulden ins Unermessliche wuchsen."

„Ganz genau. Bisher konnte Lord Mercer die Tatsache verbergen, dass er bis zum Hals in Schulden steckt, aber jetzt?" Billings zuckte mit den Achseln. „Jetzt ist er vollkommen pleite. Und laut unserem Vertrag muss er mir innerhalb von zwei Wochen die Aktienzertifikate seiner erworbenen Anteile übergeben."

„Wie viel schuldet Mercer Ihnen?", fragte Kent.

„Nach dem heutigen Stand der United-Aktien etwa dreißigtausend Pfund. Und das ist ein Bruchteil dessen, was er zahlen muss, wenn die Abstimmung zur Expansion gewonnen wird. Allen Erwartungen nach werden die Aktienpreise durch die Decke gehen und seine Schulden astronomische Ausmaße annehmen."

„Und ganz nebenbei streichen Sie einen ordentlichen Gewinn ein", sagte Alaric trocken.

Billings verzog keine Miene.

„Mercer dachte, wenn er Strathaven aus dem Weg schaffen könnte, würde United erneut bankrottgehen", mutmaßte Will grimmig. „Damit wären alle seine finanziellen Probleme gelöst. Das klingt definitiv nach einem Mordmotiv."

„Dazu kann ich nichts sagen, ich bin nur ein einfacher Bankier", erwiderte Billings.

„Aber es überrascht Sie nicht, dass Mercer bereitwillig einen Mann töten würde?", fragte Kent.

Der Angesprochene schürzte nur die Lippen.

„Kennen Sie Silas Webb und seine Beziehung zu Lord Mercer?", mischte Emma sich ein.

Trotz der schrecklichen Enthüllungen der letzten Minuten, musste Alaric angesichts ihrer Gerissenheit schmunzeln. Mit ihren glänzenden Locken und den großen, braunen Augen mochte sie wie eine unschuldige Schönheit wirken, aber seiner Emma entging nichts.

„Mr Webb begleitete Lord Mercer zu einem seiner Termine hier", erinnerte Billings sich. „Er hat nicht viel gesagt, aber vermutlich sind sie Geschäftspartner."

„Das *waren* sie", sagte Alaric. „Webb ist tot."

„Tot?", wiederholte der Bankier.

„Man hat ihm eine Kugel durch den Kopf gejagt", bestätigte Will. „So bedankt sich Mercer anscheinend bei seinen Partnern."

„Ich kann auf mich aufpassen", erwiderte Billings und zupfte sich eine Fluse vom Ärmel. „Immerhin bin ich ein wichtiger Mann für andere wichtige Männer – meine Klienten werden nicht erfreut sein zu hören, dass ein Dieb ihnen ihre Einlagen gestohlen hat. Sollte Mercer seinen Teil der Abmachung nicht einhalten, wird ihm das gesamte Gangstermilieu nach dem Leben trachten."

***

„Dieser Mr Billings war ja kein sehr netter Mann, was mich wundert, weil seine Tochter wirklich reizend ist. Hoffentlich gerät Gabby wegen dieser ganzen Angelegenheit nicht in Schwierigkeiten", sagte Emma, als sie wieder in der Kutsche saßen.

Stirnrunzelnd überlegte sie, ob sie dem Mädchen eine Nachricht zukommen lassen sollte.

„Nein, als *nett* würde ich den Meisterbankier der Unterwelt wahrlich nicht bezeichnen", schnaubte Mr McLeod. „Kein Wunder, dass Mercer sich aus dem Staub gemacht hat. Wenn wir ihn nicht finden ... Billings' Mörderbande wird es bestimmt gelingen."

„Wo sollen wir als Nächstes nachforschen? In Lord Mercers Anwesen?", fragte Emma.

„Wenn Sie mit *wir* Will, Kent und mich meinen, dann ja", antwortete Alaric. „*Sie* begeben sich auf direktem Weg nach Hause."

„Wie bitte?", entgegnete sie ungehalten. „Wir haben herausgefunden, wer der Mörder ist! Ich werde doch nicht inmitten der Ermittlung verschwinden."

„So lauten die Regeln, meine Liebe. Sie haben ihnen zugestimmt."

Sein autokratischer Tonfall erzürnte sie. Gerade wollte sie ihm Konter geben, als er seine Hand sanft an ihr Kinn legte.

„Sie waren uns eine große Hilfe." Sein heiseres Lob ließ sie vor Wonne erbeben. „Aber ich lasse nicht zu, dass Ihnen etwas zustößt. Jetzt wird es gefährlich für uns, und die Sorge um Ihre Sicherheit darf mich nicht ablenken."

Sie nagte an ihrer Unterlippe. Verflixt ... er hatte recht. Ihre körperlichen Eigenschaften waren der brutalen, mordlustigen Stärke eines Mannes wie Mercer nicht gewachsen. Auf keinen Fall wollte sie die Mission gefährden.

„Was ist mit Ihrer Sicherheit? Der von Ambrose und Mr McLeod?", fragte sie.

„Wir haben Waffen und Wachmänner bei uns", sagte er. „Uns wird nichts passieren."

„Strathaven hat recht", mischte sich ihr Bruder ein, der ihren Wortwechsel bislang schweigend verfolgt hatte. „Du hilfst uns am besten, indem du dich um die Familie kümmerst."

„Keine Sorge, Miss", fügte Mr McLeod augenzwinkernd hinzu. „Ich werde gut auf Ihren Herzog aufpassen."

Emma errötete. „Ich hoffe, Sie passen alle gut aufeinander auf."

Alaric strich ihr mit dem Handrücken über die Wange, eine so beiläufig sanfte Geste, dass ihr das Herz vor Liebe zu platzen drohte.

„Die Sache wird bald vorbei sein, und dann werden Sie mir endlich eine Antwort bezüglich unserer Zukunft geben." Obwohl seine Stimme kühl und bestimmt klang, spürte sie die Sehnsucht, die sich hinter seinen Worten verbarg. „Versprechen Sie es mir, Emma."

Wie konnte sie seinen hellgrünen Augen widerstehen, in denen sich ein so intensives Verlangen spiegelte? Es gab ihr das Gefühl, als sei sie die einzige Frau auf der ganzen Welt für ihn – so wie er der Einzige für sie war.

Wie ein hell leuchtender Stern erfüllte er ihren Horizont. Sie wusste genau, wie ihre Antwort lauten würde.

„Ich verspreche es", sagte sie. „Seien Sie vorsichtig. Ich werde auf Sie warten."

❦ 29 ❦

„DIESER BASTARD MERCER IST CLEVERER, ALS ICH IHM zugetraut hätte." Energisch stach Will mit dem Messer in seinen gebratenen Fasan, schnitt ein Stück ab und steckte es sich in den Mund. „Unglaublich, dass er uns den ganzen verdammten Tag lang entkommen ist."

Dem konnte Alaric nur zustimmen – Mercer war ein teuflischer Meister des Verschwindens. Irgendwie hatte der Nichtsnutz mitbekommen, dass sein hinterhältiges Spiel vorbei war, und sich wie ein gejagter Fuchs aus dem Staub gemacht. Alaric, Will und mehrere Polizisten hatten das Anwesen des Grafen durchsucht, ebenso wie den Herrenklub und dessen bevorzugtes Freudenhaus, doch er schien ihnen immer einen Schritt voraus zu sein.

Mit seiner üblichen Effizienz hatte Kent mehrere Suchtrupps zusammengestellt, die rund um die Uhr nach Mercer fahnden würden. Nach zwölf Stunden hatte Alaric jedoch widerwillig einräumen müssen, dass eine Pause angebracht war. Will hatte darauf bestanden, ihn nach Hause zu begleiten, woraufhin Alaric ihn zu einem späten Abendessen einlud.

Zu seiner Überraschung hatte sein Bruder die Einladung angenommen.

Also saßen sie nun gemeinsam an einem Ende der langen Tafel in seinem Esszimmer. Will hatte Sakko und Krawatte über seine Rückenlehne geworfen und schien sich pudelwohl zu fühlen. Sie aßen und unterhielten sich ... wie zwei ganz normale Brüder.

Es fühlte sich höchst seltsam an – aber nicht auf eine schlechte Art.

Alaric kostete von der Bratenfüllung aus Maronen, die äußerst saftig und schmackhaft war. Das lag gewiss gleichermaßen an dem Können seines französischen Kochs wie auch an der Tatsache, dass die stundenlange Jagd nach einem Mörder ziemlich appetitanregend war.

„Wohin, glaubst du, wird Mercer wohl als Nächstes gehen?", fragte er.

Will spülte seinen Bissen mit einem Schluck Wein hinunter. „Wahrscheinlich will er sich in sicherere Gefilde flüchten. Nach Frankreich, zum Beispiel. Schnöseln wie ihm gefällt es dort drüben."

„Laut Kent hast du das treffsicherste Bauchgefühl der ganzen Detektivbranche."

Will legte seine Gabel beiseite und fasste sich mit der Hand ans Herz. „Heilige Mutter Gottes, war das etwa ein Kompliment aus dem Mund Seiner Gnaden?"

Alarics Lippen zuckten amüsiert. Schon als kleiner Junge war Will verspielt und aufsässig gewesen. Anscheinend hatte er als Erwachsener nicht viel von diesen Eigenschaften eingebüßt.

„Deine Possen beleidigen die herzogliche Präsenz", erwiderte er mit gespielter Hochnäsigkeit.

Grinsend griff Will wieder nach seiner Gabel. „Die herzogliche Präsenz sollte sich besser eine dickere Haut zulegen, wenn sie so leicht zu beleidigen ist."

„Der herzogliche Erbe sollte sich auf eine Tracht Prügel gefasst machen, wenn er nicht mit der Piesackerei aufhört."

„Als ob du mich verprügeln könntest", gab Will zurück und

schaufelte sich einen Bissen Spargel á l'amande in den Mund. „Mmh, das gefällt mir!"

„Französische Cuisine ist unvergleichlich."

„Damit meinte ich nicht den Spargel, sondern uns beide. Ein gemeinsames Abendessen. Unterhaltung, statt sich gegenseitig an die Gurgel zu gehen."

Aus Gewohnheit wollte Alaric etwas Sarkastisches erwidern, aber er besann sich eines Besseren. „Das ist wirklich eine willkommene Abwechslung."

Will, der gerade nach seinem Weinglas griff, hielt inne. „Ich muss mich bei dir entschuldigen, Bruder. Dafür, dass ich dich falsch eingeschätzt habe." Er holte tief Luft. „All die Jahre habe ich dir vorgeworfen, mir Zuflucht zu verweigern, obwohl du mich in Wahrheit ... nur beschützt hast."

Angesichts der Aufrichtigkeit in den braunen Augen seines Bruders verschlug es ihm die Sprache.

„Du bist mir nichts schuldig", erwiderte er schließlich. „Nicht nach der Sache mit Laura."

Zu seiner Überraschung zuckte Will lediglich mit den Achseln. „Das war wohl eher Glück für mich, immerhin habe ich danach die Frau meiner Träume gefunden. Ich könnte mir kein erfüllteres Leben vorstellen als mit meiner Bella und unseren Kindern."

Er schien die Vergangenheit akzeptiert zu haben und ihm das, was mit Laura geschehen war, nicht mehr nachzutragen. Alaric spürte, wie sich etwas in ihm regte. Es war, als hätte man ein Furunkel aufgestochen, aus dem die eitrige Schuld nun endlich herausfloss. Zum ersten Mal seit so vielen Jahren konnte er befreit aufatmen und fühlte sich irgendwie ... leichter.

Nachdenklich lehnte er sich in seinem Stuhl zurück. „Hört diese Schwärmerei denn niemals auf? Ich habe noch nie einen Mann gesehen, der so glücklich über die Fesseln der Ehe ist."

Will grinste ihn verschmitzt an. „Du hast meine Frau doch mit eigenen Augen gesehen – was denkst *du* denn?"

„Dass du ein verdammter Glückspilz bist", erwiderte Alaric ehrlich.

„Das bin ich wohl. Allerdings scheint das Glück den McLeod-Brüdern in Sachen Liebe generell hold zu sein. Du hast dir da ebenfalls eine gute, temperamentvolle Dame angelacht, was?"

Sein Gesicht erglühte, und ein seltsames Gefühl erfüllte seine Brust.

Stolz.

Als er an Emmas beherzte Entschlossenheit, ihre Wärme und Intelligenz dachte, konnte er kaum glauben, dass er sie gefunden hatte. Sie würde eine wunderbare Herzogin abgeben, ihm bezaubernde, muntere Kinder gebären und ein behütetes, beständiges Zuhause für sie schaffen.

Solange du es nicht vermasselst.

Er schob die Zweifel, die ihn seit der heißen Nacht in der Galerie geplagt hatten, beiseite und redete sich ein, dass seine Bedenken angesichts einer zweiten Ehe ganz natürlich waren. Aber diesmal war es Emma, nicht Laura, und er wusste, was ihn erwartete – wozu er fähig war und wozu nicht.

Er war ihr gegenüber von Anfang an offen und ehrlich gewesen. Sie würde keine Liebe von ihm erwarten. Sie würden Leidenschaft, Gelächter, ja sogar Zuneigung miteinander teilen. Nach seiner desaströsen ersten Ehe war das mehr, als er je wieder einer Frau gegenüber zu empfinden gewagt hatte. Emma sollte so bald wie möglich seinen Ring an ihrem Finger tragen.

„Wenn der Fall um Mercer abgeschlossen ist, werde ich sie heiraten", sagte er schließlich.

Will nickte wissend. „Keine Sorge, den Bastard schnappen wir bald. Kent hat seine alten Kontakte zur Hafenpolizei spielen lassen, die uns dabei helfen werden, die Wasserwege zu überwachen ..."

Er wurde von einem Tumult vor der Tür unterbrochen. Jarvis betrat ungewohnt hektisch den Raum.

Angesichts der aufgewühlten Erscheinung des sonst so unerschütterlichen Butlers runzelte Alaric die Stirn. „Was ist denn los?"

„Sie haben Besuch, Euer Gnaden ..."

„Ich bin nicht einfach nur Besuch, du alter Narr", ertönte eine leise, gebieterische Stimme. „Ich gehöre zur *Familie*."

Wie von der Tarantel gestochen sprang Alaric auf die Füße. Will tat es ihm gleich.

Eine zierliche Gestalt in samtener, brauner Reisekleidung kam in das Zimmer marschiert. Die hellblauen Augen der Dame blitzten unter der Krempe ihres gefiederten Florentinerhuts hervor und hefteten sich auf Alaric. Mit einer majestätischen Handbewegung winkte sie ihn zu sich heran.

Als sie ihm die Hand hinstreckte, beugte er sich aus alter Gewohnheit darüber und küsste die transparente, von Adern durchzogene Haut über ihrem riesigen Karneolring.

„Mein lieber Junge", begann sie atemlos. „Ich habe die schrecklichen Nachrichten mitbekommen und konnte nicht länger fernbleiben. Eigentlich wäre ich sogar noch früher eingetroffen, wenn nicht die Achse der Kutsche gebrochen wäre. Nichtsnutzige Dinger, diese Wagenräder. Erzähl, wie geht es dir? Warst du krank? Ich habe deine Medizin dabei ..."

„Es geht mir gut, Euer Gnaden", unterbrach Alaric sie, nachdem er sich von dem Schock ihres plötzlichen Erscheinens erholt hatte. „Ich glaube, Sie kennen meinen Bruder noch nicht."

„Deinen Bruder?" Ihr Blick wanderte hinüber zu Will und musterte abschätzend dessen geöffneten Kragen und die hochgerollten Ärmel, bevor sie sich wieder Alaric zuwandte. „Keine große Familienähnlichkeit, nicht wahr?", flüsterte sie gedämpft. „Aber nicht alle McLeods sind gleich. Er ist eben ein anderer Wurf."

Will wurde puterrot.

„Wir haben denselben Vater, also sind Will und ich durchaus vom gleichen Wurf", betonte Alaric steif.

Ihre blauen Augen glänzten. „Du meine Güte, da habe ich

dich so lange als meinen eigenen Sohn betrachtet, dass es mir manchmal glatt entfällt. Bitte, verzeih mir."

Die altbekannte Kombination aus Schuldgefühlen und Verärgerung keimte in ihm auf, erinnerte ihn nur zu deutlich an die Verfehlungen, die Laura ihm stets vorgeworfen hatte. Denn obwohl die alte Herzogin so viel für ihn getan hatte, konnte er nie mehr als pflichtgebundene Dankbarkeit für sie empfinden.

„Es gibt nichts zu verzeihen", sagte er kurz angebunden. „Darf ich Ihnen Mr William McLeod vorstellen? Will, das hier ist Lady Patrice, die Herzoginwitwe von Strathaven."

Eine Stunde später hatte sich Patrice endlich in ihr Schlafgemach zurückgezogen, sodass Alaric sich in Ruhe von Will verabschieden konnte.

Als sie in der Eingangshalle standen, flüsterte dieser ihm zu: „Deine Tante ist ja eine ziemlich, äh, interessante Dame."

„Sie ist auch deine Tante", gab Alaric irritiert zurück.

„Stimmt ja." Will räusperte sich. „Ist sie immer so ... flatterhaft?"

„Hysterie steht bei ihr an der Tagesordnung." Kaum hatte Alaric die Worte ausgesprochen, bereute er sie. „Sie meint es nur gut", lenkte er ein. „Während meiner Krankheit hat sie mich gepflegt, als wäre ich ihr eigener Sohn, hat Tag und Nacht an meinem Bett gesessen."

Warum empfinde ich ihr gegenüber dann keine aufrichtige Zuneigung?
Mit einem hatte Laura recht: Ich bin ein kaltherziger Mistkerl.

„Man kann ihr die Sorge um dich nicht verübeln", sagte Will. „Aber du hast eh schon genug Ärger mit Mercer, der sich noch auf freiem Fuß befindet. Wie willst du da auch noch mit ihr fertigwerden?"

Allein der Gedanke bereitete Alaric Kopfschmerzen. Obwohl es bereits spät war, hatte Lady Patrice nach ihrer Ankunft noch die Haushälterin zu sich bestellt, um das Menü der kommenden Woche zu besprechen. Die Mahlzeiten sollten auf seinen empfindsamen Magen abgestimmt sein. Dann hatte sie zwei Hausmädchen befohlen, sein Bett frisch zu überziehen, da sie ihm Schottenflanell mitgebracht hatte, das seinen Schlaf fördern sollte. Anschließend hatte sie den völlig erschöpften Bediensteten befohlen, in ihrem Berg von Gepäck nach einem Beutel voll weißem Salbei zu suchen, den sie verbrennen wollte, um böse Geister von Alaric fernzuhalten.

Wie immer hatte sie seine Proteste einfach ignoriert oder weinerlich darauf reagiert.

Pflichtgefühl hin oder her, nach einer Stunde in ihrer Präsenz war er kurz davor auszurasten. Die Jagd nach Mercer war fürwahr schon strapaziös genug. Das Letzte, was er jetzt noch brauchte, war eine überfürsorgliche, nervöse Witwe.

Plötzlich kam ihm eine zündende Idee. Wieso sollte *er* sich mit Lady Patrice herumschlagen?

Immerhin gab es da jemanden, der sich perfekt für diese Aufgabe eignete.

„Wir treffen uns morgen früh bei Kent", sagte er seinem Bruder zum Abschied. „Ich habe einen Plan."

$$\approx\ \ 30\ \ \approx$$

„Du willst, dass *ich* deine Tante unterhalte?", fragte Emma ungläubig.

„Nur für ein paar Stunden." Alaric setzte sein gewinnendstes Lächeln auf. „Es wäre gut für dich, das alte Mädchen kennenzulernen. Immerhin hältst du mir doch ständig vor, wie wichtig die Familie ist. Willst du denn nicht mit meiner vertraut werden?"

Sie befanden sich in einem kleinen Salon des Kentschen Stadthauses. Alaric war kurz zuvor erschienen und hatte um ein Privatgespräch mit Emma gebeten. Mrs Kent wartete vor der geöffneten Tür, was ziemlich ungünstig war, da seine zukünftige Herzogin in ihrem gepunkteten, mit lavendelfarbenen Schleifen besetzten Musselinkleid einfach zum Anbeißen aussah. Sie glich einem süßen Bonbon, das er sich nur zu gerne auf der Zunge zergehen lassen würde. Stattdessen musste er sich mit einem kurzen Kuss begnügen, der sein Verlangen nur noch mehr schürte.

Dafür ist später noch Zeit. Erst musst du dich dem vorliegenden Problem widmen – oder besser gesagt, dem in der Kutsche wartenden.

„Ich habe noch nie Tee mit einer Herzogin getrunken", sagte Emma und nagte an ihrer Unterlippe. „Was, wenn ich etwas Falsches sage oder tue?"

„Sei einfach du selbst. Du bist perfekt."

Sie warf ihm einen argwöhnischen Blick zu. „Warum schmierst du mir Honig um den Bart?"

„Das ist die Wahrheit." Er ergriff ihre Hand und spielte seinen Trumpf aus. „Es würde mich sehr beruhigen, Lady Patrice hier bei dir in Sicherheit zu wissen, Liebchen. Solange Mercer noch auf freiem Fuß ist, sollen die Menschen, die mir wichtig sind, gut geschützt sein. Dann kann ich mich auch besser auf die Verfolgung konzentrieren."

„Ich werde mich um deine Tante kümmern", sagte Emma sofort. „Du kannst dich auf mich verlassen."

„Danke, Liebling." Er überlegte kurz und entschied dann, dass es nicht schaden könnte, ihr etwas Persönliches anzuvertrauen. „Erinnerst du dich, dass ich in meiner Jugend unter einer Verdauungserkrankung gelitten habe?"

„Du hattest es erwähnt, als wir über die Familie sprachen, die an Giftpilzen gestorben ist", sagte Emma und legte den Kopf schief. „Wie kommst du jetzt darauf?"

„Zeitweise hat die Krankheit mich sehr geschwächt. Tante Patrice hat sich unermüdlich um mich gekümmert. Ich stehe tief in ihrer Schuld." Er verharrte kurz, fügte dann aber behutsam hinzu: „Allerdings neigt sie dazu, etwas ... fahrig zu sein. Sie kann ziemlich lebhaft werden."

„Lebhafter als eine Schar Kents? Das bezweifle ich. Sei ganz unbesorgt."

Ihre Gelassenheit beruhigte ihn. Zärtlich legte er einen Finger unter ihr Kinn. „Ich wusste, dass du wie geschaffen dafür bist, Liebchen."

Sie rümpfte die Nase. „Ich würde viel lieber dabei helfen, Mercer zu schnappen, als deine Tante zu hüten."

„Das habe ich nicht gemeint."

„Was dann?"

„Ich meinte die Position als meine Herzogin. Du *wirst* meinen Antrag doch annehmen? Sag es mir, Emma. Ich kann nicht länger auf deine Antwort warten", murmelte er.

Ihre honigbraunen Augen strahlten so klar, dass er darin seine Zukunft erkennen konnte. Gebannt hielt er den Atem an. Er war seinem größten Wunsch so nah …

„Ja, Alaric", sagte sie schließlich. „Ich werde dich heiraten."

Ein unglaublich warmes Gefühl durchströmte ihn, das er erst nicht ganz einordnen konnte. Doch dann dämmerte es ihm … er war glücklich.

„Danke", flüsterte er heiser.

Gerade wollte er sie in die Arme schließen, als Mrs Kents diskrete Stimme durch die geöffnete Tür ertönte. „Äh, Ihre Gnaden war es leid, draußen in der Kutsche zu warten. Sie befindet sich nun im großen Salon."

„Wir kommen sofort", rief Emma zurück. Dann wandte sie sich noch einmal ihm zu. „Lass uns die Neuigkeit vorerst für uns behalten, damit wir niemanden von dem Fall ablenken."

Am liebsten hätte er es laut ausposaunt … was absolut peinlich und lächerlich war. Wohin war seine eiserne, viel gerühmte Selbstdisziplin verschwunden?

Beherrsch dich gefälligst. Du willst doch nicht noch einmal dieselben Fehler begehen.

„Wie du willst", sagte er daher mit einer knappen Verbeugung.

Als sie den Salon betraten, fanden sie Tante Patrice in einem Rundlehnenstuhl wartend vor, die Hände in den Schoß gefaltet. Neben ihr stand eine unberührte Teetasse. Sie musterte erst ihn, dann Emma, und zog die Augenbrauen bis zu ihrem beigefarbenen Turban hoch.

„Ist das die Dame, wegen der du mich hast warten lassen, mein Junge?", fragte sie. „Jetzt trödle nicht so herum, mach uns miteinander bekannt."

„Darf ich vorstellen: Miss Emma Kent", sagte er.

Emma knickste höflich. „Guten Morgen, Euer Gnaden."

„Ordentliche Haltung", lobte Tante Patrice. „Wie ich stets zu sagen pflege: Manieren sind mehr wert als Status. Ihre Reife ist zudem äußerst erfrischend", fügte sie verschwörerisch hinzu. „Die jungen Dinger, die gerade der Schulbank entkommen sind, können ja so furchtbar langweilig sein."

„Vielen Dank?", erwiderte Emma ob des zweifelhaften Kompliments unsicher.

Alaric hüstelte hinter vorgehaltener Hand und machte drei Kreuze, als endlich Will und Kent eintrafen. Nachdem die Männer die anwesenden Damen begrüßt hatten, kam der Herzog direkt zur Sache: „Womit beginnen wir heute?"

„Ich habe gerade Meldung von Cooper erhalten", berichtete Will. „Er hat eine von Mercers Nut..." Er unterbrach sich und warf einen flüchtigen Blick auf Lady Patrice. „Eine seiner, äh, weiblichen Bekanntschaften aufgespürt. Vielleicht kann sie uns Informationen liefern."

„Ausgezeichnet", sagte Kent. „Dann ist das unser erster Anhaltspunkt."

„Strathaven, ich komme besser mit", unterbrach seine Tante das Gespräch. „Mit deiner anfälligen Gesundheit brauchst du jemanden, der sich um dich kümmert ..."

„Das ist nicht nötig. Bleiben Sie ruhig hier und leisten Sie den Damen Gesellschaft."

„Aber ich könnte doch ..."

„Ich würde mich so gerne mit Ihnen unterhalten, Euer Gnaden", mischte Emma sich ein. „Es wäre schön, mehr über Schottland zu erfahren und das Anwesen, in dem Strathaven aufgewachsen ist. Möchten Sie nicht doch noch ein wenig bei uns bleiben?"

Patrice wandte sich ihr zu, zögerte, nickte dann aber.

„Ich danke Ihnen, Tante", sagte Alaric erleichtert.

Er küsste die alte Herzogin auf die Wange und drückte Emma die Hand.

„Ich bin bald zurück", versprach er. „Mach's gut, Liebchen. Und halte dich von Ärger fern."

„Das gilt auch für dich", erwiderte sie.

„Was für ein komischer Vogel", flüsterte Violet.

Emma, die sich mit ihren Schwestern um das Buffet versammelt hatte, sah besorgt zu der Witwe hinüber. Glücklicherweise war Lady Patrice in ein angeregtes Gespräch mit Marianne vertieft und schien Violets Bemerkung nicht gehört zu haben.

„Laut Alaric ist seine Tante ein wenig neurotisch", erwiderte sie gedämpft. „Aber sie ist eine gute Frau, die sich rührend um ihn gekümmert hat, als er ein kleiner Junge war."

„Sie macht sich bestimmt nur Sorgen wegen der gefährlichen Mission", sagte Thea leise. „So wie wir alle."

Vi schnaubte und schaufelte sich eine Auswahl an Käsesorten und Bratenaufschnitt auf ihren Teller. „*Ein wenig* neurotisch? Neben ihr wirken die Pferde auf der Ascot-Rennbahn geradezu gelassen."

Zugegebenermaßen glich Lady Patrices Redeschwall einem endlosen Kugelhagel. Ohne ersichtlichen Zusammenhang sprang sie von Thema zu Thema. Schuldbewusst bemerkte Emma, wie Marianne ein Gähnen unterdrückte. Die Albträume ihres Sohnes hatten sie auch in der vorigen Nacht wachgehalten, und sie wirkte ungewöhnlich abgehärmt.

Daher gesellte sie sich zu den beiden Frauen und sagte: „Marianne, hast du nicht einen wichtigen Termin heute Nachmittag?"

Die smaragdgrünen Augen ihrer Schwägerin leuchteten auf. „Mein ... Termin. Ja! Den hätte ich fast vergessen."

„Ich will Sie nicht aufhalten, Mrs Kent", verkündete Lady Patrice wohlwollend. „Die Mädchen können mir weiter Gesellschaft leisten. Ich bin noch gar nicht dazu gekommen, Miss Emma von Strathmore Castle zu erzählen, obwohl sie so daran interessiert war."

Marianne verabschiedete sich anmutig, hielt auf dem Weg nach draußen kurz hinter ihrem Gast inne und flüsterte Emma ein lautloses *Danke* zu. Emma zwinkerte diskret zurück.

„Also, meine Liebe, was möchten Sie über Strathmore wissen?", fragte die Herzogin.

„Ist es eine echte Burg?", erkundigte sich Vi, die ebenfalls Platz nahm und sich ein Stück Käse in den Mund schob.

„Allerdings. Mit imposanten Türmen und Rondellen, einem zinnengekrönten Umriss und natürlich einer herrlichen Zugbrücke", sagte Lady Patrice stolz.

Emma versuchte sich an die Geschichtsstunden ihres Vaters zu erinnern, insbesondere an die Konflikte zwischen Engländern und Schotten. „Wurde es als Festung errichtet, um Grenzinvasionen abzuwehren?", fragte sie.

„Nein, meine Liebe, so eine Art von Burg ist es nicht."

„Was für Arten gibt es denn sonst noch?"

Lady Patrice blinzelte sie ungläubig an. „Natürlich die Bauten, die eindrucksvoll *aussehen*. Strathmore verkörpert die Erhabenheit und Eleganz vergangener Tage. Es wurde von einem der renommiertesten Architekten der Neuromantik entworfen."

„Also ist es keine echte Burg?", wunderte Vi sich.

„Junge Dame, Strathmore ist durch und durch echt." Die Spitze auf dem Busen der Witwe bebte vor Empörung. „Der Vater meines geliebten Herzogs hat ein Vermögen dafür ausgegeben. Es ist das stattlichste Anwesen im ganzen County – in ganz Schottland, wage ich zu behaupten."

Vi schien wenig beeindruckt. „Aber es wurde nie belagert? Es gab dort keine Schlachten, kein Blutvergießen?"

Thea stieß ihr einen Ellbogen in die Rippen. „Ihr Heim muss wirklich prachtvoll sein, Euer Gnaden."

„Natürlich ist es für euch kaum vorstellbar", seufzte die alte Herzogin pikiert. „Die ihr aus Chuffy Creek kommt ..."

„Chudleigh Crest", korrigierte Emma sie. „Es ist ein kleines Dorf in Berkshire."

„Wie auch immer, jedenfalls könnt ihr die Erhabenheit und den Prunk unseres Familiensitzes nicht begreifen. Niemand kann das – außer meinem lieben Alaric." Der Unmut in ihren Augen verschwand so plötzlich, wie er gekommen war und wich einem verträumten Ausdruck. „Er hat sich mühelos in Strathmore eingelebt, hat es vom ersten Augenblick an verehrt. Was nicht weiter verwunderlich ist, es liegt ihm schließlich im Blut. Zu mir und dem Herzog zu ziehen, war für ihn, als würde er nach Hause kommen.“

„Es war sehr großzügig von Ihnen, Strathaven aufzunehmen“, sagte Emma vorsichtig.

„Mein Mann kam auf die Idee. Er wusste, wie sehr ich unseren eigenen Sohn vermisste und wollte mir Trost spenden.“ Lady Patrices Unterlippe bebte. „Alaric füllte die Leere in unserem Leben − und wir die in seinem, denke ich. Er litt an einer schrecklichen Krankheit, wissen Sie? Aber ich habe ihn wieder gesund gepflegt.“

„Er spricht in den höchsten Tönen über Ihre Hingabe und Fürsorglichkeit“, sagte Emma aufrichtig.

Ein strahlendes Lächeln überzog das Gesicht der Witwe. „Tatsächlich?“

„Aber ja doch.“

„Ich mache mir Sorgen um ihn, um seine Gesundheit. Und zu allem Überfluss muss er sich jetzt auch noch mit diesem fürchterlichen Mordfall herumschlagen.“ Abrupt erhob Lady Patrice sich und ging nervös auf und ab. „Wie es ihm wohl gehen mag? Ich hätte ihn nicht allein losziehen lassen dürfen. Was, wenn ihm etwas zustößt …?“

„Er ist bestimmt wohlauf. Unser Bruder, Mr McLeod und die Wachen sind doch bei ihm.“

Die Witwe schien ihre beruhigenden Worte nicht zu registrieren. Stattdessen steigerte sie sich immer mehr in ihre Angst hinein. Wie ein panischer Kolibri flatterte sie im Raum umher, ein Taschentuch zwischen den Händen wringend.

„Meine Güte“, flüsterte Vi. „*Tu* doch was, Em.“

„Äh, möchten Sie vielleicht ein wenig im Park spazieren gehen, Euer Gnaden?“, fragte sie.

„Spazieren?", fragte die ältere Dame tonlos.

„Frische Luft kann äußerst beruhigend wirken", erklärte sie.

Die Sorgenfalten auf Lady Patrices Gesicht glätteten sich und ein Lächeln brach wie aus einer Wolkendecke hervor. „Das klingt wunderbar. Gehen wir!"

***

Thea gab vor, müde zu sein, und blieb zu Hause. Somit fiel es Emma und Vi zu, Lady Patrice zu begleiten. Jim, der Diener, folgte in einigen Metern Abstand, und langsam entspannte Emma sich unter der herrlichen Nachmittagssonne. Der Park war wie eine ruhige, grüne Oase, erfüllt von fröhlichem Vogelgezwitscher. Wäre er nicht von Stadthäusern umgeben, hätte sie sich vorstellen können, auf einem ihrer Spaziergänge zurück auf dem Lande zu sein.

Vi sprang ihnen voraus, viel zu ungeduldig, um gemächlich dahinzuschlendern. Emma blieb neben Lady Patrice, die sich langsam zu beruhigen schien, auf dem Kiespfad.

„Wie liebreizend!", seufzte die Witwe. „In Strathmore bin ich jeden Morgen am Ufer des Lochs entlangspaziert. Das Wasser hatte etwas Beruhigendes an sich. Strathaven hat es als kleiner Junge geliebt."

„Wie war er damals so?", fragte Emma.

„Oh, er war ein so hübsches und kluges Kind", rief die Dame mit einem Lächeln aus. „Er kommt ganz nach meinem geliebten Herzog, wissen Sie? Die Männer von Strathaven stecken voller Ehrgeiz. Sie ruhen sich nicht auf ihren Lorbeeren aus, zufrieden mit Titel und Erbschaft, sondern streben stets nach mehr Macht und Erfolg."

Klingt ganz nach Alaric.

„Und sie wählen Ehefrauen, die sie in ihren edlen Bestrebungen unterstützen. Mein Herzog und ich verwendeten meine

Mitgift darauf, der Burg zwei neue Flügel hinzuzufügen“, erzählte Lady Patrice voller Stolz.

Emma hatte sich nie Gedanken darüber gemacht, was sie in die Ehe mit Alaric einbringen würde. Es schien ihm nicht an Geld zu mangeln. Aber wenn es nach der Oberschicht ging, konnte man vielleicht nie genug davon haben. Ambrose würde sie ihrem Zukünftigen gewiss nicht mit leeren Händen übergeben, aber ihre Mitgift würde bei Weitem nicht ausreichen, um einem Ahnensitz neue Anbauten zu ermöglichen.

Der Gedanke, wie viel vorteilhafter eine Hochzeit mit einer reichen Erbin für Alaric wäre, versetzte ihr einen Stich.

„Ach du liebe Güte, ich habe viel zu freimütig gesprochen!“ Mit glasigen Augen biss Lady Patrice sich auf die Unterlippe. „Ich bitte um Verzeihung, Miss Kent. Manchmal sprudelt es einfach so aus mir heraus. Hoffentlich bin ich Ihnen nicht zu nahegetreten.“

„Keineswegs. Ich habe mir nur bisher nie Gedanken über den Zusammenhang zwischen Vermögen und Ehe gemacht“, gab Emma zu.

„Was äußerst erfrischend ist. Und mein guter Strathaven hat offensichtlich großes Interesse an Ihnen.“ Als Emma errötete, fügte Lady Patrice nachsichtig hinzu: „Aber ja, meine Liebe, ich sehe doch, woher der Wind weht. Wenn ich so frei sein darf ... erwidern Sie sein Interesse?“

Sie nickte schüchtern.

„Das freut mich. Sie gefallen mir, meine Liebe, und zwar um einiges mehr als seine letzte Herzogin.“ Die Witwe schnaubte verächtlich auf. „Laura mag reich und schön gewesen sein, aber sie war ebenso verzogen und anspruchsvoll. Mein armer Junge hat alles getan, um sie zufriedenzustellen, aber nichts war ihr gut genug. Allein deswegen konnte ich sie nicht leiden.“

„Ich verstehe“, murmelte Emma.

„Er braucht eine Frau, die ihn versorgt, die sich *ganz* seinem Glück und der Pflege des Familiensitzes verschreibt. Das hat er verdient. Sie würden diese Pflichten doch erfüllen, nicht wahr, Miss Kent?"

Der unerbittliche, prüfende Blick der Herzogin verunsicherte sie. Jetzt war wohl kaum der richtige Zeitpunkt, ihr zu eröffnen, dass sie neben ihren häuslichen Pflichten auch ihrer Leidenschaft, als Ermittlerin zu arbeiten, nachgehen würde.

„Wir haben bereits ausführlich über die Vorzüge einer Partnerschaft gesprochen", antwortete sie vage. „Darüber, wie wichtig es ist, einander zu respektieren und zu unterstützen ..."

Plötzlich scharrte es hinter ihnen. Intuitiv drehte sie sich um

...

... und sah gerade noch, wie ein dunkel gekleideter Schurke Jim einen Knüppel über den Kopf zog. Stöhnend sank der Diener zu Boden. Der Halunke näherte sich nun Emma und der vor Schock erstarrten Witwe. Sie packte Lady Patrice am Arm und zerrte sie rückwärts mit sich, doch nach wenigen Schritten prallte sie gegen eine harte Brust – ein weiterer Übeltäter hatte sich von hinten an sie herangeschlichen!

Emma wollte schreien, doch ihr wurde ein dickes Stück Stoff auf Mund und Nase gepresst. Mit aller Macht wehrte sie sich gegen ihren Angreifer, bis ihr plötzlich ein beißender, süßlicher Geruch in die Nase stieg. Ihr Körper erschlaffte, und die Welt um sie versank in Dunkelheit.

❧ 31 ❧

Miss Kitty Germaine, Mercers Geliebte, bewohnte ein kleines, gepflegtes Haus in der Henrietta Street. Sie begrüßte Alaric, Will und Kent in einem hauchdünnen, hautfarbenen Morgenmantel und führte sie in ein Wohnzimmer, dessen Farbpalette strategisch gewählt war, um ihrem brünetten Teint zu schmeicheln. Zweifellos war sie eine berechnende Frau. Trotz ihrer klassischen Schönheit spürte Alaric eine Härte an ihr, einen Zynismus, der sich langsam in den Fältchen um Augen und Mund herum abzuzeichnen begann.

Der Beruf einer Mätresse war fürwahr kein leichter.

„Mercer ist nicht hier", sagte sie nüchtern, nachdem alle Platz genommen hatten. „Und bevor Sie fragen: Nein, ich weiß nicht, wohin er gegangen ist."

„Woher wissen Sie, dass wir wegen Mercer hier sind?", fragte Will.

„Sind Sie denn aus einem anderen Grund hergekommen, Süßer? Ich habe nämlich durchaus eine Schwäche für stramme Männer." Sie ließ ihren Blick über jeden von ihnen wandern, bis er an Alaric hängenblieb. „Und was für feine Exemplare Sie sind."

„Wir wissen, dass Mercer hier war", entgegnete Will beharrlich.

„War er", bestätigte sie mit einem lässigen Schulterzucken. „Jetzt ist er es nicht mehr."

„Er wird wegen Mordes gesucht", mischte Kent sich ein. „Und wenn Sie nicht als Komplizin verhaftet werden wollen ..."

„Mord?" Jetzt fiel jede Gelassenheit von ihr ab. „Der Graf?"

„Er hat zwei Anschläge auf mich verübt und einen anderen Mann kaltblütig erschossen", erklärte Alaric. „Nicht gerade der Beschützer, den eine Frau sich wünscht."

Unter ihrem kunstvollen Make-up erblasste Miss Germaine. „Er ... er ist nicht mehr mein Beschützer. Seit etwa einem Monat."

„Warum war er dann hier?", fragte Alaric ruhig.

„Er sagte, er sei in Schwierigkeiten geraten und brauche einen Platz zum Schlafen." Sie schluckte schwer. „Da ich keine Kund... Gesellschaft erwartete, ließ ich ihn über Nacht bleiben."

„Und Sie haben keine Ahnung, wohin er wollte?", erkundigte Kent sich.

„Er ist vor Tagesanbruch verschwunden. Hat sich nicht einmal verabschiedet." Nervös fuhr sie sich mit der Zunge über die Lippen, bevor sie hinzufügte: „Mein Dienstmädchen hat vom Fenster aus gesehen, dass er zu einigen zwielichtigen Gestalten in eine Kutsche gestiegen ist, auf die Reisegepäck geschnallt war. Mehr weiß ich nicht."

Sie machte einen aufrichtigen Eindruck auf Alaric. „Warum haben Sie Ihr Arrangement mit Mercer beendet?"

„Wegen des Geldes", erwiderte sie kurz und bündig. „Oder besser gesagt, weil er keines hatte. Irgendein Gauner hat ihn um sein Vermögen gebracht – aber jedes Mal, wenn ich danach fragte, ist er ausgerastet."

Alaric wechselte grimmige Blicke mit den anderen beiden Männern. Scheinbar hatte Mercer die Tatsachen verdreht, um sich selbst als Opfer darzustellen ... wahrscheinlich glaubte er sogar an seine Version der Geschichte, um so seine Missetaten zu rechtfertigen. Kaum auszumalen, wozu ein Mann wie er fähig war!

Ein Gefühl von Dringlichkeit sowie Frustration überrollte ihn. Er musste Mercer schleunigst fassen und dieser ganzen Sache ein Ende bereiten. Dann könnte er endlich sein neues Leben mit Emma beginnen.

Miss Germaine schien ihre Fassung wiedergefunden zu haben. „Da ich ziemlich wählerisch bin, was meine Freundschaften angeht, ist es nicht leicht, einen wohlhabenden, mächtigen Beschützer zu finden", sagte sie kokett.

„Viel Glück bei der Suche", erwiderte Alaric und erhob sich ungeduldig. „Und vielen Dank für Ihre Zeit."

„Sie wollen schon gehen? Kann ich Ihnen nicht noch Erfrischungen anbieten ..."

Ein Hämmern an der Tür unterbrach sie. Gleich darauf betrat Cooper den Raum, und angesichts seiner grimmigen Miene gefror Alaric das Blut in den Adern.

„Was ist los, Cooper?", wollte er wissen.

„Mercer hat Miss Kent und die Herzoginwitwe entführt", antwortete der Wachmann knapp und reichte ihm eine Nachricht. „Er verlangt Lösegeld."

<hr>

Langsam kam Emma wieder zu sich. Im Dämmerlicht ihrer Umgebung konnte sie Holzwände, ein verbarrikadiertes Fenster, einen Tisch und einen Hocker ausmachen ... sie musste sich in einer Art Hütte befinden. Einer ... schwankenden Hütte?

Wo bin ich?

Sie lag auf einer Pritsche. Vorsichtig setzte sie sich auf und schaffte es schließlich zitternd auf die Beine. Als sie ein paar Schritte vorwärts stolperte, hörte sie das Rasseln von Metall und spürte einen Widerstand um ihren Knöchel. Durch eine Fessel am rechten Fuß war sie mit einer kurzen Kette an das Bett gebunden.

Die Witwe und sie waren *entführt* worden.

Bruchstückhaft erinnerte sie sich an den süßlichen, abscheulichen Geruch von Äther, eine Kutschenfahrt in der Dunkelheit, wie sie über eine Landungsbrücke gezerrt wurde ... ja, jetzt konnte sie deutlich die Seeluft riechen. Sie befanden sich auf einem Schiff!

Aber wo war Lady Patrice?

Ein leises Geräusch ließ sie aufblicken. Über ihrer Koje befand sich eine weitere, in der eine zierliche Gestalt lag. Auf Zehenspitzen spähte Emma hinein und erkannte erleichtert, dass es tatsächlich die Witwe war. Bis auf das leichte Heben und Senken ihrer mageren Brust lag die Dame totenstill da, ihr Ring glänzte wie ein riesiger Blutstropfen an ihrer aschfahlen Hand.

„Lady Patrice", flüsterte sie eindringlich.

Keine Antwort. Die Ärmste stand völlig unter Drogen. Diese elenden Schurken – wie hatten sie eine hilflose, alte Dame so niederträchtig behandeln können?

Plötzlich hörte sie Schritte. Bevor sie sich wieder auf ihre Pritsche legen konnte, öffnete sich die Tür und ein großer, blonder Mann mit einer Laterne in der Hand trat ein. Er stellte die Lampe auf dem Tisch ab, wobei deren flackerndes Licht seinem attraktiven Gesicht ein dämonisches Aussehen verlieh. Sie erkannte ihn als einen der Männer, der auf dem Ball der Blackwoods über Alarics Unternehmen hergezogen hatte.

„Sie sind Lord Mercer", stellte sie mit zusammengekniffenen Augen fest.

Mit einem knappen Lächeln verbeugte er sich. „Willkommen auf meinem Schiff, Miss Kent."

„Lassen Sie uns auf der Stelle frei", forderte sie mit erhobenem Kinn. „Andernfalls werden Sie sich wünschen, nie geboren worden zu sein, sobald Strathaven und mein Bruder uns finden. Und das werden sie."

„Oh, das hoffe ich doch, Miss Kent. Immerhin sind Sie meine finanzielle Absicherung und mein Ticket in ein neues Leben. Ich habe Strathaven beobachten lassen. Er würde alles tun, um Sie zu haben", grinste Mercer. „Das heißt ... wenn er Sie nicht bereits hatte."

Sie wich zurück, als er sich ihr näherte, bis er sie gegen den Bettrahmen presste. Der aufdringliche Duft seines Parfums brannte in ihrer Nase, und seine unerträgliche Nähe verursachte ihr eine Gänsehaut am ganzen Körper.

Sein heißer Atem berührte ihre Wange. „Ich frage mich, welche Talente eine Landpomeranze wie Sie wohl besitzt, um einen Mann wie Strathaven zu bezirzen. Vielleicht sollte ich es für mich selbst herausfinden?"

„Lassen Sie mich los, Sie Schurke!"

Ihr stockte der Atem, als er ihr eine Locke aus der Stirn strich. Etwas Abstoßendes drückte gegen ihre Hüfte, etwas Hartes und ... Spitzes? Mit einem Mal wurde ihr klar, dass es nicht seine Männlichkeit war, sondern ein *Schlüssel*!

Er ließ von ihr ab. „Dafür ist später noch Zeit. Zuerst muss ich Ihrem Herzog einen gebührenden Empfang bereiten", grinste er höhnisch. „Er sollte jeden Moment eintreffen."

Emmas Gedanken rasten. „Er wird Ihnen niemals in die Falle gehen, dazu ist er viel zu schlau."

Mercer wurde blass vor Wut. „Er wird nach meiner Pfeife tanzen, wenn er Sie und seine Tante lebend wiedersehen will." Seine manikürten Finger verkrampften sich. „*Ich* gebe jetzt den Ton an – nicht er!"

Die brodelnde Rage unter seiner geschliffenen Fassade bestätigte ihr, dass sie seinen wunden Punkt getroffen hatte. Sie musste seine Eitelkeit zu ihrem Vorteil nutzen. *Er muss nur ein wenig näher kommen ...*

„Strathaven wird Sie vernichten", stichelte sie weiter. „Sie haben nicht die geringste Chance gegen ihn."

Emma keuchte auf, als Mercer sie am Schopf packte und

ihren Kopf mit einem Ruck nach hinten riss, sodass er ihr ins Gesicht blicken konnte. Seine Augen waren glasig vor Zorn. Sie gab vor, sich verängstigt seinem Griff entwinden zu wollen, ließ aber gleichzeitig ihre Hand zur Tasche seines Mantels wandern ...

„Halt den Mund, du Schlampe", fauchte er. „Hätte dieser Bastard sich nicht eingemischt, wäre ich längst ein reicher Mann. Mein Plan war brillant. Ich hätte ein *Vermögen* verdient, wenn Strathaven nicht alles zunichtegemacht hätte. Seinetwegen habe ich nicht nur mein Geld verloren, sondern nun auch noch Billings' kriminelle Handlanger am Hals."

„Daran sind Sie selbst schuld." *Fast geschafft ... Lenk ihn weiter ab* ... „Sie haben eine miese Geschäftsentscheidung getroffen und Ihre Lage verschlimmert, indem Sie versuchten, Strathaven zu töten – und Silas Webb erschossen haben."

„Webb war ein feiger Narr. Er hatte nicht das Zeug zu wahrer Größe und hätte mich verraten, sobald man ihn geschnappt hätte. Nein", zischte Mercer. „Er ließ mir keine andere Wahl."

„Was ist mit Strathaven? Es war nicht seine Schuld, dass Sie ein solches Risiko eingingen."

„*Alles* ist seine Schuld!" Mercers Augen verengten sich hasserfüllt. Sein Gesicht war nur noch Zentimeter von ihrem entfernt, als sich ihre Finger endlich um kühles Metall schlossen. „Wegen ihm musste ich wie ein gewöhnlicher Verbrecher fliehen. Dafür wird er mir die hübsche Summe von fünfzigtausend Pfund bezahlen, andernfalls schicke ich dich und seine Tante zu ihm zurück – und zwar in netten kleinen Stückchen."

Mit hämmerndem Herzen ließ Emma ihre Schultern gespielt bezwungen sinken, während sie die Hand, die ihren Preis umklammerte, hinter dem Rücken versteckte. „Sie haben wirklich an alles gedacht."

„Der Sieg ist mir so gut wie sicher. Wie ein Phönix aus der Asche werde ich auf französischem Boden auferstehen." Er hielt kurz inne. Ein gehässiges Funkeln trat in seine Augen. „Wer weiß, wenn du brav bist, lasse ich dich vielleicht zu meinem Vergnügen am Leben.“

Sie schluckte schwer. „Aber Sie wollten mich doch gegen Lösegeld freilassen?“

Mercer lachte grausam auf. „Ich werde mein Geld bekommen, und dann mache ich Strathaven ein für alle Mal den Garaus.“

„Sie ehrloser Schuft!“, rief sie aus. „Strathaven ist wesentlich cleverer als Sie – er wird Ihnen niemals in die Falle gehen!“

Er schubste sie gewaltsam auf die Pritsche, sodass ihr Rücken schmerzhaft gegen die dünne Matratze prallte. Schwer atmend krallte sie die Finger um ihren gestohlenen Schatz.

„Das ist er längst, du kleines Miststück. Um Punkt neun Uhr wird er mir mein Geld bringen – und ich jage ihm zum Dank eine Kugel ins Herz“, fauchte Mercer. „Danach kümmere ich mich wieder um dich.“

Mit diesen Worten verließ er den Raum und knallte die Tür hinter sich zu. „Sieh zu, dass niemand das Zimmer betritt oder verlässt. Mit welchen Mitteln auch immer“, ertönte sein Befehl von draußen.

„Mit Vergnügen, Mylord“, erwiderte eine anzügliche Stimme.

Emma richtete sich auf, schickte ein Stoßgebet zum Himmel, holte den Schlüssel hervor und griff nach ihrer Fessel.

$$\maltese \quad 32 \quad \maltese$$

Alaric und die übrigen Männer erreichten ihr Ziel noch vor Tagesanbruch. Er hatte zwei Postkutschen gemietet, die das Ermittlerteam und die Wachmänner schnellstmöglich von London nach Portsmouth bringen sollten, sodass sie ein paar Stunden vor dem Treffen mit Mercer vor Ort sein konnten. Die vier ehemaligen Soldaten kundschafteten gegenwärtig als Gepäckträger verkleidet den Hafen aus.

Das Ziel war klar: Mercers Schiff und somit Emma und Patrice ausfindig zu machen.

Währenddessen nahmen Alaric und Kent sich ein Zimmer in einem Gasthaus, wo sie die Koffer voll Lösegeld bewachten und auf einen unbekannten Kontakt Kents warteten, der ihnen angeblich behilflich sein konnte. Von seinem Balkon aus beobachtete der Herzog das freizügige Treiben auf der Straße unter ihm. Wie clever von Mercer, ausgerechnet diesen Ort für seine üblen Geschäfte zu wählen.

Bei all der sündhaften Gesetzlosigkeit würden niemandem zwei Frauen auffallen, die gegen ihren Willen gefangen gehalten wurden.

Portsmouth Point, außerhalb des Tors zur Altstadt, war auch

als die „pikante Insel" bekannt, nicht nur wegen des würzigen Dufts der importierten Waren, sondern auch wegen der unsittlichen Aktivitäten, die sich dort abspielten. Prostituierte übten ihr Gewerbe in aller Öffentlichkeit aus, Matrosen und Deckarbeiter schwankten von Taverne zu Taverne auf beiden Seiten der Straße. Regelmäßig kam es zu Prügeleien, die von betrunkenen Schaulustigen angefeuert wurden.

Ungeduldig ballte Alaric die Fäuste. *Wehe, wenn Mercer Emma auch nur ein Haar krümmt.*

Diesen Gedanken wollte er sich lieber nicht zu genau ausmalen. Er würde sie und seine Tante retten ... und anschließend dem Grafen alle Gliedmaßen einzeln ausreißen.

Langsam und genüsslich.

Kennt trat neben ihn. „McLeod wird meine Schwester und Ihre Tante finden. Er hat die beste Spürnase im ganzen Land."

„Das mag sein, aber uns läuft die Zeit davon", erwiderte Alaric und nickte in Richtung Himmel.

Der Horizont über dem Hafen erhellte sich merklich. Man konnte bereits die unzähligen Maste erkennen, die auf dem schwarzen Wasser wippten, ebenso wie die Flotte kleiner Kähne, die zwischen den größeren Schiffen herumfuhren und Passagiere mitsamt Gepäck vom Kai an Bord beförderten. Das geschäftige Getümmel frustrierte ihn nur noch mehr. Wie sollten sie unter den hunderten von Schiffen das finden, auf dem Emma und Tante Patrice gefangen gehalten wurden? Was genau hatte Mercer vor?

„Wir sollten noch einmal den Ablauf der Übergabe durchgehen. Es gefällt mir immer noch nicht, dass Sie den Halunken allein treffen wollen", sagte Kent.

„Mercers Lösegeldforderung legt unmissverständlich dar, dass ich mich genauestens an seine Anweisungen halten soll", erwiderte Alaric entschieden. „Wenn ich das Gold nicht allein und unbewaffnet um neun Uhr zum Kai bringe, wird er Emma und Patrice töten lassen. Dieses Risiko kann ich nicht eingehen."

„Vielleicht bringt er sie trotzdem um, und Sie ebenfalls."

Alaric sah etwas im Blick des anderen aufflackern. Angst. Wut. Dieselben Gefühle, die wie Lava durch seine eigenen Adern flossen.

„Ich werde Ihre Schwester unversehrt aus dieser Lage herausbringen, koste es, was es wolle", schwor er. „Mercer ist hinter mir her."

„Sie würden Ihr Leben für das von Emma eintauschen?"

„Koste es, was es wolle", wiederholte er.

Kent musterte ihn einen Augenblick lang. „Meine Frau hatte also doch recht."

„Womit?"

„Sie haben Emma gern."

Alaric stieg die Hitze ins Gesicht. Er fühlte sich entblößt – was ihm überhaupt nicht gefiel. „Ich sagte Ihnen doch, dass ich ehrenwerte Absichten hege", erwiderte er steif.

„Es gibt einen Unterschied zwischen einer Eheschließung aus ehrbaren Absichten und einer aus Liebe."

Ein Klopfen an der Tür unterbrach das Gespräch. Alaric verspannte sich.

Kent warf einen Blick auf die Uhr. „Pünktlich wie immer."

Der Ermittler öffnete die Tür und begrüßte einen Unbekannten, der die weite Kleidung eines Mannes trug, der auf dem Wasser arbeitete. Unter seiner Kappe lugten wilde, rotbraune Locken hervor. Ein breites Grinsen überzog sein sommersprossiges Gesicht. Er und Kent verbeugten sich voreinander – dann klopften sie einander wie alte Freunde auf den Rücken.

„Ich glaub's ja nicht! Sechs Jahre ziehen ins Land und Sie haben sich kein bisschen verändert, Sir. Außer den Klamotten – sehr schick", sagte der Fremde zwinkernd. „Hab ich Ihnen nicht gesagt, dass eine Frau Ihnen guttun würde?"

„Das hast du in der Tat, alter Freund", erwiderte Kent lächelnd. „Aber in Erinnerungen schwelgen können wir später. Wie ich in meiner Nachricht erwähnte, sind wir in einer dringlichen Angelegenheit hier."

„Stets zu Diensten, Sir."

„Das freut mich zu hören", sagte Kent und wandte sich dann Alaric zu. „Euer Gnaden, das hier ist John Oldman, ein ehemaliger Kollege der Londoner Hafenpolizei. Er ist vor sechs Jahren nach Portsmouth gezogen."

„Nennen Sie mich Johnno. Das tun alle", sagte der Mann fröhlich.

„Verzeihung, aber wie genau wollen Sie uns helfen?", fragte Alaric.

„Kent sagte, Sie suchen eine Möglichkeit, sich unbemerkt auf dem Wasser aufzuhalten. Das kann ich organisieren."

„Wie?"

„Johnno und sein Schwager leiten einen der größten Kahnverleihe hier in Portsmouth", erklärte Kent. „Ein Drittel der Kähne, die zwischen den Schiffen und dem Ufer verkehren, gehört ihnen. Mit seiner Hilfen können wir den Kai umzingeln, auf dem Mercer Sie treffen will." Die Augen des Ermittlers funkelten wütend. „Wir werden diesem Mistkerl den Weg abschneiden, ohne dass er es merkt. So schnappen wir ihn uns – und holen uns Emma und die Herzoginwitwe zurück."

Endlich regte sich Lady Patrice.

Emma hatte schon beinahe die Hoffnung aufgegeben und stellte verzweifelt fest, dass es draußen langsam heller wurde. Sie hörte geschäftiges Treiben über sich, Rufe und schwere Schritte, während sich die Besatzung auf Alarics Ankunft vorbereitete.

Auf den Hinterhalt.

Sie musste sich und die alte Herzogin irgendwie befreien, bevor er in Mercers heimtückische Falle tappen würde.

„Lady Patrice", sagte sie so laut es ihr möglich war. „Bitte öffnen Sie die Augen."

Die Wimpern der Witwe flatterten gegen ihre blassen

Wangen. Langsam drehte sie den Kopf in Emmas Richtung. „Miss Kent? Wo ... wo sind wir?", fragte sie mit zitternder, verwirrter Stimme. „Was ist geschehen?"

Am liebsten hätte sie vor Freude geweint. Stattdessen erklärte sie ruhig: „Wir wurden entführt, Euer Gnaden. Mercer hält uns als Geiseln – er hat vor, Strathaven zu töten, wenn er das Lösegeld überbringt. Wir müssen diesen Schurken aufhalten, aber dazu brauche ich Ihre Hilfe."

„Strathaven töten?" Lady Patrice setzte sich auf, und obwohl sie leicht schwankte, fuhr sie resolut fort: „Das dürfen wir nicht zulassen. Was soll ich tun?"

„Denk daran, wir beobachten alles von den Kähnen aus", sagte Will. „Eine falsche Bewegung von Mercer und wir schreiten ein, schneiden ihm den Weg ab."

„In Ordnung", stimmte Alaric zu.

Die beiden standen auf dem Kai, auf dem Mercer die Übergabe durchführen wollte. Neben ihnen befanden sich die Koffer mit dem Lösegeld, ansonsten war das Dock verlassen, versteckt in einer kleinen, isolierten Bucht. Nahe der Einmündung patrouillierten zwei von Johnnos Booten das Wasser. Sie sahen aus wie die übrigen Kähne im Hafen, also hoffte er, dass Mercer darauf hereinfallen würde.

„Es ist Viertel vor neun. Du solltest gehen, bevor der Bastard auftaucht", sagte Alaric.

Will rührte sich nicht. Schließlich erwiderte er: „Lass dich nicht umlegen, okay? Ich will meinen einzigen Bruder nicht verlieren."

Alarics Brust schnürte sich zusammen. „Wenn mir etwas zustoßen sollte, bist du der letzte Überlebende der Strathavens. Dann musst du dich um den Titel kümmern."

Wills Augen weiteten sich. „Sag sowas nicht!"

„Versprich es mir."

„Ich will das verdammte Herzogtum doch gar nicht ..."

„Das weiß ich", entgegnete Alaric ruhig. „Aber versprich es mir trotzdem."

„Dir wird schon nichts geschehen." Nervös fuhr Will sich mit der Hand durchs Haar. „Na gut, versprochen. Und jetzt konzentrier dich einfach nur darauf, dein Mädchen zu retten."

In stillem Dank legte Alaric seinem Bruder eine Hand auf die Schulter. Zu seiner Überraschung zog dieser ihn in eine feste Umarmung, die ebenso schnell wieder endete.

„Ich halte vom Kahn aus Wache", sagte sein Bruder mit knallrotem Kopf.

Nachdem er gegangen war, richtete Alaric seine Aufmerksamkeit wieder auf die Mündung der Bucht. Wenige Minuten später erschien ein kleines, überdachtes Boot, das sich mit beständiger Geschwindigkeit dem Meeresarm näherte. Es passierte die Einbuchtung und erreichte nach wenigen Augenblicken den Kai.

Alaric spannte die Muskeln an, als eine Gestalt von Bord ging, das Gesicht von seiner Hutkrempe verdeckt.

Als der Bastard endlich den Kopf hob, verkrampfte sich sein Magen. „Wo ist Mercer?"

Der schwarzhaarige Rohling zog lässig eine Pistole aus der Tasche und richtete sie auf Alaric. Er näherte sich ihm, durchsuchte seine Taschen und fand eine Waffe. Mit einem missbilligenden *Tss* schmiss er sie ins Wasser.

„Ihr feinen Pinkel könnt euch einfach nie an Anweisungen halten", sagte er kopfschüttelnd. Dann stieß er einen Pfiff aus, und zwei weitere Halunken stiegen aus dem Kahn. „Jungs, werft mal 'nen Blick in diese Koffer."

Die beiden öffneten die Deckel. Alaric bemerkte die aufblitzende Gier in ihren Augen.

„Ich habe das Lösegeld geliefert", sagte er ruhig. „Bringt mir die Frauen."

„Sie sind nich wirklich in der Lage, Forderungen zu stell'n,

Eure Lordschaft", erwiderte der dunkelhaarige Mann und wandte sich dann an seine Kollegen. „Fesselt ihn, Jungs. Wir bringen Seine Gnaden zurück zum Schiff."

Auf einem der Kähne nahe der Einmündung fluchte Ambrose leise auf. Er hatte die Ereignisse auf dem Kai durch ein Fernrohr beobachtet.

„Ich sehe keine Spur von den Frauen oder Mercer", berichtete er. „Der Schurke hat seine Handlanger geschickt, um das Geld abzuholen."

„Jetzt haben diese Hunde Alaric in ihrer Gewalt", knurrte McLeod. „Wir müssen sie abfangen, bevor sie die Bucht verlassen."

„Das dürfen wir nicht", erwiderte Ambrose frustriert. „Wenn Mercer sein Gold nicht erhält, werden Emma und die Herzogin-witwe sterben."

„Wenn wir sie durchlassen, wird mein Bruder sterben!"

„Uns bleibt keine Wahl. Strathaven war bereit, das Risiko einzugehen, und wir müssen den Plan durchziehen." Fluchend schlug Ambrose mit der Faust auf die Reling. „Johnno, gib den anderen Kähnen ein Zeichen", sagte er kurz angebunden. „Wir müssen den Mistkerlen zu ihrem Schiff folgen, aber sie dürfen uns unter keinen Umständen entdecken."

„Ganz wie in alten Zeiten. Keine Sorge, Sir, ich hab's immer noch drauf", erwiderte dieser.

Ambrose biss die Zähne zusammen und hoffte, dass er die richtige Entscheidung getroffen hatte. Das Leben dreier Menschen — einschließlich dem seiner Schwester — hing davon hab.

❧ 33 ❧

„HILFE! BITTE HELFT MIR DOCH! SIE ATMET NICHT", RIEF DIE
Witwe.

Emma hörte jemanden fluchen, dann schloss der Wachmann
die Tür auf. Mit hämmerndem Herzen und erhobenen Armen
hielt sie sich hinter der Tür bereit.

Diese öffnete sich und ein Aufpasser marschierte herein. „Was
zur Hölle ..."

Mit aller Macht schlug Emma ihm von hinten den Hocker,
den sie bereitgehalten hatte, über den Schädel. Das schwere Holz
krachte gegen seinen Hinterkopf. Stöhnend ging der Mann zu
Boden.

Sie stellte ihre Waffe ab und kniete neben ihm nieder.

„Ist ... ist er tot?", fragte sie mit zitternder Stimme.

Lady Patrice beugte sich auf seiner anderen Seite hinunter und
schüttelte den Kopf. „Nein, er atmet noch. Er kommt bestimmt
bald wieder zu sich."

Mit bebenden Händen durchsuchte Emma seine Kleidung,
zog eine Pistole und ein kleines Fläschchen voll klarer Flüssigkeit
hervor, das sie der Witwe reichte. Gerade, als sie nach dem Seil
am Gürtel des Mannes greifen wollte – um ihn zu fesseln –, schoss

seine Hand hoch und umklammerte ihr Handgelenk. Erschrocken fiel ihr Blick auf sein Gesicht. Seine Augen waren geöffnet. Ruckartig setzte er sich auf und taxierte sie mit unheilvoller Miene.

Ein Schrei stieg in ihrer Kehle auf …

Da legte eine zierliche Hand mit einem roten Ring ein Stück Stoff über das Gesicht des Schurken. Er stöhnte auf und fiel mit einem harten Schlag hintenüber. Diesmal rührte er sich nicht mehr.

„Wie du mir, so ich dir", schnaubte die Witwe.

Emma bemerkte, dass Lady Patrice den Inhalt des Fläschchens auf den Saum ihres Unterrocks geschüttet hatte, um den Halunken damit zu betäuben.

Beeindruckt zog sie die Brauen hoch. „Euer Gnaden, ich hatte ja keine Ahnung, wozu Sie fähig sind."

„Ich mag eine Herzogin sein, aber an erster Stelle bin ich Schottin", erwiderte diese spitz. „Jetzt sollten wir aber schleunigst von hier verschwinden."

Emma nahm die Pistole an sich. „Wir sollten nach dem Rettungsboot suchen. Wenn wir fliehen können, bevor Alaric eintrifft, muss er nicht mit diesem Monster verhandeln."

„Ein vortrefflicher Plan."

Also führte Emma sie aus der Kabine in einen dunklen, engen Gang. Sie lauschte den Schritten über ihren Köpfen und schlich dann in die entgegengesetzte Richtung weiter. Wenig später erreichten sie Stufen, die nach oben zu einer Falltür führten, durch deren Ritzen Licht fiel.

Leise erklomm sie die Treppe und öffnete die Falltür vorsichtig einen Spalt, nur so weit, um hinaussehen zu können. Erst wurde sie von grellem Tageslicht geblendet und musste einen Moment warten, bis sich ihre Augen an die Helligkeit gewöhnt hatten. Allem Anschein nach befanden sie sich unter dem Achterdeck. Wenige Schritte entfernt entdeckte sie aufeinandergestapelte Fässer – ein möglicher Sichtschutz! Plötzlich durchquerte ein Paar Stiefel ihr Sichtfeld und sie ließ die Klappe hastig zufallen. Das Herz schlug ihr bis zum Hals.

Reglos verharrte sie einige Minuten, bevor sie die Falltür erneut einen Spalt weit öffnete.

Die Luft schien rein zu sein.

„Ich muss mich hinaufschleichen und das Rettungsboot finden", flüsterte sie der Witwe zu. „Warten Sie hier, Euer Gnaden."

Lady Patrice nickte zustimmend.

Emma holte tief Luft, stieß die Tür ganz auf und krabbelte an Bord. So schnell sie konnte, rannte sie hinter die Fässer. Mit rasendem Puls drückte sie sich gegen ihr Versteck und wartete, ob jemand Alarm schlug, aber nichts geschah. Eingehend musterte sie ihre Umgebung und vermutete, dass es etwa fünf Meter bis zur Reling waren, wo ein Rettungsboot befestigt sein könnte. Sie spannte die Muskeln an, breit zum Sprint.

Mercers Stimme, die ein paar Meter entfernt ertönte, ließ sie erstarren.

„Willkommen an Bord, Strathaven", sagte der Graf abfällig. „Ich habe Sie erwartet."

Mit einem schnellen Blick erfasste Alaric die Situation.

Mercer war umringt von sechs Handlangern. Einschließlich der beiden, die das Gold an Bord schleppten, waren sie also zu neunt – keine großen Erfolgschancen für ihn, vor allem, da er gefesselt und von zwei Rohlingen flankiert war. Wenn es ihm jedoch gelänge, Zeit zu schinden – Mercer abzulenken –, würden Will und die anderen vielleicht rechtzeitig eintreffen. Er wagte es nicht, die umliegenden Gewässer abzusuchen, um festzustellen, ob Johnnos Kähne ihnen bis zum Schiff gefolgt waren. Falls Will und Kent die Spur verloren hatten, wäre es unmöglich, Mercers Versteck unter der Flottille im Hafen ausfindig zu machen. Man würde buchstäblich die Nadel im Heuhaufen suchen.

Aber darüber durfte er nicht weiter nachdenken.

Du musst Will und Kent vertrauen. Konzentrier dich. Halte Ausschau nach Emma und Patrice.

„Das war nicht Teil unserer Vereinbarung, Mercer", sagte er kühl.

Der Graf lachte unwirsch. „Es gibt keine Vereinbarung, Euer Gnaden. Falls Sie es nicht bemerkt haben sollten: Ich halte alle Karten in der Hand. Deshalb werden Sie tun, was ich sage."

„Ich habe das Geld geliefert", erwiderte Alaric ruhig. „Zählen Sie gerne nach. Aber Sie müssen Ihr Ehrenwort als Gentleman halten und Miss Kent sowie die Herzoginwitwe freilassen."

Mercer trat auf ihn zu und verpasste ihm eine schallende Ohrfeige.

„Sie haben mich ruiniert. Dank Ihnen bin ich in der gehobenen Gesellschaft nicht länger erwünscht." Sein Gesicht verzerrte sich vor Wut. „Sie haben alles zerstört!"

„Das haben Sie selbst zu verantworten. Aber vielleicht haben Sie sogar dafür Hilfe gebraucht", erwiderte Alaric in provozierendem Tonfall. „Vielleicht steckte in Wahrheit ja Webb hinter der Idee mit dem Aktienschwindel, und Sie waren nur sein willenloser Handlanger."

„Es war *mein* Plan, verdammt! *Ich* habe Silas Webb angeheuert, nicht umgekehrt. Mir fielen United Minings hoffnungslose Aussichten auf, also habe ich Webb angewiesen, die Firma von innen heraus zu stürzen. Ihr Untergang war unvermeidlich. Aber dann haben Sie sich eingemischt, Webb entlassen und das Unternehmen wieder auf Erfolgskurs gesteuert. Wegen *Ihnen* habe ich alles verloren."

„Ihre Verluste verdanken Sie allein Ihrer Fehlinvestition. Und dann haben Sie sich nur noch tiefer hineingeritten, als Sie versuchten, mich zu vergiften und zu erschießen."

„Vergiften?", knurrte Mercer. „Was reden Sie da ..."

„Lassen Sie ihn los!"

Ruckartig wandte Alaric den Kopf in Richtung der hellen, weiblichen Stimme. Erleichterung überkam ihn, dicht gefolgt von einer Welle der Panik. *Was zum Teufel tut sie da?*

Wie ein Racheengel kam Emma auf sie zu, das offene Haar um ihre Schultern wallend, eine Pistole auf Mercer gerichtet.

Dieser lachte gehässig auf. „Du wirst mich nicht erschießen."

„Ach nein?", fragte Emma ruhig. „Ihr Scherge hat mich ebenfalls unterschätzt, und jetzt liegt er *reglos* unter Deck."

Die restlichen Halunken wechselten leicht beunruhigte Blicke, manche schüttelten die Köpfe. Alaric konnte sich denken, was das bedeutete: *Frauen – ein unberechenbares Pack.*

„Binden Sie Strathaven los", forderte sie und legte den Finger an den Abzug. Mittlerweile war sie nur noch wenige Schritte von Mercer entfernt. „Sonst durchlöchere ich Ihr Herz."

Nach kurzem Schweigen bellte der Graf: „Tut, was sie sagt!"

Der Mistkerl neben Alaric löste ihm die Handfesseln. Noch bevor das Seil am Boden aufkam, wirbelte er herum, packte Mercer mit einem Würgegriff, schnappte sich dessen Pistole und presste ihm den Lauf gegen die Schläfe.

Emma stellte sich neben ihn und hielt die Waffe auf den Rest der Meute gerichtet.

„Sie können uns nicht alle erschießen", japste Mercer. „Legen Sie die Pistole nieder, dann lasse ich Sie und die Frauen gehen."

„Lasst die Waffen fallen", befahl Alaric den übrigen Schurken.

Diese wechselten unsichere Blicke. Dann brach der schwarzhaarige Mann, der Alaric am Kai getroffen hatte, in schallendes Gelächter aus.

„Das werden wir nicht", sagte er und trat einen Schritt vor.

Alaric presste die Pistole fester gegen Mercers Schläfe, woraufhin dieser verängstigt wimmerte. „Ich meine es ernst. Sonst schieße ich."

„Na los, legen Sie ihn um", höhnte der Anführer der Bande. „Mit dem Mistkerl aus dem Weg bleibt mehr Gold für mich und meine Männer. Das erspart mir die Mühe, ihn selbst zu töten, was, Jungs?"

Zustimmendes Gegröle antwortete ihm, und seine Crew baute sich bedrohlich hinter ihm auf.

Verdammt, eine Meuterei.

„Was soll das?", fauchte Mercer seinen Handlanger an. „Du gottloser Verräter!"

„Ich lass mich nich länger von Ihnen rumkommandieren. Sie haben uns nich mal die Hälfte von dem bezahlt, was Sie uns versprochen haben, Sie elender Geizkragen. Die Zeit ist um", knurrte der Anführer und setzte zum Schuss an.

Instinktiv ließ Alaric Mercer los und stürzte sich auf Emma. Er riss sie mit sich zu Boden und bedeckte ihren Körper mit seinem, als ein Schuss durch die Luft knallte. Mit wild pochendem Herzen blickte er in ihr blasses Gesicht.

„Geht es dir gut?", krächzte er.

„Ja, und dir?"

Er nickte kurz, drehte den Kopf und sah ...

Mercer, der völlig fassungslos immer noch aufrecht dastand.

Die Miene des Halunken war ebenso erstaunt, als er an sich heruntersah und den dunkelroten Fleck bemerkte, der sich auf seinem Hemd ausbreitete. In der nächsten Sekunde stürzte er wie ein gefällter Baum zu Boden.

„An Bord, Männer!" ertönte ein heiserer Schrei.

William.

Weitere Schüsse folgten. Das Schiff bebte, als Kähne von allen Seiten andockten. Durch den Pulverdampf sah Alaric, wie die Wachmänner unter der Führung seines Bruders das Schiff enterten. Ihnen folgte eine vertraute, schlanke Gestalt.

„Kent!", rief er. „Hier drüben!"

Der Ermittler rannte auf sie zu. „Emma?"

„Es geht mir gut", versicherte sie ihrem Bruder.

„Kümmern Sie sich um sie", befahl Alaric ihm. „Ich muss Will helfen."

„Sei vorsichtig, Liebling!", rief Emma ihm nach.

Er stürzte sich ins Getümmel, das sich zur gesetzesfreien Zone entwickelt hatte. Will schlug sich nahe des Masts mit zwei stämmigen Rohlingen herum. Der hinter ihm packte ihn am Hals, der andere zog ein Messer aus seinem Stiefel.

Alaric nahm den vorderen Schurken ins Visier und drückte ab.

Der messerschwingende Mistkerl zuckte zusammen und sackte zu Boden. Will befreite sich aus dem Griff des anderen und verpasste ihm einen vernichtenden Kinnhaken. Alaric blieb keine Zeit, seinen Bruder zu dessen ausgezeichneter Form zu beglück-wünschen, da sich zwei weitere Rüpel mit gezückten Messern auf sie stürzten.

Die Brüder stellten sich Rücken an Rücken.

„Ich übernehme den größeren", sagte Will.

„Einen Teufel wirst du tun", erwiderte Alaric.

Die Entscheidung wurde ihnen abgenommen, als der enorme Bastard Alaric angriff, der in letzter Sekunde links antäuschte und seinem Gegner die Faust in den Magen rammte. Als dieser sich nach vorne krümmte, drehte er ihm den Arm auf den Rücken und entwendete ihm das Messer. Dann zog er seinen Feind wieder aufrecht und verpasste ihm den entscheidenden Kinnhaken.

Inzwischen hatte Will den anderen Halunken erledigt.

Alaric erwiderte den Blick seines Bruders und zog eine Braue hoch. „Warum hat das so lange gedauert?"

„Dass du immer der Beste sein musst", grummelte Will.

Alaric ließ den Blick über das Deck wandern, um zu sehen, wie viele Feinde sein Team unschädlich gemacht hatte. Plötzlich gefror ihm das Blut in den Adern.

„Wo zum Teufel ist Mercer?"

„Das verdammte Wiesel", fluchte Will. „Lass uns das Schiff durchsuchen. Er kann nicht weit gekommen sein."

Sie trommelten alle verfügbaren Wachmänner zusammen und teilten sie in Suchtrupps ein. Alaric und Cooper übernahmen das Unterdeck. Seine Schultern streiften die Wände des engen Korridors. Bei jedem Knarren und Klappern des alten Schiffs spannten sich seine Muskeln an. Sie durchsuchten jede Kabine, doch nirgends war eine Spur von dem Mistkerl zu sehen.

Nach der Hälfte des Wegs vernahm er plötzlich ein Scharren unter sich. Lautlos deutete er auf die Falltür vor ihnen. „Er ist unten im Frachtraum", wisperte er Cooper zu.

Der Wachmann nickte, bückte sich und zog die Tür mit einem Ruck auf.

Ein Schuss schleuderte ihn gegen die Wand hinter sich. Blut spritzte aus seinem Oberarm. Fluchend zog Alaric ihn aus der Schusslinie und untersuchte den Schaden. Glücklicherweise war es nur eine Fleischwunde, die er hastig mit seiner Krawatte abband.

„Das wird reichen, bis die anderen uns finden", sagte er.

„Sie sollten besser auf Verstärkung warten, Euer Gnaden ..."

Er ignorierte Coopers Einwand und schlich zurück zur Falltür. In sicherer Entfernung hielt er inne und löste die Kette seiner Taschenuhr. Er zielte, warf sie durch die Türöffnung und hörte, wie sie die Stufen hinunterrollte ...

Ein weiterer Schuss knallte aus dem Frachtraum.

Im nächsten Moment stürzte Alaric sich seiner Uhr hinterher und landete in der moderigen Dunkelheit. Wild blickte er um sich, erkannte die Umrisse von Kisten, Fässern, Säcken – *Mercer*.

Er warf sich auf den Grafen, der im Begriff stand, seine Waffe nachzuladen, und rammte ihn gegen eine der Kisten. Nachdem seine Pistole klappernd zu Boden gefallen war, wehrte Mercer sich verzweifelt mit Händen und Füßen. Der Bastard versetzte ihm einen Schlag unter die Gürtellinie, sodass ihm kurzzeitig Sterne vor den Augen tanzten.

Sein Griff lockerte sich, und Mercer konnte sich befreien. Während er nach Atem rang, bemerkte er, dass sein Gegner etwas Glänzendes hervorzog, sich damit auf ihn stürzte und ihn zu Boden warf. Er ließ seinen Arm nach vorne schnellen und fing den Messerstoß ab, doch die tödliche Klinge schwebte noch immer nur Zentimeter über seinem Hals. Seine Muskeln verkrampften sich unter der manischen Kraft seines Angreifers.

„Ich schlitze Ihnen den Hals auf, Sie ungehobelter Schotte!", schrie Mercer.

Den Teufel wirst du tun.

Auf einmal schöpfte Alaric neue Kraft. Er stemmte die Füße in den Boden und rollte sich mit aller Macht über seinen Feind. Nachdem er die Oberhand gewonnen hatte, umklammerte er dessen Handgelenk und drehte es ruckartig zur Seite. Mit einem Schmerzensschrei ließ der elende Feigling das Messer fallen. Vom Blutrausch gepackt, schlug Alaric immer wieder auf Mercers Gesicht ein, bis der Graf blutüberströmt und besinnungslos unter ihm lag.

Erst dann erhob er sich schwer atmend.

„Alaric!"

Als er sich umdrehte, sah er, wie sein Bruder in den Frachtraum hinunterstieg.

Mit ausgestreckter Waffe fragte Will angespannt: „Geht es dir gut?"

„Ja", presste Alaric hervor. „Und euch?"

„Cooper wird von Miss Emma und der Herzoginwitwe versorgt." Will hielt kurz inne. „Ich wusste ja bereits, wie tapfer deine Zukünftige ist, aber anscheinend besitzt unsere Tante ebenfalls Nerven aus Stahl."

„Patrice ist wesentlich zäher, als sie aussieht", bestätigte Alaric und rieb sich mit verzerrtem Gesicht die Fingerknöchel.

„Das liegt uns wohl im Blute. Für einen Herzog hast du dich nicht schlecht geschlagen."

„Für einen kleinen Bruder warst du auch nicht so übel."

Schweigend grinsten sie einander an.

Nach einer Verschnaufpause fuhr Alaric fort: „Am besten holen wir ein Seil, um ihn ..."

„Hinter dir!", schrie Will auf.

Er wirbelte herum und sah, wie Mercer mit blutverschmiertem Gesicht und einem Ausdruck des Wahnsinns im Blick auf ihn zustürzte, sein Messer in der erhobenen Hand haltend. Instinktiv bückte er sich und kickte gegen die Beine des Grafen. Dieser stolperte vorwärts und fiel kopfüber in einen Stapel aufgetürmter Kisten, die wie eine Lawine über ihm zusammenkrachten.

Alaric und Will näherten sich der auf dem Bauch liegenden Gestalt mit gezückten Waffen. Vorsichtig schob der Herzog die schweren Kisten von Mercer herunter und drehte ihn mit der Stiefelspitze auf den Rücken.

Der Blick des Grafen war leer. Ein scharlachroter Fleck hatte sich um die Klinge gebildet, die in seiner Brust steckte.

Der Bastard war in sein eignes Messer gefallen.

„Ein passendes Ende", befand Will.

„Allerdings", stimmte Alaric erleichtert zu. „Endlich ist es vorbei."

Gemeinsam verließen die Brüder den blutigen Schauplatz und gesellten sich wieder zu den anderen.

$\maltese$ 34 $\maltese$

EINE WOCHE SPÄTER, BEI EINER TRAUTEN ZUSAMMENKUNFT
von Familie und Freunden in seinem Stadthaus, grübelte Alaric
über die Ereignisse der letzten Tage nach. Sein Feind war tot, sein
Leben außer Gefahr. Gestern hatte sein Expansionsplan bei der
Generalversammlung die einhellige Zustimmung der Aktionäre
erhalten. Wie erwartet waren die Aktienpreise von United
Mining anschließend durch die Decke gegangen.

Zudem hatte Alaric endlich seine Verlobung mit Emma
öffentlich bekannt gegeben.

Er beobachtete seine Zukünftige dabei, wie sie sich im Salon
unter die Gäste mischte, die der Einladung zu ihrer Verlobungsfeier gefolgt waren. Sie trug ein kirschrotes Seidenkleid, das sich
verführerisch um ihre Kurven und die schlanke Taille schmiegte.
Die Kette, die er ihr geschenkt hatte, schmückte ihren Hals, und
passend dazu glitzerte nun auch noch ein rosa Diamantring an
ihrem Finger.

Sie strahlte wie eine richtige Herzogin. *Seine* Herzogin.

Er konnte es kaum erwarten, ihr in acht Wochen vor dem
Altar der St. Paul's Cathedral gegenüberzustehen. Lady Patrice
hatte darauf bestanden, dass eine Verlobungszeit von mindestens

zwei Monaten angebracht war, um zu verhindern, dass Gerüchte über den Grund einer zu eiligen Eheschließung aufkamen. Da er wusste, wie viel Emma daran lag, vor der *ton* gut dazustehen, wollte er alles vermeiden, was ihrem Ruf schaden könnte.

Diesmal wollte er unbedingt eine skandalfreie Ehe führen. Er würde nichts überstürzen. Sein Schlüssel zum Erfolg lag darin, die Kontrolle zu bewahren.

„Sie wird dir eine ausgezeichnete Herzogin sein, Strathaven", sagte Lady Patrice und trat neben ihn. Als sie ihren gefiederten Turban richtete, funkelte ihr Ring im Licht des Kronleuchters. „Zuerst hatte ich meine Zweifel, aber nun verstehe ich dein Interesse an ihr. Sie ist so ganz anders als alle Damen, dich ich kenne. Auch ihre Familie ist ziemlich … einzigartig."

Alaric unterdrückte ein Lächeln. Beim Abendessen waren die Kents wieder einmal lebhaft und unterhaltsam gewesen. Gegenwärtig gab Dorothea auf dem Klavier in der Ecke des Zimmers einige klassische Stücke zum Besten. Überrascht bemerkte er, dass sein Freund Tremont äußerst angetan von ihrer Darbietung zu sein schien. Violet und Polly saßen an einem Spieltisch, wo die ältere der beiden einen griesgrämigen Grafen mit ihren Kartentricks erheiterte. In der Mitte des Raumes hielt Primrose Kent, von einer Reihe eifriger Verehrer umringt, Hof.

Im Großen und Ganzen war er sich beinahe sicher, dass er Emmas Familie wirklich ins Herz schließen könnte.

„Da stimme ich Ihnen zu, Tante", sagte er.

„Kein Wunder, dass du so vernarrt bist. Du brauchst es nicht zu leugnen", mahnte sie und wackelte mit dem Finger vor seiner Nase herum. „Deine Gefühle sind mehr als offensichtlich."

Alaric warf ihr einen nüchternen Blick zu. „Ich finde, Sie übertreiben, Euer Gnaden."

„Ganz und gar nicht. Die ganze *ton* ist in heller Aufregung darüber, wie tief die Mächtigen gefallen sind. Du bist der lebende Beweis dafür, dass reformierte Wüstlinge schlussendlich doch die besten Ehemänner abgeben."

Hitze stieg ihm ins Gesicht. Es war eine Sache, sich einzugestehen, wie sehr er Emma begehrte – eine ganz andere war es jedoch, wenn die *beau monde* sich hinter ihren Fächern darüber erheiterte. Insbesondere, weil ebendiese Klatschmäuler ihn während seiner ersten Ehe als treulosen Wüstling abgestempelt hatten.

„Beunruhigt die Vergangenheit dich, mein Junge?", fragte die Witwe und bedachte ihn mit einem forschenden Blick. „Miss Kent wird dich bestimmt nicht so hintergehen und manipulieren, wie Laura es getan hat."

„Ich wünsche nicht über die Vergangenheit zu sprechen", entgegnete er steif.

„Verzeih mir, ich wollte dich nicht verärgern. Ich will doch nur, dass du glücklich bist."

Die Augen seiner Tante schimmerten feucht, und er seufzte innerlich auf. „Das weiß ich doch. Wenn Sie mich jetzt entschuldigen würden, ich muss mich um meine Gäste kümmern", sagte er mit einer knappen Verbeugung über ihrer Hand.

„Mach dir um mich keine Sorgen", sagte sie und schenkte ihm ein kleines Lächeln. „Solange du glücklich bist, mein Junge."

Er drehte eine Runde durch den Salon, um die Glückwünsche seiner Gäste entgegenzunehmen, unter anderem die der Blackwoods. Endlich erreichte er seine Verlobte, die sich mit ihren jeweiligen Schwagern und Schwägerinnen unterhielt. Besitzergreifend legte er Emma einen Arm um die Taille, als er sich zu der Gruppe gesellte.

„Amüsierst du dich, Liebes?", fragte er.

Sie lächelte ihn an, und die Wärme in ihren tiefbraunen Augen löste das Unbehagen, das sich seiner nach dem Gespräch mit seiner Tante bemächtigt hatte. *Emma ist ganz anders als Laura.*

Seit ihrer Verlobung hatten sie kaum Zeit in trauter Zweisamkeit verbringen können. Zuletzt war es ihnen nach einem Besuch in der Oper gelungen, als Mrs Kent ihm gnädigerweise gestattete, Emma in seiner Kutsche nach Hause zu fahren.

Die Erinnerung an diese heißen Minuten benebelte seine Sinne und weckte das Interesse seiner unteren Körperhälfte. Er konnte ihre Hochzeitsnacht kaum erwarten, das sinnliche Gefühl ihrer engen Scheide um seinen Schwanz, endlich in die feuchte Wärme einzudringen, die bisher nur seinen Finger und seiner Zunge vorbehalten waren ...

Gott, die nächsten acht Wochen würden die reinste Folter werden.

Aber er würde es durchstehen – weil er es konnte. Weil er sich unter Kontrolle hatte. Meistens zumindest.

„Wir haben gerade über die Hochzeitspläne gesprochen und wie wichtig selbst die kleinsten Details sind", informierte Emma ihn.

„Ich glaube nicht, dass Alaric sich sonderlich für die Farbe der Blumen interessiert", merkte Will grinsend an.

Alaric warf ihm einen vernichtenden Blick zu. Auch wenn sie sich mittlerweile gut verstanden, war Will immer noch ein Quälgeist.

„Hast *du* die Blumen an deiner eigenen Hochzeit überhaupt bemerkt?", fragte er spöttisch. „Wenn ich mich recht erinnere, war die ganze Angelegenheit in Windeseile vorbei, und du hast deine Gäste hinausgeworfen, noch bevor die Torte angeschnitten wurde."

Annabel errötete, Will jedoch grinste ungeniert und legte seiner Frau einen Arm um die Schultern. „Ich hatte genau die Hochzeit, die ich wollte – mit meiner Traumfrau!"

Dem hatte Alaric nichts entgegenzusetzen. In gewisser Weise beneidete er die Freiheiten seines Bruders, auf dessen Schultern nicht die Bürden und Erwartungen eines Herzogtums lasteten. Wills Hochzeit war klein und intim gewesen, nicht mehr als zwölf Gäste. Seiner eigenen würden knapp tausend Menschen beiwohnen.

„Verzeihen Sie, dass ich die Arbeit mit dem Vergnügen verbinde", meldete Kent sich zu Wort, „aber ich wollte Ihnen mitteilen, dass ich heute Nachricht von Lugo erhalten habe."

Obwohl Mercer tot war, fahndete der afrikanische Ermittler weiter nach der verschwundenen Angestellten. Kent und Partner ließen nichts unerledigt, was Alaric zu schätzen wusste.

„Gibt es Neuigkeiten?", fragte er.

„Anscheinend zieht Miss White Bewunderer an wie das Licht die Motten. Lugo folgt einer Spur gebrochener Herzen", erwiderte Kent trocken. „Er ist ihr dicht auf den Fersen."

„Richten Sie ihm bitte meinen Dank für seine Beharrlichkeit aus", sagte der Herzog.

„Und lass Mr Lugo bitte auch wissen, dass er herzlich zu unserer Hochzeit ..."

Emma hielt mitten im Satz inne, als sie einen Gentleman bemerkte, der gerade den Raum betreten hatte. Der junge Mann bot einen sonderbaren Anblick. Einerseits war er groß und breitschultrig, eindeutig die Statur eines begeisterten Sportlers, andererseits wirkte er durch die Brille, das zerzauste Haar und die verknitterte Kleidung wie ein zerstreuter Wissenschaftler.

„Wer ist das?", fragte Alaric stirnrunzelnd.

„Emma!", rief der Fremde im selben Augenblick aus.

Ungläubig beobachtete der Herzog, wie seine Verlobte auf den Mann *zurannte* und ihm die Arme um den Hals warf. Dieser erwiderte die Umarmung ebenso enthusiastisch. Alarics Blut geriet in Wallung.

„Harry!", rief Violet aus und gesellte sich zu den beiden. „Du hast es geschafft! Ich war nicht sicher, ob mein Brief dich rechtzeitig erreichen würde."

Harry Kent – Emmas *Bruder*. Augenblicklich entkrampften sich Alarics Fäuste. Jetzt, wo sich die übrigen Kent-Geschwister um ihren Bruder scharten, war die Familienähnlichkeit unverkennbar.

„Ich bin sofort aus Paris aufgebrochen, als ich ihn erhalten habe", erwiderte Harry Kent. „Nach meiner Ankunft in London hat Pitt mir diese Adresse genannt und gesagt, ihr wärt alle hier versammelt." Stirnrunzelnd betrachtete er seine älteste Schwester. „Geht es dir gut, Em? Violet schrieb, du seist entführt worden ..."

„Es ist alles in bester Ordnung. Ich habe ein schlechtes Gewissen, dass du dein Studium unterbrechen musstest, bin aber trotzdem froh, dich zu sehen. Ich möchte dir nämlich jemanden vorstellen." Sie griff nach dem Arm ihres Bruders und führte ihn zu Alaric hinüber. Strahlend vor Stolz fuhr sie fort: „Das hier ist mein Bruder Harry. Harry, dies ist der Herzog von Strathaven, mein Verlobter."

Verwirrt blinzelte Harry sie an. „Du wirst heiraten?"

Alaric verneigte sich. „Ihre Schwester lässt mir eine große Ehre zuteilwerden."

Hastig verbeugte Harry sich ebenfalls. „Es freut mich, Sie kennenzulernen, Sir – ich meine, Euer Gnaden." Dabei warf er Emma einen unmissverständlichen Blick zu: *Da hast du mir ja einiges zu erzählen.*

„Willkommen zu Hause, Junge", sagte Kent. Mit einem freudigen Lächeln schüttelte er seinem Bruder die Hand. „Du bist ja noch weiter in die Höhe geschossen."

„Und du kommst gerade richtig", begrüßte seine Gemahlin ihren Schwager, der sie zur Begrüßung auf die Wange küsste. „Es gibt noch viel zu tun für die Hochzeit – angefangen mit der Anprobe beim Schneider in der Old Bond Street. Ambrose und du könnt ihm morgen früh gleich einen Besuch abstatten."

Die Kent-Brüder wechselten einen Blick ... und stöhnten gequält auf.

Emmas Herz drohte vor Freude zu zerspringen. Der Abend verlief reibungslos, und Harrys Überraschungsbesuch setzte dem Ganzen noch das Sahnehäubchen auf. Von Familie und Freunden umgeben, fühlte sie sich glücklicher als je zuvor. Ihre

Verlobungsfeier war zauberhafter, als sie je zu träumen gewagt hätte.

Als Thea gerade eine bewegende Darbietung von Beethovens *Mondscheinsonate* zum Besten gab, wurde sie jedoch von einer seltsamen Unruhe erfasst. Plötzlich fiel ihr auf, dass sie Alaric seit gut fünfzehn Minuten nicht mehr gesehen hatte. Sie ließ den Blick durch den Raum schweifen, konnte ihn jedoch nirgends entdecken. Einer Eingebung folgend verließ sie das Zimmer, um ihn zu suchen.

Die Tür zum Arbeitszimmer stand offen. Sie lugte hinein und fand ihn am Fenster stehend, den Blick auf den dunklen Garten gerichtet. Phobos und Deimos lagen zu seinen Füßen und spitzten neugierig die Ohren, als sie eintrat und die Tür hinter sich schloss.

Seine jadegrünen Augen fanden ihre, und wieder einmal war sie vom Anblick seiner männlichen Schönheit überwältigt. Manchmal kam es ihr wie ein Märchen vor, dass ein so sündhaft attraktiver Herzog sie begehrte. Sehnsüchtig erwartete sie ihren Hochzeitstag – und vor allem die Hochzeitsnacht.

„Ich habe mich schon gewundert, wohin du verschwunden bist", sagte sie.

„Ich wollte nur einen Augenblick allein sein", erwiderte er mit einem betrübten Lächeln. „Es ist ungewohnt für mich, so viel ... Familie um mich zu haben."

„Das verstehe ich", versicherte sie ihm. „Soll ich wieder gehen ...?"

„Nein, Liebchen. Deine Anwesenheit ist immer willkommen." Er streckte die Hand nach ihr aus, und sie ließ sich bereitwillig in seine Arme ziehen. Genussvoll knabberte er an ihrem Ohrläppchen. „Ich vermisse dich, Emma."

Sie wusste genau, was er meinte. „Ich vermisse dich auch."

Als Antwort darauf küsste er sie leidenschaftlich. Seine Lippen entfachten jedes Mal aufs Neue ein brennendes Verlangen in ihr. Enthusiastisch rieb sie ihre Zunge gegen seine, drückte sich so nah sie konnte an seinen muskulösen Körper. Seine Hände packten ihren Hintern und pressten sie noch fester gegen sich, sodass sie seine anschwellende Erektion durch ihre Röcke hindurch spüren konnte. Mit unverhohlener Lust rieb sie sich an ihm, erfüllt von einer Leere und Sehnsucht zwischen ihren Schenkeln, die nur er zu füllen vermochte.

„Verdammt, ich will dich so sehr", keuchte er. „Ich weiß nicht, wie ich noch acht Wochen durchhalten soll, bis ich dich endlich ganz haben kann."

Mit einem Mal wurde ihr etwas klar ... nein, eigentlich hatte sich der Gedanke bereits seit der Entführung manifestiert: Das Leben war zu kurz und zu wertvoll, um Zeit zu verschwenden.

„Ich will nicht länger warten", flüsterte sie.

Er sah ihr tief in die Augen, die hohen Wangen vor Erregung gerötet. „Ich werde dich erst nehmen, wenn wir verheiratet sind, Emma. Diesmal mache ich alles richtig."

Dafür liebte sie ihn. Und dafür, wie gut er sie behandelte, wie viel Mühe er sich mit ihrer Familie gab – und mit seiner –, wie entschlossen er war, ihr die Hochzeit ihrer Träume zu bieten.

Ich liebe ihn so sehr.

Sie würde es ihm so gerne sagen ... aber sie hatte sich entschieden, bis zu ihrer Hochzeitsnacht zu warten, um diesen besonderen Moment mit der Offenbarung ihrer Gefühle zu besiegeln. Sie wusste nicht, wie er darauf reagieren würde, immerhin hatte er ihr deutlich gesagt, wie er über die Liebe dachte. Doch sie war überzeugt, dass er trotz allem tiefe Gefühle für sie hegte und eines Tages so weit sein würde, ihre Worte zu erwidern.

Sie holte tief Luft. „Dann lass uns heiraten."

„Wie bitte?"

„Lass uns durchbrennen", sagte sie bestimmt. „Gretna Green liegt doch auf dem Weg zu deinem Anwesen, nicht wahr? Dann könnten wir unsere Flitterwochen hinterher gleich in Strathmore verbringen."

Obwohl seine silbergrünen Augen vor Verlangen glühten,

schüttelte er den Kopf. „Du verdienst eine prunkvolle Hochzeit, und du sollst sie auch bekommen."

„Ich verdiene *dich*", erwiderte sie und presste einen Kuss auf seinen Unterkiefer. „Und ich will nicht länger warten."

„Deine Familie ..."

„Sie sind glücklich, wenn ich glücklich bin. Wir können sie ja bald nach Strathmore einladen, oder nicht?"

„Unser Heim steht ihnen immer offen. Aber, Liebling ..."

Er verstummte, als sie die Arme um seinen Hals schlang, sich auf die Zehenspitzen stellte und ihm ins Ohr flüsterte: „Bitte? Ich will keine Sekunde länger warten. Lass mich endlich ganz dir gehören, Alaric."

Ein Schatten legte sich über seine Augen, seine Schultern versteiften sich, als trüge er einen inneren Kampf aus. Er sorgte sich doch nicht etwa darum, was andere darüber denken könnten?

Endlich legte er die Arme um sie und drückte sie gegen seine Brust.

„Du bist mein", sagte er rau. „Oh, Emma, das *bist* du."

***

Am darauffolgenden Mittag fand Marianne ihren Mann in seinem Arbeitszimmer sitzen. Während er einen Bericht verfasste, rieb er sich gedankenverloren den Nacken, eine Angewohnheit, die sie selbst nach so vielen Jahren noch liebenswert fand.

Er erhob sich, sobald er sie erblickte, und ein Lächeln erhellte seine finstere Miene. „Was für ein erfreulicher Anblick du bist. Konntest du gut schlafen, Liebling?"

„Ja", sagte sie und richtete das Revers seiner Jacke. „Die Feier gestern hat ja nicht allzu spät geendet."

Ihr war bewusst, dass sie nur Zeit schinden wollte, und sie schalt sich innerlich dafür. Eigentlich war sie bekannt für ihre Direktheit, aber hierbei ging es immerhin um Ambrose, den

Mann, den sie liebte, und sie wusste, er würde ihre Neuigkeiten nicht gut aufnehmen.

„Die Feier habe ich nicht gemeint", murmelte er und küsste sie auf die Wange.

Ihr Gesicht glühte bei der Erinnerung an ihre private Zelebration *nach* der Verlobungsfeier ... aber sie durfte sich nicht weiter ablenken lassen. Am besten ließ sie die Fakten für sich sprechen. Wortlos reichte sie ihm den Brief, den sie vor wenigen Minuten auf Emmas ordentlich gemachtem Bett gefunden hatte.

„Was ist das?", fragte Ambrose und überflog stirnrunzelnd die kurzen Zeilen. „Verflixt und zugenäht – sie sind *durchgebrannt?*"

„Emma muss sich davongestohlen haben, bevor die Bediensteten aufgewacht sind. Ich nahm an, sie würde sich nach den Feierlichkeiten gestern ausruhen ... ich hätte es besser wissen müssen", erwiderte sie trocken. „Als ich eben nach ihr sehen wollte, habe ich die Nachricht entdeckt."

„*Wir reisen per Postkutsche, mit der wir Gretna Green innerhalb von drei Tagen erreichen werden*", las Ambrose laut vor. „*Ich hoffe, ihr könnt mir mein ungestümes Handeln verzeihen, aber ich konnte einfach nicht länger warten. Bitte gönnt uns unser Glück. Werdet ihr uns bald in Strathmore besuchen? Ich freue mich darauf, euch in meinem neuen Zuhause zu empfangen. In Liebe, eure Schwester Emma.*"

Er zerknüllte den Brief in seiner Hand. „Verdammt, selbst wenn ich mich sofort auf den Weg mache, haben sie bereits einen halben Tag Vorsprung. Ich werde sie nicht rechtzeitig einholen."

Marianne legte ihm eine Hand auf die Schulter. „Du darfst dich nicht einmischen, Darling."

„Aber durchzubrennen geziemt sich einfach nicht!"

„Sobald Emma ihre Position als Herzogin einnimmt, ist es ganz egal, auf welche Weise sie geheiratet haben. Jeder, der es wagen sollte, schlecht über sie zu reden, wird Strathavens Zorn zu spüren bekommen", sagte Marianne mit einem Anflug von Belustigung. „Falls es dir noch nicht aufgefallen sein sollte: Er ist sehr beschützend, was sie angeht."

„Das ist mir aufgefallen", erwiderte er und fuhr sich mit der Hand durchs Haar. „Gerade habe ich begonnen, mich an Seine Gnaden zu gewöhnen – und jetzt das."

„Du kannst einem verliebten Mann seine Impulsivität nicht zum Vorwurf machen."

„Bist du dir sicher, dass er sie liebt?"

Marianne strich sanft über die Sorgenfalten auf seiner Stirn und flüsterte heiser: „Darling, er sieht sie genauso an wie du mich."

Ambrose seufzte tief. „Ich hoffe nur, dass du damit recht hast."

„Dessen bin ich mir sicher." Mit diesen Worten hakte sie sich bei ihm unter. „Lass es uns dem Rest der Familie erzählen. Bestimmt freuen sie sich schon auf eine Reise nach Schottland!"

$$\maltese \quad 35 \quad \maltese$$

Es war erstaunlich, wie etwas só Alltägliches wie das
Abendessen zu einer aufregenden Aktivität werden konnte, wenn
man sie mit seinem frisch gebackenen Ehemann teilte.

Während sie an einem gemütlichen Tisch vor dem Kamin im
angeblich allerbesten Zimmer saßen, das im gesamten Gasthaus
zur Verfügung stand, beobachtete Emma ihren Herzog dabei, wie
er an seinem Wein nippte. Er trug einen schwarzen Morgenrock
aus Brokat, der einen verführerischen Blick auf seinen entblößten
Hals preisgab, und seine dunklen Locken waren noch nass von
seinem Bad. Nach der Ankunft in ihrer Unterkunft hatten sie sich
beide ausgiebig gewaschen. Kurz davor hatten sie sich, ganz nach
schottischem Brauch, über einem Amboss das Jawort gegeben.
Die Zeremonie war kurz, aber unglaublich romantisch gewesen.

Jetzt war Emma offiziell die frisch gebackene Mrs Alaric
James Alexander McLeod.

Und zudem die neue Herzogin von Strathaven.

Ihr Ehemann ergriff ihre Hand, die auf dem Tisch gelegen
hatte, und rieb mit dem Daumen über ihren schlichten, goldenen
Ehering. Der Anblick dieses Zeichens ihrer Zugehörigkeit schien
ihn sehr zu erfreuen. Da er eine breitere, männlichere Version an

seinem Finger trug, konnte sie dieses Gefühl nur zu gut nachvollziehen.

Seine jadegrünen Augen funkelten. „Hat dir das Essen gereicht, Liebchen?"

„Ich bin vollgestopft bis oben hin", erwiderte sie wahrheitsgemäß. Die Überreste ihres Festmahls – Wildbraten, Scotch Pie, Fleischpastete, verschiedene Käsesorten und Himbeeren mit Schlagsahne – waren noch immer vor ihnen auf dem Tisch ausgebreitet. „Das war genug, um eine ganze Armee durchzufüttern."

„Der Gastwirt wollte sichergehen, dass wir heute Nacht bei Kräften bleiben."

Sein sündhaftes Lächeln ließ ihre Wangen erglühen und ihren Puls in die Höhe schnellen.

„Ich glaube nicht, dass Ausdauer ein Problem sein wird", erwiderte sie.

Während ihrer zweieinhalbtägigen Reise nach Gretna Green waren sie innerhalb der Postkutsche, die Alaric eigens für sie organisiert hatte, zwar allein gewesen, allerdings hatten sie dank des Kutschers und der Wachen wenig Privatsphäre gehabt, und Alaric wollte um jeden Preis diskret sein.

Also hatten sie sich die meiste Zeit über unterhalten, manchmal über harmlose Themen, wie etwa ihre Lieblingsgerichte – seines war Scotch Pie, ihres Mandeltorte – und die Orte, die sie besucht hatten und in Zukunft bereisen wollten. Aber es hatte auch ernsthaftere Gespräche gegeben. Sie hatte ihm von der Armut erzählt, die sie als junges Mädchen durchleiden musste, von der ständigen Angst vor einer leeren Speisekammer und überfälliger Miete. Dadurch hatte sie aber auch gelernt, was wahres Glück bedeutete: eine Familie zu haben, die miteinander durch dick und dünn ging, der Lachen und Zusammenhalt mehr wert war als aller Reichtum der Welt.

Alaric seinerseits hatte weniger bereitwillig über seine Vergangenheit gesprochen, doch er hatte alle ihre Fragen beantwortet und so konnte sie sich ein Bild von seiner einsamen Kindheit und der von Krankheit überschatteten Jugend machen. Sie hatte bereits gewusst, dass seine Mutter früh gestorben war. Die wenigen Informationen, die sie über seinen Vater und seinen Vormund in Erfahrung brachte, reichten trotzdem aus, um zu begreifen, dass keiner von beiden sonderlich fürsorglich gewesen war. Über seine Tante und alles, was sie für ihn getan hatte, sprach er mit distanzierter Dankbarkeit.

Er berichtete jedoch wesentlich eifriger von der Zeit nach dem Tod seines Vormunds. Das kleine Erbe, das er vom Strathaven-Anwesen erhalten hatte, investierte er und verwendete es schließlich für die Studiengebühren und Lebenshaltungskosten in Oxford. Nach seinem Studium häufte er durch seine Investitionen weiteren Reichtum an und war gerade dabei, sich ein Finanzimperium aufzubauen, als die Erben Strathavens einer nach dem anderen ums Leben kamen und ihm somit das Herzogtum hinterließen.

Mit achtundzwanzig hatte Alaric also eine kostspielige Burg, vernachlässigte Ländereien und spärliche Einkünfte geerbt, die kaum reichten, um seinen Besitz instand zu halten. Allein durch seine Tüchtigkeit und seinen Geschäftssinn war es ihm gelungen, das Ruder herumzureißen. Er steckte all sein Geld in die Modernisierung. Während seiner Zeit als Herzog füllte er die leeren Kassen wieder auf und verhalf seinem Erblande zu neuem Wohlstand.

Emma war erstaunt, diese neue Seite an ihm zu entdecken: der hart arbeitende Mann unter der Fassade des zynischen Aristokraten. Mit jeder Minute wuchs ihre Bewunderung für ihn. Die Reise nach Gretna Green hatte sie noch enger zusammengeschweißt, und sie hatte nun keine Zweifel mehr, dass sie füreinander bestimmt waren. Aus diesem Grund war sie mehr als bereit, auch die körperliche Intimität zwischen ihnen zu erforschen und zu vertiefen, sich ihrem Gemahlen mit Leib und Seele hinzugeben.

Alaric rückte vom Tisch ab und klopfte sich auf die Schenkel. „Komm her, Liebchen."

Mit aufkeimender Erregung gehorchte sie ihm. Da sie nichts unter ihrer rosafarbenen Flanellrobe trug, spürte sie deutlich die zuckenden Muskeln in seinen Beinen und die wachsende Wölbung in seinem Schritt. Er küsste sie sanft und sie war wie trunken von seinem süßen Aroma, gepaart mit dem des warmen Gewürzmets, den sie zum Essen hatten. Seufzend genossen sie einander, ließen ihre Zungen in einem Spiel lustvoller Zärtlichkeit zusammenkommen.

Er löste den Gurt ihres Morgenmantels, schob den störenden Stoff beiseite und musterte sie so unverhohlen, dass ihr das Blut in die Wangen schoss.

„Sieh dich nur an", flüsterte er. „So wunderschön, und das alles gehört mir. Vertraust du mir, Emma?"

„Ja, das tue ich", erwiderte sie atemlos.

„Sag, dass ich mit dir machen darf, was immer ich will. Sag, dass du mir gehörst", befahl er.

Ihr stockte der Atem, als er eine ihrer Brüste mit seiner Hand umschloss und sie leicht knetete. Sie wusste, wie wichtig es für ihn war, diese Worte von ihr zu hören, nachdem er von seiner ersten Frau auf so furchtbare Weise hintergangen worden war. Nachdem er so viele Jahre in Einsamkeit verbracht hatte.

War es da verwunderlich, dass Alaric Gewissheit brauchte – dass er *sie* brauchte?

„Ich gehöre dir", versicherte sie ihm. „Du darfst tun, was immer du willst."

Das vertraute, erregende Gefühl von Freiheit durchflutete sie, und sie sah, wie seine Nasenflügel bebten und seine Pupillen sich vor Begehren weiteten. Beim Liebesspiel wollte sie sich einfach fallen lassen, er hingegen die Kontrolle bewahren. Sie waren wirklich perfekt füreinander geschaffen.

Er streckte die Hand aus und tauchte einen Finger in sein Weinglas. Ihr Atem ging schneller, als er die kühle Flüssigkeit über ihrer Brustwarze strich, bis diese sich vor Erregung aufstellte. Dann neigte er sich vor, um den Nippel mit seiner

Zunge zu liebkosen, und sie warf stöhnend den Kopf zurück. Das elektrisierende Gefühl raste durch ihre Adern und machte sie feucht.

„Das gefällt dir wohl", murmelte er, nachdem er ihrer anderen Brust die gleiche Aufmerksamkeit geschenkt hatte.

„Ja", seufzte sie.

„Bist du schon feucht für mich?"

Sie nickte errötend.

„Zeig es mir."

Verwirrt blinzelte sie ihn an.

„Berühr dich, Darling", befahl er heiser.

Er nahm ihre Hand und führte sie zwischen ihre Schenkel. Mit rasendem Puls erlaubte sie ihm, ihre verflochtenen Finger zwischen ihre geschwollenen Schamlippen zu führen, wo sie mittlerweile schlüpfrig nass war. Dann brachte er ihre Hand nach oben zu ihrem Kitzler, umkreiste und streichelte ihn, bis ihr ein tiefes Stöhnen entwich. Bei dem unbeschreiblichen Gefühl ihrer gemeinsamen Berührung wich auch die letzte Spur von Scham und machte einer heißen Sinnlichkeit Platz.

„Fühlt sich gut an, nicht wahr?", flüsterte er. „Mach es dir selbst für mich. Bring dich zum Höhepunkt, während ich an deinen umwerfenden Titten sauge."

Mit einem Arm um die Taille stützte er sie, während seine Zunge um ihre Brustwarze kreiste, eine erotische Imitation der Bewegung zwischen ihren Beinen. Es war frevelhaft, verdorben ... auf eine himmlische Art und Weise. Ihre Finger wurden immer schneller, der Druck in ihr unerträglich, während er abwechselnd an ihren spitzen Brüsten leckte und saugte. Als seine Zähne leicht über einen ihrer empfindlichen Nippel streiften, explodierte sie vor Lust und schrie seinen Namen.

Er zog sie in seine Arme, küsste sie sanft und beruhigend, während sie nach Atem rang. Behutsam trug er sie zum Bett, setzte sie am Rand ab und entledigte sie beide ihrer Morgenmäntel. Obwohl sie immer noch in der Nachwirkung ihres Höhepunkts schwelgte, entflammte ihre Begierde erneut, als sie ihn zum ersten Mal völlig entblößt in all seiner Pracht vor sich stehen sah.

Sein perfekter Körper erschien ihr wie aus Marmor gemeißelt. Das Licht des Kaminfeuers flackerte über seine muskulösen Schultern und die definierte Brust, die harten Linien seines Waschbrettbauchs. Seine schmalen Hüften liefen in einem sich deutlich abzeichnenden V an seinen Lenden zusammen. Alles an ihm – von dem dunklen Schamhaar bis zu seiner enormen Erektion – strahlte eine unbändige Männlichkeit aus.

„Du stellst jede Statue in den Schatten", flüsterte sie voll Staunen. „Wie schön du bist, Alaric."

Sein schiefes Grinsen war überraschend jungenhaft. „Du solltest mir nicht so sehr schmeicheln, das könnte mir zu Kopf steigen."

„Das ist es glaube ich längst", erwiderte sie und warf einen demonstrativen Blick auf die geschwollene Schwanzspitze.

„Was für ein ungezogenes Luder habe ich mir da nur zur Frau genommen?", lachte er heiser.

„Darf ich dich anfassen?"

„Natürlich. Komm und erkunde deinen Ehemann."

Da er direkt vor ihr stand, musste sie nur die Hand ausstrecken. Sie umschloss seinen dicken Schaft mit beiden Händen, pumpte ihn ehrfürchtig und genoss das Gefühl, seine kraftvolle Männlichkeit zu kontrollieren.

„Es fühlt sich so gut an, wie du mich berührst." Alarics Wangen glühten vor Erregung. Die Lusttropfen, die aus seinem Schlitz hervorquollen, bestätigten seine Worte.

„Ich liebe es, dich zu berühren", gestand sie ihm.

„Ah, ich halte es nicht mehr aus", stöhnte er, ließ die Finger in ihr Haar gleiten und führte ihren Kopf zu seinem geschwollenen Glied. „Lutsch ihn, Darling, damit er leichter in deine enge, kleine Möse passt."

Eifrig ging sie ans Werk, fuhr mit der Zunge an seiner stählernen Erektion entlang, um sie zu befeuchten. Dann schloss sie die Lippen um die Eichel und nahm ihn tief in den Mund. Scharf sog er die Luft ein.

Wenige Minuten später verstärkte er seinen Griff in ihrem Haar und zog sie zurück. „Das reicht. Jetzt leg dich hin und spreiz die hübschen Beine für mich."

Sein gebieterischer Befehl jagte einen Schauer der Erregung durch ihren Körper. Sie folgte seiner Anweisung und ließ den Kopf auf die Kissen sinken. Als er sich zwischen ihre Schenkel kniete, bebten ihre Brüste vor Erwartung – und ein klein wenig vor Nervosität –, und im nächsten Augenblick spürte sie die Spitze seines Glieds an ihrer empfindlichsten Stelle.

***

Als Alaric auf seine Emma niederblickte, wusste er, wie Ares sich beim Anblick seiner geliebten Aphrodite gefühlt haben musste. Voller Verlangen. Begierde. Dem Wunsch, sie zu besitzen, begleitet von einer glühenden Zärtlichkeit. Doch der unglückliche Olympier durfte sie lediglich zu seiner Geliebten machen, da sie bereits mit einem anderen Gott vermählt war. Emma hingegen gehörte Alaric mit Leib und Seele, und er würde sie niemals wieder gehen lassen.

Er redete sich ein, dass es richtig gewesen war, mit ihr durchzubrennen, ihrer süßen Bitte nachzukommen. Warum sollte er das Unvermeidliche aufschieben? Nun war sie sein, und das elende Warten hatte ein Ende. Sein Schwanz sehnte sich danach, in sie einzutauchen, aber erst musste er dafür sorgen, dass seine Herzogin voll und ganz für ihn bereit war.

Er packte seinen harten Schaft und ließ die geschwollene Spitze neckend an ihren weichen Schamlippen entlanggleiten. Ihr feuchter Nektar benetzte seine Haut. Stöhnend brachte er seine Hand zu ihrem Geschlecht und ließ seinen Mittelfinger in ihre warme Scheide gleiten. Sofort spannten ihre Muskeln sich um ihn an.

„Du bist noch unerfahren, Liebchen", sagte er, während er sie fingerte, um sie zu erregen und gleitfähig zu machen. Auf keinen Fall wollte er sie verletzten. „Es könnte zu Beginn etwas wehtun."

„Ich habe keine Angst. Alaric, ich will dich", erwiderte sie entschlossen. „Nimm mich."

Der letzte Funken Selbstbeherrschung verließ ihn und er ließ sich langsam und vorsichtig in ihre feuchte Scheide gleiten. Sie war so jungfräulich eng, dass ihm bei dem Gefühl ihrer bebenden Wände um seinen Schwanz ein erstickter Schrei entwich. Als sie sich unter ihm versteifte, musste er mit aller Macht gegen seinen Instinkt ankämpfen, tiefer in sie zu rammen. Stattdessen verharrte er reglos.

„Liebling?", fragte er und sah ihr tief in die Augen.

„Es fühlt sich seltsam an", flüsterte sie atemlos. „Ist es immer so ... eng?"

Schweißperlen bildeten sich auf seiner Stirn, während er um Kontrolle rang. „Nein, nur beim ersten Mal. Du gewöhnst dich bald an mich."

„Bist du schon, äh, ganz drin?"

Er senkte den Blick nach unten – ein gravierender Fehler! Der Anblick ihrer verschmolzenen Körper, ihrer lieblichen Möse, die seinen dicken Schaft umschloss, brachte ihn beinahe zum Höhepunkt.

„Etwa bis zur Hälfte", krächzte er. Das war definitiv geflunkert, aber er wollte sie nicht beunruhigen.

„Zur Hälfte?", fragte sie bestürzt. „Du bist einfach zu groß."

Bei ihren Worten schwoll sein Glied wie auf Kommando noch weiter an. „Du gewöhnst dich bestimmt gleich daran", presste er zwischen zusammengebissenen Zähnen hervor. „Versuch dich zu entspannen, Liebste."

„Vielleicht hilft es, wenn ich mich ein wenig bewege ..."

Bevor er sie stoppen konnte, neigte sie die Hüften nach

oben, wodurch er nur noch tiefer in sie hineinglitt. Sie schnappte nach Luft, er stöhnte, überwältigt von der quälenden Lust, die in ihm brannte. Seine Erektion steckte zur Hälfte in der heißesten, engsten Möse, die er je hatte – *und er durfte sich nicht bewegen.*

„Jetzt tut es gar nicht mehr so weh", teilte sie ihm mit. „Kannst du es noch einmal versuchen ... aber langsam bitte?"

Er schickte ein Dankgebet zum Himmel.

„Aber sicher, Liebling", sagte er und ließ langsam die Hüften kreisen. „Was immer du willst."

Vorsichtig bewegte er sich vor und zurück. Da sie keine Schmerzen zu haben schien, wagte er sich mit jedem Stoß ein wenig tiefer. Sie seufzte genüsslich und versuchte, ihn mehr und mehr in sich aufzunehmen. Endlich spürte er mit brennender Lunge, wie der letzte Widerstand nachgab und jeder Zentimeter seines Schafts in ihr vergraben war.

„Wie fühlt sich das an, Liebling?"

„Mmh, ziemlich ... gut", antwortete sie mit halb geschlossenen Augen.

„Gut ist noch nicht gut genug", flüsterte er heiser.

Er neigte den Kopf und saugte an einer ihrer Brustwarzen, während er sich langsam in ihr bewegte. Ihr Stöhnen und die Hand, die sich in seinem Haar vergrub, verrieten ihm, dass sie keinerlei Unbehagen mehr empfand. Mit zunehmender Schnelligkeit stieß er in sie, keuchte auf, als ihre Hüften sich seinem Rhythmus anpassten und ihn mit jeder Bewegung noch tiefer in ihre feuchte Wärme drängten. Erregt warf sie den Kopf auf dem Kissen hin und her. Er packte ihren prallen Hintern und rammte sie tiefer, drang in einem leicht veränderten Winkel in sie ein, sodass sein steinharter Schaft gegen ihre empfindliche Perle rieb. Mit kreisenden Hüften wiederholte er diese Bewegung, reizte ihre Klitoris mit jedem Stoß, um ihre und seine eigene Wonne gleichermaßen zu steigern.

Gott, sie machte ihn so scharf. Er war kurz davor, härter zu kommen als je zuvor in seinem Leben. Ihre schweißgebadeten Körper rieben sich in wilder Leidenschaft aneinander.

„Meine Güte", japste sie.

„So ist es gut", krächzte er, während er immer härter in sie stieß. „Komm für mich. Ich will dich um meinen Schwanz spüren."

„*Alaric!*"

„Ja, Liebling", stöhnte er. „Verdammt, du bist so eng um mich, ich kann nicht ..."

Mit einem Mal brach sein Orgasmus wie eine Sturmflut über ihm herein. Ein ekstatischer Schauer lief ihm über den Rücken, als er sich heiß in seiner Frau ergoss, während sie auf den Wogen ihrer eigenen Befriedigung ritt.

Immer noch in ihr vergraben, rollte er sie vorsichtig auf die Seite, sodass sie einander auf dem Kissen gegenüberlagen. Sanft küsste er ihre Stirn und legte ihr besitzergreifend die Hand auf die Hüfte.

„Wie fühlst du dich?", fragte er leise.

„Wunderbar", erwiderte sie mit einem verträumten Lächeln. „Ich liebe dich, Alaric."

Er erstarrte. Neben den pulsierenden Nachbeben der Lust machte sich eine eisige Panik in ihm breit. Die Vergangenheit erhob wieder einmal ihr hässliches Haupt, erfüllte ihn mit Demütigung, als er daran dachte, wie Laura unzählige Liebesbekundungen aus ihm herausgelockt hatte, wie sehr er sich nach ihrer Zuneigung gesehnt hatte, und wie am Ende alles umsonst gewesen war. *Er* war ihr nie genug gewesen.

Du bist ein selbstsüchtiger Bastard. Du bist nicht fähig zu lieben – und du verdienst auch keine Liebe.

Plötzlich flammte Wut in ihm auf und erstickte die restliche, nachklingende Befriedigung. Er war von Anfang an ehrlich zu Emma gewesen. Sie konnte keine Liebe von ihm erwarten, wenn er keine zu geben hatte. Zu lügen wäre auf die Dauer nur noch schlimmer.

Ihm kam ein schrecklicher Verdacht. *Glaubt sie, mich manipulieren zu können? Denkt sie ernsthaft, sie hat mich um den kleinen Finger gewickelt, weil ich mich dazu habe überreden lassen, mit ihr durchzubrennen?*

Diesen Irrglauben musste er im Keim ersticken.

„Danke, Liebchen", erwiderte er kühl. „Aber das ist nicht nötig."

Die träge Behaglichkeit in ihren Augen wich einer Barrage von Emotionen. Instinktiv machte er sich auf die unvermeidliche Gegenreaktion gefasst, auf die Tränen und Vorwürfe.

Nach einem kurzen Moment legte sie ihm jedoch lediglich eine Hand an die Wange und sagte mit klarem, festem Blick: „Ich weiß."

Als nichts weiter folgte, atmete er erleichtert auf. Sie versuchte weder ihm eine Falle zu stellen, noch ihn zu kontrollieren. Er schämte sich für seine unbegründeten Vorwürfe, wusste aber nicht, wie er sich entschuldigen sollte ... also küsste er sie einfach. Der bereitwillige Eifer, mit dem sie den Kuss erwiderte, überraschte ihn. Trotz ihres gerade vollendeten Liebesspiels stieg eine neue Welle des Verlangens in ihm auf.

Er ließ sich davon leiten, drückte sie zurück auf die Kissen und war entschlossen, ihr zu zeigen, dass Leidenschaft eine ausreichende Grundlage für die Ehe war.

Das musste sie sein.

An ihrem fünften Morgen in Strathmore hatte Emma die
Nase gestrichen voll.

Nicht von ihrem neuen Zuhause, das genauso prachtvoll war
wie eine authentische Festung. Gewiss würden ihre Schwestern
von den erhabenen Türmen und dem Ausblick über die grünen
Hügel und das glitzernde Wasser des Lochs begeistert sein.

Auch ihre Rolle als Herzogin war weniger einschüchternd als
erwartet. Jarvis, der ebenfalls aus London zurückgekehrt war,
hatte sie mit einem Augenzwinkern beglückwünscht und ihr dann
das übrige Personal vorgestellt. Emma merkte sich jeden Namen
sorgfältig und war erleichtert, eine tüchtige, hart arbeitende
Belegschaft unter sich zu haben. Besonders mochte sie die
Köchin, Mrs Murray, die ihr netterweise das Rezept für Alarics
geliebten Scotch Pie verriet.

Alles in allem lebte sie sich bestens in ihrer neuen Umgebung
und Rolle ein – mit einer Ausnahme: Ihr Ehemann trieb sie zur
Weißglut.

Gedankenverloren stieg sie die ausladende Treppe hinunter.
Ihre Verzweiflung rührte nicht von seiner kühlen Reaktion auf ihr
Liebesgeständnis her. Natürlich hatte seine Antwort sie ein wenig

verletzt – aber ehrlich gesagt, hatte sie nichts anderes erwartet. Sie wusste ja, was er von der Liebe hielt, und sie hatte nicht damit gerechnet, dass er sich über Nacht ändern würde, vor allem in Anbetracht seiner schwierigen Vergangenheit.

Ihre Liebe war ein Geschenk, das nicht an Bedingungen geknüpft war.

Andererseits hatte sie aber auch nicht erwartet, dass er sich ihr gegenüber *völlig verschließen* würde.

Seit ihrer Hochzeitsnacht hatte Alaric sich äußerst ... merkwürdig ... verhalten.

Einerseits hüllte er sich wieder in seine frühere Gleichgültigkeit, als sei jeglicher Fortschritt, den sie vor der Eheschließung erreicht hatten, zunichte gemacht worden. Sobald sie das Gespräch auf persönliche Themen lenkte, versteckte er sich hinter höflichen Floskeln oder wimmelte sie mit Ausreden ab – er müsse sich um seine Pächter kümmern oder seine Korrespondenz diktieren.

Oder vielleicht der Farbe beim Trocknen zusehen?

Beinahe hätte sich ihre Angst, mit ihrer Ehe einen gewaltigen Fehler begangen zu haben, in ungezügelte Panik gewandelt ... wenn da nicht Alarics körperliches Verlangen nach ihr gewesen wäre.

Obwohl er sich gefühlsmäßig völlig vor ihr zurückgezogen hatte, schien er die Hände nicht von ihr lassen zu können. Am vorigen Tag hatten sie in einem der bewaldeten Täler des Anwesens ein Picknick gemacht, und ihre Wangen glühten noch immer bei der Erinnerung an ihre leidenschaftliche Tollerei unter freiem Himmel. Er hatte sie angewiesen, sich auf sein Gesicht zu setzen, damit er sie mit seiner Zunge befriedigen konnte, bis sie sich vor Wonne kaum noch aufrecht zu halten vermochte. Nach ihrem explosiven Höhepunkt hatte er sie auf ihre Hände und Knie manövriert und sie so hart von hinten genommen, dass das Echo ihres Liebesspiels durch den ganzen Wald gehallt war ...

Anschließend hatte er sie den ganzen Weg zurück in sein Bett getragen und sie bis zum Morgengrauen geliebt.

Außerdem überschüttete er sie mit *Geschenken* als Zeichen seiner Zuneigung, von Schmuck über Süßigkeiten – gestern hatte er ihr sogar eine wunderschöne, silberweiße Stute geschenkt, auf der er ihr das Reiten beibringen wollte. Am Tag zuvor hatte er einen mit Perlmutt eingelegten Schreibtisch für gekauft, den er in seinem Arbeitszimmer aufstellen ließ, damit sie gemeinsam ihrer Arbeit nachgehen konnten.

Emma übte sich in Geduld, aber sein widersprüchliches Verhalten stellte selbst ihre Nerven auf eine harte Probe. Sie war praktisch veranlagt und brauchte keine zusichernden Worte – seine Taten zeigten ihr deutlich, dass sie ihm wichtig war und er ihre Gesellschaft genoss. Aber warum versuchte er gleichzeitig, eine Mauer zwischen ihnen zu errichten?

Vielleicht dauerte es einfach eine Weile, sich wieder an die Rolle eines Ehemannes zu gewöhnen.

Dafür hatte sie ihm jetzt fünf Tage Zeit gegeben. Genug war genug.

Sie erreichte sein Arbeitszimmer und marschierte geradewegs hinein, entschlossen, ihm eine Erklärung abzuringen.

„Guten Morgen, Liebchen." Er erhob sich von seinem Schreibtisch und kam ihr entgegen. Bei seinem warmen Lächeln bekam sie weiche Knie. „Du siehst zum Anbeißen aus."

Er brachte sie völlig aus dem Konzept. „Du auch", erwiderte sie atemlos.

„Ich habe ein Monster erschaffen. So ein Glück für mich", murmelte er und zog sie an sich, um sie zu küssen.

Erst als ein Diener erschien – und sich mit einer hastigen Entschuldigung wieder entfernte –, lösten sie sich voneinander.

„Was sollen die Angestellten nur von uns denken?", lachte Emma verlegen.

„Sie werden denken, dass ich ein heißblütiger Schotte bin, der scharf auf seine Frau ist."

So gerne sie dem verführerischen Funkeln in seinen Augen auch nachgeben wollte, musste sie erst ihr Anliegen mit ihm klären. Um sich von ihren Gelüsten abzulenken, strich sie sich die Röcke glatt und ging hinüber zu den Bücherregalen am anderen Ende des Zimmers.

Während sie versuchte, ihre Gedanken zu ordnen, fiel ihr Blick auf einen Gegenstand auf einem der Regale: eine griechische Urne in Glasumkleidung. Sie wirkte antik, die schwarze Glasur war rissig und einer der gebogenen Griffe fehlte. Nichtsdestotrotz waren die rotbraunen Abbildungen darauf deutlich zu erkennen und verursachten ihr eine Gänsehaut.

Sie erkannte den Soldaten mit dem verzierten Helm, sein gequältes Gesicht, die erhobenen Fäuste, die für alle Ewigkeit gegen die Wände der Urne trommelten.

Dieselbe Figur war auf dem schrecklichen Gemälde in Alarics Schlafgemach abgebildet.

Welche Bedeutung hatte dieser leidende Kämpfer wohl für ihn? Warum fand sich dieser geschundene Soldat in seinen innersten Zufluchtsstätten wieder?

„Wer ist das?", fragte sie und deutete auf die Urne. „Den Mann hier meine ich. Er ist derselbe wie auf deinem Gemälde in London, nicht wahr?"

Stille. Kurz war sie überzeugt, dass er ihr nicht antworten würde.

„Das ist Ares, der griechische Gott des Krieges", erwiderte er dann tonlos. „Das Gemälde und die Urne stellen eine der Mythen über ihn dar."

Ihr schwante nichts Gutes. „Worum geht es in dem Mythos?"

„Der Legende zufolge wurde Ares aus einer unbefleckten Empfängnis heraus geboren. Seine Mutter, die Göttin Hera, wurde aus freiem Willen schwanger, um sich an ihrem untreuen Gatten, Zeus, zu rächen. Wie nicht anders zu erwarten, fühlte Zeus sich Ares nicht verbunden, da dieser nicht sein eigen Fleisch und Blut war." Alaric begab sich wieder hinter seinen Schreibtisch und ordnete seine Dokumente, um einen gleichgültigen Eindruck zu vermitteln. „Nach der Geburt hatte Hera ihre Vergeltung erfüllt, also scherte sie sich auch nicht länger um ihr Kind. Als Ares schließlich eines Tages verschwand, fiel es seinen Eltern nicht einmal auf – es hätte sie auch nicht interessiert."

Emma spürte einen Kloß in ihrem Hals. „Was ist mit ihm geschehen?"

„Der junge Ares spielte gern mit seinen Freunden, nur leider hatte er bei der Wahl seiner Freundschaften kein glückliches Händchen", fuhr Alaric achselzuckend fort. „Er geriet an ein Paar Riesen – Zwillinge mit einem fiesen Sinn für Humor. Zu ihrer Belustigung sperrten sie ihn in einen Bronzekrug und versiegelten den Deckel. Sie hielten ihn jahrelang gefangen. Die Einsamkeit brachte ihn fast um den Verstand."

Sie konnte die Kälte in seiner Stimme nicht länger ertragen. Als sie auf ihn zuging, warnte sein eisig grüner Blick sie jedoch, ihm bloß nicht zu nahezukommen.

Also blieb sie auf der anderen Seite des Schreibtischs stehen. „Wie ist er entkommen?"

„Ein anderer Gott hat ihn schlussendlich befreit. Seit diesem Vorfall trug Ares allerdings immer unbändige Wut und einen anhaltenden Zerstörungswillen in sich. Offensichtlich war er bei den anderen Göttern deshalb nicht gerade beliebt."

„Er war einfach nur missverstanden", entgegnete Emma heftig. „Dabei brauchte er nur Liebe und Mitgefühl."

„Er war ein Bastard – ungeliebt und ungewollt." Zu ihrem Unglauben wandte Alaric sich wieder seiner Korrespondenz zu. „Wenn sonst nichts ist, muss ich langsam wieder an die ..."

„Warum ist Ares dir so wichtig?", unterbrach sie ihn.

Alaric warf ihr einen Blick zu. „Ich verstehe nicht, was du meinst."

„Du hast Abbildungen von ihm in deinem Schlafgemach, deinem Arbeitszimmer. Deine Hunde sind nach seinen Gefährten benannt. Dafür muss es doch einen Grund geben."

„Vielleicht finde ich seine Geschichte einfach interessant."

„Vielleicht könntest du mir freundlicherweise einfach mal die Wahrheit sagen."

Die Gleichgültigkeit in seinem Blick wich einer verdrießlichen Maske. „Emma, ich bin beschäftigt. Ich habe keine Zeit für deinen Unfug."

Nun platzte ihr aber der Kragen. „Unsere *Ehe* ist kein Unfug. Hör auf, mich ständig auszuschließen – das lasse ich mir nicht bieten."

„Du stellst mir ein Ultimatum?", fragte er mit eiserner Miene.

„Ich bin *nicht* deine verstorbene Frau", erwiderte sie verärgert. „Wir betreiben hier gerade etwas, das man gemeinhin als Konversation bezeichnet. So läuft das in einer normalen Ehe."

„Und was, wenn ich nicht reden will?", entgegnete er eisig.

„Dann versteck dich weiterhin ruhig feige in deiner verdammten Urne!"

„Was zum Teufel soll das nun wieder heißen?"

Kochend vor Wut presste er die Lippen aufeinander. Sie jedoch war zu aufgebracht, um darauf Rücksicht zu nehmen.

„Es heißt, dass *du* derjenige bist, der Mauern zwischen uns errichtet", schnauzte sie ihn an. „Wenn du zu viel Angst davor hast, mir die Wahrheit zu sagen, dann hast du es verdient, in deinem selbst errichteten Gefängnis zu versauern."

Ein Schweigen senkte sich über den Raum.

„Du willst also die Wahrheit wissen?", flüsterte er bedrohlich. „Na gut, dann lass mich dir etwas zeigen."

***

Auf dem Weg zum Ufer des Lochs zweifelte er an seiner Entscheidung.

Willst du ihr wirklich die Wahrheit offenbaren?

Nie zuvor hatte er jemandem seine Höhle gezeigt. Nicht Laura – nicht einmal Charlie. Aber ihm blieb keine andere Wahl

... Emma hatte ihn herausgefordert, er konnte keinen Rückzieher machen. Die Angst, die ihn seit ihrer Hochzeitsnacht umklammert hielt, drohte ihn nun zu ersticken. Vielleicht war es besser so. Die Ungewissheit war unerträglich.

Besser, er brachte es hinter sich, zerstörte jegliche Illusionen der Liebe ein für alle Mal.

Und so führte er Emma hinunter zum Loch, dessen Oberfläche sanft im Sonnenlicht glitzerte. Ein steiniger Strand umgab den See, und rings herum erhoben sich grüne Hügel. Mit jedem Schritt fühlte er sich schwerer, aber schließlich erreichten sie den Ort, den er gesucht hatte: den Eingang zu einer Höhle, den die Gezeiten in den Fels geschlagen hatten.

„Eine geheime Höhle?", fragte sie verwundert.

Er half ihr über die Steine hinein in die geschützte Grotte. Obwohl er seit Jahren nicht mehr hier gewesen war, hatte sich nichts verändert. Es war feucht und dunkel, einzig das sanfte Plätschern der Wellen und die entfernten Schreie der Möwen durchbrachen die Stille. Der vertraute Geruch von Moos, Erde und Einsamkeit stieg ihm in die Nase.

Emma blickte ihn erwartungsvoll an.

„An diesen Ort habe ich mich als Kind oft zurückgezogen", begann er schließlich in sachlichem Tonfall. „Wenn ich es schaffte, mich der Grausamkeit meines Onkels zu entziehen, versteckte ich mich hier." Er legte eine Hand an die bemooste Wand und erinnerte sich daran, wie oft er sich gegen das harte Kissen geschmiegt hatte, halb wahnsinnig vor Schmerzen und Übelkeit. „Manchmal betete ich, dass das Wasser hereinströmen möge, um alles zu bedecken. Alles zu beenden."

Er hörte, wie sie scharf Luft holte.

Jetzt würde sie erkennen, wie schwach, wie erbärmlich er gewesen war.

Schonungslos zwang er sich, fortzufahren. „Als ich krank wurde, glaubte mein Onkel, ich würde meine Symptome nur vortäuschen, um Aufmerksamkeit zu erhalten. Er schimpfte mich einen Schwächling und Lügner. Für ihn waren Stärke und Perfektion wichtiger als alles andere – und da ich in beiden Punkten versagt hatte, war ich ihm verhasst."

„Hat er ... dich verletzt?"

„Ich zog die Prügel seinen anderen Bestrafungen vor", erwiderte er kühl. „Der Isolation, dem Hunger, der Verachtung. Es verging kein Tag, an dem er mir nicht sagte, wie verabscheuungswürdig ich sei ... wie wertlos."

„Warum hat deine Tante nichts gegen seine Misshandlungen getan?", fragte Emma mit zitternder Stimme.

„Sie verehrte ihren Herzog und stellte sich niemals gegen seine Wünsche. Es hätte auch nichts gebracht. Sein Wille war Gesetz."

„Was für ein furchtbarer Mann! Er hatte kein Recht, dich so zu behandeln." Emma zog an seinem Ärmel, bis er sich zu ihr umdrehte und ihr in die Augen sah. Das unerwartete Feuer in ihrem Blick brachte das Eis in seinen Adern zum Schmelzen. „Wie konnte er nur glauben, dass du schuld an deiner Krankheit warst, verflixt noch mal? Dass du das alles überlebt hast und wieder gesund geworden bist, ist der eindeutige Beweis für deine Stärke und Tapferkeit."

Ihre Überzeugung erhellte die Dunkelheit wie ein Leuchtfeuer. Seine wundervolle Emma – seine Seele sehnte sich nach ihrem Licht, ihrer Wärme. Doch er durfte sich nicht dem Glauben hingeben, dass sie ihn liebte, solange sie nichts von seinen schlimmsten Unzulänglichkeiten und Schwächen wusste.

„Warum wollten mein Vater und meine Stiefmutter mich dann loswerden? Warum war meine Mutter bis zu ihrem Tod unglücklich?" Die Worte zerfurchten seine Kehle wie Klingen. „Will wurde immer von allen geliebt. Ich nicht."

„Ich kannte deine Familie nicht, also kann ich mir ihr Verhalten nicht erklären", sagte Emma und packte ihn an beiden Armen. „Aber ich kenne *dich*, Alaric McLeod, und ich weiß, dass du ebenso stark und clever wie ehrenhaft bist. Deshalb liebe ich dich."

Ihre schmerzhaft lieblichen Worte waren alles, was er begehrte, aber nicht verdiente.

„Du hast ein großes Herz, Emma", erwiderte er rau. „Deshalb könntest du jeden lieben."

„Das ist nicht wahr." Sie betrachtete ihn nachdenklich und nagte an ihrer Unterlippe. „Wenn meine Liebe allein dich nicht überzeugt, dann denk doch nur an all die Frauen, die dich jahrelang begehrt haben. Den Gerüchten zufolge müssen es Scharen gewesen sein", fügte sie trocken hinzu.

„Was wissen die schon über mich?", fragte er mit einem gleichgültigen Achselzucken. „Sie sehen nur den Titel und das Geld, aber nicht mich."

„Ich sehe dich", antwortete sie nachdrücklich. „Und ich liebe dich."

Früher oder später wird sie es herausfinden. Am besten enttäuschst du sie jetzt gleich, dann hasst sie dich auf Dauer vielleicht weniger ...

Er holte tief Luft. „Laura hat immer behauptet, ich sei nicht fähig zu lieben und würde ihre Liebe als selbstverständlich hinnehmen. Bei unserem letzten Streit sagte sie, ich würde es erst verstehen, wenn ... wenn ich alles verloren hätte. Deshalb hat sie Charlie mitgenommen, als sie mich verließ."

Nach Charlies Beerdigung hatte er die Höhle zum letzten Mal aufgesucht. Allein für sich hatte er keine einzige Träne vergießen können. Stattdessen war er einfach nur dagesessen, kalt und reglos wie die Felsen, die ihn umgaben. Welche Art von Mann beweinte denn nicht den Verlust seines eigenen Sohnes?

Ich habe dich im Stich gelassen, Charlie. Ich konnte dich nicht so lieben, wie du es verdient hattest.

Schließlich zwang er sich, die Worte auszusprechen, die ihm seine Vergangenheit immer wieder verdeutlicht hatte: „Die Wahrheit ist, ich verdiene keine Liebe – weil ich sie nicht zurückgeben kann."

Dunkle Mauern der Verzweiflung schlossen sich um ihn, sein ewiges Gefängnis.

$$\text{❦} \quad 37 \quad \text{❦}$$

Der Schmerz und die unerbittliche Schuld in Alarics Stimme brachen Emma das Herz. Er konnte ihr nicht einmal in die Augen sehen, hielt den Blick starr auf die Höhlenwand gerichtet. Er wirkte nicht nur gebrochen, sondern *resigniert*: als befände er sich in einem steinernen Gefängnis, dem er niemals entkommen könnte.

Eine kultiviertere Dame hätte ihn vielleicht behutsamer behandelt, hätte ihm Zeit gegeben, sich zu sammeln. *Emma* hingegen war zu unverblümt, zu wütend, um an sich zu halten.

„Verdammt noch mal, du glaubst diesen Unsinn doch nicht etwa?", donnerte sie.

Sein Kopf fuhr hoch. „Wie bitte?"

„Dieser eigennützige Schwachsinn, den deine frühere Herzogin verzapft hat." Sie musterte ihn eindringlich. „Das kannst du doch unmöglich für bare Münze nehmen."

„Ich ..." Verwirrt blinzelte er sie an.

„Du hast sie geheiratet, warst ihr immer treu, obwohl sie es nicht war. Du hättest dich von ihr scheiden lassen, sie verstoßen können, aber das hast du nicht getan. Stattdessen bist du bei ihr geblieben und hast ihr den Schutz deines Namens gewährt." Nachdrücklich bohrte sie ihm einen Finger in die Brust. „Was soll das sein, wenn nicht Liebe?"

Alaric starrte sie an. „Es war ... meine Pflicht. Sie war meine Frau, meine Verantwortung. Selbst wenn ich einst Gefühle für sie hatte, waren diese lang erloschen." Er schüttelte den Kopf.

„Weil *sie* sie abgetötet hat. Sie hatte deine Liebe nicht verdient! Die sich im Übrigen nicht nur durch Worte ausdrücken lässt." Emma redete sich immer mehr in Rage, aber das war ihr egal. „Sie zeigt sich auch in Taten. Unglaublich, dass du denkst, du seist der Liebe nicht fähig, wo du sie mir doch jeden Tag zeigst."

„Ich ... wirklich?"

„Natürlich. Auch wenn du mir nicht laut gesagt hast, dass du mich liebst, weiß ich, dass du es tust. Du beweist mir deine Zuneigung eben auf andere Weise."

Er wirkte völlig verdattert.

„Alaric", fuhr sie verzweifelt fort. „Du hast mich mit der Garderobe einer Königin ausgestattet, mir mehr prachtvollen Schmuck geschenkt, als ich zu Lebzeiten tragen kann, mir ein neues Zuhause in einer Burg geboten ..."

„Das ist doch nur Geld", erwiderte er stur.

„Hör mir zu und respektiere meine Meinung wenigstens, auch wenn du ihr nicht zustimmst", beharrte sie. „Um Himmels willen, du unterstützt sogar meinen Wunsch, als Ermittlerin zu arbeiten – wie viele Ehemänner wären dazu bereit?"

„Ich würde mich deinen Träumen nie in den Weg stellen."

„Ganz genau, weil dir mein Glück *wichtig* ist. Und zwar so sehr, dass du dich bemühst, meine Familie kennenzulernen, weil du weißt, wie viel sie mir bedeutet."

Bildete sie es sich nur ein, oder verschwand die Trostlosigkeit langsam aus seinem Blick?

„Ich mag deine Familie", gab er mürrisch zu.

„Und sie dich ebenfalls. Wie könnten sie auch nicht?" Sie legte ihm eine Hand an die Wange. „Du bist wundervoll."

Sie sah einen Funken Hoffnung in seinen Augen aufflackern ... doch dann schüttelte er den Kopf. „So wundervoll, dass du wegen mir entführt und beinahe getötet wurdest."

„Schluss damit", erwiderte sie hitzig. „Du wirst *nicht* die Schuld auf dich nehmen für das, was dieser Wahnsinnige Mercer getan hat. Was geschehen ist, lag nicht an dir."

„Mein ganzes Leben lang haben die Menschen mich verachtet – gehasst." Er schürzte die Lippen. „Wenn es nicht an mir liegt, woran dann?"

„Es liegt an *ihnen*. An deiner Familie, weil sie dich nicht verstanden haben. An deinem Vormund, weil er ein bösartiger Tyrann war. Doch, das *war* er", betonte sie, als er sich in stures Schweigen hüllte. „Wie er ein krankes Kind behandelt hat, war unverzeihlich."

„Ich habe nicht geweint ... als Charlie gestorben ist", gestand er heiser. „Und so rührend sich meine Tante auch um mich gekümmert hat, empfinde ich doch keine Liebe für sie."

„Jeder verarbeitet seine Trauer auf andere Weise. Mein Papa hat auch nicht viel geweint, als meine Mutter gestorben ist, aber er wurde fast wahnsinnig vor Kummer", erklärte Emma ihm sanft. „Was Lady Patrice angeht, kann ich dich gut verstehen. Sie ist ein komischer Vogel, nicht wahr?"

Eine Kombination aus Sehnsucht und Panik flackerte in seinen jadegrünen Augen auf. Sie spürte, wie gern er ihr glauben wollte, wie sehr er sich aber auch davor fürchtete.

„Mercer", stammelte er, nach Strohhalmen greifend. „Gut, er mag ein geisteskranker Bösewicht gewesen sein, aber trotz allem hat er mich so sehr gehasst, dass er mich umbringen wollte. Mehrmals. Warum bin ich immer das Anschlagsziel?"

Zärtlichkeit schnürte ihr die Kehle zu. Sie legte ihm beide Hände an die Wangen. „Mercer war neidisch auf dich, auf deinen Erfolg, auf alles, was du *bist*. Alaric, siehst du es denn nicht?"

„Was soll ich sehen?"

„Wie außergewöhnlich du bist. Wie viel Liebe in dir steckt

und wie sehr du es verdienst, geliebt zu werden. Nicht wegen deines Titels, deines Status oder deines Geldes, sondern weil du deinem Bruder stillschweigend hilfst, weil du Elend und schlimme Verluste überlebt hast und aus allem nur noch stärker hervorgegangen bist. Weil du in mir, einer bevormundenden, unabhängigen Junggesellin etwas Besonderes gesehen hast – und ich mich wegen dir schön und wertgeschätzt fühle." Ihre Stimme bebte. „Ich liebe *dich*, Alaric."

Einen Moment lang füllte nur das Plätschern der Wellen die Stille.

„Verdammt, Emma", presste er schließlich mit rauer Stimme hervor. „Ich liebe dich so sehr, dass es wehtut."

Unbändige Freude übermannte sie. „Ich weiß."

Und das tat sie wirklich.

Er schloss die Arme um sie, als wolle er sie nie mehr loslassen und küsste sie innig. Sie erwiderte seine verzweifelte Liebe aus vollem Herzen, öffnete ihre Lippen, saugte an seiner fordernden Zunge, drängte sich noch dichter an ihn. Mehr noch als ihren Körper wollte sie ihre Seele, ihre tiefen Gefühle, alles, was sie besaß, mit ihrem Herzog teilen.

Das Eis in seinem Blick war geschmolzen, nun loderte nur noch ein silbernes Feuer darin. Mit beeindruckender Schnelligkeit entledigte er sie ihrer Kleidung, wobei er weder auf platzende Nähte noch abspringende Knöpfe achtete. Er presste sie gegen die Wand der Höhle, hielt beide ihrer Hände über ihrem Kopf umschlossen und verschlang ihre Lippen mit den seinen. Nach der Verletzlichkeit, die er ihr gezeigt hatte, verstand sie sein Bedürfnis nach Kontrolle und schmiegte sich willig an ihn, gab ihm alles, was er von ihr verlangte. Stöhnend wölbte sie sich ihm entgegen, als er sich zu ihrer Brust hinunterbeugte und an einer ihrer Brustwarzen saugte.

„Ich werde nie genug von dir bekommen können. Meine Herzogin, meine Liebste", flüsterte er heiser.

Ihre Antwort verlor sich in einem Wimmern, denn er begann,

ihre Schamlippen zu streicheln, ihren feuchten Nektar über ihrer Perle zu verteilen, ihre vor Verlangen pulsierende Spalte mit seinen Fingern zu füllen. Er drang tief in sie ein, krümmte seine langen, starken Finger und stimulierte einen empfindlichen Punkt in ihr, der elektrische Impulse durch ihren Körper sandte. Sie spürte bereits ihren Höhepunkt herannahen.

„Deine Möse ist so feucht und gierig. Sag mir, was du brauchst", befahl er.

„Dich, mein Liebster", hauchte sie. „Ich will dich in mir spüren. Für alle Zeit."

Eilig zog er seine Hose hinunter, und im nächsten Augenblick hob er sie gegen die Felswand. Mit den Füßen in der Luft schwingend wurde sie nur durch seine männliche Stärke, die Stöße seines großen Gemächts emporgehalten. Sein steinharter Schaft rammte sich tief in sie, wieder und wieder, bis sie mit einem erfüllten Aufschrei kam.

Alaric zitterte, als Emmas Scheidenwände auf ihrem Höhepunkt um sein steifes Glied pulsierten. Die warme, feuchte Stimulation durch ihre seidigen Muskeln brachte ihn ebenfalls an den Rand des Orgasmus. Er glitt aus ihr und stieß wieder tief in sie hinein, besessen von dem wilden Bedürfnis, sie mit Leib und Seele zu besitzen.

„Du fühlst dich so verdammt gut an", presste er hervor.

„Oh, Alaric", seufzte sie. „Du dich auch."

„Ich könnte dich bis in alle Ewigkeit ficken."

„Gut, denn ich will nicht, dass du je wieder aufhörst ..." Ein Schleier der Lust legte sich über ihren Blick. „Ich glaube ich ko... *oh* ..."

Sie versteifte sich, als ihre zweite Klimax sie übermannte. Deren Wucht brachte ihn fast um den Verstand, und genüsslich verdrehte er die Augen. Im nächsten Moment beförderte er sie sanft auf den Boden, legte sie vor sich auf das Bett aus Sand, drückte ihre Knie auseinander und glitt stöhnend zurück in ihre heiße Umarmung. In dieser Position konnte er so viel tiefer in sie eindringen. Bewundernd stellte er fest, wie mühelos sie jeden Zentimeter in sich aufnahm.

„Nimm mich", keuchte er heiser. „Nimm mich ganz in dir auf."

„Ich gehöre dir." Ihre wunderschönen Augen hielten ihn ebenso gefangen wie ihr liebreizender Körper. „Für immer."

Mit diesen Worten zerstörte sie den Rest seiner Selbstbeherrschung. Wieder und wieder schlugen seine Hoden gegen ihre Schamlippen, während er sich wild vor Lust in der süßen Wärme seiner Frau verlor. Seiner Seelenverwandten. Flammen züngelten durch seinen Körper, seinen Schwanz, und ein unerträglicher Druck baute sich in seinem Unterleib auf. Er spürte, wie sein Samen unaufhaltsam durch seinen Schaft schnellte. Diesmal hielt er sich nicht zurück, bohrte sich so tief er konnte in sie und hörte ihren Aufschrei, als er sich stöhnend in ihrer bebenden Höhle ergoss.

Er stieß weiter in sie, während er die Welle eines nie enden wollenden Orgasmus auskostete. Ihre Muskeln umklammerten ihn, entlockten ihm alles, was er zu geben hatte, zerschmetterten ihn und bauten ihn in ihrer eigenen Ekstase wieder auf.

Als er sich endlich wieder bewegen konnte, rollte er von ihr herunter und zog sie auf seine Brust. Er vergrub die Finger in ihren zerzausten Locken und seufzte befriedigt auf. „Du bist wie für mich geschaffen, Liebling. Die Frau meiner Träume."

Ein verschmitztes Lächeln umspielte ihre Lippen. „Du hast von einer Herzogin geträumt, die es in Höhlen mit dir treibt?"

„Ich wollte eine Frau, die ich lieben kann." Sanft fuhr er ihr mit dem Daumen über die vom Küssen geschwollenen Lippen. „Eine, die mich ebenfalls lieben würde."

„Die hast du definitiv bekommen."

„Du darfst mich nie wieder verlassen."

„Niemals", versprach sie.

Emma presste ihren Mund auf den seinen. Ihr Kuss war so warm und süß wie ihr Versprechen. In ihrer geborgenen Umarmung schmolzen auch die letzten eisigen Ängste in ihm für immer dahin.

AM NÄCHSTEN MORGEN TRAF DIE HERZOGINWITWE MITSAMT Gepäck und Gefolge aus London ein. Emma empfing sie im Hauptsalon des Anwesens und begrüßte sie mit einem pflichtbewussten Kuss auf die gepuderte Wange. Nachdem sie einen Bediensteten angewiesen hatte, ihnen Tee zu bringen, ließ sie sich auf einer Chaise der Witwe gegenüber nieder.

„Wo ist Strathaven?", wollte Lady Patrice sofort wissen.

„Er steckt in einer Besprechung mit dem Gutsverwalter, wird sich aber bald zu uns gesellen."

„Ihr beide wart wirklich äußerst ungezogen", sagte die Witwe und wackelte missbilligend mit dem Finger, an dem ihr roter Ring matt glänzte. „Aber ich vergebe euch. Impulsivität ist nun einmal das Privileg der jungen Leute."

„Es hätte keinen Sinn ergeben, noch länger zu warten", erklärte Emma sachlich. „Wir wussten beide genau, was wir wollten."

Lady Patrice musterte sie mit ihren wachsamen, blauen Augen. „Man kann es dir nicht verübeln, dass du so schnell wie möglich zur Herzogin gemacht werden wolltest."

Entrüstung flammte in ihr auf. „Deswegen habe ich ihn nicht geheiratet."

„Weshalb sonst?"

„Weil ich ihn liebe", erwiderte sie. „Und er liebt mich."

„Nun, das ist natürlich etwas anderes. Ich hoffe nur, dass diese Ehe besser verläuft als Strathavens erster Versuch." Ein Schatten verfinsterte die Miene der alten Herzogin.

Emmas Unmut legte sich wieder. Lady Patrice wollte doch nur das Beste für Alaric. Aber seit sie wusste, was er als Kind hatte durchmachen müssen, konnte sie der älteren Frau nicht ganz verzeihen, dass sie ihn nicht besser vor den Grausamkeiten des alten Herzogs beschützt hatte. Andererseits brachte es ihr auch nichts, einen Groll gegen Patrice zu hegen.

„Ich werde alles tun, um Alaric glücklich zu machen", sagte sie daher knapp.

Just in diesem Moment betrat dieser den Salon, und Emma schmolz beim Anblick ihres Mannes regelrecht dahin. Er sah so gut aus in seinem blauen Sakko und den ausgestellten Hosen, die ihm wie auf den Leib geschneidert waren. Am attraktivsten war jedoch der liebevolle Ausdruck in seinen jadegrünen Augen, der der sündhaft markanten Perfektion seines Gesichts sanftere Züge verlieh. Er wirkte wesentlich jünger, glücklicher.

Und er gehörte allein ihr.

Alaric gesellte sich zu ihr und drückte einen warmen Kuss auf ihr Handgelenk. „Hast du gut geschlafen, meine Liebste?"

Sie nickte. Ausnahmsweise hatte sie heute etwas länger geschlafen und beim Aufwachen anstatt ihres Gatten eine einzelne, rote Rose neben sich auf dem Kissen gefunden. Wer hätte gedacht, dass in dem Herzog von Strathaven ein solcher Romantiker steckte?

„Es freut mich, dass du dich ausruhen konntest." Dann begrüßte er seine Tante und fuhr fort: „Ich habe Emma in die Aufgaben einer Herzogin eingewiesen und muss sagen, sie ist eine begabte Schülerin, die sich ihrem Studium ... *hingebungsvoll* widmet."

Emma warf ihm einen warnenden Blick zu. Seine Miene blieb reglos, doch seine Augen funkelten verschmitzt.

„Ich freue mich zu hören, dass du dir der Bedeutung deiner neuen Position bewusst bist, meine Liebe", antwortete Lady Patrice, die den zweideutigen Unterton nicht bemerkt hatte.

„Oh, Emma kann sich jeder neuen Position mit Leichtigkeit anpassen", erlaubte sich Seine Gnaden doch tatsächlich zu erwidern. „Ich bin ein echter Glückspilz."

Die Witwe runzelte die Stirn. „Stimmt etwas nicht, Emma? Du bist ja ganz rot. Strathaven hat dich doch nicht zu hart arbeiten lassen, oder?"

Mit glühenden Wangen vermied sie es, Alaric anzusehen, dessen Schultern vor unterdrücktem Gelächter bebten.

„Nein, die Arbeit hier macht mir viel Spaß bisher", antwortete sie. „Obwohl *gewisse* Dinge in Strathmore ziemlich kompliziert und schwer zu handhaben sind."

„Vielleicht kann ich behilflich sein? Immerhin war ich viele Jahre lang die Burgherrin", bot Lady Patrice mit nostalgischem Blick an.

„Hätten Sie denn morgen Zeit, Tante?", fragte Alaric. „Ich habe gerade mit dem Gutsverwalter gesprochen. Der Sturm letzten Monat scheint ziemlich großen Schaden an einigen Hütten angerichtet zu haben, also muss ich außer Haus, um die Reparaturen zu überwachen." Er lächelte Emma zu. „Ihr Damen könntet einander Gesellschaft leisten und über Strathmore sprechen."

Die Witwe wirkte zufrieden. „Ein kleines Pläuschchen wäre wunderbar. Komm mich doch morgen besuchen – etwa gegen zwei Uhr?"

Es war sinnlos, an einem Groll gegen eine alte Dame festzuhalten, die, wie Alaric selbst gesagt hatte, machtlos gegen die Grausamkeiten ihres Ehemannes gewesen war.

„Vielen Dank, Euer Gnaden", antwortete sie deshalb. „Das klingt reizend."

Am nächsten Tag erschien Emma zur vereinbarten Zeit vor dem Witwensitz. Lady Patrices Haus befand sich auf einer kleinen Anhöhe mit Blick auf den See. Es war ein beeindruckendes Gebäude, in dessen neugotischer Fassade sich Elemente der Burg widerspiegelten. Zu ihrer Überraschung wartete die Witwe bereits an der Tür.

„Ich habe den Bediensteten den Nachmittag freigegeben", erklärte diese und führte Emma in ihren Salon. „Nach der langen Anreise aus London haben sie sich etwas Ruhe verdient. Ich hoffe, es stört dich nicht, dass wir uns selbst versorgen müssen."

Sie deutete auf das Teetablett auf dem Kaffeetisch.

„Überhaupt nicht", erwiderte Emma lächelnd und nahm ihrer Gastgeberin gegenüber Platz. „Ich habe mich den Großteil meines Lebens selbst versorgt."

„Wie außerordentlich tüchtig. Nun gut, ich hoffe, es wird nicht zu langweilig für dich, mehr über die Familiengeschichte der Strathavens zu lernen?"

„Im Gegenteil, ich freue mich, alles darüber zu erfahren."

„Ausgezeichnet", strahlte die Witwe. „Ich serviere uns schnell den Tee, dann fangen wir an."

Während Emma an ihrer Tasse nippte, lauschte sie Lady Patrices Geschichten über mächtige schottische Clans, deren Wurzeln bis ins dreizehnte Jahrhundert zurückreichten. Über die Jahre entwickelten einige Sippen des Clans mehr und mehr Wohlstand, was natürlich auch zu blutigen Auseinandersetzungen innerhalb der Familie führte. Bittere Konflikte brachen zwischen den Sippen aus, und die Gewinner waren den Verlierern gegenüber nicht gerade gnädig gestimmt, sondern schikanierten vielmehr deren Angehörige und plünderten ihre Ländereien.

Trotz des spannenden Themas musste Emma ein Gähnen unterdrücken. Vielleicht lag es an der Stimme der Witwe – sie hatte eine einschläfernde Eintönigkeit an sich. Erschöpft trank sie ihren Tee aus, in der Hoffnung, dass dieser ihre Sinne wiederbeleben würde.

„Unsere Sippe war besonders gerissen", fuhr Lady Patrice stolz fort. „Während des Krieges gegen die Engländer unterstützte unsere Familie beide Seiten. So konnten wir sichergehen, auf der Seite des Siegers zu stehen, egal, wie die Schlacht ausging. Auf diese Weise sicherten wir uns das Herzogtum von Strathaven sowie die Ländereien, die wir noch heute besitzen."

„Wie ... clever." Diesmal konnte Emma ihr Gähnen nicht zurückhalten. „Verzeihung, ich – ich muss erschöpfter sein, als ich angenommen hatte."

„Das glaube ich gern. Immerhin warst du so sehr damit beschäftigt, mir meine Position und meinen Jungen wegzunehmen."

Emma blinzelte. Das lächelnde Gesicht der Witwe verschwamm vor ihren Augen. „W... wie bitte?"

„Kämpf nicht dagegen an, meine Liebe. Du musst furchtbar müde sein. Leg dich ein wenig hin."

Ihr Blick wurde unscharf. Die Stimme der alten Herzogin klang merkwürdig verzerrt. Emmas Augenlider wurden so schwer, dass sie diese nicht länger offenhalten konnte. Sanfte Hände drückten sie in die Kissen, hinunter in einen dunklen Abgrund.

***

Auf dem Rücken seines Pferdes galoppierte Alaric über die Felder zurück zur Burg. Er war früher als gedacht mit seiner Arbeit fertig geworden. Es begann zu dämmern, die Sonne versank langsam hinter dem Horizont und färbte den Himmel glühend rot. Ob Emma wohl den Sonnenuntergang beobachtete und ebenso an ihn dachte, wie er an sie?

Mit einem Lächeln auf den Lippen gab er seinem Hengst die Sporen.

Als er sich dem Tor des Anwesens näherte, bemerkte er in der Ferne eine Staubwolke. Zwei Reiter galoppierten auf Strathmore zu. Seltsam ... er erwartete doch gar keinen Besuch.

Er hielt an und wartete vor der Pforte auf sie.

Seine Überraschung wuchs, als er die Gesichter der beiden Männer erkannte.

„Kent? Will? Was habt ihr denn hier ...", setzte er an.

„Wo ist Emma?", unterbrach der Ermittler ihn angespannt.

Alaric hatte gehofft, dass Emmas Familie um ihretwillen die Entscheidung, durchzubrennen, akzeptieren würde. Dass sie *ihn* akzeptieren würden. Sein Kiefer verspannte sich. „Wir sind jetzt verheiratet. Daran ist nichts mehr zu ändern ..."

„Die Herzoginwitwe hat dich vergiftet!", fiel Will ihm ins Wort.

Ungläubig starrte er seinen Bruder an. „*Was?*"

„Deshalb sind wir hier. Lugo hat Lily White gefunden, und sie hat ihm gestanden, dass Patrice sie angeheuert hat, um Gift in deinen Whiskey zu mischen."

Nein. Nein, das konnte nicht wahr sein.

Alarics Magen verkrampfte sich panisch.

„Wir erzählen dir später alles genau", fuhr Will fort. „Erst müssen wir euch beide in Sicherheit bringen. Wo ist deine Frau?"

Doch Alaric gab seinem Pferd bereits die Sporen und preschte in Windeseile davon.

„Bei Patrice!", rief er ihnen über die Schulter zu.

❧ 39 ❧

Laut Jarvis hatte Emma die Burg gegen zwei Uhr nachmittags verlassen und war seitdem nicht zurückgekehrt. Verzweifelt jagte Alaric durch die Dämmerung auf das Haus der Witwe zu, flankiert von Kent und Will. Er platzte durch die Tür und rief laut nach Emma.

Keine Antwort.

Keine Angestellten.

Er wurde von einer lähmenden Furcht übermannt.

„Das gefällt mir gar nicht", sprach Will das aus, was er selbst dachte.

Die drei Männer teilten sich auf und durchsuchten das ganze Haus. Alaric stellte das Schlafgemach der alten Herzogin auf den Kopf und fand, glühend vor Wut, ein Ledertäschchen, das eine Reihe von Phiolen enthielt. Auf jedem der Fläschchen klebte ein Etikett mit Patrices schnörkeliger Handschrift.

Schmerzen. Sedativum. Ewiger Schlaf.

Er rief nach den anderen und zeigte ihnen den diabolischen Vorrat.

„Wohin würde Patrice Emma bringen, wenn sie ihr etwas antun wollte?", presste Kent hervor.

„Wahrscheinlich würde sie es wie einen Unfall aussehen lassen wollen", vermutete Will.

Alaric ballte die Fäuste. Sein Blick wanderte zum Fenster hinaus in die Nacht, über die dunklen Schatten des Wassers. Sein Herz raste vor Terror. „Der Loch."

Im Traum ließ Emma sich treiben.

Die pechschwarzen Wellen um sie herum lockten sie mit ihrem kühlen, samtigen Flüstern, zogen sie tiefer und tiefer in ihre Umarmung.

Doch irgendetwas hielt sie zurück.

Verlass mich nicht.

Sie klammerte sich an die Stimme, doch die Dunkelheit war übermächtig. Die Gezeiten des ewigen Vergessens um sie herum stiegen still und unaufhaltsam höher ...

Alaric entdeckte das Ruderboot auf dem nebelverhangenen See. Wie ein silbernes Blatt im Mondlicht trieb es auf der spiegelglatten, schwarzen Oberfläche. Es schien langsam zu sinken.

Während er auf das Ufer zusprintete, entledigte er sich seiner Jacke und Stiefel. Auf seinem Weg rannte er an Patrice vorbei, ohne jedoch anzuhalten. Er hörte nur ihre Stimme hinter sich hallen wie ein gespenstisches Echo.

„Es ist zu spät. Du kannst sie nicht mehr retten."

Das werden wir ja sehen.

Er tauchte in das eisige Wasser und durchpflügte es mit kräftigen Zügen. *Halte durch, Liebste, halte durch,* donnerte sein Herz. Weiter draußen wurden die Wellen stärker, brachen sich über seinem Kopf, doch er schwamm unbeirrt weiter, spuckte das Wasser aus, das er schluckte, und kickte gegen die aufgewühlten

Tiefen. Seine Muskeln brannten ebenso wie seine Lunge, doch er wurde von einem einzigen Gedanken vorwärtsgetrieben: rechtzeitig das Boot zu erreichen und seine Frau zu retten.

Endlich sah er es im Nebel vor sich auftauchen, bereits halb überschwemmt. Der Anblick ließ ihn seine letzten Kräfte mobilisieren. Seine Beine stießen ihn entschlossen vorwärts, seine Hände erreichten schließlich den hölzernen Rand, an dem er sich verbissen hochzog.

Emma. Gerade verschwand ihr Gesicht unter Wasser.

Er riss sie an den Schultern nach oben und rief ihren Namen.

Doch sie reagierte nicht. Ihr Körper blieb schlaff und leblos.

Alaric legte einen Arm um sie und drückte ihren Rücken an seine Brust. Angestrengt darauf bedacht, ihren Kopf über Wasser zu halten, manövrierte er sie beide einarmig rudernd durch die tückischen Wellen. Der Nebel verdichtete sich und erschwerte ihm die Sicht. Erschöpfung legte sich bleiern um seine Muskeln. Emma hing weiterhin reglos in seinem verzweifelten Griff.

„Bleib bei mir, Emma", presste er hervor. „Wir werden diese Sache gemeinsam durchstehen."

„Strathaven! Wo sind Sie?"

Wie eine Boje trieb Kents Stimme in der Dunkelheit zu ihm herüber.

„Hier drüben!", rief er zurück. „Ich habe sie!"

Kurz darauf durchbrach ein gelber Schein den Nebel, gefolgt vom Bug eines Boots. Kent ließ sein Paddel fallen und griff nach Emma, um sie an Bord zu ziehen. Alaric folgte ihr und kniete sich neben sie.

„Wie geht es ihr?", fragte er heiser.

Im schwachen Licht der einzelnen Laterne konnte er Kents düstere Miene ausmachen, während dieser seine Jacke über Emma ausbreitete. „Sie atmet, aber ihr Puls ist schwach."

Panik übermannte ihn. Er nahm ihr Gesicht in seine Hände. „Wach auf, Liebste."

Sie reagierte nicht, zuckte nicht einmal mit der Wimper.

Die Angst drohte ihm den Atem zu rauben.

„Verdammt, Emma", keuchte er. „Du hast mir ein Versprechen gegeben und du *wirst* es einhalten. Komm sofort zurück zu mir. Kämpfe!"

Spielte ihm seine Einbildung einen Streich – oder atmete sie tatsächlich tiefer?

„Verlass mich nicht, Liebste." Seine Stimme brach, als er sie an seine Brust drückte und ihr verzweifelt ins Ohr flüsterte. „Ich lasse dich nicht gehen. Wohin du auch gehst, ich werde dir folgen …"

Emma hustete und spuckte Wasser aus.

Langsam öffnete sie die Augen. „A-Alaric?"

„Ja, Liebste", sagte er unter Tränen. „Ich bin hier."

Mehr Wasser strömte aus ihrem Mund. „Deine Tante … sie hat mich *betäubt*."

Obwohl die Tränen ihm die Kehle zuschnürten, musste er angesichts ihrer Empörung schmunzeln.

„Ich weiß, und ich werde gleich mit ihr abrechnen." Er strich ihr eine nasse Strähne aus dem Gesicht. „Jetzt bist du in Sicherheit. Ich werde dich nie wieder aus den Augen lassen."

„Du hast uns einen gehörigen Schrecken eingejagt, Em", sagte Kent schroff.

Emma drehte den Kopf in seine Richtung. „Danke, dass du mich gerettet hast, Ambrose."

„Dafür sind Brüder doch da. Aber der Dank gebührt deinem Herzog hier."

Ihr Blick fiel auf Alaric, und die grenzenlose Liebe, die darin lag, verstärkte den Kloß in seinem Hals nur noch mehr.

„Ich liebe dich", flüsterte sie.

„Ich dich auch", erwiderte er mit rauer Stimme. „So sehr."

Dann küsste er sie inbrünstig, spürte ihre warmen, lebendigen Lippen auf seinen, und ließ den Rest seiner Angst in den Tiefen des Wassers zurück.

Am Ufer wartete Will auf sie. Er hatte Patrice im Auge behalten. Alaric trat ihr gegenüber, Emma in den Armen, bereit, sie zur Rechenschaft zu ziehen.

Er presste nur ein einziges Wort hervor. „Warum?"

Ihr wehleidiges Lächeln brachte sein Blut in Wallung. „Weil ich dich retten wollte, mein lieber Junge, dich umsorgen, wie ich es immer getan habe." Dann richtete das Miststück einen Finger auf Emma. Alaric zog sie schützend an sich. „Sie hätte dich nur verletzt, genau wie Laura."

„Du hast versucht, meine Frau zu töten. Wolltest mich umbringen und hast dabei Clara Osgood ermordet", presste er zwischen zusammengebissenen Zähnen hervor. „Lily White hat gestanden, dass du sie angeheuert hast, um meinen Whiskey zu vergiften."

Emma erstarrte in seinen Armen. „Ich *wusste* doch, dass das Dienstmädchen von Bedeutung war."

Patrice sah in flehentlich an. „Lady Osgood war ein Unfall. Wie konnte ich denn ahnen, dass sie so viel von deinem Whiskey trinken würde? Außerdem wollte ich dich nicht umbringen, mein Junge. Dir sollte nur bewusst werden, dass du mich brauchst. Du hast mich von dir gestoßen, Alaric, hast dich von mir distanziert." Manische Tränen schimmerten in ihren Augen. „Ich habe die Dosis perfekt abgemessen, um dich an deine alte Krankheit zu erinnern – an alles, was wir gemeinsam durchgemacht haben, die Tage und Nächte, in denen ich dich gepflegt habe. Ich wollte dir keinen permanenten Schaden zufügen. Einzig und allein um dich zu *retten*, bin ich nach London gekommen."

Emma schnappte hörbar nach Luft, und Alaric wusste, dass sie zu derselben schrecklichen Schlussfolgerung gelangt war wie er.

Sein Magen verkrampfte sich. „Es gab nie eine echte Krankheit, nicht wahr? Das war von Anfang an dein Werk. Alles, was ich durchleiden musste, hast du mir angetan."

Patrice fuhr sich mit der Zunge über die Lippen. „Es war nicht meine Schuld. Ich hatte keine Wahl."

„Keine Wahl?", fauchte Emma. „Du wahnsinnige *Hexe* ..."

Alaric hielt seine Frau zurück. „Lass sie ausreden."

„Mein Mann war an allem schuld", fuhr die Witwe mit bebenden Lippen fort. „Ich habe meinen Henry geliebt – habe ihm alles gegeben – und zum Dank hat er mich betrogen. Mit deiner Hure von Mutter!"

Schock durchfuhr ihn wie ein Blitz. Neben sich hörte er Wills überraschtes Schnauben.

„Es geschah während einer Feier in Strathmore. Wir hatten unsere ärmliche Verwandtschaft in die Burg eingeladen. Und wie haben sie es uns gedankt?" Patrices Augen glühten vor Wut. „Die Schlampe hat meinen Herzog verführt – den Cousin ihres Mannes! – und hat sich einen Bastard unterjubeln lassen."

Plötzlich ergab alles einen Sinn. Die Puzzleteile fügten sich zu einer schrecklichen Wahrheit zusammen.

„Deshalb hat Pa mich gehasst", flüsterte Alaric wie betäubt. „Weil ich nicht sein richtiger Sohn war."

„Um einen Skandal zu vermeiden, bewahrten wir Schweigen über die Angelegenheit. Und wenn mein Sohn nicht gestorben wäre, hätten wir die Wahrheit mit ins Grab genommen. Aber nach seinem Tod hat sich alles verändert." Tränen strömten über Patrices Gesicht, ihre Stimme zitterte vor Kummer und Selbstmitleid. „So sehr Henry und ich es auch versuchten, wir konnten kein weiteres Kind zeugen, also wandte er sich von mir ab. Aber dann fiel ihm ein, dass er ja immer noch seinen Bastard hatte, selbst wenn er keinen rechtmäßigen Erben mehr bekommen konnte. Ohne meine Zustimmung beschloss er, dich – die Brut einer Hure – in *unser* Heim zu holen."

Er spürte, wie Emma die Arme enger um seine Taille schloss, um ihm Kraft zu spenden.

„Unter dem Deckmantel der Vormundschaft wollte Henry seinen Bastard also unter *meinem* Dach großziehen. Das konnte ich nicht zulassen." Ein hinterlistiges Lächeln umspielte ihre Lippen. „Daher heckte ich den perfekten Plan aus. Ich kannte meinen Herzog so gut, dass ich wusste, wie sehr er Schwäche verabscheute. Und so gab ich ihm, was er verdiente: einen schwächlichen, nutzlosen Bastard, der niemals den Platz meines eigenen Sohnes würde einnehmen können."

„Du hast deine Eifersucht an einem unschuldigen Kind ausgelassen!", knurrte Will. „Alaric hatte mit der ganzen Sache doch überhaupt nichts zu tun, du miese Schlampe!"

„Ich weiß. Deshalb habe ich mich auch unermüdlich um ihn gekümmert." Sekundenschnell wechselte ihr Blick von boshaft zu besorgt. Der manische Gemütswandel war äußerst alarmierend. „Je mehr mein Mann dich hasste, desto mehr liebte ich dich. Seine Zuneigung hatte ich verloren, aber deine konnte ich mir zusichern – und so auf ewig die Herrin von Strathmore bleiben … Doch erst mussten einige Hindernisse beseitigt werden", fuhr sie verträumt fort. „Immerhin standest du in der Erbfolge nur an vierter Stelle. Nachdem dein Vater brav bei einem Kutschenunfall ums Leben kam, waren nur noch zwei kinderlose, schwächliche Cousins übrig, die es sowieso nie zu etwas gebracht hätten. Ihr Tod wurde von niemandem groß beachtet."

Heiliger Strohsack!

„Du hast sie vergiftet … die Angehörigen deines Mannes?", fragte er ungläubig.

„Ich tat, was nötig war, um deine Erbschaft zu sichern", erwiderte sie mit einem abscheulichen Lächeln. „Damit wir für immer zusammen sein konnten, mein lieber Junge."

Plötzlich kam ihm ein schrecklicher Gedanke. „Laura, *Charlie* …"

„Damit hatte ich nichts zu tun. Zugegebenermaßen war ich nach deiner übereilten Hochzeit mit dieser Schlange zutiefst besorgt", sagte Patrice leichthin. „Aber als ich sie kennenlernte, merkte ich schnell, dass sie keine Gefahr für mich darstellte. Es war offensichtlich, dass die Leidenschaft zwischen euch beiden schnell erlöschen würde. Laura brauchte meine Hilfe nicht, um eure Ehe zu zerstören – das hat sie ganz allein geschafft." Dann schüttelte die Witwe missmutig den Kopf. „Mit der guten

Emma hier verhielt es sich jedoch anders. Sie hat eine zu große Macht über dich. Ich sah mich gezwungen, etwas zu unternehmen."

Alaric drückte Emma fester an sich. „Du wirst meiner Frau nie wieder zu nahekommen. Wir übergeben dich der örtlichen Gerichtsbarkeit, damit du für deine Verbrechen bezahlst."

„Sie gehört in die Nervenanstalt nach Bedlam", warf Emma ein.

„Nein." Patrice stolperte einen Schritt zurück. „Ich gehe nirgendwohin. Mein Platz ist *hier*."

„Es gibt keinen Ausweg", sagte Kent. „Sie können Ihrer gerechten Strafe nicht entkommen."

Ein irres, gerissenes Lächeln überzog Patrices Gesicht. „Es gibt immer einen Ausweg."

Sie drehte an ihrem Ring und der Karneol sprang auf. Blitzschnell führte sie das geheime Abteil, das sich hinter dem Edelstein verbarg, an ihre Lippen und trank dessen Inhalt. Ihre Augen traten hervor, und im nächsten Augenblick brach sie auf dem sandigen Boden zusammen.

„Was zur Hölle?", rief Will schockiert aus.

Kent kniete neben der reglosen Witwe nieder und fühlte ihren Puls. Nach einigen Sekunden schüttelte er den Kopf.

Alaric wusste nicht, wie er reagieren sollte. Er fühlte sich kalt, wie betäubt, während ihm die vielen schrecklichen Offenbarungen im Kopf herumspukten ... Tod, Schmerzen, Leid. Seine Tante, eine wahnsinnige Mörderin, die unzählige Gräueltaten begangen hatte – und die nun tot vor ihm lag. Ein Leben voller Verrat. Es war alles zu viel für ihn. Er spürte, wie die Finsternis ihn umhüllte, wie die Vergangenheit ihn einschloss ...

„Alaric?"

Emmas ruhige Stimme war wie ein Licht in der Dunkelheit. Er fokussierte sich auf ihr Gesicht, auf die entschlossene Liebe in ihren Augen. Ihr Feuer brannte die Wände seines inneren Gefängnisses nieder, verwandelte die Angst in Rauch und Asche.

„Ich bin hier, mein Liebling." Sie legte eine Hand an seine Wange und er sog ihre Wärme in sich auf. „Es wird alles gut."

„Dank dir, meine Liebste", krächzte er heiser.

Dann zog er sie wieder fest in seine Arme, als wolle er sie nie mehr loslassen.

❧ 40 ☙

AM ENDE DER WOCHE STANDEN EMMA UND ALARIC VOR IHREM Anwesen und winkten zum Abschied, als Ambrose und Mr McLeod wieder abreisten. Mit seinen glänzenden, schwarzen Haaren und seinem maßgeschneiderten, eleganten Anzug, der sich perfekt an seine männliche Figur schmiegte, wirkte Alaric ganz wie er selbst. Zumindest oberflächlich. Sie wusste jedoch, dass die Wunden, die die Herzoginwitwe ihm zugefügt hatte, nur langsam heilen würden, aber sie war fest entschlossen, ihn auf diesem Weg zu begleiten, egal, wie lange es auch dauern mochte.

Zu ihrer Erleichterung schien er sie nun stets um sich haben zu wollen.

Sie hatten sich bis spät in die Nacht hinein unterhalten, und er erzählte ihr von seinen schmerzlichen Erinnerungen, den Gefühlen, die sie in ihm aufwühlten, sodass sie oftmals nichts weiter tun konnte, als ihn in ihren Armen zu halten. Am meisten sprachen sie über seine wichtigste Erkenntnis: Es lag nicht an *ihm*. Die Ablehnung, die er sein ganzes Leben lang erfahren hatte – von seiner Mutter, seinem Vater, selbst dem grausamen Mann, der sich als sein biologischer Vater entpuppt hatte –, nichts von alledem war seine Schuld gewesen. Er hatte nicht deshalb keine

Liebe erfahren, weil er dieser unwürdig, hässlich oder schwach gewesen war.

Die Wahrheit war furchtbar und doch befreiend: Alaric war das unglückliche Ergebnis einer verbotenen Affäre gewesen und zum Ziel einer geistesgestörten Frau geworden.

Er hatte bittere Tränen vergossen, und Emma ebenso.

Als selbst diese nicht mehr ausreichten, um den Schmerz zu lindern, hatten sie sich mit einer wilden Leidenschaft geliebt, die ihre Körper und Seelen noch inniger zusammenschweißte. Mit glühenden Wangen dachte sie an die sündige Intimität der vergangenen Nacht, und ein Blick in Alarics schöne, vor Verlangen brennende Augen verriet ihr, dass es ihm ebenso erging.

„Dann machen Kent und ich uns besser mal auf den Weg", sagte Mr McLeod.

„Kommt bald wieder und bringt die ganze Familie mit", bat Alaric die beiden Männer. „Wir freuen uns auf eure Gesellschaft."

„Vielen Dank, Euer Gnaden", erwiderte Ambrose und zog dann Emma beiseite. „Soll ich dem Rest der Bande eine Nachricht von dir überbringen, Em?"

„Nur das hier", sagte sie, stellte sich auf die Zehenspitzen und umarmte ihren Bruder heftig. „Danke", flüsterte sie ihm ins Ohr. „Für alles. Ich werde dich vermissen."

„Sei glücklich, Em", murmelte er zurück.

Neben ihnen beäugten die McLeod-Brüder einander argwöhnisch.

Mr McLeod brach als Erster das Schweigen. „Dann heißt es also Abschied nehmen."

„Zumindest vorläufig", entgegnete Alaric leise. „Solltest du deine Meinung ändern, einfordern, was rechtmäßig dir gehört ..."

„Nein, du bist derjenige, der so viel dafür durchmachen musste. Dank dir ist das Herzogtum zu dem geworden, was es heute ist. Ich wüsste überhaupt nicht, wie sich ein Herzog verhält und will es auch gar nicht lernen", wehrte sein Bruder ab. „In meinen Augen und denen der ganzen Welt bist *du* Strathaven."

Nach einem kurzen Augenblick nickte Alaric angespannt.

Mr McLeod streckte die Hand aus und fügte schroff hinzu: „Ist aber irgendwie schade ... gerade als wir die Dinge zwischen uns geregelt haben, stellt sich heraus, dass wir gar nicht miteinander verwandt sind."

„Du bist mein Bruder, William", sagte Alaric nachdrücklich. „In jeder Hinsicht."

Tränen brannten in Emmas Augen, als ihr Mann die Hand seines Bruders ergriff – und ihn in eine feste Umarmung zog. Allerdings dauerte diese nur wenige Sekunden an, bevor die beiden stattlichen Schotten sich wieder voneinander lösten.

Mr McLeod räusperte sich verlegen. „Also, äh, wir sehen uns dann."

„Auf jeden Fall", erwiderte Alaric mit hochrotem Kopf.

„Richtet allen schöne Grüße von uns aus", bat Emma.

Ihr Herzog legte den Arm um sie, und gemeinsam winkten sie ihren Brüdern hinterher.

Als sie wieder allein waren, wandte sie sich ihrem Gatten zu und legte ihm eine Hand an die Wange.

„Wie geht es dir?", fragte sie sanft.

Er schmiegte sich gegen ihre Handfläche. „Besser als je zuvor."

„Nach allem, was mit deiner Tante geschehen ist, und nach der Abreise deines Bruders ..."

Er brachte sie mit einem Finger auf ihren Lippen zum Schweigen. „Mach dir keine Sorgen, Liebste. Es geht mir wirklich gut. Heute Morgen ist mir nämlich etwas klar geworden."

Neugierig sah sie ihn an. „Was denn?"

„Die Vergangenheit ist vorüber. Patrice ist tot, und ihre Seele wird für ihre Sünden gerichtet werden. Ich will nicht ewig in meinem Hass gefangen sein – es ist Zeit, mich von dieser Last zu befreien."

„Da hast du recht." Seine Tapferkeit schnürte ihr die Kehle zu. Trotz all dem Leid, das ihm widerfahren war, entschied er sich für die Freiheit, den edleren Weg. „Sie kann dir nie wieder wehtun."

„Das stimmt. Und was noch viel besser ist: Heute Morgen, als ich aufwachte, warst du direkt neben mir.“ Er fuhr mit dem Daumen über ihre Unterlippe. „Du hast mich die Nacht über gehalten und warst so weich und feucht für mich, als ich dich im Morgengrauen liebte. Weißt du, was mir in diesem Moment bewusst geworden ist?“

Das Staunen in seiner Stimme ließ ihr Tränen in die Augen steigen. „Was, mein Liebling?“

„Irgendwie hat mich das alles zu dir geführt. Du hast mich befreit, Emma“, sagte er zärtlich. „Dank dir weiß ich, wie es sich anfühlt zu lieben und geliebt zu werden.“

Wie könnte sie diesem Mann widerstehen?

„Du wusstest schon immer, wie man liebt – du hast nur nie die Liebe zurückbekommen, die du verdienst. Aber keine Sorge“, schniefte sie. „Das mache ich wieder wett, indem ich die Herzogin deiner Träume werde.“

„Die bist du bereits. Wo du es jedoch erwähnst ... es gibt noch einige Positionen in deinem Amt, die du erlernen musst.“ Sein sündhaftes Lächeln jagte Flammen der Liebe und des Verlangens durch ihren Körper. „Wie wäre es mit einer Einführung, Euer Gnaden?“

„Aber gern doch, Euer Gnaden“, antwortete er.

Alaric küsste sie mit einer Intensität, die ihr den Atem raubte. Dann hob er sie hoch und trug sie hinauf in ihr Schlafgemach. Und während ihr Herzog ihr die aufregende Kunst der Liebe beibrachte, bewies sie ihm mit jedem neuen, intimen Abenteuer, dass sie der Aufgabe mehr als gewachsen war.

EPILOG

ANDERE MÄNNER MOCHTEN DEN TAG FÜRCHTEN, AN DEM SIE
ihre Gemahlin in einer verfänglichen Situation vorfanden – Alaric
jedoch hatte sich längst daran gewöhnt. Was nur von Vorteil war,
wenn man bedachte, wen er geheiratet hatte.

Im Schein des Mondes bahnte er sich einen Weg durch die
gewundenen Hecken des Gartens, bis er mit wallendem Blut die
vertraute Figur seiner Herzogin entdeckte. Sie befand sich in
einem Pavillon, mit dem Rücken zu ihm – und sie war nicht
allein.

Lautlos näherte er sich, bevor er sich demonstrativ räusperte.

Violet, die leichtfüßig wie eine Akrobatin auf dem Geländer
balancierte, fuhr zu ihm herum. In einer Hand hielt sie ein Fernrohr. „Verflucht, haben Sie mich erschreckt!"

„Euer Gnaden", rief Thea, die vor ihm knickste und hastig ein
Opernglas in ihrem Pompadour verschwinden ließ. „Wir, äh,
haben Sie gar nicht erwartet."

„Darling, ich wusste nicht, dass du heute Abend herkommen
würdest." Lächelnd stellte Emma sich auf die Zehenspitzen und
küsste ihn auf die Wange. „Wolltest du nicht die Nacht im Klub
verbringen und mit Tremont Karten spielen?"

In letzter Zeit hatte Alaric sich Sorgen um seinen Freund gemacht, der nicht ganz er selbst zu sein schien. Emma hatte ihn ermutigt, ein wenig Zeit mit dem Marquis im Herrenklub zu verbringen. Nach der Hälfte des Abends hatte er dann aber instinktiv das Bedürfnis verspürt, seine Frau aufzusuchen. Vielleicht vermisste er sie einfach nur zu sehr.

Jedenfalls hätte er wissen müssen, dass sie etwas im Schilde führte.

„Wenn ich so frei sein darf zu fragen", begann er ruhig. „Was zur Hölle ist hier los?"

Sein kühler, höflicher Tonfall hatte den erhofften Effekt. Violet hüpfte mit katzenhafter Leichtigkeit von dem Geländer hinunter, packte Thea am Arm und zerrte sie mit sich aus dem Pavillon. „Marianne sucht sicher schon nach uns, also überlassen wir Emma die Erklärung", sagte sie fröhlich. „Guten Abend, Euer Gnaden!"

Er verneigte sich vor den davoneilenden Schwestern. Dann wandte er sich wieder seiner unverbesserlichen Herzogin zu und zog eine Braue hoch. „Also?"

„Alaric, es ist nicht so übel, wie es aussieht", setzte sie an.

„Sieht es denn übel aus?", hakte er nach. „Wenn man seine Frau in einem dunklen Garten vorfindet – wo sie herumspioniert und sich Notizen macht?" Sein Blick fiel demonstrativ auf das Büchlein, das aus ihrer mit Perlen besetzten Abendtasche lugte.

„Ich habe mich nur ein wenig umgesehen", sagte sie unschuldig. „Weißt du, bei einer Soiree vor ein paar Tagen habe ich eine in Tränen aufgelöste Dame kennengelernt, die glaubte, dass ihr Gatte eine Affäre mit Lady De Burgh habe. Da ich zufällig eine Einladung zu dieser Feier hatte, die praktischerweise direkt neben dem Anwesen der De Burghs stattfindet, versprach ich ihr, die Lage auszukundschaften."

„Und dir ist nicht in den Sinn gekommen, mich darüber zu unterrichten?"

Sie blinzelte ihn mit großen Augen an. „Ich wusste doch nicht, ob ich etwas herausfinden würde, und wollte dich nicht unnötig beunruhigen. Wenn ich heute Abend etwas in Erfahrung gebracht hätte, hätte ich es dir sofort erzählt", sagte sie aufrichtig.

„Und hast du etwas herausgefunden, mein Schatz?", fragte er ruhig.

Sie rümpfte die Nase. „Nein. Jemand hat zwar das Schlafgemach betreten, aber Lady De Burgh hat zum Schutz die Vorhänge zugezogen, bevor wir die Identität ihres Besuchers ausmachen konnten."

„Wahrscheinlich wollten sie und Lord Galveston kein Publikum dabeihaben."

„Galveston?", rief Emma aus. „Woher willst du wissen, dass er es war?"

„Weil ich geschäftlich mit ihm zu tun habe. Wann immer er im Klub zu tief ins Glas schaut, ist er äußerst redselig. Er hat bereits seit mehreren Wochen eine Affäre mit Lady De Burgh."

Emma machte ein langes Gesicht. „O weh. Es wird gewiss kein Spaß, meiner Klien... ich meine, Lady Galveston die schlechte Nachricht zu überbringen."

„Gewiss nicht." Mit einem Finger unter ihrem Kinn zwang er sie, ihm in die Augen zu sehen. „Jetzt sag mir, warum du mir nicht genug vertraut hast, um mir von deinem neuen Fall zu berichten."

Das war seine eigentliche Sorge. Er hatte ihr deutlich gemacht, dass er ihre Detektivarbeit unterstützen würde, solange sie sich nicht in Gefahr begab und ihn auf dem Laufenden hielt. Vor Kurzem hatte er ihr und Kent sogar bei einem Fall geholfen. Dank seines Finanzwissens war es ihnen gelungen, die Mitgift einer Klientin aufzuspüren, die deren niederträchtiger Onkel in seinen Geheimfonds gesteckt hatte.

„Ich vertraue dir doch", erwiderte Emma wie aus der Pistole geschossen. „Du bist der beste Ehemann auf der Welt."

„Das freut mich zu hören."

Sie fuhr mit den Handflächen über sein Revers, spielte mit seiner Krawattennadel. „Ich wollte dir von meinem neuen Auftrag erzählen, nachdem ich dir meine ... anderen Neuigkeiten mitgeteilt habe."

Er erstarrte.

„Wie du vielleicht mitbekommen hast, gab es in den letzten Wochen keine, äh, monatliche Unterbrechung in unseren ehelichen Aktivitäten."

„*Emma*." Mit hämmerndem Herzen ergriff er ihre Hände. „Bist du ... Sind wir ...?"

Sie nickte strahlend.

„Meine Liebste", hauchte er. „Wieso zum Teufel *spionierst* du hier im Garten herum, wenn in dir mein Erbe heranwächst?"

„Es könnte ebenso gut ein Mädchen werden! Und unsere Tochter hätte gewiss nichts gegen ein kleines Abenteuer einzuwenden ... Alaric!", unterbrach sie sich atemlos. „Was tust du da?"

„Ich bringe dich hier raus."

„Das sehe ich. Aber ich kann selbst gehen."

„Nicht so schnell wie ich." Seine Herzogin auf Händen tragend, schritt er durch den von Hecken umsäumten Garten. „Du solltest dich nicht in der kühlen Nachtluft herumtreiben, sondern dich ausruhen, essen, was auch immer Frauen in deinem Zustand eben tun ..."

„So wird das aber nicht die nächsten sieben Monate weitergehen, oder?"

Er blickte sie schweigend an.

Sie seufzte. „Ich bin eine Kent, Liebling. Wir sind unverwüstlich, wie du weißt."

„Was das angeht ... kein Herumspionieren mehr, bis unser Sohn geboren ist."

„Das kann nicht dein Ernst sein!"

„Ach, nein?"

Statt eines Gegenarguments lächelte sie ihn an. „Du freust dich doch darüber, oder?"

„Darling, ich bin überglücklich." Er hielt an und sah ihr tief in die Augen, in deren Glanz sich seine Zukunft so strahlend schön und deutlich widerspiegelte. „Du hast mir alles gegeben, wovon ich je geträumt habe. Und jetzt schenkst du mir auch noch ein Kind."

„Ich liebe dich so sehr", flüsterte sie.

Er würde diese Worte von ihr nie oft genug hören können. Erst durch sie hatte er gelernt, die Wahrheit dahinter zu akzeptieren.

„Ich liebe dich, Emma." Er küsste sie lange und leidenschaftlich.

„Lass uns nach Hause gehen", wisperte sie, als er sich wieder von ihr löste.

„Ich bin zu Hause", sagte er zärtlich. „Mit dir, meine Geliebte, bin ich endlich angekommen."

ÜBER DIE AUTORIN

Die internationale *USA-Today*-Bestsellerautorin Grace Callaway schreibt heiße, herzerwärmende, historische Liebesromane voller Spannung und Abenteuer. Ihr Debütroman schaffte es unter die Finalisten der Romance Writers of America®, Golden Heart® sowie auf Platz eins der National Regency Bestseller, und ihre weiterführenden Romane führen regelmäßig die nationalen und internationalen Bestsellerlisten an. Aktuell ist sie Gewinnerin des Daphne du Maurier Award for Excellence in Mystery and Suspense, des Maggie Award for Excellence in Historical Romance, des Golden Leaf sowie des Passionate Plume Award. Sie hat einen Doktorabschluss in klinischer Psychologie von der University of Michigan und lebt mit ihrer Familie und ihrem Adoptivhund in einem Tal nahe dem Meer. In ihrer Freizeit liebt sie es zu tanzen, in gemütlichen Restaurants zu essen und mit ihrem Sohn Abenteuer zu erleben, die auf dessen sonderpädagogische Bedürfnisse angepasst sind.

Erfahren Sie mehr über Grace:
    Newsletter: www.gracecallaway.com/newsletter
    Instagram: www.instagram/gracecallawaybooks
    Facebook: www.facebook.com/GraceCallawayBooks
    Website: www.gracecallaway.com

DANKSAGUNGEN

Es braucht ein Dorf, um ein Buch zu schreiben, und auch dieses war keine Ausnahme. Ich schätze mich unendlich glücklich, von den besten Menschen auf der Welt unterstützt zu werden. Tina, danke für unsere Freitage und dafür, dass du die beste Kritikerin und Freundin überhaupt bist – und für die zündende Idee eines wichtigen Handlungselements (du weißt schon, welches!).

Diane und Candace, euer redaktionelles Feedback war wie immer von unschätzbarem Wert. Danke, dass ihr voll und ganz hinter den Welten steht, die ich zu kreieren versuche. Brian, meine Bücher (und mein Leben) sind besser dank dir. Küsse!

An meine Familie, die meine Träume und dieses Übergangsjahr tatkräftig unterstützt haben. Eure Liebe gibt mir Kraft. Und an Brendan, meinen kleinen Krieger, der mich jeden Tag aufs Neue inspiriert.

Und natürlich an meine Leserschaft ... ohne Sie wäre das alles nicht möglich! Ich bin so dankbar, dass Sie mich auf diesem Abenteuer begleiten. Auf eine spannende gemeinsame Reise!